Les oiseaux se cachent pour mourir
1

COLLEEN McCULLOUGH | *ŒUVRES*

Colleen McCullough

Les oiseaux se cachent pour mourir
1

traduit de l'anglais par Jacqueline LAGRANGE
et Jacques HALL

Éditions J'ai lu

A ma « *grande sœur* »
Jean Easthope

Selon une légende, il est un oiseau qui ne chante qu'une seule fois de toute sa vie, plus suavement que n'importe quelle créature qui soit sur terre. Dès l'instant où il quitte le nid, il part à la recherche d'un arbre aux rameaux épineux et ne connaît aucun repos avant de l'avoir trouvé. Puis, tout en chantant à travers les branches sauvages, il s'empale sur l'épine la plus longue, la plus acérée. Et, en mourant, il s'élève au-dessus de son agonie dans un chant qui surpasse celui de l'alouette et du rossignol. Un chant suprême dont la vie est le prix. Le monde entier se fige pour l'entendre, et Dieu dans son ciel sourit. Car le meilleur n'est atteint qu'aux dépens d'une grande douleur... ou c'est du moins ce que dit la légende.

Ce roman a paru sous le titre original :

THE THORN BIRDS

© Colleen McCullough, 1977

Pour la traduction française :
© Belfond, 1978

LIVRE I

1915-1917

MEGGIE

1

Le 8 décembre 1915, Meggie Cleary entra dans sa cinquième année. Après que la vaisselle du petit déjeuner eut été rangée, sans un mot mais avec une certaine brusquerie, sa mère lui mit dans les bras un paquet enveloppé de papier marron et lui ordonna de sortir. Aussi Meggie alla-t-elle s'accroupir derrière le buisson de cytises qui flanquait le portail; là, elle s'acharna à ouvrir le paquet. Ses doigts étaient malhabiles, le papier épais; il s'en dégageait une odeur lui rappelant vaguement le bazar de Wahine, ce qui indiquait que, quel que fût son contenu, celui-ci avait été miraculeusement *acheté*, pas fait à la maison ou donné par quelqu'un.

Quelque chose de fin, de doré presque, commença d'apparaître dans un angle; elle s'attaqua au papier avec plus de précipitation, l'arracha en longs lambeaux.

— Agnès! Oh, Agnès! murmura-t-elle avec amour, battant des paupières devant la poupée étendue dans son nid de papier déchiqueté.

Un miracle, un vrai. De toute sa vie, Meggie n'était allée à Wahine qu'une seule fois, en mai dernier, et c'était pour la récompenser d'avoir été sage. Perchée sur la carriole à côté de sa mère, s'efforçant de bien se tenir, elle avait été trop surexcitée pour voir ou se rappeler grand-chose. Sauf Agnès, la merveilleuse poupée trônant sur le comptoir du bazar, habillée d'une crinoline de satin rose agrémentée d'une foison de ruchés de dentelle. Sur-le-champ, elle l'avait intérieurement baptisée Agnès, le seul nom suffisamment élégant qu'elle connût, digne d'une créature aussi incomparable. Pourtant, au cours des mois qui suivirent, sa convoitise pour Agnès n'excédait pas l'espoir; Meggie n'avait pas de poupée et elle n'imaginait même pas que petite fille et poupée puissent aller de pair. Elle jouait joyeusement, mains sales, bottines boueuses, avec les sifflets, les frondes, les soldats cabossés abandonnés de ses frères.

Il ne lui vint même pas à l'esprit qu'elle pût jouer avec Agnès. Caressant doucement les volants rose clair de la robe, plus belle que tout vêtement qu'elle eût jamais vu sur une vraie femme, elle souleva tendrement Agnès. Les bras et jambes de la poupée étaient articulés et pouvaient être déplacés dans n'importe quel sens, tout comme son cou et sa taille mince, harmonieuse. Des perles constellaient ses cheveux dorés, coiffés de manière exquise et désuète. La poitrine laiteuse se devinait dans l'entrebâillement d'un châle vaporeux, vraie mousse de dentelle, retenu par une perle. Le visage de porcelaine fine, délicatement peint, était d'une beauté sans égale, exempt de vernis pour mieux simuler la matité d'une carnation naturelle. Des yeux bleus, étonnamment vivants, aux iris striés et cerclés d'un ton plus soutenu, brillaient entre des cils recourbés faits de vrais poils; fascinée, Meggie découvrit en couchant Agnès que celle-ci fermait les yeux. Haut sur sa pommette légèrement rosée, se détachait un grain de beauté et sa bouche bistrée, à peine entrouverte, laissait apercevoir de minuscules dents blanches. Meggie posa doucement la poupée sur ses genoux, s'installa confortablement et s'abîma dans la contemplation.

Elle était encore assise derrière le cytise quand Jack et Hughie se glissèrent subrepticement dans l'herbe haute, drue, trop proche de la barrière pour que la faux l'eût atteinte. La chevelure de la fillette, typique fanal des Cleary, ne faisait pas exception à la règle; tous les enfants, sauf Frank, étaient affligés d'une tignasse offrant une teinte quelconque de roux. Jack donna un coup de coude à son frère en désignant joyeusement Meggie. Ils se séparèrent avec force grimaces et simulèrent des soldats à la poursuite d'un renégat maori. Meggie ne les aurait d'ailleurs pas entendus, absorbée qu'elle était par Agnès, chantonnant doucement.

— Qu'est-ce que tu as là, Meggie? s'écria Jack en bondissant. Fais voir!

— Oui, fais voir!

En gloussant Hughie exécuta une manœuvre qui coupait toute retraite à sa sœur.

Elle pressa la poupée contre sa poitrine et secoua la tête.

— Non, elle est à moi! Je l'ai eue pour mon anniversaire!

— Allez, fais voir! On veut juste jeter un coup d'oeil.

La fierté et la joie l'emportèrent. Elle brandit la poupée.

— Regardez comme elle est belle! Elle s'appelle Agnès.

— Agnès? *Agnès*? railla Jack. Quel nom à la noix! Pourquoi tu ne l'appelles pas Margaret ou Betty?

— Parce qu'elle est Agnès!

Hughie remarqua l'articulation du poignet de la poupée; il émit un sifflement.

— Eh, Jack! regarde! Elle peut bouger la main!

— Comment ça? Fais voir

— Non! se récria-t-elle en pressant de nouveau la

7

poupée contre elle, les larmes aux yeux. Non, vous allez la casser! Oh, Jack, ne me la prends pas... tu vas la casser!

Les mains hâlées, sales, du garçon se refermèrent sur les poignets de sa sœur, les serra.

— Pouh! Et si je te faisais une pince tordue? Et arrête de pleurnicher ou je le dirai à Bob.

Il lui pinça la peau, la tordit jusqu'à ce que le sang s'en retire tandis qu'Hughie saisissait la jupe de la poupée et tirait.

— Donne! intima Jack. Ou je vais te faire vraiment mal.

— Non, non, Jack! Je t'en supplie! Tu vas la casser, j'en suis sûre! Oh, je t'en prie, laisse-la tranquille! Ne me la prends pas... s'il te plaît!

En dépit du cruel traitement infligé à ses poignets, elle ne lâchait pas; elle sanglotait, donnait des coups de pied.

— Je l'ai! s'écria Hughie d'un ton triomphant quand la poupée glissa sous les bras de Meggie.

A l'égal de leur sœur, Jack et Hughie la trouvèrent fascinante. La robe, les jupons, le long pantalon à volants arrachés, Agnès gisait nue tandis que les garçons tiraient sur ses membres, poussaient, lui ramenant un pied derrière la nuque, la tête devant derrière, lui infligeant toutes les contorsions qu'ils pouvaient imaginer. Ils ne se préoccupaient pas de Meggie qui, debout, pleurait; il ne vint même pas à l'idée de la fillette d'aller chercher de l'aide car, dans la famille Cleary, ceux qui n'étaient pas capables de mener leur propre combat ne trouvaient ni assistance ni pitié, et cette règle était aussi valable pour les filles.

Les cheveux dorés de la poupée se répandirent, les perles volèrent, clignotèrent avant de disparaître dans l'herbe haute. Une chaussure sale écrasa distraitement la robe rejetée, maculant le satin de graisse ramassée à la forge. Meggie s'agenouilla, racla frénétiquement le sol pour rassembler les minuscules habits avant qu'ils ne subissent d'autres dommages, puis elle fouilla dans l'herbe pour tenter de retrouver les perles. Les larmes l'aveuglaient, le cœur étreint par un mal neuf car, jusque-là, jamais elle n'avait possédé quoi que ce soit qui vaille une douleur.

Frank trempa le fer dans l'eau froide d'où monta un sifflement, et se redressa; son dos ne lui faisait plus mal à présent, peut-être s'habituait-il au travail de la forge. Il n'était que temps après six mois, aurait dit son père. Mais Frank savait exactement combien de temps s'était écoulé depuis qu'il avait fait connaissance avec la forge et l'enclume; il l'avait mesuré avec haine et ressentiment. Il jeta le marteau dans sa caisse, repoussa d'une main tremblante la mèche noire qui lui tombait sur le front et ôta le vieux tablier de cuir. Sa chemise l'attendait sur un tas de paille dans un coin; il s'en approcha d'un pas lourd et, un instant, resta debout, le regard perdu vers la paroi fendillée de la grange, yeux noirs largement ouverts, fixes.

Il était assez petit, moins d'un mètre soixante, et mince comme le sont les adolescents, mais ses épaules et ses bras nus montraient des muscles déjà noués par le travail du marteau; sa peau pâle, lisse luisait de sueur. Ses cheveux et ses yeux noirs avaient une résonance étrangère car ses lèvres pleines et son nez busqué n'étaient pas courants dans la famille, mais il y avait du sang maori du côté de sa mère et chez lui, il apparaissait. Il avait presque seize ans tandis que Bob allait sur ses onze ans; Jack en avait dix, Hughie neuf, Stuart cinq et la petite Meggie trois. Puis, il se rappela que, ce jour, Meggie avait quatre ans révolus; c'était le 8 décembre. Il enfila sa chemise et quitta la grange.

La maison coiffait une petite colline et surplombait d'une trentaine de mètres la grange et les écuries. Comme toutes les maisons de Nouvelle-Zélande, elle était en bois, de plain-pied, et couvrait une surface importante en raison de la théorie voulant qu'une partie au moins ait une chance de rester debout en cas de tremblement de terre. Tout autour poussaient des cytises, croulant en cette saison sous une profusion de lourdes fleurs jaunes; l'herbe était vaste, luxuriante, comme tous les pâturages de Nouvelle-Zélande. Même au cœur de l'hiver, quand il arrivait que les plaques de glace se trouvant à l'ombre ne fondent pas de toute la journée, l'herbe ne jaunissant pas et le long et doux été lui conférait un vert encore plus soutenu. La pluie tombait avec une certaine nonchalance, sans endommager la tendre délicatesse de tout ce qui poussait. Il n'y avait pas de neige et le soleil avait juste assez de force pour nourrir, jamais assez pour détruire. Le fléau de la Nouvelle-Zélande grondait dans les entrailles de la terre plutôt qu'il ne tombait du ciel. On ressentait toujours une impression d'attente angoissée, un tremblement, un martèlement intangible qui se répercutait en soi depuis la plante des pieds. Car, sous la terre, se tapissait une puissance terrifiante, une puissance d'une telle amplitude que, trente ans plus tôt, une montagne entière avait disparu; des jets de vapeur sifflante jaillissaient des flancs d'innocentes collines, les volcans crachaient de la fumée vers le ciel et l'eau des torrents devenait parfois chaude. D'immenses lacs de boue visqueuse bouillonnaient, les vagues léchaient sans conviction les falaises qui pourraient ne plus être là pour accueillir la nouvelle marée et, en certains endroits, l'écorce terrestre ne dépassait pas deux cent soixante-dix mètres d'épaisseur.

Pourtant, c'était une terre douce, accueillante. Au delà de la maison ondulait une plaine aussi verte que l'émeraude de la bague de fiançailles de Fiona Cleary, émaillée de milliers de taches crémeuses que la proximité immédiate révélait comme autant de moutons. Tandis que les bords des collines se découpaient contre le ciel bleu clair, le mont Egmont culminait à trois mille mètres, montant à l'assaut des nuages, les flancs encore blancs de neige, d'une symétrie tellement parfaite que même ceux qui, comme Frank, le voyaient tous les jours de leur vie ne cessaient de s'émerveiller.

Monter de la grange à la maison exigeait un rude effort et Frank se hâtait parce qu'il savait qu'il n'aurait pas dû quitter la forge; les ordres de son père étaient formels. En tournant le coin de la maison, il avisa le petit groupe près du cytise.

Frank avait conduit sa mère à Wahine pour acheter la poupée de Meggie et il se demandait encore ce qui l'avait incitée à cette dépense. Pour elle, un cadeau d'anniversaire devait être utile; la famille n'avait pas d'argent pour le superflu et jamais elle n'avait donné de jouet à qui que ce soit auparavant. Tous ses enfants recevaient des vêtements; anniversaires et noëls regarnissaient les maigres garde-robes. Mais il semblait que Meggie ait vu la poupée lors de son unique visite à la ville et Fiona ne l'avait pas oublié. Quand Frank l'avait interrogée, elle s'était contentée de marmonner quelques mots sur le désir des petites•filles de posséder une poupée et avait brusquement changé de sujet.

Au milieu de l'allée. Jack et Hughie tenaient la poupée entre eux, ils en manipulaient brutalement les articulations. Frank ne voyait Meggie que de dos; plantée là, elle observait ses frères qui profanaient Agnès. Ses chaussettes blanches, immaculées, avaient glissé et formaient des bourrelets au-dessus de ses petites bottines noires; on pouvait voir le rose de ses jambes sur une dizaine de centimètres au dessous de l'ourlet de sa robe des dimanches en velours marron. Ses cheveux bouclés, abondants, retombaient en cascade sur son dos, étincelants dans le soleil, ni roux ni or, d'une teinte intermédiaire. Le nœud de taffetas blanc qui retenait ses mèches pendait, abandonné, mou ; de la terre maculait sa robe. D'une main, elle serrait étroitement les habits de la poupée tandis que, de l'autre, elle essayait vainement de repousser Hughie.

— Satanés petits salauds!

Jack et Hughie se remirent promptement sur pied et s'enfuirent, oubliant la poupée; quand Frank jurait, il était plus prudent de s'éclipser.

— Affreux rouquins, si jamais je vous prends encore à toucher cette poupée, je vous marquerai le cul au fer rouge, sales petits merdeux! hurla Frank.

Il se baissa, prit Meggie par les épaules et la secoua doucement.

— Allons, allons, il n'y a pas de quoi pleurer! N'aie pas peur. Ils sont partis et ils ne toucheront plus jamais à ta poupée, je te le promets. Allons, fais-moi un beau sourire pour ton anniversaire...

Elle avait le visage boursouflé, les paupières gonflées; elle fixa sur Frank des yeux gris, si grands, débordants de tant de tragédie qu'il sentit sa gorge se serrer. Il tira un chiffon sale de la poche de son pantalon, le lui passa maladroitement sur la figure, serra le petit nez dans les plis de la toile.

— Allons, mouche-toi!

Elle obéit et hoqueta bruyamment en séchant ses pleurs.

— Oh, Fran-Fran-Frank! Ils m'ont... m'ont... pris Agnès! (Elle renifla.) Ses che-che-veux sont tous tombés et elle a per-per-perdu ses jolies tites perles! Elles sont dans l'her-her-herbe... et je ne peux pas les retrouver!

Les larmes jaillirent de nouveau; Frank en sentit la moiteur sur sa main. Un instant, il regarda sa paume humide et y passa la langue.

— Eh bien, il faudra qu'on les retrouve. Mais tu ne pourras pas les voir si tu pleures. Et pourquoi est-ce que tu parles comme un bébé? Je ne t'ai pas entendu dire « tite » au lieu de petite depuis au moins six mois. Tiens, mouche-toi encore une fois et ramasse la pauvre... Agnès? Si tu ne la rhabilles pas, elle va prendre un coup de soleil.

Il fit asseoir l'enfant sur le bord de l'allée et lui tendit délicatement la poupée, puis il écarta l'herbe et poussa bientôt un cri de triomphe en lui montrant une perle.

— Tiens! Voilà la première! Nous les retrouverons toutes. Attends, tu vas voir!

Meggie considéra l'aîné de ses frères avec adoration pendant qu'il cherchait parmi les brins d'herbe, brandissant chaque perle qu'il découvrait; puis, elle se rappela combien la peau d'Agnès devait être délicate, combien le soleil risquait de l'abîmer et reporta toute son attention sur l'habillage de la poupée. Celle-ci ne paraissait pas avoir subi de blessures irréparables; ses cheveux répandus étaient emmêlés, ses bras et ses jambes sales, là où les garçons les avaient empoignés, mais tout fonctionnait. Un peigne d'écaille retenait les mèches de Meggie au-dessus de chacune de ses oreilles; elle en retira un et se mit en devoir de coiffer Agnès, de démêler les cheveux véritables, habilement montés sur une calotte de gaze et de colle, décolorés jusqu'à atteindre un blond de paille.

Gauche, elle tirait sur un gros nœud lorsque survint le drame. Arrachés les cheveux, tous; ils pendaient en broussaille dans les dents du peigne. Au-dessus du large front d'Agnès, il n'y avait rien; pas de tête, pas de crâne nu. Seulement un horrible trou béant. Frissonnante, en proie à la terreur, Meggie se pencha pour en scruter l'intérieur. Les contours inversés des joues et du menton se devinaient vaguement, de la lumière luisait entre les lèvres écartées sur des dents noires en une sorte de découpe bestiale et, par-dessus tout, il y avait les yeux d'Agnès, deux affreuses boules cliquetantes, transpercées par une tige en fil de fer lui forant cruellement la tête.

Le cri de Meggie monta, perçant, ténu, pas celui d'un

enfant; elle jeta Agnès et continua à hurler, le visage caché dans les mains, tremblante, frissonnante. Puis, elle sentit Frank qui lui écartait les doigts, la prenait dans ses bras, lui nichant la tête au creux de son cou. Elle se blottit plus étroitement, puisa chez lui le réconfort jusqu'à ce que le contact de son frère l'eût suffisamment calmée pour qu'elle prît conscience de la bonne odeur qu'il dégageait, une odeur de chevaux, de sueur et de fer.

Lorsqu'elle se fut apaisée, Frank lui fit avouer la raison de sa terreur ; il ramassa la poupée, en examina la tête vide avec écœurement, essayant de se rappeler si son univers d'enfant avait été assailli par d'aussi étranges frayeurs. Mais ses fantômes déplaisants étaient faits de gens, de chuchotements, de regards réprobateurs. Et le visage de sa mère qui se pinçait, se ratatinait, et sa main tremblante qui saisissait la sienne, et le raidissement de ses épaules.

Qu'avait donc vu Meggie pour être bouleversée de la sorte? Il imagina qu'elle aurait été moins affolée si la pauvre Agnès avait saigné en perdant ses cheveux. Le sang est réel; il ne se passait pas une semaine sans qu'un membre de la famille Cleary saignât abondamment.

— Ses yeux, ses yeux, chuchota Meggie, se refusant à regarder la poupée.

— C'est une merveille, Meggie, une sacrée merveille, assura-t-il en un murmure, le visage enfoui dans les cheveux de sa sœur.

Comme ils étaient beaux, luxuriants, flamboyants! Il lui fallut une demi-heure de cajoleries pour obtenir qu'elle jetât un coup d'œil à Agnès, et une demi-heure de plus s'écoula avant qu'il pût la convaincre de regarder à l'intérieur du trou laissé par le scalp. Il lui montra comment les yeux fonctionnaient, avec quel soin ils avaient été centrés pour se loger douillettement au creux des orbites et néanmoins s'ouvrir et se fermer à la moindre inclinaison de la poupée.

— Allons, viens maintenant. Il est temps de rentrer, lui dit-il en la prenant sur le bras, tout en logeant la poupée entre sa poitrine et celle de l'enfant. On va demander à M'man de l'arranger. Elle lavera et repassera ses habits et on lui recollera les cheveux. Je monterai les perles sur de bonnes épingles pour qu'elles ne risquent pas de tomber et tu pourras la coiffer de toutes les façons que tu voudras.

Fiona Cleary était dans la cuisine en train d'éplucher des pommes de terre. C'était une belle femme au teint pâle, plutôt petite, mais au visage assez dur et sévère; elle avait une jolie silhouette, une taille fine que six maternités n'avaient pas épaissie. Sa robe de calicot effleurait le sol, d'une propreté irréprochable; un grand tablier blanc, empesé, dont la bride lui passait autour du cou, l'enveloppait et venait s'attacher dans le dos par un nœud net, parfait. Du lever au coucher, elle vivait dans la cuisine et dans le jardin donnant à l'arrière de la maison; ses solides bottines noires décrivaient un immuable chemin, de la cuisinière à la buanderie, du potager à la corde à linge et retour au poêle.

Elle posa son couteau sur la table, dévisagea Frank et Meggie; les commissures de sa bouche s'affaissèrent.

— Meggie, je t'ai permis de mettre ta plus belle robe du dimanche à condition que tu ne la salisses pas. Et regarde de quoi tu as l'air. Un vrai petit souillon!

— M'man, ça n'est pas sa faute, protesta Frank. Jack et Hughie lui ont pris sa poupée pour voir comment marchaient les bras et les jambes. Je lui ai promis que nous l'arrangerions et qu'elle serait comme neuve. On y arrivera, hein?

— Fais voir, dit Fiona en tendant la main.

C'était une femme silencieuse, peu portée à la spontanéité, voire à la parole. Ce qu'elle pensait, personne ne le savait jamais, pas même son mari; elle laissait à celui-ci le soin de corriger les enfants et elle se pliait à toutes ses injonctions sans commentaires ni plaintes, à moins que les circonstances ne fussent exceptionnelles. Meggie avait entendu ses frères murmurer que leur mère craignait tout autant Papa qu'eux-mêmes, mais si c'était vrai elle dissimulait sa peur sous un vernis de calme impénétrable, quelque peu têtu. Elle ne riait jamais, pas plus qu'elle ne s'emportait.

Son inspection terminée, Fiona posa Agnès sur le buffet proche de la cuisinière et regarda Meggie.

— Je laverai ses habits demain matin et je la recoifferai. Ce soir, après dîner, Frank recollera ses cheveux et lui fera peut-être prendre un bain.

Les paroles se teintaient davantage de bon sens que de réconfort. Meggie acquiesça, esquissa un petit sourire; quelquefois, elle souhaitait de tout son cœur entendre sa mère rire, mais sa mère ne riait jamais. Meggie devinait vaguement qu'elle partageait avec maman quelque chose de particulier qui échappait à papa et aux garçons, mais il ne lui était pas possible de percer ce qu'il pouvait y avoir derrière ce dos raide, ces pieds sans cesse en mouvement. M'man se contentait d'un vague signe de tête, puis sa jupe virevoltait avec précision entre la cuisinière et la table, et elle continuait à travailler, à travailler, à travailler.

Aucun des enfants, à l'exception de Frank, ne comprenait que Fiona était sans cesse fatiguée, sans espoir de rémission. Il y avait beaucoup à faire, presque pas d'argent pour aider, pas assez de temps et seulement deux mains. Il lui tardait de voir venir le jour où Meggie serait assez grande pour la soulager dans sa tâche; déjà la fillette effectuait des besognes simples mais, avec ses quatre ans, elle ne pouvait guère alléger son fardeau. Six enfants, et une seule fille, et qui plus est, la dernière. Tous les gens qu'elle connaissait la prenaient en pitié, non sans l'envier, mais cela ne lui facilitait en rien la tâche. Son panier de raccommodage débordait de chaussettes pas encore reprisées, ses aiguilles à tricoter restaient fichées dans un bas alors que Hughie était déjà trop grand pour ses chandails et que Jack ne l'était pas suffisamment pour lui passer les siens.

Que Padraic Cleary fût à la maison durant la semaine où eut lieu l'anniversaire de Meggie tenait uniquement du hasard. Il était trop tôt pour la saison de tonte et il travaillait dans le voisinage au labour, aux plantations. Il était tondeur de moutons de profession, occupation saisonnière qui s'étendait du milieu de l'été à la fin de l'hiver, après quoi venait l'agnelage. Habituellement, il parvenait à trouver suffisamment de travail pour lui permettre de tenir durant le printemps et les premiers mois de l'été; il aidait à la mise bas des brebis, au labourage, à l'interminable traite des vaches, deux fois par jour, chez un fermier du voisinage. Il allait là où il trouvait du travail, abondonnant sa famille dans la grande et vieille maison où elle devait pourvoir à ses propres besoins; manière d'agir moins dure qu'il y paraissait. A moins qu'un homme ait la chance de posséder suffisamment de terre, il ne pouvait faire autrement.

Quand il rentra, un peu après le coucher du soleil, les lampes étaient allumées et les ombres tremblotantes jouaient autour du haut plafond. Rassemblés sur la véranda de derrière, les garçons s'amusaient avec une grenouille, à l'exception de Frank. Padraic savait où se trouvait son fils aîné car il entendait les coups réguliers d'une hache venant du bûcher. Il s'arrêta sur la véranda juste le temps de gratifier Jack d'un coup de pied au derrière et Bob d'une taloche.

— Allez donc aider Frank à couper du bois, sales petits feignants! Et tâchez d'avoir fini avant que m'man ait mis le couvert, sinon, je vous tannerai le cuir!

Il adressa un signe de tête à Fiona, qui s'affairait près du poêle; il ne l'embrassa pas, ne la serra pas contre lui car il considérait les démonstrations d'affection entre mari et femme comme devant exclusivement se cantonner à la chambre à coucher. Il retira ses bottes boueuses et Meggie lui apporta ses chaussons; il sourit à la fillette avec ce curieux sentiment d'émerveillement qui le saisissait invariablement à sa vue. Si jolie, de si beaux cheveux; il lui prit une boucle, l'agita, la lâcha, pour le seul plaisir de voir vivre la mèche soyeuse. Il souleva l'enfant et s'approcha de l'unique fauteuil confortable de la cuisine, un fauteuil Windsor avec un coussin attaché au siège, disposé près du feu. Il poussa un soupir, s'assit et tira sa pipe qu'il tapota avec insouciance pour la vider du culot qui tomba sur le sol. Meggie se blottit contre lui et lui passa les bras autour du cou; son petit visage frais se leva dans l'espoir de se livrer à son jeu du soir, voir filtrer la lumière entre les poils de barbe dorés et courts.

— Comment ça va, Fee? demanda Padraic Cleary à sa femme.

— Bien, Paddy. Tu en as fini avec l'enclos du bas aujourd'hui?

— Oui, c'est terminé. Je pourrai commencer celui du haut demain matin. Mais Dieu que je suis fatigué!

— Je m'en doute. Est-ce que MacPherson t'a encore donné cette vieille jument capricieuse?

— Evidemment. Tu ne crois pas qu'il travaillerait lui-même avec cette carne pour me laisser le plaisir d'avoir le rouan? On dirait que mes bras ont été tirés hors de leurs jointures. C'est à croire que cette jument a la bouche la plus dure de toute la Nouvelle-Zélande.

— Ça n'a plus d'importance. Les chevaux du vieux Robertson sont tous de bonnes bêtes et tu vas bientôt aller chez lui.

— Ça ne sera pas trop tôt.

Il bourra sa pipe de tabac grossier et tira un rat de-cave d'un gros pot posé à côté de la cuisinière. Il l'enflamma en le promenant vivement devant les braises incandescentes de la grille; après quoi, il se rejeta contre le dossier de son fauteuil et tira si fort sur sa pipe que celle-ci gémit un gargouillis.

— Dis-moi, qu'est-ce que ça te fait d'avoir quatre ans? demanda-t-il à sa fille.

— Oh! Je suis contente, p'pa.

— Est-ce que m'man t'a donné ton cadeau?

— Oh! Papa, comment est-ce que vous saviez, maman et toi, pour Agnès?

— Agnès? (Il jeta un rapide coup d'œil à Fee, sourit et l'interrogea d'un froncement de sourcil.) C'est son nom, Agnès?

— Oui. Elle est belle, papa. Je voudrais la regarder toute la journée.

— Elle a bien de la chance d'avoir encore quelque chose à regarder, bougonna Fee. Jack et Hughie lui ont chipé la poupée avant même qu'elle ait le temps de l'admirer.

— Bah! c'est toujours la même chose avec les garçons, il faut en prendre son parti. Elle a été très abîmée?

— Rien d'irréparable. Frank a surpris ces deux garnements avant que les choses n'aillent trop loin.

— Frank? Et qu'est-ce qu'il faisait ici? Il devait passer toute la journée à la forge. Hunter attend son portail.

— Il a passé toute la journée à la forge, répondit vivement Fee. Il est seulement monté pour chercher un outil.

Padraic était vraiment trop dur avec Frank.

— Oh, p'pa! Frank est si gentil! Sans lui, Agnès serait morte... et il doit lui recoller les cheveux après dîner.

— Voilà qui est bien, marmonna Padraic d'un ton las.

Il rejeta la tête en arrière et ferma les yeux. Il faisait chaud près de la cuisinière, mais il ne paraissait pas le remarquer; des gouttes de sueur perlaient à son front, luisaient. Il ramena les mains derrière la nuque et s'assoupit.

C'est de Padraic Cleary que les enfants tenaient les divers roux de leurs chevelures épaisses et ondulées, bien qu'aucun n'eût hérité d'une crinière aussi agressivement flamboyante que la sienne. C'était un homme de petite taille, tout ressort, tout acier, jambes arquées après une vie passée avec les chevaux, bras étirés par des années de tonte des moutons; sa poitrine et ses bras étaient recouverts d'une toison dorée qui, brune, eût été laide. Ses yeux bleu clair se devinaient à travers le plissement permanent de ses paupières, comme chez un marin qui regarde toujours au loin, et son visage agréable laissait percevoir un rien de fantaisie qui lui attirait immédiatement la sympathie. Son nez magnifique, véritable nez romain, avait dû intriguer ses compatriotes irlandais; mais les côtes d'Irlande n'avaient-elles pas toujours enregistré nombre de naufrages? Il parlait encore avec le doux accent de Galway, mais près de vingt ans passés aux antipodes l'avaient un peu émoussé et la vivacité de son débit s'était un peu ralentie, comme une vieille horloge ayant besoin d'être remontée. Un homme heureux qui était parvenu à réussir sa rude vie de labeur mieux que la plupart de ses semblables et, bien qu'il fît régner une discipline de fer et qu'il eût le coup de pied prompt, il était adoré de tous ses enfants, à l'exception d'un seul. S'il n'y avait pas suffisamment de pain pour tous, il s'en passait; s'il devait choisir entre de nouveaux vêtements pour lui ou pour l'un de ses rejetons, il se contentait de vieux habits. A sa façon, c'était là une preuve d'amour plus tangible qu'une foule de baisers aisément distribués. Il s'emportait facilement et il lui était arrivé de tuer un homme. Mais la chance était avec lui ce jour-là; l'homme était anglais, et il y avait un bateau dans le port de Dun Laoghaire en partance pour la Nouvelle-Zélande à la faveur de la prochaine marée.

Fiona s'encadra sur le seuil de la porte de derrière et cria :

— A table!

Les garçons entrèrent l'un derrière l'autre; Frank fermait la marche, tenant une brassée de bûches qu'il laissa tomber dans le grand coffre à côté du poêle. Padraic reposa Meggie, gagna l'extrémité de la table familiale au bout de la cuisine tandis que les garçons prenaient place de chaque côté et que Meggie se juchait sur la caisse que son père avait posée sur la chaise la plus proche de lui.

Fee remplissait directement les assiettes avec plus de rapidité et d'efficacité qu'un serveur; elle les portait deux par deux à sa famille, tout d'abord à Paddy, puis à Frank, et ainsi de suite jusqu'à Meggie; après quoi, elle se servait.

— Oh, encore du ragoût! ronchonna Stuart qui fit la grimace tout en s'armant de son couteau et de sa fourchette.

— Mange! intima Paddy.

Les assiettes étaient grandes et, pourtant, elles débordaient de nourriture : pommes de terre bouillies, ragoût d'agneau, haricots cueillis le jour même dans le potager, le tout servi à la louche. En dépit des grognements étouffés et de quelques murmures de dégoût, tous, y compris Stuart, nettoyèrent leur assiette avec du pain et mangèrent plusieurs tartines de beurre et de confiture de groseilles faite à la maison. Fee s'assit et engloutit son repas; puis, sans perdre une seconde, elle se leva et retourna à sa planche de travail; là, elle remplit de grandes assiettes à soupe de biscuits confectionnés à la maison à grand renfort de sucre et de confiture qu'elle arrosa de crème cuite, encore bouillante, et reprit ses allées et venues, tenant à chaque fois deux assiettes. Enfin, elle s'assit en soupirant; elle pourrait manger son dessert sans trop se presser.

— Miam! s'écria joyeusement Meggie. Du gâteau!

Elle enfonça sa cuillère dans la crème jusqu'à ce que la confiture apparût en stries rosées dans le jaune :

— C'est ton anniversaire, ma petite Meggie, dit Paddy en souriant. Alors, m'man t'a préparé ton dessert favori.

Cette fois, aucune récrimination ne monta de la table familiale; quel que fût le dessert, il était avalé avec délection. Tous les Cleary aimaient les sucreries.

Aucun des membres de la famille n'avait le moindre gramme de graisse superflue malgré les grandes quantités de féculents absorbées. Tous brûlaient ce qu'ils mangeaient, en travaillant ou en jouant. Légumes et fruits entraient dans la composition des menus uniquement par raison, mais c'étaient le pain, les pommes de terre, la viande et les gâteaux faits à la maison qui conjuraient l'épuisement.

Après que Fee se fut armée de sa théière géante pour servir à chacun une tasse de thé fumant, les membres de la famille restèrent à table pour parler, boire et lire pendant environ une heure. Paddy tirait sur sa pipe, la tête penchée sur un ouvrage emprunté à la bibliothèque ambulante. Fee remplissait continuellement les tasses tandis que Bob lisait aussi et que les plus jeunes des enfants préparaient leur emploi du temps du lendemain. L'école avait libéré ses élèves pour les longues vacances d'été; les garçons, livrés à eux-mêmes, se montraient empressés à accomplir les diverses tâches qui leur étaient assignées dans la maison et au jardin. Bob devait faire des retouches à la peinture extérieure, là où ce serait nécessaire; Jack et Hughie se chargeaient de l'approvisionnement en bois, de l'entretien des bâtiments annexes et de la traite, Stuart cultivait les légumes, un jeu en comparaison de l'honneur de l'école. De temps à autre, Paddy levait la tête de son livre pour ajouter une nouvelle corvée à la liste, mais Fee ne disait mot, et Frank, affalé sur son siège, buvait tasse de thé sur tasse de thé.

Finalement, Fee invita d'un signe de tête Meggie à s'asseoir sur un haut tabouret et elle lui brossa les cheveux, lui mit des papillotes pour la nuit avant de l'envoyer au lit en même temps que Stuart et Hughie. Jack et Bob demandèrent à être excusés et sortirent pour nourrir les chiens; Frank posa la poupée de Meggie sur la planche de travail et se mit en devoir de lui recoller les cheveux. Padraic s'étira, ferma son livre et déposa sa pipe dans la grande coquille irisée de paua qui lui servait de cendrier.

— Eh bien, m'man, je vais aller au lit.

— Bonne nuit, Paddy.

Fee débarrassa la table familiale et décrocha une grande bassine galvanisée qu'elle posa à l'autre bout de la planche de travail sur laquelle se penchait Frank. Puis, elle s'empara de la massive bouilloire de fonte et remplit le baquet d'eau chaude qu'elle tempéra en puisant de la froide dans un vieux bidon de pétrole. Après avoir agité un morceau de savon enfermé dans une petite boule de fil de fer, elle commença à lever et à rincer les assiettes, les empilant en biais contre une tasse.

Frank s'affairait sur la poupée sans prendre le temps de lever la tête, mais la pile d'assiettes augmentant, il se dressa sans mot dire et alla chercher un torchon pour les essuyer. Se déplaçant entre la planche de travail et le buffet, il agissait avec l'aisance que confère une longue habitude. C'était un jeu furtif et dangereux auquel il se livrait avec sa mère car l'une des règles les plus rigoureuses édictées par Paddy avait trait à la juste délégation des devoirs. Les besognes domestiques incombaient uniquement à la femme et il n'y avait pas à revenir là-dessus. Aucun mâle de la famille ne devait participer à une tâche essentiellement féminine. Mais, chaque soir, après que Paddy se fut retiré, Frank aidait sa mère et celle-ci l'encourageait en se faisant sa complice car elle retardait le moment de la vaisselle jusqu'à ce qu'ils eussent entendu le choc sourd des chaussons de Paddy tombant sur le plancher. Dès qu'il avait quitté

23

ses pantoufles, le maître de céans ne retournait jamais dans la cuisine.

Fee enveloppa Frank d'un regard tendre.

— Je ne sais pas ce que je ferais sans toi, Frank. Mais tu ne devrais pas. Tu seras fatigué demain matin.

— Ne t'inquiète pas, m'man. Ça ne me tuera pas d'essuyer quelques assiettes. C'est pas grand-chose si ça peut te faciliter un peu la vie.

— C'est mon travail, Frank. Il ne me rebute pas.

— Comme je voudrais que nous devenions riches un de ces jours pour que tu puisses avoir une bonne!

— Cesse de rêver!

Elle prit le torchon, essuya ses mains rouges et savonneuses, les fit glisser sur ses hanches et soupira. Quand ses yeux se posèrent sur son fils, ils exprimaient une inquiétude vague; elle devinait son mécontentement, son amertume qui dépassaient l'habituelle révolte du travailleur contre son sort.

— Frank, n'aie pas la folie des grandeurs. Elle ne fait qu'attirer des ennuis. Nous appartenons à la classe laborieuse; autrement dit, nous ne nous enrichissons pas et nous n'avons pas de domestique. Satisfais-toi de ce que tu es et de ce que tu as. Quand tu dis des choses pareilles, tu insultes papa et il ne le mérite pas. Tu le sais. Il ne boit pas, il ne joue pas et il travaille dur pour nous. Il ne garde pas un sou de ce qu'il gagne; tout est pour nous.

Les épaules musclées accusèrent un frémissement d'impatience. Le visage sombre se ferma.

— Mais pourquoi le fait de vouloir sortir de sa condition serait-il blâmable? Je ne vois pas ce qu'il y a de mal à souhaiter que tu aies une bonne.

— C'est mal parce que ça ne peut pas être! Tu sais qu'il n'y a pas assez d'argent pour que tu continues tes études, et puisqu'il est impossible que tu fréquentes plus longtemps l'école, comment pourrais-tu devenir autre chose qu'un ouvrier? Ton accent, tes vêtements, tes mains prouvent que tu travailles pour gagner ta vie. Ce n'est pas une honte que d'avoir les mains calleuses. Comme le dit ton père, quand un homme a les mains pleines de cals, on sait qu'il est honnête.

Frank haussa les épaules et se tut. Une fois la vaisselle rangée, Fee prit son panier de raccommodage et s'assit dans le fauteuil de Paddy, près du feu, tandis que Frank retournait à la poupée.

— Pauvre petite Meggie! dit-il tout à coup.

— Pourquoi?

— Aujourd'hui, quand ces petits vauriens tiraient en tous sens sur sa poupée, elle restait debout à pleurer comme si son monde venait de s'écrouler. (Il baissa les yeux sur la poupée qui avait retrouvé sa chevelure.) Agnès! Où diable est-elle allée chercher un nom pareil?

— Je suppose qu'elle m'a entendue parler d'Agnès Fortescue-Smythe.

— Quand je lui ai rendu la poupée, elle a regardé à l'intérieur de sa tête et a failli mourir de peur. Quelque chose dans les yeux de verre l'a effrayée. Je ne sais pas quoi.

— Meggie voit toujours des choses là où il n'y a rien.

— Quel dommage que nous n'ayons pas assez d'argent pour que les enfants puissent continuer à aller à l'école. Ils sont tellement intelligents!

— Oh, Frank! Si les souhaits étaient des chevaux, les pauvres iraient à bride abattue, laissa-t-elle tomber d'un air las. (Elle passa une main un peu tremblante devant ses yeux et piqua profondément son aiguille à repriser dans une pelote de laine grise.) Il faut que je m'arrête, je n'y vois plus.

— Va te coucher, m'man. Je soufflerai les lampes.

— Dès que j'aurai bourré la cuisinière.

— Je m'en charge.

Il se leva et alla poser avec précaution la délicate poupée de porcelaine sur le buffet, derrière une boîte à biscuits, là où elle ne risquait pas d'être abîmée. Il ne redoutait pas un nouvel acte de vandalisme de la part de ses frères; ceux-ci craignaient davantage sa colère que celle de leur père car il y avait dans la nature de Frank une pointe de méchanceté, qui n'apparaissait jamais quand il se trouvait en compagnie de sa mère ou de sa sœur, mais ses frères avaient tous eu l'occasion d'en faire les frais.

Fee l'observait, le cœur serré; il y avait quelque chose de sauvage, de désespéré chez Frank, une aura de tourments. Si seulement Paddy et lui s'entendaient mieux! Mais tous deux ne voyaient pas les choses du même œil et ils se heurtaient constamment. Peut-être s'inquiétait-elle trop au sujet de Frank, peut-être était-il son préféré. Dans ce cas, la faute lui incombait, à elle. Pourtant, ce qu'il venait de lui dire reflétait sa sollicitude, sa bonté. Il ne souhaitait que lui rendre la vie un peu plus facile. Et, une fois de plus, elle se surprit à désirer ardemment le moment où Meggie serait suffisamment âgée pour décharger Frank du fardeau qui pesait sur ses épaules.

Elle saisit une petite lampe, puis la reposa sur la table et s'approcha de Frank qui, accroupi devant la cuisinière, la bourrait de bûches. Des nœuds de veines saillaient sur son bras blanc, ses mains fines étaient trop tachées pour jamais retrouver leur netteté. Elle tendit timidement les doigts et, très doucement, écarta la mèche de cheveux noirs qui tombaient sur les yeux de son fils; l'effleurement qu'elle osa tenait pour elle de la caresse.

— Bonne nuit, Frank, et merci.

Les ombres tournoyaient et s'éclipsaient devant la progression de la lumière tandis que Fee passait silencieusement le seuil de la porte desservant le devant de la maison.

Frank et Bob partageaient la première chambre, elle en repoussa le battant sans bruit et leva la lampe dont la lumière joua sur le grand lit d'angle. Bob était étendu sur dos, la bouche ouverte, parcouru de sursauts et de tremblements comme un chien; elle s'approcha, le fit rouler sur le côté droit avant qu'il ne sombre totalement dans le cauchemar; puis, elle l'observa un instant. Comme il ressemblait à Paddy!

Jack et Hughie étaient pratiquement enlacés dans la chambre suivante. Quelle paire de chenapans! Toujours prêts à faire des tours pendables, mais pas la moindre trace de méchanceté chez eux. Elle essaya en vain de les éloigner l'un de l'autre et de remettre un peu d'ordre dans les couvertures, mais les deux têtes bouclées et rousses refusèrent de se séparer. Elle soupira et renonça. Elle ne parvenait pas à comprendre comment ces gosses pouvaient être frais et dispos après une nuit de sommeil passée sur un tel champ de bataille, mais cela leur réussissait.

La chambre où dormait Meggie et Stuart était triste, terne, peu appropriée à des enfants en bas âge; murs d'un brun sombre, linoléum marron, pas de tableaux. Exactement comme les autres chambres.

Stuart s'était retourné et restait absolument invisible, à part son petit derrière couvert par la chemise de nuit qui apparaissait sous les draps là où la tête aurait dû se trouver; Fee s'aperçut que les genoux du gamin touchaient son front et, comme à l'accoutumée, elle s'émerveilla qu'il ne s'étouffât pas. Elle glissa prestement la main sous le drap et se raidit; encore mouillé! Eh bien, ça attendrait jusqu'au matin et, à ce moment-là, l'oreiller serait aussi humide. Toujours la même chose; il se renversait et mouillait encore le lit. Enfin, un pisse-au-lit sur cinq garçons, ça n'était pas si mal.

Meggie était recroquevillée en un petit tas, le pouce dans la bouche, les cheveux constellés de papillotes épars autour d'elle. La seule fille. Fee ne lui jeta qu'un coup d'œil rapide avant de sortir; pas de mystère chez Meggie, c'était une fille. Fee savait ce que serait le lot de la petite, et elle ne l'enviait pas plus qu'elle ne la prenait en pitié. Il en allait tout autrement pour les garçons; des miracles, des mâles transmués hors de son corps de femelle. C'était dur de ne pas avoir d'aide à la maison, mais ça valait la peine. Face à ses pairs, l'existence même de ses fils conférait à Paddy sa qualité essentielle, le seul bien qu'il possédât. Qu'un homme engendrât des fils, et il était un vrai homme.

Elle ferma doucement la porte de sa chambre et posa la lampe sur la commode. Ses doigts agiles papillonnèrent sur la douzaine de minuscules boutons échelonnés depuis le haut col jusqu'à la taille; elle dégagea ses bras des manches. Elle agit de même avec la camisole et, la maintenant soigneusement contre sa poitrine, se contorsionna pour enfiler une longue chemise de nuit en flanelle. A ce moment seulement, décemment couverte, elle se débarrassa de la camisole, de la culotte et du corset aux lacets détendus. Et la chevelure, étroitement nouée, de se répandre, et toutes les épingles d'aller se poser dans la grande coquille de la commode. Mais cette parure, aussi belle fût-elle, épaisse, luisante, longue, ne pouvait être libre : Fee souleva les coudes et, mains derrière la tête, se mit en devoir de les tresser vivement. Elle se tourna alors vers le lit, le souffle inconsciemment suspendu; mais Paddy dormait et poussa un long soupir de soulagement. Non que ce ne fût agréable quand Paddy la désirait, car il était un amant timide, tendre et attentionné. Mais tant que Meggie n'aurait pas deux ou trois ans de plus, il serait très difficile d'avoir d'autres enfants.

2

Quand les Cleary allaient à l'église le dimanche, Meggie restait à la maison avec l'un de ses frères; elle aspirait au jour où elle aussi serait assez âgée pour assister à la messe. Padraic Cleary déclarait que les petits enfants n'avaient place dans aucune maison, hormis la leur, et sa règle s'appliquait même à celle de Dieu. Quand Meggie irait à l'école et qu'elle serait capable de se tenir tranquille, elle pourrait aller à l'église. Pas avant. Aussi, chaque dimanche matin, elle se tenait près du cytise qui flanquait le portail, désolée tandis que la famille s'entassait dans la vieille carriole et que le frère désigné pour la garder faisait mine d'être heureux d'échapper à la messe. Le seul Cleary que la séparation d'avec les autres enchantait était Frank.

La religion de Paddy faisait partie intrinsèque de sa vie. Les catholiques n'avaient approuvé son mariage avec Fee que du bout des lèvres car elle était membre de l'Eglise d'Angleterre; bien qu'elle eût abandonné sa religion pour Paddy, elle se refusa à se convertir à celle de son mari. Difficile de percer les raisons de son attitude, sinon que les Armstrong appartenaient à une longue lignée de pionniers, pure émanation de l'Eglise d'Angleterre, alors que Paddy était un immigrant sans le sou, venant d'un pays sans foi ni loi ne pouvant se recommander que de la seule juridiction anglaise. Il y avait eu des Armstrong en Nouvelle-Zélande, longtemps avant l'arrivée des premiers colons « officiels », et c'était là un passeport pour l'aristocratie coloniale. Du point de vue des Armstrong, Fiona avait contracté une mésalliance choquante.

Roderick Armstrong avait fondé le clan de Nouvelle-Zélande de façon très curieuse.

Tout avait commencé par un événement appelé à avoir des répercussions imprévues dans l'Angleterre du XVIIIe siècle : la guerre américaine de l'Indépendance. Jusqu'en 1776, plus de mille petits délinquants britanniques étaient embarqués, chaque année, à destination de la Virginie et des Carolines, vendus par contrat, plongés dans une servitude qui ne valait guère mieux que l'esclavage. La justice britannique de l'époque était sévère et inflexible; le meurtre, l'incendie volontaire, le crime mystérieux de « sorcellerie » et le vol dépassant un shilling étaient passibles de la potence. Les délits mineurs entraînaient la déportation à perpétuité aux Amériques.

Mais, en 1776, les Amériques fermèrent leurs portes. L'Angleterre se retrouva avec une population de condamnés qui croissait rapidement sans qu'elle sût quoi en faire. Les prisons regorgeaient de détenus et le surplus était entassé sur des pontons ancrés dans les estuaires. La situation exigeait une solution et on en trouva une. Avec bien peu d'empressement, car cela impliquait une dépense de quelques milliers de livres, le capitaine Arthur Phillip fut autorisé à appareiller pour la Grande Terre du Sud. C'était en 1787. Sa flotte de onze navires emmenait plus de mille condamnés, sans compter les matelots, les officiers et un contingent de fusiliers marins. Ce n'était pas une glorieuse odyssée à la recherche de liberté que cette expédition. A la fin de janvier 1788, soit huit mois après avoir quitté l'Angleterre, la flotte mouilla dans Botany Bay. Sa Démente Majesté George III avait trouvé un nouveau dépotoir pour ses forçats, la colonie de la Nouvelle-Galles du Sud.

En 1801, alors qu'il venait tout juste d'avoir vingt ans, Roderick Armstrong fut condamné à la déportation à perpétuité. Par la suite, ses descendants affirmèrent qu'il était issu d'une famille noble du Somerset, ayant été ruinée par la révolution américaine, et qu'il avait été victime d'une erreur judiciaire, mais aucun d'eux ne tenta très sérieusement de remonter jusqu'aux antécédents de l'illustre ancêtre. Tous se contentèrent de profiter du reflet de sa gloire en l'enjolivant quelque peu.

Quelles que fussent ses origines et sa position en regard de la justice anglaise, le jeune Roderick n'en était pas moins un homme irréductible. Tout au long des huit mois de l'atroce voyage qui le conduisit en Nouvelle-Galles du Sud, il se révéla un prisonnier obstiné, intraitable, qui suscita encore davantage l'intérêt des officiers du bord en se refusant à mourir. Quand il débarqua à Sydney, en 1803, son comportement devint encore plus agressif et on l'expédia à Norfolk Island, la prison des irrécupérables. Rien n'améliora sa conduite. On le priva de nourriture; on l'emmena dans une cellule si réduite qu'il ne pouvait ni s'y asseoir, ni s'y tenir debout, ni s'y étendre; on le fouetta jusqu'à ce que son dos ne fût plus qu'un magma sanguinolent; on l'enchaîna à un rocher sur la grève d'où on ne le retira qu'à demi noyé. Et il riait au nez de ses tortionnaires, misérable tas d'os dans une enveloppe infecte; plus une seule dent dans sa bouche, pas un centimètre de sa peau qui ne fût marqué, habité de l'intérieur par un feu de ressentiment et de défi que rien ne semblait devoir apaiser. A chaque aube, il bandait sa volonté pour ne pas mourir et, chaque soir, il riait de son triomphe à la pensée d'être encore vivant.

En 1810, il fut envoyé dans le territoire de Van Diemen, enchaîné à d'autres forçats qui perçaient une route à travers le pays du granit, derrière Hobart. A la première occasion, il se servit de sa pioche pour tailler en pièces le militaire commandant le détachement; dix autres bagnards se joignirent à lui pour massacrer cinq soldats de plus, en leur arrachant la chair centimètre par centimètre, jusqu'à ce que mort s'ensuive, se repaissant des cris d'agonie de leurs bourreaux. Forçats et gardes étaient des bêtes, des créatures élémentaires dont la faculté d'émotion avait été atrophiée jusqu'à les ravaler au-dessous de l'humain. Roderick Armstrong était tout aussi incapable de s'enfuir en épargnant ses tortionnaires ou en leur infligeant une mort rapide que d'admettre sa condition de bagnard.

Avec le rhum, le pain et la viande séchée qu'ils prirent à leurs gardiens, les onze hommes se frayèrent un chemin à travers la forêt battue par une pluie glacée, atteignirent le port baleinier d'Hobart où ils volèrent une chaloupe pour entreprendre la traversée de la mer de Tasmanie sans vivres, ni eau, ni voiles. Lorsque l'embarcation fut jetée sur la côte sauvage à l'ouest de l'Ile du Sud de la Nouvelle-Zélande, Roderick Armstrong et deux de ses compagnons étaient encore vivants. Il n'évoqua jamais cet incroyable voyage, mais on prétend que les trois rescapés ne survécurent qu'en tuant et en mangeant les plus faibles.

Ces événements se déroulèrent neuf ans exactement après son départ d'Angleterre. Il était encore jeune, mais paraissait avoir soixante ans. Lorsque les premiers colons officiellement reconnus comme tels débarquèrent en Nouvelle-Zélande en 1840, il s'était approprié des terres dans la riche contrée de Canterbury, fleuron de l'Ile du Sud, avait « épousé » une Maori et engendré treize beaux métis. Et, dès 1860, les Armstrong, devenus des aristocrates de la colonie, envoyaient leur progéniture dans les collèges les plus selects d'Angleterre; ils avaient amplement prouvé par leur habileté et leur âpreté qu'ils étaient effectivement les dignes descendants d'un homme d'une trempe exceptionnelle. James, le petit-fils de Roderick, eut Fiona en 1880, unique fille sur une progéniture de quinze enfants.

En admettant que Fee regrettât les austères pratiques protestantes de son enfance, elle n'en disait rien. Elle tolérait les convictions religieuses de Paddy et assistait à la messe à ses côtés, veillant à ce que ses enfants vivent dans la vénération d'un Dieu unique, celui des catholiques. Mais, puisqu'elle ne s'était jamais convertie, certains rites restaient absents, comme les grâces avant les repas, les prières au moment du coucher et la religiosité quotidienne.

A part son unique visite à Wahine, huit mois auparavant, Meggie n'était jamais allée plus loin que la grange et la forge de la combe. Le matin du jour où elle devait se présenter à l'école pour la première fois, elle était tellement surexcitée qu'elle vomit son petit déjeuner; il fallut l'emporter dans sa chambre, la laver et la changer. Et la dépouiller de son joli costume neuf, bleu foncé, avec un grand col marin blanc, pour la revêtir de l'horrible sarrau marron qui se boutonnait si haut autour de son petit cou qu'elle avait toujours l'impression qu'il l'étranglait.

— Et, pour l'amour de Dieu, Meggie, la prochaine fois que tu auras envie de vomir, préviens-moi, préviens-moi! Ne reste pas assise comme une bûche jusqu'à ce qu'il soit trop tard, ce qui m'oblige à nettoyer toutes tes saletés en plus du reste! Maintenant, il va falloir te dépêcher parce que, si tu arrives après la cloche, sœur Agatha te fera tâter de sa baguette. Tiens-toi bien et écoute tes frères.

Bob, Jack, Hughie et Stuart sautaient à cloche-pied devant le portail quand Fee apparut enfin, poussant Meggie devant elle; la petite emportait son déjeuner, des sandwichs à la confiture, dans un vieux cartable.

— Allez, viens, Meggie, on va être en retard! cria Bob en s'éloignant sur la route.

Meggie suivit en courant les silhouettes de ses frères qui, déjà, s'amenuisaient.

Il était un peu plus de 7 heures et le soleil brillait depuis longtemps; la rosée avait séché sur l'herbe, sauf aux endroits où les doux rayons ne l'atteignaient pas. La route de Wahine, ou plutôt un chemin de terre, laissait voir les ornières creusées par les roues de charrettes, deux rubans rouge sombre, séparés par une large bande herbeuse d'un vert éclatant. Le blanc des arums se mêlait à l'orangé des capucines en pleine floraison de chaque côté de la route où couraient les pimpantes clôtures de bois tenant à distance les passants.

Bob se rendait toujours à l'école en marchant en

équilibre sur les clôtures de droite; sa gibecière de cuir sur la tête, au lieu de la porter dans le dos. La barrière de gauche appartenait à Jack, ce qui autorisait les trois plus jeunes Cleary à se partager le chemin. Au sommet de la côte longue et abrupte qu'il leur fallait gravir depuis la combe de la forge jusqu'à l'endroit où le chemin de Robertson rejoignait la route de Wahine, les enfants marquèrent une pause pour reprendre leur souffle. Les cinq têtes flamboyantes se découpaient sur le ciel criblé de nuages vaporeux. C'était là le meilleur moment : descendre la pente. Ils se tenaient par la main et galopaient sur le bas-côté herbeux qui se fondait bientôt en une profusion de fleurs; là, invariablement, ils souhaitaient avoir le temps de se glisser sous la clôture de M. Chapman afin de dévaler jusqu'en bas comme des pierres.

Huit kilomètres séparaient la maison des Cleary de Wahine et, quand Meggie aperçut les poteaux télégraphiques dans le lointain, ses jambes tremblaient et ses chaussettes recouvraient ses bottines. L'oreille tendue pour surprendre le son de la cloche, Bob lui jeta un coup d'œil d'impatience; elle clopinait, tirant sur sa culotte, laissant échapper de temps en temps un halètement angoissé. Sous la masse cuivrée des cheveux, son petit visage était rose et pourtant curieusement pâle. Bob passa son cartable à Jack et, bras ballants, s'approcha de sa sœur.

— Viens, Meggie, monte sur mon dos pour le reste du chemin, proposa-t-il non sans rudesse, tout en jetant un regard mauvais à ses frères au cas où ceux-ci s'aviseraient de la traiter de mauviette.

Meggie grimpa sur son dos, se hissa assez haut pour pouvoir passer les jambes autour de la taille de son frère et, avec bonheur, nicha sa tête contre l'épaule osseuse du gamin. Maintenant, elle pourrait découvrir Wahine confortablement.

Il n'y avait pas grand-chose à voir. Guère plus important qu'un gros bourg, Wahine s'étageait de chaque côté d'une route goudronnée. L'hôtel constituait le bâtiment le plus imposant; il avait un étage et une tente, soutenue par deux poteaux, qui avançait dans la rue et protégeait du soleil. Puis, dans l'ordre d'importance, venait le bazar qui, lui aussi, pouvait se prévaloir d'un auvent de toile et de deux longs bancs qui flanquaient ses vitrines encombrées permettant aux passants de se reposer. Un mât se dressait devant la loge maçonnique; à son sommet, un drapeau de l'Union Jack assez défraîchi battait sous la brise. La ville ne s'enorgueillissait pas encore d'un garage, les automobiles se limitant à quelques rares exemplaires; mais, non loin de la loge maçonnique, il y avait la grange du maréchal-ferrant et, près de l'écurie, une pompe à essence trônait à côté de l'abreuvoir. La seule construction qui attirait réellement l'œil abritait un magasin à la façade d'un bleu agressif, très peu britannique; toutes les autres bâtisses disparaissaient sous une couche de peinture brune de bon aloi. L'école communale et l'Eglise d'Angleterre se dressaient côte à côte, juste face à la chapelle du Sacré-Cœur et l'école paroissiale.

Au moment où les Cleary passaient en courant à hauteur du bazar, la cloche catholique résonna, suivie par le son plus étouffé de celle de l'école communale. Bob accéléra sa course et les enfants déboulèrent dans la cour où une cinquantaine d'élèves se mettaient en rang devant une religieuse de petite taille, qui brandissait une baguette flexible plus haute qu'elle. Sans qu'on eût à le lui dire, Bob entraîna ses frères à l'écart et garda les yeux fixés sur le jonc.

Le couvent du Sacré-Cœur comportait un étage mais, du fait qu'il se dressait à bonne distance de la route derrière une clôture, cela n'apparaissait pas à première vue. Les trois religieuses de l'ordre des Sœurs de la Miséricorde habitaient à l'étage avec une quatrième nonne, faisant office de gouvernante et qu'on ne voyait

jamais; les trois grandes salles consacrées à l'enseignement se partageaient le rez-de-chaussée. Une large
véranda ménageant de l'ombre courait tout autour du
bâtiment rectangulaire. Lorsqu'il pleuvait, les enfants
étaient autorisés à s'y asseoir en bon ordre pendant les
récréations et au moment du déjeuner, alors que par
beau temps l'endroit restait rigoureusement interdit
aux élèves. Plusieurs figuiers imposants prodiguaient
de l'ombre sur le vaste terrain qui, derrière l'école, descendait en pente douce jusqu'à une aire herbeuse, pom-
peusement baptisée « terrain de cricket » en raison de
la principale activité qui s'y déroulait.

Sans se préoccuper des ricanements étouffés montant des rangs des élèves, Bob et ses frères se tenaient
rigoureusement immobiles tandis que les enfants
gagnaient les salles de classe aux accents de *La Foi de
nos Pères* que sœur Catherine martelait sur le piano
aux sonorités un rien métalliques. Ce ne fut que lorsque
le dernier des élèves eut disparu à l'intérieur que sœur
Agatha abandonna sa pose figée; les plis de sa lourde
jupe de serge balayant impérieusement le gravier, elle
s'avança vers les Cleary.

Meggie, qui n'avait jamais vu de religieuse auparavant, resta bouche bée. La vision était réellement saisissante; un être fait de trois taches : la carnation du
visage et des mains, le blanc éclatant de la guimpe et du
plastron amidonnés, la robe du noir le plus noir sur
laquelle tranchait un massif chapelet de grains de bois
pendant à l'anneau de fer qui réunissait les extrémités
d'une large ceinture de cuir entourant la taille massive
de sœur Agatha. La peau de la religieuse se teintait
perpétuellement d'un ton rougeâtre dû à un excès de
propreté et à la pression des bords coupants de la
guimpe qui encadrait une face trop déshumanisée pour
être appelée visage; de petites touffes de poils lui pique-
taient le menton que la pression du plastron dédoublait
impitoyablement. Ses lèvres étaient totalement invisi-

bles, comprimées en une unique ligne de concentration axée sur la tâche difficile consistant à être l'épouse du Christ dans une colonie perdue, aux saisons inversées, alors qu'elle avait prononcé ses vœux dans la douce quiétude d'un couvent de Killarney, quelque cinquante ans auparavant. Deux petites marques écarlates lui ponctuaient l'arête du nez, là où s'exerçait la pression inexorable d'un lorgnon cerclé d'acier derrière lequel ses yeux bleu pâle, aigus, scrutaient êtres et choses avec suspicion.

— Eh bien, Robert Cleary, pourquoi êtes-vous en retard? aboya sœur Agatha de sa voix sèche qui, autrefois, avait eu les douces inflexions irlandaises.

— Je suis désolé, ma sœur, répondit Bob avec raideur tandis que ses yeux bleus demeuraient rivés sur l'extrémité de la baguette flexible qui oscillait d'avant en arrière.

— Pourquoi êtes-vous en retard? répéta-t-elle.

— Je suis désolé, ma sœur.

— C'est le jour de la rentrée des classes, Robert Cleary, et j'aurais cru qu'en une telle circonstance vous auriez fait l'effort d'arriver à l'heure.

Meggie frissonna et fit appel à tout son courage.

— Oh, je vous en prie, ma sœur, c'est ma faute! murmura-t-elle d'une petite voix étranglée.

Les yeux bleu pâle abandonnèrent Bob, se portèrent sur Meggie, semblant la transpercer jusqu'à l'âme tandis qu'elle levait vers la religieuse un regard innocent, n'ayant pas conscience qu'elle transgressait la première règle de conduite dans le duel sans merci opposant enseignantes et élèves : ne jamais fournir spontanément le moindre renseignement. Bob lui décocha un coup de pied dans le mollet et Meggie lui coula un regard éberlué.

— Pourquoi est-ce votre faute? demanda la religieuse du ton le plus froid que Meggie eût jamais entendu.

— Eh bien, j'ai vomi partout sur la table, et c'est allé

jusque dans ma culotte. M'man a dû me laver et me changer de robe et ça nous a tous mis en retard, expliqua maladroitement Meggie.

Les traits de sœur Agatha ne perdirent rien de leur fixité, mais sa bouche se serra comme un ressort trop tendu et l'extrémité de sa baguette s'abaissa de quelques centimètres.

— Qu'est-ce que c'est que ça? demanda-t-elle à Bob comme si l'objet de sa question était une espèce d'insecte non répertoriée et particulièrement répugnante.

— Excusez-moi, ma sœur. C'est Meghann, ma petite sœur.

— Eh bien, à l'avenir, essayez de lui faire comprendre qu'il existe certains sujets dont les gens bien élevés ne parlent jamais, Robert. En aucune occasion, nous ne mentionnons par son nom la moindre pièce de nos vêtements de dessous. Jamais, jamais! Tous les enfants issus d'une famille convenable devraient nécessairement le savoir. Tendez les mains, tous.

— Mais, ma sœur, c'était ma faute! gémit Meggie.

Elle tendit les mains, paumes en l'air, car elle avait bien souvent vu ses frères mimer la scène à la maison.

— Silence! intima sœur Agatha en se tournant vers elle. Il m'importe peu de savoir lequel de vous est responsable. Vous êtes tous en retard, vous devez donc tous être punis. Six coups.

Elle prononça la sentence d'un ton uni, avec délectation.

Terrifiée, Meggie observa les mains immobiles de Bob, vit la longue baguette s'abattre en sifflant, si vite qu'elle ne pouvait en suivre le mouvement des yeux, claquer en heurtant le centre de la paume, là où la chair est douce et tendre. Un sillon pourpre apparut immédiatement; le coup qui suivit fut appliqué à la jonction des doigts et de la paume, endroit encore plus vulnérable, et le dernier rencontra l'extrémité des phalanges, là où le cerveau a chargé la peau de plus de sensibilité que partout ailleurs, les lèvres mises à part. La précision de sœur Agatha tenait du prodige. Trois nouveaux coups suivirent sur l'autre main de Bob avant qu'elle ne reportât son attention sur Jack. Bob était pâle, mais il n'esquissa pas le moindre mouvement, ne laissa pas échapper l'ombre d'un cri, pas plus que ses frères quand leur tour fut venu, y compris le paisible et tendre Stuart.

Tandis que Meggie suivait du regard l'extrémité de la baguette qui s'élevait au-dessus de ses mains, ses yeux se fermèrent involontairement et elle ne la vit donc pas redescendre. Mais la douleur éclata comme une explosion, brûlure, lacération de sa chair jusqu'à l'os; alors que la souffrance s'étendait, remontant dans l'avant-bras, le coup suivant s'abattit et, quand le mal atteignit l'épaule, le troisième et dernier coup sur l'extrémité des phalanges lui vrilla le cœur. Elle planta ses dents dans sa lèvre inférieure et mordit, trop honteuse et trop fière pour pleurer, trop courroucée et indignée devant une telle injustice pour oser ouvrir les yeux et regarder sœur Agatha; elle assimilait la leçon, même si sa substance n'était pas celle que la religieuse souhaitait lui inculquer.

Ce ne fut qu'à l'heure du repas qu'elle recouvra le plein usage de ses mains. Meggie avait passé la matinée dans un brouillard de crainte et de stupeur, ne comprenant rien à ce qui était dit ou fait. Rencognée derrière le pupitre à deux places, au dernier rang de la classe des plus jeunes, elle ne remarqua même pas l'élève qui partageait son banc. Elle passa tristement l'heure du déjeuner, blottie entre Bob et Jack dans un coin écarté de la cour de récréation. Seule, la sévère injonction de Bob l'amena à manger les sandwichs à la confiture de groseilles préparés par sa mère.

Quand la cloche appela les élèves pour la classe de l'après-midi, Meggie trouva une place dans le rang; ses yeux commençaient à distinguer ce qui se passait autour d'elle. La honte de sa punition ne se dissipait pas, mais elle tenait la tête haute et faisait mine de ne pas remarquer les coups de coude et les chuchotements de ses petites compagnes.

Sœur Agatha se dressait devant les rangs, sa baguette à la main; sœur Declan allait et venait à l'arrière; sœur Catherine, assise au piano dans la classe, attaqua : *En avant, Soldats du Christ*, en accentuant lourdement les deuxième et quatrième temps. C'était à proprement parler un hymne protestant, mais la guerre l'avait dépouillé de tout sectarisme. « Ces chers enfants marchent exactement comme s'ils étaient de petits soldats » songea fièrement sœur Catherine.

Parmi les trois religieuses, sœur Declan était la réplique exacte de sœur Agatha avec quinze ans de moins, alors que sœur Catherine avait encore quelque chose de vaguement humain. Irlandaise, évidemment, elle avait une trentaine d'années et l'éclat de son ardeur n'était pas encore totalement terni; elle persistait à éprouver de la joie à enseigner et continuait à voir l'image impérissable du Christ dans les petits visages adorablement levés sur elle. Mais elle faisait la classe aux plus âgés, ceux que sœur Agatha estimait avoir suffisamment matés pour qu'ils se conduisent convenablement malgré une maîtresse jeune et indulgente. Sœur Agatha, elle, se chargeait des plus petits afin de façonner esprits et cœurs dans la malléable glaise enfantine, abandonnant les élèves de la classe intermédiaire à sœur Declan.

Bien dissimulée au dernier rang, Meggie osa couler un regard vers la petite fille assise à côté d'elle. Un sourire édenté accueillit son audace; d'immenses yeux noirs illuminaient un visage sombre, légèrement luisant. La fillette fascina Meggie habituée à la blondeur et aux taches de rousseur car même Frank, avec ses yeux et ses cheveux noirs, avait une peau claire, laiteuse; aussi Meggie ne tarda-t-elle pas à considérer sa compagne comme la plus belle créature qu'elle eût jamais vue.

— Comment tu t'appelles? demanda la beauté ténébreuse du coin des lèvres tout en mâchonnant l'extrémité de son crayon dont elle cracha les fibres dans l'encrier vide.

— Meggie Cleary, chuchota-t-elle.

— Vous, là-bas! lança une voix sèche, rocailleuse, à l'autre bout de la classe.

Meggie sursauta, regarda autour d'elle avec stupéfaction. Suivit un bruit confus quand vingt enfants posèrent simultanément leurs crayons, puis monta un crissement étouffé tandis que les précieuses feuilles de papier étaient écartées pour permettre aux coudes anguleux de se poser subrepticement sur les pupitres. Le cœur lui cognant dans la poitrine, Meggie se rendit compte que tous les regards convergeaient vers elle. Sœur Agatha venait rapidement dans sa direction. La terreur submergea la fillette si violemment qu'elle eût souhaité disparaître, fuir. Mais aucune échappatoire. Derrière elle la cloison, de chaque côté les pupitres, devant la Sœur Agatha. Ses yeux mangeaient son petit visage pincé quand elle les leva vers la religieuse; ils reflétaient la peur qui l'étreignait; ses mains s'ouvraient et se serraient spasmodiquement.

— Vous avez parlé, Meghann Cleary.

— Oui, ma sœur.

— Et qu'avez-vous dit?

— Mon nom, ma sœur.

— Votre *nom*! railla sœur Agatha en lançant un regard circulaire sur la classe comme si les autres élèves devaient partager son mépris. Eh bien, mes enfants, nous sommes vraiment comblés! Un autre membre de la famille Cleary nous honore de sa présence et éprouve le besoin de claironner son nom! (Elle se retourna vers Meggie.) Debout! Levez-vous quand je m'adresse à vous, espèce de petite sauvage! Et tendez vos mains.

41

Meggie jaillit de son siège, ses longues boucles suivirent son mouvement, lui retombèrent devant le visage avant de s'écarter en voletant. Elle se tordit désespérément les mains, mais sœur Agatha ne bougeait pas; elle se contentait d'attendre, d'attendre, d'attendre... Puis Meggie trouva la force de tendre les paumes mais, au moment où le jonc s'abattait, elle les retira vivement avec un halètement d'effroi. Sœur Agatha empoigna la crinière rousse et l'attira vers elle, amenant le visage de Meggie à quelques centimètres du terrifiant lorgnon.

— Tendez les mains, Meghann Cleary, dit-elle, courtoise, froide, implacable.

Meggie ouvrit la bouche et vomit son déjeuner sur le devant de la robe de sœur Agatha. Suivit un râle horrifié de la part de tous les enfants de la classe tandis que, debout, sœur Agatha regardait les dégoûtantes vomissures qui dégoulinaient le long des plis de sa robe; son visage empourpré laissait percer sa rage et sa stupeur. Puis, la baguette s'abattit, sans discernement, frappa Meggie partout où elle pouvait l'atteindre; la petite levait le bras pour se protéger le visage et, tout en continuant à avoir des haut-le-cœur, elle alla se tapir dans un coin. Quand sœur Agatha fut lasse de frapper, elle désigna la porte.

— Hors d'ici! Rentrez chez vous, dégoûtante petite philistine!

Elle pivota sur les talons et passa dans la classe de sœur Declan.

Les yeux éperdus de Meggie découvrirent Stuart; celui-ci hocha la tête pour lui confirmer qu'elle devait obéir; les doux yeux bleu-vert du garçon débordaient de pitié et de compréhension. Elle s'essuya la bouche avec son mouchoir, trébucha pour passer le seuil et se retrouva dans la cour de récréation. Il restait encore deux heures avant la fin de la classe; machinalement, elle descendit la rue, sachant que ses frères ne seraient pas en mesure de la rattraper, trop effrayée pour chercher un endroit où elle pourrait les attendre; il lui fallait rentrer toute seule, avouer à m'man toute seule.

Fee faillit tomber sur sa fille en franchissant le seuil de la porte de derrière, courbée sous le poids d'une corbeille de linge à étendre. Meggie était assise sur la plus haute marche de la véranda, tête baissée, boucles poisseuses, robe tachée. Fee posa le lourd panier, soupira, écarta une mèche qui lui retombait sur les yeux.

— Alors, qu'est-ce qui s'est passé? demanda-t-elle, l'air las.

— J'ai vomi partout sur la robe de sœur Agatha.

— Oh, Seigneur Dieu! marmotta Fee, les mains sur les hanches.

— Elle m'a aussi donné des coups de baguette, murmura Meggie, les yeux embués.

— Eh bien, c'est du propre, dit Fee en se chargeant de sa corbeille avec effort. Meggie, je ne sais vraiment pas ce que je vais faire de toi. Nous verrons ce que va dire papa.

Et elle s'éloigna, traversa l'arrière-cour en direction de la corde à linge sur laquelle une rangée de vêtements battait dans le vent.

Meggie se frotta la figure; un instant, elle suivit des yeux sa mère, puis se leva et descendit le sentier menant à la forge.

Frank avait juste fini de ferrer la jument baie de M. Robertson. Il la faisait reculer dans une stalle quand Meggie apparut sur le seuil. Il se retourna, la vit, et le souvenir des tourments qu'il avait endurés à l'école lui revint. Elle était si petite, si pouponne, si innocente, mais la lueur vive de ses yeux avait été brutalement gommée pour faire place à une expression qui lui donna envie d'assassiner sœur Agatha. L'assassiner, l'assassiner réellement. Prendre son double menton entre ses doigts et serrer... Il lâcha ses outils, se dépouilla du tablier de cuir, s'approcha vivement.

— Qu'est-ce qu'il y a, mon petit? demanda-t-il en s'agenouillant devant sa sœur.

L'odeur de vomi qu'elle dégageait l'écœura, mais il réprima son dégoût.

— Oh, Fran-Fran-Frank! gémit-elle, le visage convulsé ruisselant de larmes enfin libérées.

Elle lui jeta les bras autour du cou, s'accrocha passionnément à lui; elle pleura à la façon curieusement silencieuse, douloureuse, de tous les petits Cleary dès qu'ils étaient sortis de la prime enfance. Peine horrible à voir qui ne pouvait être dissipée par des paroles ou des baisers.

Lorsqu'elle s'apaisa, il la souleva et la jucha sur un tas de foin d'où montait une odeur douce, à côté de la jument de M. Robertson; ils demeurèrent assis là, ensemble, laissant la bête mordiller la litière, oublieux du monde. La tête de Meggie reposait contre la poitrine douce et nue de Frank; des mèches de cheveux flamboyants se soulevaient sous le souffle de la jument qui s'ébrouait de plaisir.

— Pourquoi est-ce qu'elle nous a tous punis, Frank? demanda Meggie. Je lui ai dit que c'était de ma faute.

Frank s'était habitué à l'odeur que dégageait sa sœur et il n'y prêtait plus attention; il tendit la main et, machinalement, caressa les naseaux de la jument, la repoussant légèrement quand elle devenait trop familière.

— Nous sommes pauvres, Meggie, c'est là la raison essentielle. Les religieuses détestent toujours les élèves pauvres. Quand tu auras fréquenté depuis quelques jours l'école sinistre de sœur Agatha, tu t'apercevras que ce n'est pas seulement aux Cleary qu'elle s'en prend, mais aussi aux Marshall et aux MacDonald. Nous sommes tous pauvres. Eh! si nous étions riches et que nous nous rendions à l'école dans une belle calèche comme les O'Brien, les sœurs nous sauteraient au cou. Mais nous ne pouvons pas offrir un orgue à l'église ni des chasubles dorées, pas plus qu'un cheval et une carriole aux religieuses pour leur usage personnel. Alors, nous ne comptons pas. Elles peuvent nous traiter comme elles le veulent.

« Je me rappelle un soir où la sœur Agatha était dans une telle rage contre moi qu'elle criait sans arrêt : « Pleurez, pour l'amour de Dieu! Criez, Francis Cleary! Si j'avais la satisfaction de vous entendre hurler, je ne vous frapperais pas autant ni si souvent. »

« Vois-tu, elle trouve là une autre raison de nous haïr; c'est une supériorité que nous avons sur les Marshall et les MacDonald; elle ne peut pas faire pleurer les Cleary. On est censé lui lécher les bottes. Eh bien, j'ai prévenu les garçons qu'ils auraient affaire à moi si jamais un Cleary gémissait quand il reçoit des coups de baguette, et c'est valable aussi pour toi, Meggie. Peu importe ce que tu endureras, ne laisse jamais échapper une plainte. As-tu pleuré aujourd'hui?

— Non, Frank.

Elle bâilla, ses paupières s'alourdirent et son pouce erra à l'aveuglette sur son visage à la recherche de sa bouche. Frank la coucha dans le foin et retourna à son travail, une chanson et un sourire aux lèvres.

Meggie dormait encore quand Paddy entra, les bras constellés de fumier après avoir nettoyé l'étable de M. Jarman, le chapeau à large bord ramené bas sur le front. Il observa Frank qui, entouré d'étincelles, façonnait un essieu sur l'enclume, puis ses yeux se portèrent vers l'endroit où sa fille se pelotonnait dans le foin sous le souffle de la jument de M. Robertson.

— Je me doutais que je la trouverais là, grommela Paddy en abaissant sa badine pour entraîner son vieux rouan vers la stalle la plus éloignée.

Frank acquiesça d'un bref signe de tête et leva les yeux vers son père avec ce regard sombre, empreint de doute, que Paddy trouvait toujours tellement irritant. Puis il retourna à son essieu chauffé à blanc; la sueur luisait sur son torse nu.

Paddy dessella son cheval, le fit entrer dans une stalle, versa de l'eau dans l'abreuvoir, puis mélangea son et avoine pour le picotin. L'animal poussa des grognements affectueux quand Paddy vida le seau dans la mangeoire et suivit son maître des yeux au moment où celui-ci gagnait la grande auge à côté de la forge. Paddy ôta sa chemise, se lava bras, visage et torse, inondant sa culotte de cheval et sa chevelure. Il se sécha avec un vieux sac et posa sur son fils un regard interrogateur.

— M'man m'a appris que Meggie avait été punie et renvoyée chez elle. Sais-tu ce qui s'est passé exactement?

Frank abandonna son essieu qui venait de retrouver sa teinte de fer.

— La pauvre gosse a vomi sur la robe de sœur Agatha.

Paddy effaça vivement le sourire qui lui était monté aux lèvres, porta un instant les yeux sur le mur le plus éloigné afin de se composer une attitude, puis son regard retourna dans la direction de Meggie.

— Elle était surexcitée à l'idée d'aller à l'école, hein?

— Je ne sais pas. Elle a déjà vomi ce matin avant de partir et ça les a mis en retard. Ils sont arrivés après la cloche. Ils ont tous reçu six coups de baguette, mais Meggie était bouleversée parce qu'elle estimait être la seule à devoir être punie. Après le déjeuner, sœur Agatha s'en est de nouveau prise à elle et notre Meggie a restitué pain et confiture sur la belle robe noire de sœur Agatha.

— Et alors, que s'est-il passé ensuite?

— Sœur Agatha l'a gratifiée d'une dégelée de coups de baguette et l'a renvoyée chez elle, en pénitence.

— Eh bien, je crois qu'elle a été suffisamment punie. J'éprouve beaucoup de respect pour les sœurs et je sais qu'il ne nous appartient pas de critiquer leurs actes, mais je souhaiterais qu'elles se montrent un peu moins portées sur la baguette. Je sais qu'elles ont du mal à faire entrer un peu d'instruction dans nos têtes dures d'Irlandais mais, après tout, c'était le premier jour de classe de la petite Meggie.

Frank dévisagea son père, éberlué. Jamais auparavant, Paddy ne s'était adressé d'homme à homme à son fils aîné. Tiré de son perpétuel ressentiment, Frank comprit qu'en dépit de toutes ses vantardises, Paddy portait plus de tendresse à Meggie qu'à ses fils. Il éprouva presque de la sympathie pour son père, et il sourit sans arrière-pensée.

— C'est une gamine épatante, hein?

Paddy opina, l'air absent, absorbé qu'il était à contempler sa fille. La jument plissait les lèvres, retroussait les naseaux; Meggie remua, roula sur le côté et ouvrit les yeux. Lorsqu'elle aperçut son père, debout à côté de Frank, elle se redressa brusquement, blême de crainte.

— Eh bien, fillette, tu as eu une journée chargée, hein?

Paddy s'avança, la souleva et accusa un sursaut quand un relent de vomissure lui assaillit les narines. Puis il haussa les épaules et la serra contre lui.

— J'ai reçu des coups de trique, p'pa, avoua-t-elle.

— Ma foi, d'après ce que je sais de sœur Agatha, ce ne sera pas la dernière fois. (Il rit et la jucha sur son épaule.) On ferait mieux d'aller voir si m'man a assez d'eau chaude pour te donner un bain. Tu sens encore plus mauvais que l'étable de Jaman.

Frank gagna le seuil et suivit des yeux les deux crinières rousses qui s'éloignaient sur le sentier; en se retournant, il rencontra le doux regard de la jument fixé sur lui.

— Allons, viens, espèce de vieille bique. Je vais te reconduire chez toi, lui dit-il en ramassant une longe.

Les vomissements de Meggie eurent un effet heureux. Sœur Agatha continua de lui infliger des coups de baguette, mais toujours à distance suffisante pour échapper aux conséquences, ce qui atténuait sa force et compromettait sa précision.

Sa petite voisine au teint olivâtre, la plus jeune des filles de l'Italien, propriétaire du café à la devanture bleu éclatant, s'appelait Teresa Annunzio. Elle était juste assez terne pour une pas attirer l'attention de sœur Agatha sans l'être suffisamment pour être en butte à ses foudres. Lorsque ses dents eurent poussé, elle devint d'une beauté saisissante et Meggie l'adorait. Pendant les récréations, les deux fillettes se promenaient dans la cour, le bras de l'une passé autour de la taille de l'autre, ce qui indiquait qu'elles étaient « amies intimes » et les mettait en marge de leurs camarades. Et elles parlaient, parlaient, parlaient.

Un jour, à l'heure du déjeuner, Teresa l'emmena au café pour lui faire faire connaissance de ses parents et de ses grands frères et sœurs. La famille se montra aussi enthousiasmée par la flamboyance de la crinière de leur jeune invitée que celle-ci l'était devant leurs cheveux sombres. Les Annunzio la comparaient à un ange lorsqu'elle tournait vers eux ses immenses yeux gris piquetés de paillettes. De sa mère, Meggie avait hérité d'une allure racée, indéfinissable, que chacun percevait dès le premier regard; elle produisit le même effet sur les Annunzio. Aussi empressés à la séduire que Teresa, ils la comblèrent de grosses tranches de pommes de terre frites dans un chaudron bouillonnant, d'un morceau de poisson délicieux qui avait été jeté dans une pâte à frire avant d'être plongé dans la graisse liquide avec les pommes de terre, mais dans un panier de fil de fer différent. Meggie n'avait jamais goûté à rien de plus succulent et elle aurait souhaité déjeuner au café plus souvent. Mais il s'agissait là d'une faveur requérant une autorisation spéciale de sa mère et des religieuses.

A la maison, sa conversation était constamment émaillée de : « Teresa dit » et « Savez-vous ce qu'a fait

Teresa ? » jusqu'au jour où Paddy explosa et déclara qu'il en avait suffisamment entendu sur Teresa.

— Je me demande si c'est une bonne chose qu'elle se soit entichée de cette Rital, grommela-t-il, partageant la méfiance instinctive des Britanniques à l'égard des peaux olivâtres et des peuples méditerranéens. Les Ritals sont sales, ma petite Meggie, expliqua-t-il maladroitement, perdant peu à peu contenance devant le regard de reproche blessé que lui adressait sa fille.

Furieusement jaloux, Frank abonda dans le sens de son père. Et Meggie parla moins fréquemment de son amie. Mais la désapprobation familiale n'eut pas de répercussions dans ses relations, limitées il est vrai par la distance séparant la maison de l'école et se cantonnant aux seules heures de classe. Bob et ses autres frères n'étaient que trop heureux de la voir aussi totalement absorbée par Teresa, ce qui leur permettait de courir follement dans la cour sans avoir à se préoccuper de leur petite sœur.

Les signes inintelligibles que sœur Agatha écrivait constamment au tableau noir commencèrent progressivement à prendre un sens et Meggie apprit que « + » signifiait que l'on additionnait tous les chiffres pour parvenir à un total, tandis que « — » sous-entendait qu'il fallait retrancher les chiffres du bas de ceux du haut, et l'on se retrouvait avec un total inférieur. C'était une enfant éveillée qui aurait pu devenir une excellente élève si elle était parvenue à surmonter sa peur de sœur Agatha. Mais dès que les petits yeux bleu pâle se vrillaient sur elle et que la voix sèche lui posait brusquement une question, elle se troublait et bégayait, incapable de réfléchir. Elle était douée pour l'arithmétique mais lorsqu'on lui demandait de faire preuve de son savoir oralement, elle ne pouvait se rappeler combien faisaient deux et deux. La lecture la projeta dans un monde si fascinant qu'elle s'en montra insatiable, mais quand sœur Agatha l'obligeait à se lever pour lire un passage à haute voix, elle ne parvenait plus à prononcer le moindre mot. Il lui semblait que des tremblements la saisissaient dès que la religieuse émettait ses commentaires sarcastiques ou qu'elle rougissait parce que les autres élèves se moquaient d'elle. C'était en effet toujours son ardoise que sœur Agatha brandissait pour susciter les railleries, ses feuilles de papier laborieusement couvertes de pattes de mouche auxquelles la nonne avait recours comme exemple de travail bâclé. Certains des enfants plus fortunés avaient la chance de posséder des gommes mais, en lieu et place, Meggie usait de son doigt mouillé qu'elle frottait sur les fautes jusqu'à ce que l'écriture se muât en taches et que le papier, ainsi gratté, s'effilochât en fines particules. Il s'ensuivait des trous, ce qui était rigoureusement interdit, mais elle était désespérée, prête à tout pour éviter les rigueurs de sœur Agatha.

Jusqu'à l'arrivée de Meggie, Stuart avait constitué la cible principale de la baguette de sœur Agatha, l'objet de son venin. Mais Meggie se révéla un bien meilleur souffre-douleur; en effet, la tranquillité songeuse de Stuart et sa réserve presque angélique étaient difficiles à vaincre, même pour sœur Agatha. Par contre, Meggie tremblait et devenait rouge comme une pivoine malgré ses efforts méritoires pour s'en tenir à la ligne de conduite Cleary telle qu'elle avait été définie par Frank. Stuart éprouvait une profonde pitié pour sa sœur et essayait de lui faciliter les choses en détournant délibérément sur lui la colère de la religieuse. Sœur Agatha voyait clair dans son jeu, ce qui décuplait sa hargne à l'encontre de l'esprit de clan des Cleary, aussi vif chez la fillette que chez ses frères. Si on l'avait interrogée sur les raisons exactes de son aversion pour les Cleary, elle eût été incapable de répondre. Mais, pour une vieille religieuse aigrie par l'orientation de sa vie, une famille aussi fière et ombrageuse que celle des Cleary se révélait proprement insupportable.

Meggie était gauchère, c'était son pire péché. Lorsqu'elle saisit vivement sa craie à l'occasion de sa première leçon d'écriture, sœur Agatha fondit sur elle comme César sur les Gaulois.

— Meghann Cleary, posez ça! tonna-t-elle.

Ainsi commença une bataille homérique. Meggie était gauchère, incurablement, sans rémission. Quand sœur Agatha lui plia les doigts de la main droite autour de la craie, les tint suspendus au-dessus de l'ardoise, Meggie sentit sa tête lui tourner, sans avoir la moindre idée de la façon dont elle pourrait contraindre sa main défaillante à souscrire à ce que sœur Agatha exigeait d'elle. Elle devint tout à coup sourde, muette et aveugle. Sa main droite, cet appendice inutile, n'était pas plus reliée à son processus de pensée que ses orteils. La ligne qu'elle traça se perdit à côté de l'ardoise tant elle éprouvait de difficultés à plier les doigts; elle laissa tomber sa craie, à croire qu'elle était soudain paralysée; aucun des efforts de sœur Agatha ne parvint à obtenir que la main droite de Meggie traçât un A. Puis, subrepticement, Meggie saisit la craie de la main gauche et, le bras entourant maladroitement l'ardoise sur trois côtés, réussit une ligne de A magnifiquement moulés.

Sœur Agatha sortit vainqueur de la bataille. Un matin, tandis que les élèves se mettaient en rangs, elle ramena le bras gauche de Meggie derrière son dos, le lui lia avec une corde qu'elle ne détacha qu'après le tintement de la cloche mettant fin à la classe à 3 heures de l'après-midi. Même pendant la pause du déjeuner, Meggie se vit obligée de manger, se promener, jouer avec le côté gauche fermement immobilisé. Cela prit trois mois, mais elle finit par apprendre à écrire correctement, selon les principes institués par sœur Agatha, bien que le tracé de ses lettres ne se révélât jamais très satisfaisant. Afin de s'assurer que la fillette ne s'aviserait pas de réutiliser son bras gauche, elle le lui lia au flanc pendant encore deux mois; après quoi, sœur Agatha réunit tous les élèves pour dire un chapelet et rendre grâces à Dieu qui, dans sa mansuétude, avait démontré son erreur à Meggie. Les enfants du bon Dieu étaient tous droitiers; les gauchers avaient été engendrés par le diable, surtout quand ils étaient roux.

Au cours de cette première année d'école, Meggie perdit sa graisse poupine et devint très maigre, bien qu'elle ne grandît guère. Elle commença à se ronger les ongles et dut endurer les foudres de sœur Agatha qui l'obligeait à passer devant tous les pupitres de la classe, mains tendues, afin que tous les élèves pussent constater la hideur des ongles rongés. Et ceci alors qu'un enfant sur deux, entre cinq et quinze ans, rongeait ses ongles tout autant que Meggie.

Fee tira de son placard une bouteille d'extrait d'aloès et en badigeonna le bout des doigts de sa fille. Chacun des membres de la famille devait s'assurer qu'elle n'aurait pas la possibilité de se débarrasser de la teinture en se lavant et, quand ses camarades de classe remarquèrent les taches brunes et révélatrices, elle en fut très mortifiée. Si elle portait les doigts à la bouche, un goût exécrable lui levait le cœur, rappelant l'épouvantable odeur du produit antiparasites utilisé pour les moutons. En désespoir de cause, elle cracha sur son mouchoir et frotta la chair à vif jusqu'à ce que l'aloès eût pratiquement disparu. Paddy s'arma de sa badine, instrument infiniment plus clément que la baguette de sœur Agatha, et la pourchassa à travers la cuisine. Il n'était pas partisan de frapper ses enfants sur les mains, le visage ou les fesses; ses coups ne pleuvaient que sur les jambes. Celles-ci étaient tout aussi sensibles, assurait-il, et on ne risquait pas de fâcheuses conséquences. Cependant, en dépit de l'amertume de l'aloès, du ridicule, de sœur Agatha et de la badine de Paddy, Meggie continua à se ronger les ongles.

Son amitié avec Teresa Annunzio représentait la seule joie de sa vie, la seule chose qui rendît l'école supportable. Elle grillait d'impatience en attendant la récréation pour pouvoir s'asseoir à côté de Teresa, lui entourer la taille de son bras et, ainsi enlacées sous le grand figuier, parler, parler, parler. Il était souvent question de l'extraordinaire famille de Teresa, de ses nombreuses poupées et de son merveilleux service à thé à motifs chinois.

Lorsque Meggie vit le service à thé pour la première fois, elle en resta pétrifiée. Celui-ci comportait cent huit pièces avec des tasses, soucoupes, assiettes miniatures, théière, sucrier, pot à lait, minuscules couteaux, cuillères et fourchettes exactement à la taille d'une poupée. Teresa possédait d'innombrables jouets; non seulement elle était beaucoup plus jeune que ses sœurs, mais elle appartenait à une famille italienne, ce qui entendait qu'elle était passionnément et ouvertement aimée, et bénéficiait de tout ce que pouvaient procurer les ressources pécuniaires de son père. Chacune des fillettes considérait l'autre avec un mélange d'effroi et de convoitise, bien que Terasa n'enviât pas l'éducation stoïque de Meggie qui lui inspirait plutôt de la pitié. Comment pouvait-elle ne pas être autorisée à se jeter dans les bras de sa mère pour être câlinée, couverte de baisers? pauvre Meggie!

Quant à Meggie, elle se révélait incapable de comparer la petite mère replète et rayonnante de Teresa à la sienne, mince et austère, dont le visage ne s'éclairait jamais d'un sourire. Aussi n'imaginait-elle jamais que sa mère pût la prendre dans ses bras et l'embrasser. Par contre, elle aurait aimé que la maman de Teresa la prît dans ses bras et l'embrassât. Mais les visions de tendresse et de baisers la hantaient infiniment moins que celles du service à thé. Si délicat, si fin et translucide, si beau! Oh, si seulement elle possédait une telle splendeur qui lui permettrait de servir du thé à Agnès dans une magnifique tasse bleue et blanche trônant sur une soucoupe assortie!

Au cours de l'office du vendredi, célébré dans la vieille église ornée par les Maoris de naïves et grotesques sculptures et de fresques courant sur le plafond, Meggie s'agenouilla et pria de toutes ses forces pour qu'un tel service lui appartînt en propre. Lorsque le Père Hayes leva l'ostensoir, la Sainte Hostie apparut vaguement derrière la vitre enchâssée de pierreries pour bénir les têtes baissées de toute la congrégation. Toutes, sauf celle de Meggie, car elle ne vit même pas l'hostie, occupée qu'elle était à essayer de se souvenir du nombre d'assiettes que comportait le service à thé de Teresa. Et quand les Maoris installés sur la galerie autour de l'orgue entonnèrent un cantique, la tête de Meggie tournoyait dans un éblouissement de bleu outremer, très éloigné du catholicisme et de la Polynésie.

L'année scolaire approchait de sa fin, décembre et son anniversaire se profilaient tout juste quand Meggie apprit combien il fallait chèrement payer le désir nourri par son cœur. Elle était assise sur un haut tabouret près de la cuisinière pendant que Fee la coiffait avant de partir en classe; il s'agissait là d'une tâche laborieuse. Les cheveux de Meggie tendaient à boucler naturellement, ce que sa mère considérait comme une grande chance. Les filles aux cheveux raides éprouvaient bien des difficultés en grandissant quand elles s'efforçaient de communiquer souplesse et abondance à leur coiffure en ne disposant que de mèches rebelles et sans consistance. La nuit, les boucles de Meggie, qui lui arrivaient jusqu'aux genoux, étaient péniblement entortillées autour de morceaux de vieux draps déchirés pour en faire des papillotes et, chaque matin, il lui fallait grimper sur le tabouret pour que sa mère défît les bandelettes et la coiffât.

Fee avait recours à une vieille brosse très raide; elle prenait une longue mèche emmêlée dans la main gauche et, d'un adroit coup de brosse, entourait les cheveux autour de son index jusqu'à ce qu'elle les transformât en une longue anglaise luisante, puis, elle retirait soigneusement son doigt du centre du rouleau et agitait la boucle fournie. Elle répétait cette manœuvre une douzaine de fois, puis elle rassemblait les mèches sur le sommet de la tête de la fillette, les retenant par un nœud de taffetas blanc fraîchement repassé. Après quoi Meggie était prête pour la journée. Toutes les autres petites filles portaient des nattes pour aller à l'école, réservant les anglaises pour des occasions exceptionelles. Mais sur ce point Fee était intraitable; Meggie serait toujours coiffée avec de longues boucles, peu importait le temps exigé par l'opération de chaque matin. Pourtant, en agissant de la sorte, Fee allait à l'encontre de ses vœux; les cheveux de sa fille étaient de très loin les plus beaux de l'école. Souligner cet état de choses par des anglaises quotidiennes valait à Meggie envie et aversion.

L'opération était douloureuse, mais Meggie en avait une telle habitude qu'elle ne s'en préoccupait même pas; elle ne se souvenait pas d'une seule occasion où sa mère ne s'y fût livrée. Armé de la brosse, le bras vigoureux de Fee tirait sur les mèches pour en défaire les nœuds jusqu'à ce que la petite eût les larmes aux yeux et dût se tenir des deux mains au tabouret pour ne pas être entraînée. C'était le lundi de la dernière semaine d'école et son anniversaire tombait dans deux jours. Elle s'accrocha au siège et rêva du service à thé tout en sachant que ce n'était qu'un rêve. Elle en avait vu un au bazar de Wahine, mais elle était suffisament avertie en matière de prix pour comprendre que le coût dépassait de beaucoup les maigres ressources de son père.

Soudain, Fee laissa échapper un cri si insolite qu'il tira Meggie de son rêve; tous les hommes encore assis à la table du petit déjeuner détournèrent la tête avec étonnement.

— Seigneur Dieu!

Paddy bondit, les traits tirés par une expression de stupeur; jamais il n'avait entendu Fee invoquer en vain le nom du Seigneur. Debout, tenant une boucle, la brosse suspendue, visage crispé par l'horreur, la répulsion. Paddy et les garçons l'entourèrent. Meggie se tortilla, essayant de comprendre la raison du tumulte, ce qui lui valut un revers de brosse bien appliqué, côté poils, et les larmes lui montèrent aux yeux.

— Regarde, Paddy! murmura Fee d'une voix étouffée en tenant la mèche dans un rayon de soleil.

Paddy se pencha sur les cheveux, masse d'or scintillante et, tout d'abord, il ne vit rien. Puis il se rendit compte qu'une *créature* remontait le long de la main de Fee. A son tour, il saisit une boucle et, parmi les lueurs dansantes, il discerna d'autres bêtes qui s'affairaient. De petits grains blancs s'agglutinaient sur les cheveux et les créatures en produisaient frénétiquement de nouveaux chapelets. La chevelure de Meggie abritait une vraie fourmilière.

— Elle a des poux! s'exclama Paddy.

Bob, Jack, Hughie et Stuart allèrent jeter un coup d'œil et, comme leur père, reculèrent prudemment; seuls Frank et Fee continuaient à regarder les cheveux de Meggie, hypnotisés, tandis que la fillette se recroquevillait, éplorée, se demandant ce qu'elle avait fait. Paddy se laissa lourdement tomber dans le fauteuil Windsor, le regard perdu, clignant des paupières.

— C'est cette satanée petite Rital! s'écria-t-il enfin, tournant vers Fee un regard courroucé. Sacrés dégoûtants! bande de cochons!

— Paddy! s'exclama Fee, le souffle coupé, scandalisée.

— Excuse-moi d'avoir juré, m'man, mais quand je pense à cette sale petite macaroni qui a passé ses poux à Meggie, j'ai bonne envie de filer à Wahine et de tout démolir dans ce café crasseux, en finir une bonne fois avec cette écurie! explosa-t-il en se frappant sauvagement la cuisse de son poing refermé.

— M'man, qu'est-ce qu'il y a? parvint enfin à demander Meggie.

— Regarde, espèce de petite souillon! répondit Fee en amenant sa main devant les yeux de sa fille. Tes cheveux sont infestés par ça... et c'est cette gamine dont tu es tellement entichée qui t'a donné des poux! Je me demande ce que je vais faire de toi.

Meggie demeura bouche bée devant la bestiole minuscule qui errait à l'aveuglette sur la peau nue de Fee, à la recherche d'un territoire plus velu, puis elle fondit en larmes.

Sans qu'on eût à le lui dire, Frank mit de l'eau à chauffer; Paddy se dressa et commença d'arpenter la cuisine, tonnant, pestant; sa rage montait chaque fois qu'il regardait Meggie. Finalement, il s'approcha de la rangée de patères fichées dans le mur à côté de la porte, se coiffa résolument de son chapeau à large bord et décrocha son long fouet.

— Je vais à Wahine, Fee; je vais dire à ce sale Rital ce que je pense de lui et de ses saloperies de fritures! Après, j'irai voir sœur Agatha. Elle aussi saura ce que je pense d'elle... Elle qui admet dans son école des enfants crasseux!

— Paddy, fais attention! supplia Fee. Et si ça n'était pas cette petite noiraude? Même si elle a des poux, il est possible qu'elle les ait attrapés d'un autre enfant, tout comme Meggie.

— Foutaise! laissa tomber Paddy avec mépris.

Les marches résonnèrent sous son pas; quelques minutes s'écoulèrent et tous entendirent les sabots de son rouan qui martelaient la route. Fee soupira, enveloppa Frank d'un regard d'impuissance.

— Eh bien, nous pourrons nous estimer heureux s'il ne se retrouve pas en prison. Frank, appelle tes frères. Pas d'école aujourd'hui.

Fee inspecta minutieusement la chevelure de chacun de ses fils, puis elle examina celle de Frank et exigea qu'il agît de même à son égard. Apparemment, aucun autre membre de la famille n'avait été contaminé par la maladie de la pauvre Meggie, mais Fee se refusait à courir le moindre risque. Lorsque l'eau du cuvier de cuivre arriva à ébullition, Frank décrocha un grand baquet et le remplit en l'additionnant d'eau froide pour la tempérer. Puis, il alla chercher sous l'auvent un gros bidon de pétrole et prit un savon à la soude dans la buanderie; ainsi armé, il commença par la tignasse de Bob. A tour de rôle, les têtes se penchèrent sur la bassine; une fois rapidement humectées, elles recevaient plusieurs tasses de pétrole et le magma graisseux qui en résultait était alors énergiquement savonné. Pétrole et soude brûlaient; les garçons hurlèrent, se frottèrent les yeux, le cuir chevelu rougi, douloureux, menaçant tous les Ritals d'une effroyable vengeance.

Fee fouilla dans son panier à couture et en tira ses grands ciseaux. Elle s'approcha de Meggie, qui n'avait pas osé bouger de son tabouret depuis une heure, et, l'arme à la main, contempla la splendide cascade rousse. Puis, elle tailla dans la crinière jusqu'à ce que les longues boucles s'amoncellent en un tas brillant sur le sol tandis que la peau blanche du crâne commençait à apparaître par plaques irrégulières. Une expression de doute dans les yeux, elle se tourna vers Frank.

— Crois-tu qu'il faille la raser? demanda-t-elle, lèvres serrées.

La main de Frank jaillit en un geste de révolte.

— Oh! non, m'man! Non, bien sûr que non! Une bonne dose de pétrole devrait suffire. Je t'en supplie, ne la rase pas!

Il amena Meggie près de la planche de travail, lui maintint la tête au-dessus de la bassine pendant que sa mère versait plusieurs tasses de pétrole et lui frottait énergiquement le crâne avec le savon corrosif. Quand l'opération s'acheva enfin, Meggie n'y voyait quasiment plus à force de serrer les paupières pour se protéger les yeux de la morsure de la soude; d'innombrables petites cloques s'étaient formées sur son visage et son cuir chevelu. Frank balaya les mèches toujours amoncelées sur le sol, les enveloppa dans du papier et le jeta dans le feu, puis il déposa le balai dans un récipient plein de pétrole. Fee et lui se lavèrent les cheveux, haletant sous la brûlure de la soude. Après quoi, Frank alla chercher un sceau et récura le plancher de la cuisine à grand renfort d'insecticide.

Lorsque la cuisine fut aussi stérile qu'une salle d'opération, Fee et Frank se rendirent dans les chambres où ils dépouillèrent chacun des lits des draps et couvertures et passèrent le reste de la journée à faire bouillir le linge, à le tordre et à l'étendre. Matelas et oreillers trouvèrent place sur la clôture où ils les aspergèrent de pétrole et les carpettes furent longuement battues. Tous les garçons durent participer au grand nettoyage ; seule Meggie en fut exemptée tant sa disgrâce était totale. Elle alla se glisser dans la grange et pleura. Sa tête était douloureuse tant on l'avait frottée; les cloques la lancinaient et elle éprouvait une telle honte qu'elle n'osa même pas regarder Frank quand il vint la chercher et il ne put la convaincre qu'il était temps de rentrer.

Finalement, il dut la traîner à la maison tandis qu'elle se débattait et donnait des coups de pied. Elle était encore blottie dans un angle de la cuisine quand Paddy revint de Wahine en fin d'après-midi. Il jeta un coup d'oeil à la tête tondue de sa fille et fondit en larmes; il se laissa tomber dans le fauteuil Windsor, se balança d'avant en arrière, la tête enfouie dans les mains, tandis que la famille piétinait sur place; tous auraient souhaité se trouver ailleurs. Fee prépara du thé et en apporta une tasse à Paddy dès que celui-ci se fut un peu apaisé.

— Qu'est-ce qui s'est passé à Wahine? demanda-t-elle. Tu es resté parti bien longtemps.

— Pour commencer, j'ai fait tâter de mon fouet à ce

sale Rital et je l'ai flanqué dans l'abreuvoir. Alors, j'ai aperçu MacLeod qui n'en perdait pas une miette, debout devant le magasin. Je lui ai dit ce qui était arrivé. MacLeod est allé chercher quelques gars au pub et nous avons balancé tous ces macaronis dans l'abreuvoir, les femmes aussi, et on a aspergé tout le monde d'antiparasites à mouton. Ensuite, j'ai filé à l'école pour voir sœur Agatha; elle a soutenu mordicus qu'elle n'avait rien remarqué. Elle a tiré la petite Rital de derrière son pupitre et lui a examiné les cheveux et, bien entendu, ils étaient infestés de poux. Elle a renvoyé la gosse chez elle en lui enjoignant de ne pas revenir tant qu'elle n'aurait pas la tête propre. Quand je suis parti, les trois sœurs passaient une inspection en règle de tous les élèves et elles en ont découvert pas mal qui avaient des poux. Fallait voir les trois religieuses... Quand elles croyaient qu'on ne les regardait pas, elles se grattaient comme des folles! (Ce souvenir lui tira un sourire, puis ses yeux se portèrent de nouveau sur le crâne de Meggie et son visage s'assombrit. Il la regarda sévèrement.) Quant à toi, jeune fille, plus de Rital ou qui que ce soit. Uniquement tes frères. S'ils ne sont pas assez bien pour toi, tant pis. Bob, je te préviens que Meggie ne doit fréquenter personne à l'école. C'est compris?

— Oui, p'pa, acquiesça Bob.

Le lendemain matin, Meggie céda à la terreur en apprenant qu'elle devait partir pour l'école comme à l'accoutumée.

— Non, non! Je ne peux pas y aller! gémit-elle en se prenant la tête entre les mains. M'man, je ne peux pas aller à l'école comme ça! Pas avec sœur Agatha!

— Si, tu iras, répliqua Fee sans tenir compte des regards implorants de Frank. Ça te donnera une leçon.

Et Meggie partit pour l'école en traînant les pieds, la tête enveloppée d'une écharpe marron. Sœur Agatha ignora résolument la fillette mais, pendant la récréation, d'autres gamins lui arrachèrent son foulard pour voir de quoi elle avait l'air. Son visage était relativement peu marqué mais, une fois à nu, son crâne présentait un spectacle affligeant avec ses cloques suintantes. Dès qu'il se rendit compte de ce qui se passait, Bob vint à son secours et emmena sa sœur à l'écart.

— Ne te préoccupe pas de ces petites sottes, Meggie, dit-il avec rudesse. (Il lui réajusta maladroitement le foulard autour de la tête et lui tapota l'épaule.) Sales petites chipies! Dommage que j'aie pas pensé à conserver quelques-unes de ces vilaines bestioles; je suis sûr qu'elles auraient été encore en état en arrivant ici... Mine de rien, j'aurais pu en semer quelques-unes sur leurs méchantes caboches.

Les autres Cleary firent cercle autour de Meggie pour la protéger jusqu'à ce que la cloche sonnât.

Teresa Annunzio, tête rasée, fit une brève apparition à l'école à l'heure du déjeuner. Elle tenta de s'en prendre à Meggie, mais les garçons la tinrent aisément à distance. En reculant, elle leva le bras droit, poing fermé, et abattit brutalement sa main gauche sur le biceps en un geste fascinant et mystérieux que personne ne comprit, mais que les garçons rangèrent vivement dans leurs souvenirs pour une future utilisation.

— Je te déteste! cria Teresa à l'intention de Meggie. Mon papa est obligé de partir d'ici à cause de ce que ton papa lui a fait!

Elle se détourna et se rua hors de la cour sans cesser de hurler.

Sous l'orage, Meggie tenait la tête droite et gardait les yeux secs. Elle assimilait la leçon. Aucune importance ce que les autres pouvaient penser, aucune, aucune! Les élèves l'évitaient, en partie parce qu'ils avaient peur de Bob et de Jack, en partie parce que la rumeur avait atteint leurs parents et qu'ils avaient reçu l'ordre de se tenir à distance de ce clan; s'acoquiner avec les Cleary ne pouvait qu'attirer des ennuis. Meggie passa donc ses derniers jours de classe en quarantaine. Sœur Agatha elle-même respectait ce verdict et elle déversa sa bile sur Stuart.

Ainsi qu'il était de règle pour les anniversaires des petits lorsque la date tombait un jour de classe, la fête fut remise au samedi et Meggie reçut en cadeau le service à motifs chinois si ardemment désiré. Il était disposé sur une ravissante petite table peinte en bleu outremer et entouré de chaises confectionnées par Frank durant ses loisirs inexistants, et Agnès était installée sur l'un des minuscules sièges, vêtue d'une robe bleue toute neuve, coupée et cousue à la faveur des loisirs inexistants de Fee. Meggie enveloppa d'un regard triste les motifs bleus et blancs qui couraient sur chacune des pièces, les arbres fantastiques avec leurs fleurs en volutes, la petite pagode aux dessins tourmentés, l'étrange couple d'oiseaux figés, les minuscules figurines fuyant éternellement pour passer le pont sinueux. Le service avait perdu jusqu'au reflet de son enchantement. Mais, vaguement, elle comprit ce qui avait poussé sa famille à se mettre sur la paille pour lui acheter l'objet de son désir. Aussi son sens du devoir lui dicta-t-il les gestes nécessaires pour préparer du thé à Agnès dans la minuscule théière carrée, et elle se plia à ce rituel comme elle continua obstinément à s'en servir pendant des années, sans jamais casser ni même ébrécher la moindre pièce. Personne ne se douta jamais qu'elle haïssait le service à motifs chinois, la table et les chaises bleues, et la robe d'Agnès.

Deux jours avant ce Noël de 1917, Paddy revint à la maison et posa sur la table sa gazette hebdomadaire et un paquet d'ouvrages pris à la bibliothèque ambulante. Cependant pour une fois, la lecture du journal prit le pas sur celle des livres. Le rédacteur en chef innovait une formule inspirée des magazines américains qui, parfois, se frayaient un chemin jusqu'à la Nouvelle-Zélande, toute la partie centrale était consacrée à la guerre. On y voyait des photographies floues d'Anzacs partant à l'assaut des impitoyables falaises de Gallipoli; on pouvait y lire de longs articles vantant la bravoure des soldats des antipodes, soulignant le nombre élevé d'Australiens et de Néo-Zélandais ayant reçu la Victoria Cross depuis le début du conflit, et une magnifique gravure, tenant toute une page, représentait, sur sa monture, un Australien de la cavalerie légère, sabre au clair, dont les longues plumes soyeuses jaillissant de sa coiffure flottaient au vent.

Dès qu'il en eut la possibilité, Frank s'empara du journal et lut avidement les comptes rendus, se repaissant de la prose cocardière, les yeux animés d'une lueur fiévreuse.

— P'pa, je veux m'engager, dit-il en posant avec respect le journal sur la table.

Fee tourna brusquement la tête et renversa du ragoût sur la cuisinière; Paddy se raidit dans son fauteuil Windsor, oubliant sa lecture.

— Tu es trop jeune, Frank, riposta-t-il.

— Mais non, j'ai dix-sept ans, p'pa. Je suis un homme! Pourquoi est-ce que les Boches et les Turcs massacreraient nos soldats comme des porcs pendant que je resterais assis là, en sécurité? Il est grand temps qu'un Cleary serve sa patrie.

— Tu n'as pas l'âge, Frank. On ne te prendrait pas.

— Si, si tu ne t'y opposes pas, rétorqua vivement Frank dont les yeux sombres ne se détournaient pas du visage de son père.

— Mais je m'y oppose. Tu es le seul qui travaille en ce moment et nous avons besoin de l'argent que tu gagnes. Tu le sais.

— Mais je serai payé dans l'armée!

— Le prêt du soldat, hein? fit Paddy en riant. Un forgeron à Wahine gagne beaucoup plus d'argent qu'un homme sous l'uniforme en Europe.

— Mais je serai là-bas... J'aurai peut-être la chance de

me tirer de ma condition de forgeron! C'est ma seule porte de sortie, p'pa.

— Sornettes que tout ça! Grand Dieu, mon garçon, tu ne sais pas ce que tu dis. La guerre est terrible. Je suis originaire d'un pays qui est en guerre depuis mille ans. Alors, je sais de quoi je parle. N'as-tu pas entendu les vétérans raconter la Guerre des Boers? Tu vas souvent à Wahine; alors, la prochaine fois, écoute et fais-en ton profit. D'ailleurs, j'ai l'impression que ces satanés Anglais se servent des Anzacs comme chair à canon; ils les mettent dans les endroits les plus exposés pour ne pas risquer leur précieuse peau. Regarde la façon dont ce foudre de guerre de Churchill a envoyé nos hommes dans un secteur aussi totalement dépourvu d'intérêt que Gallipoli! Dix mille tués sur cinquante mille hommes! Deux fois plus que la décimation chez les anciens!

« Pourquoi irais-tu te battre dans les guerres que mène l'Angleterre? Qu'est-ce qu'elle a fait pour toi, cette prétendue Mère Patrie, à part saigner ses colonies à blanc? Si tu allais en Angleterre, tu te heurterais au mépris de tous parce que tu es un colonial. La Nouvelle-Zélande ne court aucun danger, pas plus que l'Australie. Ce serait une bénédiction que la vieille Mère Patrie soit vaincue et morde la poussière. Il est grand temps qu'une nation lui fasse payer tout ce qu'elle a fait endurer à l'Irlande! Je ne verserais pas une larme si le Kaiser remontait un jour le Strand!

— Mais, p'pa, je veux m'engager!

— Tu peux vouloir tout ce qui te passe par la tête, Frank, mais tu ne partiras pas. Alors, autant oublier tout ça. D'ailleurs, tu es trop petit pour être soldat.

Le visage de Frank s'empourpra, ses lèvres se serrèrent; il souffrait de sa taille bien au-dessous de la moyenne. Il avait toujours été le plus petit garçon de sa classe et, pour cette raison, il s'était battu deux fois plus que les autres. Récemment, un doute affreux l'avait envahi car, à dix-sept ans, il mesurait toujours exactement un mètre cinquante-neuf, soit la taille de ses quatorze ans; peut-être avait-il cessé de grandir. Il était le seul à connaître les tourments auxquels il avait soumis son corps et son esprit, les étirements, les exercices, le vain espoir.

Pourtant, le travail de la forge lui avait donné une force hors de proportion avec sa taille; si Paddy avait consciemment choisi ce métier pour répondre au tempérament de Frank, il n'aurait pu mieux faire. Petit gabarit de puissance à l'état pur, à dix-sept ans, Frank n'avait encore jamais été vaincu dans un pugilat et déjà sa réputation s'étendait sur toute la péninsule de Taranaki. Sa hargne, sa frustration, son sentiment d'infériorité trouvaient un exutoire dans une rixe et ce qui l'animait surpassait tout ce que les plus grands et les plus vigoureux gars des environs pouvaient déployer, d'autant qu'à sa révolte s'alliaient un corps en excellente condition, un cerveau lucide, une malignité et une volonté indomptables.

Plus ils étaient grands et coriaces, plus Frank voulait les voir rouler dans la poussière. Les jeunes gens de son âge l'évitaient car son agresssivité était bien connue. Récemment, il avait renoncé à se mesurer aux adolescents et les hommes du pays parlaient encore du jour où il avait réduit Jim Collins en chair à pâté, bien que ce dernier eût vingt-deux ans, mesurât plus d'un mètre quatre-vingt-dix, et fût capable de soulever un cheval. Bras cassé, côtés fêlées, Frank n'en avait pas moins continué à taper sur Jim Collins jusqu'à ce que ce dernier ne fût plus qu'une masse sanguinolente, effondrée dans la poussière. Et il avait fallu intervenir pour l'empêcher de bourrer de coups de pied la tête de sa victime après que celle-ci eut perdu connaissance. A peine son bras et ses côtes étaient-ils hors de leurs bandages que Frank se rendait en ville où il souleva son cheval, simplement pour prouver à tous que Jim n'était pas le seul à être capable de cet exploit, lequel ne dépendait pas de la taille d'un homme. En tant que père de ce prodige de la nature, Paddy n'ignorait rien de la réputation de Frank et il comprenait que celui-ci se battît pour forcer le respect, mais ça ne l'empêchait pas de tempêter lorsque les bagarres empiétaient sur le temps de travail à la forge. Etant lui-même de petite taille, Paddy avait eu sa part de pugilats mais, dans la région d'Irlande où il avait vu le jour, les hommes n'étaient pas spécialement grands et quand il débarqua en Nouvelle-Zélande où la taille était plus élevée, il avait atteint l'âge adulte. Ainsi, sa stature réduite ne devint-elle jamais chez lui une obsession comme chez Frank.

Il observa attentivement son fils, s'efforçant de le comprendre, mais en vain; son aîné avait toujours été le plus éloigné de son cœur quels que fussent ses efforts pour ne marquer aucune préférence parmi ses enfants. Il savait que Fee en souffrait, qu'elle s'inquiétait de l'antagonisme sous-jacent qui les animait mais, malgré l'amour qu'il portait à sa femme, il ne parvenait pas à surmonter l'exaspération que Frank faisait naître en lui.

Les mains courtes et bien dessinées de Frank s'étalaient sur le journal déployé comme en un geste de défense; ses yeux rivés sur Paddy reflétaient un curieux mélange de supplique et de fierté quoique celle-ci fût trop inflexible pour implorer. Combien ce visage était étranger! Pas trace de Cleary ou d'Armstrong dans ces traits, sauf peut-être une vague ressemblance avec Fee dans la forme des paupières, si toutefois les yeux de Fee avaient été foncés et capables de s'enflammer, de jeter des éclairs comme ceux de Frank à la moindre provocation. Un point pourtant à porter à l'actif de ce gars, le courage.

La discussion prit subitement fin avec la remarque de Paddy concernant la taille de Frank ; la famille avala la fricassée de lapin dans un silence inhabituel; les quelques propos échangés par Hughie et Jack se teintaient de prudence, bien que ponctués par des gloussements aigus. Meggie ne mangeait pas, gardant les yeux rivés sur Frank comme si elle s'attendait à le voir disparaître d'une seconde à l'autre. Frank pignocha dans son assiette pendant un temps qui lui parut convenable et, dès qu'il jugea le moment opportun, demanda à être excusé. Une minute s'écoula et parvint le bruit sourd de la hache s'abattant sur le bois; Frank s'attaquait aux bûches les plus dures que Paddy avait entreposées en prévision des feux de l'hiver nécessitant une combustion lente.

Lorsque tout le monde la crut couchée, Meggie se glissa à l'extérieur en empruntant la fenêtre de sa chambre et s'approcha du bûcher, celui-ci pouvait être considéré comme un endroit de première importance dans la vie de la maison. Il s'étendait sur près de cent mètres carrés avec son sol de terre battue, tapissé, amorti par une épaisse couche d'éclats et d'écorces; d'énormes bûches s'entassaient en hautes piles sur l'un des côtés en attendant d'être débitées et, de l'autre, s'élevait une muraille de bois préparé exactement à la dimension du foyer de la cuisinière. Au centre de l'espace libre, trois souches dont les racines plongeaient encore dans la terre servaient de billots pour fendre des bûches de longueurs différentes.

Frank n'utilisait pas l'un des billots; il travaillait sur une massive bille d'eucalyptus qu'il débitait en morceaux suffisamment réduits pour pouvoir les placer sur la souche la plus basse et la plus large. Le tronc de soixante centimètres de diamètre reposait sur la terre, chaque extrémité immobilisée par un étrier de fer, et Frank se tenait en équilibre, pieds écartés de chaque côté de la fente qu'il pratiquait dans la bille pour la couper en deux. La hache se déplaçait si vite qu'elle sifflait et il s'élevait du manche un autre chuintement distinct quand il montait et descendait entre les paumes moites. Dans un éclair, la hache s'élevait au-dessus de la tête de Frank, retombait avec une lueur argentée et floue, extrayant du bois dur comme le fer un morceau en forme de coin, aussi facilement que s'il s'était agi de sapin ou de peuplier. Des éclats volaient en tous sens, la sueur ruisselait sur le torse nu du jeune homme et il s'était noué un mouchoir autour du front pour ne pas être aveuglé par la transpiration. C'était un travail dangereux qui requérait une attention sans faille; un seul coup mal porté et il risquait de perdre un pied. Des bracelets de cuir absorbaient la sueur de ses bras, mais ses mains délicates n'étaient pas gantées; elles agrippaient le manche de la hache avec légèreté et dirigeaient le tranchant avec une adresse consommée.

Meggie se tapit à côté de la chemise et du maillot de corps abandonnés pour regarder, non sans effroi. Trois haches de rechange attendaient à proximité car l'écorce d'eucalyptus émousse le tranchant le plus effilé en un rien de temps. Elle en saisit une par le manche et la tira sur ses genoux, souhaitant pouvoir débiter du bois comme Frank. L'outil était si lourd qu'elle peina pour le soulever. Les haches de type colonial ne comportent qu'un tranchant, aiguisé à l'extrême, car les haches à deux tranchants sont trop légères pour se mesurer à l'eucalyptus. La lourde tête de fer mesurait deux centimètres et demi d'épaisseur. Le manche la traversait, fermement maintenu par de petits coins de bois. Un fer de hache lâche risque de quitter le manche en plein élan, d'être projeté à la vitesse d'un boulet de canon et de tuer.

Frank travaillait presque par instinct dans la lumière crépusculaire qui s'estompait rapidement; Meggie évitait les éclats avec l'aisance que confère une longue pratique et attendait patiemment qu'il s'avisât de sa présence. La bille était à demi entaillée et il se retourna en haletant, puis il leva de nouveau la hache et s'attaqua à l'autre extrémité. Il pratiquait une gorge profonde et étroite afin de ne pas gaspiller le bois et accélérer l'opération; en parvenant près du centre de la bille, le fer disparut entièrement dans l'entaille et de gros éclats jaillirent, cette fois très proches de son corps. Il n'en tint pas compte, s'activa de plus belle. La bille se sépara avec une soudaineté stupéfiante et, à la même seconde, il bondit avec légèreté, comprenant que le bois cédait avant même que la hache ne mordît pour la dernière fois. A l'instant où la bille éclatait, il sauta de côté, souriant, mais ce n'était pas un sourire heureux.

Il se tourna pour saisir une autre hache et aperçut sa sœur, assise patiemment dans sa chemise de nuit boutonnée du haut en bas. C'était encore étrange de la voir avec ses cheveux en touffes, cette masse de mèches courtes au lieu des papillotes habituelles, mais il eut l'impression que ce genre garçonnet lui convenait et il souhaita qu'elle demeurât ainsi. Il s'approcha d'elle, s'accroupit, la hache encore entre les genoux.

— Comment es-tu sortie, petite peste?

— Par la fenêtre; j'ai attendu que Stu soit endormi.

— Fais attention ou tu vas devenir un garçon manqué.

— Ça m'est égal. J'aime mieux jouer avec les garçons que toute seule.

— Oui, évidemment. (Il s'assit, s'adossa à une bûche et, d'un air las, tourna la tête vers elle.) Qu'est-ce qui se passe, Meggie?

— Frank, tu ne vas pas vraiment t'en aller, n'est-ce pas?

Elle posa ses mains aux ongles rongés sur la cuisse de son frère et leva vers lui un regard anxieux, bouche ouverte, tant les larmes qu'elle refoulait lui emplissaient les narines, l'empêchant de respirer.

— Peut-être que si, Meggie, dit-il doucement.

— Oh, Frank, il ne faut pas! M'man et moi, nous avons tant besoin de toi! Je t'assure, nous ne pourrions pas nous passer de toi!

Il sourit en dépit de sa peine devant l'inconscient écho des paroles de Fee.

— Meggie, il arrive que les choses ne se produisent

pas comme on le souhaiterait. Tu devrais le savoir. On nous a appris, à nous, les Cleary, à travailler ensemble pour le bien de tous sans jamais penser à soi. Mais je ne suis pas d'accord; je crois qu'on devrait d'abord penser à soi. Je veux m'en aller parce que j'ai dix-sept ans et qu'il est temps que je fasse ma vie. Mais p'pa s'y oppose; on a besoin de moi à la maison pour le bien de tous. Et comme je n'ai pas vingt et un ans, je dois obéir à p'pa.

Meggie acquiesça avec empressement, s'efforçant de démêler l'écheveau des explications de Frank.

— Eh bien, Meggie, j'y ai longuement réfléchi. Je vais m'en aller et il n'y a pas à revenir là-dessus. Je sais que je vous manquerai à m'man et à toi, mais Bob grandit vite et p'pa et mes frères ne s'apercevront même pas de mon absence. C'est seulement l'argent que je gagne qui intéresse p'pa.

— Alors, tu ne nous aimes plus, Frank?

Il se tourna pour la prendre dans ses bras, la serra contre lui, la caressa avec un plaisir qui tenait de la torture, où se mêlaient chagrin, peine, faim.

— Oh, Meggie! Je vous aime, m'man et toi, plus que tous les autres réunis! Dieu, pourquoi n'es-tu pas plus grande pour que je puisse t'expliquer! Mais il vaut peut-être mieux que tu sois si petite... Oui, c'est sans doute préférable...

Il la lâcha brusquement, s'efforça de se ressaisir, la tête roulant d'un côté à l'autre contre la bûche, ravalant sa salive, puis il la regarda.

— Meggie, quand tu seras plus grande, tu comprendras mieux.

— Je t'en prie, ne t'en va pas, Frank, répéta-t-elle.

Frank émit un rire qui tenait un sanglot.

— Oh, Meggie! Tu n'as pas compris ce que je t'ai dit? Enfin, ça n'a pas d'importance. L'essentiel est que tu ne dises à personne que tu m'as vu ce soir. Tu entends! Je ne veux pas qu'on sache que tu étais au courant.

— J'ai compris, Frank. J'ai compris tout ce que tu m'as dit, assura-t-elle. Et je ne dirai rien à personne. Je te le promets. Mais... Oh, comme je voudrais que tu ne sois pas obligé de t'en aller!

Elle était trop jeune pour être capable d'exprimer ce qui n'était guère plus qu'une impression obscure tout au fond de son cœur; que lui resterait-il si Frank s'en allait? Il était le seul qui lui dispensait ouvertement de l'affection, le seul qui la pressait contre lui, la serrait. Quand elle était plus petite, p'pa la prenait souvent dans ses bras, mais depuis qu'elle allait à l'école, il avait cessé de la prendre sur ses genoux; il ne la laissait plus lui jeter les bras autour du cou; il disait « Tu es une grande fille maintenant, Meggie », et m'man était toujours si affairée, si lasse, si accaparée par les garçons et la maison. C'était Frank qui occupait la grande place dans son cœur, Frank qui scintillait comme une étoile dans son ciel limité. Il était le seul qui semblait prendre plaisir à lui parler et il expliquait les choses de telle manière qu'elle les comprenait. Depuis le jour où Agnès avait perdu ses cheveux, il y avait eu Frank et, en dépit des peines qu'elle avait endurées, rien ne l'avait jamais atteinte profondément. Ni les coups de baguette, ni sœur Agatha, ni les poux, parce que Frank était là pour la réconforter, la consoler.

Mais elle se leva et se força à un sourire.

— S'il faut que tu t'en ailles, Frank, alors fais-le.

— Meggie, tu devrais être au lit... Et tu ferais bien d'y retourner avant que m'man passe dans ta chambre. Allez, file, et vite!

Ce rappel dissipa chez Meggie toute autre pensée; elle se baissa, saisit l'ourlet de sa chemise de nuit qu'elle passa entre ses jambes et courut, pieds nus, sur les éclats de bois.

Le lendemain matin, Frank était parti. Lorsque Fee alla réveiller Meggie, son visage était tendu, plus sévère que jamais; Meggie sauta hors du lit comme un chat échaudé et s'habilla sans même demander à sa mère de l'aider pour les petits boutons.

Dans la cuisine, les garçons étaient assis, maussades, autour de la table. La chaise de Paddy était vide. Celle de Frank aussi. Meggie se glissa à sa place et demeura immobile, dents serrées par la peur. Après le petit déjeuner, Fee ordonna aux enfants de débarrasser le plancher et, derrière la grange, Bob annonça la nouvelle à sa sœur.

— Frank a filé, chuchota-t-il.

— Il est peut-être seulement allé à Wahine, émit Meggie.

— Non, grosse bête! Il est parti pour s'engager dans l'armée. Oh, je voudrais être assez grand pour en faire autant! Quel veinard!

— Moi, j'aimerais mieux qu'il soit encore à la maison.

— Ah ça, t'es bien une fille! Je vous demande un peu ce qu'on peut attendre d'autre d'une pisseuse! bougonna Bob en haussant les épaules.

La remarque qui, d'ordinaire, aurait mis le feu aux poudres, passa sans être relevée. Meggie retourna près de sa mère pour lui proposer de l'aider.

— Où est p'pa? demanda-t-elle dès que Fee l'eut installée devant la planche recouverte d'une couverture pour repasser des mouchoirs.

— Il est allé à Wahine.

— Est-ce qu'il ramènera Frank?

— Impossible de garder un secret dans cette famille, bougonna Fee avec un reniflement. Non, il ne rattrapera pas Frank à Wahine; il le sait. Il est allé envoyer un télégramme à la police et à l'armée de Wanganui. Les gendarmes le ramèneront.

— Oh, m'man, j'espère qu'ils le retrouveront. Je ne veux pas que Frank s'en aille.

Fee versa le contenu de la baratte sur la table et s'attaqua au petit tas jaune et aqueux, armée de deux spatules en bois.

— Aucun de nous ne souhaite que Frank s'en aille. C'est pour ça que p'pa va faire le nécessaire... pour qu'on nous le ramène! (Un instant, ses lèvres tremblèrent et elle tapa sur le beurre avec plus de vigueur.) Pauvre Frank! Pauvre, pauvre Frank! fit-elle dans un soupir. (Elle soliloquait plutôt qu'elle ne s'adressait à sa fille.) Je ne vois pas pourquoi les enfants devraient payer pour nos péchés. Mon pauvre Frank, un être tellement à part...

Alors, elle remarqua que Meggie avait cessé son repassage, et elle serra les lèvres, et elle se tut.

Trois jours plus tard, les policiers ramenèrent Frank. Il s'était débattu comme un lion; c'est ce qu'expliqua le brigadier de Wanganui à Paddy.

— Quel bagarreur vous avez là! Quand il s'est aperçu que le bureau de recrutement avait été prévenu, il a filé comme un dard, a descendu les marches quatre à quatre et s'est retrouvé dans la rue avec deux soldats aux trousses. S'il n'avait pas eu la malchance de tomber sur une patrouille, je crois qu'il aurait réussi à filer. Il s'est débattu comme un possédé. Quel cirque il a mené! Il a fallu cinq hommes pour lui passer les menottes.

Tout en débitant sa tirade, il ôta les lourdes chaînes de son prisonnier et le poussa rudement pour lui faire passer le portail. Frank trébucha et se retrouva contre Paddy; il se recroquevilla comme si le contact de son père le brûlait.

Les enfants rôdaient furtivement autour de la maison, se tenant à bonne distance des adultes. Ils observaient, attendaient. Bob, Jack et Hughie se tenaient très raides, chatouillés par l'espoir que Frank allait peut-être se lancer dans une nouvelle bagarre; Stuart regardait paisiblement, avec la sérénité de sa petite âme compatissante; Meggie, la tête entre les mains, se triturait les joues, dévorée par l'angoisse à l'idée qu'on pût faire du mal à Frank.

Il se tourna d'abord vers sa mère; yeux noirs, yeux

gris mêlés en une amère communion qui n'avait jamais été exprimée et ne devait jamais l'être. L'implacable regard bleu de Paddy l'assaillit, méprisant, caustique, comme si c'était là tout ce qu'on pouvait attendre d'un tel fils, et les paupières baissées de Frank reconnaissaient à son père le droit au courroux. De ce jour, Paddy n'échangea jamais avec son fils que les habituelles banalités. Faire face aux enfants se révéla encore plus pénible pour Frank, honteux, gêné, l'oiseau éblouissant envolé et ramené des profondeurs insondables du ciel à la maison, ailes rognées, chant englouti dans le silence.

Meggie attendit que Fee eût effectué sa ronde nocturne, puis elle se faufila par la fenêtre de sa chambre et traversa l'arrière-cour; elle savait où trouver Frank, dans le foin de la grange, à l'abri des yeux inquisiteurs et de son père.

— Frank, Frank, où es-tu? chuchota-t-elle.

Elle avança à tâtons dans l'obscurité immobile de la grange; ses orteils exploraient le sol inconnu devant elle avec la circonspection d'un animal.

— Par ici, Meggie.

Elle reconnut à peine la voix de Frank, ni vie ni passion dans ses intonations.

Elle se guida sur le son jusqu'à l'endroit où il était étendu dans le foin et elle se blottit contre lui, lui entourant le torse aussi loin que pouvaient aller ses bras.

— Oh, Frank, je suis si heureuse que tu sois revenu, dit-elle.

Il gémit, se laissa glisser dans le foin jusqu'à ce qu'il se trouvât plus bas qu'elle et posa sa tête sur le corps menu. Meggie lui empoigna les cheveux; elle ronronnait. L'obscurité était trop dense pour qu'il pût la voir, et l'invisible substance de la compassion de sa sœur le dénoua. Il se mit à pleurer, imprimant à son corps de longs soubresauts douloureux; ses larmes mouillaient la chemise de nuit de l'enfant. Meggie ne pleurait pas. Quelque chose dans sa petite âme avait pris suffisamment d'âge et elle était devenue assez femme pour ressentir la joie submergeante, aiguë, de se savoir nécessaire; assise, elle communiqua à la tête brune un doux balancement d'avant en arrière, d'avant en arrière, et encore, jusqu'à ce que la peine de Frank s'épuisât et rejoignît le vide.

LIVRE II

1921-1928

RALPH

3

« La route de Drogheda ne saurait éveiller en moi le
moindre souvenir de jeunesse » songea le père Ralph de
Bricassart, yeux mi-clos pour mieux lutter contre la
trop vive clarté tandis que sa Daimler neuve cahotait
le long des ornières creusées par les roues de charrettes de chaque côté d'une bande herbeuse et argentée.

Rien de la douce et verte et vaporeuse Irlande dans
ce pays. Drogheda? Ni champ de bataille ni siège de
puissance. Ou ne s'abusait-il pas? Mieux discipliné à
présent, mais aussi aigu que jamais, son sens de l'humour lui imposa l'image d'une Mary Carson cromwel-
lienne, dispensant les fruits de sa malveillance impé-
riale et toute personnelle. Comparaison pas tellement
outrancière d'ailleurs; cette femme détenait autant de
pouvoir et régentait un aussi grand nombre d'individus
qu'un suzerain d'autrefois.

La dernière barrière se dessina à travers un bouquet

de buis et d'acacias; la voiture s'arrêta avec un vrombissement. Tout en enfonçant son chapeau gris délavé, à large bord, pour se protéger du soleil, le père Ralph descendit, ramena en arrière le loquet fixé sur le montant et poussa le vantail non sans impatience. Il n'y avait pas moins de vingt-sept barrières entre le presbytère de Gillanbone et le domaine de Drogheda; chacune l'obligeait à la même manoeuvre et de s'arrêter, et de descendre de voiture, et d'ouvrir le portail, et de remonter, et de se remettre au volant pour pénétrer dans l'enclos suivant, et de redescendre pour refermer le vantail, et de se réinstaller en voiture jusqu'à la prochaine barrière. Souvent l'envie le prenait de se dispenser de la moitié du rituel en laissant les portails ouverts derrière lui; mais, bien que son état d'ecclésiastique inspirât la crainte, cela n'empêcherait pas les propriétaires des enclos de lui faire payer cher sa négligence. Il déplorait que les chevaux ne fussent pas aussi rapides et efficaces que les automobiles car, à cheval, on pouvait ouvrir et refermer les barrières sans mettre pied à terre.

« Toute médaille a son revers », se dit-il en caressant le tableau de bord de sa nouvelle Daimler; le portail soigneusement verrouillé derrière lui, il engagea la voiture dans le dernier kilomètre de surface herbeuse, dénudée, de l'enclos central de Drogheda.

Ce domaine australien en imposait à tous, même à un Irlandais habitué aux châteaux et aux gentilhommières. Drogheda, la plus ancienne et la plus vaste propriété de la région, avait été dotée par feu son maître, le sénile Michael Carson, d'une résidence appropriée. Les pierres de la construction avaient été débitées à la main dans des carrières de grès jaune distantes de huit cents kilomètres; la maison, d'un austère style géorgien, comportait un étage avec de larges fenêtres à petits carreaux; une véranda, soutenue par des piliers de fer, courait tout le long du rez-de-chaussée. Les volets de bois noir qui agrémentaient la façade avaient aussi leur utilité;

dans la chaleur de l'été, on les fermait étroitement pour garder la fraîcheur à l'intérieur.

En ce jour d'automne, les ceps de vigne lançaient haut vrilles et feuilles très vertes mais, au printemps, la glycine plantée au moment de l'achèvement de la construction, cinquante ans auparavant, formait une masse compacte de panaches lilas, une débauche de branches fleuries qui se propageaient le long des murs et sur le toit de la véranda. Aux abords de la demeure, plusieurs hectares de pelouse, méticuleusement entretenus, étaient parsemés çà et là de massifs symétriques qui, en dépit de la saison, éclataient de couleurs; roses, dahlias, giroflées, soucis s'y mêlaient. Un bouquet de magnifiques eucalyptus, d'un ton gris-blanc, dont les feuilles étroites s'agitaient à quelque vingt mètres au-dessus du sol, protégeait la maison de l'impitoyable soleil; leurs branches se cernaient d'un éclatant cramoisi là où les lianes des bougainvillées se mêlaient à elles. Même ces indispensables monstruosités de l'intérieur du pays, les châteaux d'eau, disparaissaient sous un enchevêtrement de vignes rustiques, de rosiers et de glycines, ce qui leur conférait un aspect plus décoratif que fonctionnel. Grâce à la passion qu'il avait vouée à son domaine, feu Michael Carson s'était montré prodigue en réservoirs et citernes de tous ordres; la rumeur prétendait que Drogheda pouvait se permettre de garder ses pelouses vertes et ses massifs fleuris même s'il ne pleuvait pas pendant dix ans.

Lorsque l'on pénétrait dans l'enclos central entourant la demeure, la maison et ses eucalyptus accrochaient tout d'abord le regard; puis l'on prenait conscience des autres bâtiments de grès jaune, tous de plain-pied, qui la flanquaient et formaient un vaste quadrilatère à l'arrière, relié à la construction principale par des galeries envahies de plantes grimpantes. Une large allée de gravier succédait aux ornières de la route; elle s'incurvait en une aire de stationnement d'un côté de la grande maison avant de disparaître à la vue pour desservir le secteur réservé aux véritables activités de Drogheda; étables, écuries, auvents de tonte, granges. A titre personnel, le père Ralph préférait aux orgueilleux eucalyptus les poivriers géants qui dispensaient de l'ombre aux bâtiments annexes; denses avec leurs frondaisons vert pâle, emplis de la vie bruissante des abeilles, ils offraient exactement le genre de feuillage nonchalant convenant à cette région de l'intérieur.

Tandis que le père Ralph abandonnait sa voiture et traversait la pelouse, une servante apparut sur la véranda de la façade; son visage constellé de taches de rousseur se barrait d'un large sourire.

— Bonjour, Minnie, dit-il.

— Oh, mon père, quelle joie de vous voir par cette belle matinée! s'exclama-t-elle d'une voix gaie, teintée d'un fort accent irlandais.

D'une main, elle maintenait le battant largement ouvert et elle tendait l'autre pour recevoir le chapeau cabossé à l'aspect bien peu ecclésiastique.

Dans la pénombre du hall au dallage de marbre où s'amorçait un escalier à rampe de cuivre, il s'immobilisa et attendit que Minnie l'invitât à entrer dans le salon d'un signe de tête.

Mary Carson était assise dans son fauteuil à oreilles près d'une fenêtre ouverte, qui ne devait pas mesurer moins de quatre mètres cinquante de hauteur, apparemment indifférente à l'air frais qui s'engouffrait dans la pièce. Son toupet de cheveux roux restait presque aussi flamboyant qu'il l'avait été dans sa jeunesse; bien que la peau rude de son visage, piqueté de taches de rousseur, comptât des marques brunes dues à l'âge, elle ne se creusait pas sous les rides, mais celles-ci couraient sur les joues en un fin réseau délimitant de minuscules renflements qui évoquaient un dessus-de-lit capitonné. Les seuls indices de l'intraitable nature de cette femme de soixante-cinq ans résidaient dans les deux sillons profonds, burinés, de chaque côté de son nez, rejoignant les commissures des lèvres, et dans la froideur de ses yeux bleu pâle.

Le père Ralph traversa silencieusement le tapis d'Aubusson et baisa les mains de la maîtresse de céans; le geste convenait parfaitement à cet homme de haute stature, à l'allure aristocratique, d'autant que sa sobre soutane noire lui conférait l'élégance d'un abbé de cour. Les yeux sans expression de Mary Carson s'animèrent subitement d'une vive lueur et elle minauda presque pour demander :

— Prendrez-vous un peu de thé, mon père?

— Volontiers, à moins que vous ne souhaitiez tout d'abord entendre la messe, répondit-il.

Il se laissa tomber dans un fauteuil; sa soutane se releva suffisamment pour dévoiler le bas de sa culotte de cheval glissée dans des bottes lui arrivant aux genoux, concession à ses ouailles campagnardes.

— Je vous ai apporté la Sainte Communion, reprit-il. Mais si vous voulez entendre la messe, je serai prêt à la célébrer en quelques minutes. Il importe peu que je reste à jeun plus longtemps.

— Vous faites preuve de trop de mansuétude à mon endroit, mon père, dit-elle avec une certaine hauteur, sachant pertinemment que le prêtre, comme tous ceux qui l'approchaient rendait hommage non à elle mais à son argent. Je vous en prie, prenez du thé, poursuivit-elle. La communion me suffira.

Il fit en sorte que son ressentiment n'apparût pas sur ses traits; décidément, cette paroisse se révélait excellente pour la maîtrise de soi. Si l'occasion lui était offerte de sortir de la disgrâce où son mauvais caractère l'avait plongé, il ne commettrait plus la même erreur. Et s'il savait ménager ses atouts, cette vieille femme pourrait peut-être combler ses voeux.

— Je dois avouer, mon père, que l'année qui vient de s'écouler a été particulièrement agréable, dit-elle. Vous êtes un guide infiniment plus satisfaisant que le vieux père Kelly; puisse Dieu condamner son âme à la pourriture!

Elle prononça ces derniers mots avec une intonation dure, vindicative.

Des lueurs amusées traversèrent le regard qu'il leva vers elle.

— Ma chère madame Carson! Voilà un sentiment bien peu charitable.

— Peut-être, mais il est sincère. Ce n'était qu'un vieil ivrogne et je suis sûre que Dieu vouera son âme à la même pourriture que celle qui lui avait déjà ravagé le corps. (Elle se pencha en avant.) Je commence à vous connaître assez bien à présent; j'estime que j'ai le droit de vous poser quelques questions, n'est-ce pas? Après tout, vous considérez Drogheda comme votre lieu de détente... il vous permet de vous familiariser avec l'élevage, de vous perfectionner en tant que cavalier, d'échapper aux vicissitudes de la vie à Gilly. Tout cela sur mon invitation, évidemment, mais j'estime qu'en retour j'ai droit à certaines réponses.

Il n'appréciait guère la façon dont elle lui rappelait qu'il était son obligé, mais il avait attendu le jour où elle jugerait suffisante son emprise sur lui pour qu'elle pût faire valoir certaines exigences.

— Sans aucun doute, madame Carson. Je ne vous remercierai jamais assez de m'accueillir à Drogheda et de tous vos bienfaits... chevaux, voiture...

— Quel âge avez-vous? coupa-t-elle.

— Vingt-huit ans.

— Plus jeune que je ne l'aurais cru. Néanmoins, on n'envoie pas un prêtre tel que vous dans un endroit comme Gilly. Qu'avez-vous fait pour qu'on vous expédie ici, au bout du monde?

— J'ai insulté l'évêque, répondit-il avec calme, sourire aux lèvres.

— Ah! Mais je ne peux pas imaginer qu'un prêtre

aussi doué que vous l'êtes puisse être heureux dans un trou comme Gillanbone.

— C'est la volonté de Dieu.

— Sornettes! Vous êtes ici en raison d'erreurs humaines... les vôtres et celles de votre évêque. Seul le pape est infaillible. Vous êtes totalement hors de votre élément naturel à Gilly; tout le monde s'en est rendu compte, bien que nous soyons tous enchantés d'avoir un homme tel que vous; cela nous change agréablement des bons à rien en soutane qu'on nous a envoyés jusqu'ici. Il n'empêche que votre élément naturel se situe dans quelque antichambre du pouvoir ecclésiastique et non ici parmi les chevaux et les moutons. La pourpre cardinalice vous irait à merveille.

— Je crains qu'il n'en soit vraiment pas question. Je ne considère pas que Gillanbone soit exactement l'épicentre du territoire dévolu au légat du pape. Et ça pourrait être pire; j'ai la chance de vous avoir, vous, à Drogheda.

Elle accueillit la flatterie, délibérément appuyée, dans les mêmes dispositions d'esprit que celui qui l'avait proférée. Elle se délectait de la beauté, de la prévenance du prêtre, de son esprit acéré, subtil; en vérité, il ferait un merveilleux cardinal. De toute son existence, elle ne se souvenait pas d'avoir vu un homme aussi beau ou sachant user de sa beauté avec autant de brio. Il devait avoir conscience de son charme : haute taille et parfaite proportion du corps, traits fins et aristocratiques; on eût dit que chaque élément de beauté physique avait été ajouté au précédent avec la minutie, le soin extrême porté à l'apparence du produit fini que Dieu ne dispense qu'à un nombre très restreint de ses créatures. Depuis les boucles noires et légères de la chevelure, en passant par le bleu stupéfiant de ses yeux jusqu'aux mains et pieds petits et déliés, il était parfait. Oui, il devait avoir conscience de sa beauté. Et pourtant il y avait chez lui une certaine réserve, une façon de lui faire sentir qu'il n'avait jamais été esclave de son apparence et qu'il ne le serait jamais. Certes, il jouerait de son charme pour obtenir ce qu'il voulait sans le moindre scrupule s'il le jugeait à propos, mais sans aucun narcissisme; il semblait plutôt considérer avec un certain mépris ceux qui se laissaient influencer par sa prestance. Et Mary Carson aurait donné très cher pour savoir ce qui, dans son passé, l'avait amené à se conduire de la sorte.

Etrange, le nombre de prêtres beaux comme des Adonis, doués du magnétisme sexuel d'un Don Juan. Embrassaient-ils le célibat en tant que refuge, pour échapper aux conséquences?

— Pourquoi supportez-vous la vie à Gillanbone? s'enquit-elle. Pourquoi ne pas abandonner la prêtrise plutôt que mener une telle existence? Les facultés dont vous êtes doué vous permettraient d'être riche et puissant... Surtout, ne me dites pas que l'idée de puissance vous est indifférente.

— Ma chère madame Carson, vous êtes catholique, dit-il en fronçant les sourcils. Vous savez que mes voeux sont sacrés; je ne peux les renier. Je resterai prêtre jusqu'à ma mort.

Elle renifla, émit un rire étouffé.

— Allons, allons! Croyez-vous vraiment que si vous renonciez à vos voeux, vous seriez poursuivi par un cortège d'éclairs, de coups de tonnerre, de chiens et de fusils?

— Bien sûr que non. Pas plus que je ne vous crois capable de penser que c'est la crainte du châtiment qui me garde dans le droit chemin.

— Oh! ne montez pas sur vos grands chevaux, père de Bricassart! Alors, qu'est-ce qui vous lie? Qu'est-ce qui vous oblige à endurer la poussière, la chaleur et les mouches de Gilly? Et vous y êtes peut-être condamné à perpétuité.

Une ombre voila un instant le bleu des yeux du prêtre, mais il sourit, la prenant en pitié.

— Vous êtes vraiment très réconfortante, murmura-t-il. (Ses lèvres s'écartèrent; il leva les yeux vers le plafond et soupira.) J'ai été destiné à la prêtrise dès le berceau, mais c'est encore bien davantage. Comment pourrais-je expliquer cela à une femme? En quelque sorte, je suis un réceptacle, madame Carson, et, parfois, il m'arrive d'être plein de Dieu. Si j'étais un meilleur prêtre, il n'y aurait aucune période intermédiaire. Et cette plénitude, cette unité avec Dieu, n'est pas fonction d'un lieu donné. Que je sois à Gillanbone ou entre les murs d'un évêché, l'état de grâce intervient de la même manière. Evidemment, il est difficile à définir parce qu'il reste un mystère, même pour les prêtres. Une possession divine qu'aucun autre homme ne peut jamais connaître... Peut-être est-ce cela. Y renoncer? Je ne pourrai pas.

— Donc, cela peut s'apparenter à un pouvoir, n'est-ce pas? Pourquoi serait-il seulement accordé aux prêtres? Qu'est-ce qui vous fait croire qu'une simple onction au cours d'une cérémonie longue et épuisante suffit à en doter un homme?

Il secoua la tête.

— Il faut des années de réflexion avant d'en arriver à l'ordination, madame Carson. Une lente évolution amenant à un état d'esprit qui ouvre le réceptacle à Dieu. Elle se mérite! Chaque jour, on la mérite; c'est le but des vœux, voyez-vous. Aucun élément temporel ne s'interpose entre le prêtre et sa vocation... ni l'amour d'une femme, ni celui de l'argent, ni la répugnance à se plier aux ordres d'autres hommes. La pauvreté n'est pas nouvelle pour moi; je ne suis pas issu d'une famille riche. J'accepte la chasteté sans éprouver trop de difficultés. Et l'obéissance? En ce qui me concerne, c'est ce qui m'est le plus pénible. Mais j'obéis, parce que si je m'estime moi-même plus important que ma fonction de réceptacle de Dieu, je suis perdu. J'obéis. Et s'il le faut, je suis prêt à accepter Gillanbone à perpétuité.

— Alors, vous êtes un imbécile, rétorqua-t-elle. Moi aussi, je crois qu'il y a des choses plus importantes que prendre un amant, mais se considérer comme un réceptacle de Dieu n'est pas l'une d'elles. Bizarre. Je ne m'étais jamais rendu compte que vous croyiez en Dieu avec une telle ferveur. Je pensais que vous pouviez être habité par le doute.

— Oh, je le suis! Quel être doué de raison ne l'est pas? C'est pour cela que, par moments, il m'arrive d'être vide. (Son regard la dépassa, se perdit.) Vous savez, je crois que j'abandonnerais toute ambition, que j'étoufferais tout désir pour avoir la chance d'être un prêtre parfait.

— La perfection, dans quelque domaine que ce soit, est insupportable, d'une tristesse affligeante, remarqua-t-elle. Personnellement, je préfère, et de loin, une touche d'imperfection.

Il rit, la considéra avec une admiration mêlée d'envie. Une femme remarquable.

Son veuvage remontait à trente-trois ans et son unique enfant, un fils, était mort en bas âge. En raison de sa situation particulière au sein de la communauté de Gillanbone, elle n'avait agréé aucune des avances des mâles les plus ambitieux parmi ses relations. En tant que veuve de Michael Carson, elle était incontestablement une reine, mais en tant qu'épouse d'un quelconque candidat elle eût transmis ses pouvoirs à l'élu. Il n'entrait pas dans les conceptions de Mary Carson de jouer les utilités. De ce fait, elle avait renoncé aux plaisirs de la chair, leur préférant le sceptre de la puissance. Il était inconcevable qu'elle pût prendre un amant car, sur le chapitre des cancans, Gillanbone était d'une réceptivité sans égale. Elle eût dérogé à sa ligne de conduite en se montrant humaine, faible.

Mais maintenant elle avait atteint un âge suffisamment avancé pour qu'on la jugeât hors d'atteinte des tentations charnelles. Du moment que le jeune prêtre se montrait assidu dans les devoirs qu'il lui rendait, elle pouvait le récompenser par de petits présents, tels qu'une automobile, sans que son geste parût incongru. Inébranlable pilier de l'Eglise tout au long de sa vie, elle avait aidé sa paroisse et son guide spirituel comme il convenait, même quand le père Kelly hoquetait en titubant à travers les rites de la messe. Elle n'était pas la seule à s'intéresser charitablement au successeur du père Kelly; le père Ralph de Bricassart jouissait, à juste titre, de la sympathie de toutes ses ouailles, riches ou pauvres. Si ses paroissiens les plus éloignés n'avaient pas la possibilité de venir le voir à Gilly, il allait à eux et, jusqu'à ce que Mary Carson lui eût offert sa Daimler, il se déplaçait à cheval. Sa patience et sa bonté lui valaient la reconnaissance de tous et l'affection sincère de certains : Martin King, de Bugela, avait remeublé le presbytère à grands frais; Dominic O'Rourke, de Dibban-Dibban, réglait le salaire d'une excellente gouvernante.

Donc, du haut du piédestal que lui conféraient son âge et sa situation, Mary Carson estimait pouvoir savourer la compagnie du père Ralph en toute sécurité; elle aimait faire assaut d'intelligence avec cet homme qu'elle jugeait son égal sur ce plan, elle se délectait à tenter de percer ses intentions car elle n'était jamais sûre de voir clair en lui.

— Pour en revenir à ce que vous disiez sur Gilly, qui n'est pas précisément l'épicentre du territoire du légat du pape, reprit-elle en se carrant confortablement dans son fauteuil, qu'est-ce qui, d'après vous, pourrait secouer suffisamment cet éminent dignitaire pour faire de Gilly le pivot de son monde?

Le prêtre esquissa un sourire triste.

— Comment le savoir? Un exploit hors de pair, peut-être? Sauver tout à coup mille âmes, guérir les éclopés, rendre la vue aux aveugles... mais le temps des miracles est passé.

— Oh, j'en doute fort! C'est seulement que Dieu a changé de technique. De nos jours, il utilise l'argent.

— Vous êtes d'un cynisme déconcertant, madame Carson! C'est peut-être pour cela que vous m'êtes si sympathique.

— Mon prénom est Mary. Je vous en prie, appelez-moi Mary.

Minnie entra en poussant la table roulante supportant le thé au moment précis où le père de Bricassart disait :

— Merci, Mary.

Mary Carson tendit à son hôte des galettes et des toasts aux anchois.

— Mon cher père, fit-elle avec un soupir, je voudrais que vous priiez pour moi avec une ferveur toute particulière ce matin.

— Appelez-moi Ralph. (Une lueur espiègle traversa son regard.) Je doute qu'il me soit possible de prier pour vous avec plus de ferveur qu'à l'accoutumée, mais j'essaierai.

— Oh, vous êtes un charmeur! Mais votre remarque n'est peut-être pas aussi innocente qu'elle le paraît. D'une façon générale, je n'attache guère d'importance à ce qui semble évident mais, chez vous, je ne suis jamais sûre que ce qui saute aux yeux ne soit, en réalité, que la partie émergée de l'iceberg. Un peu comme la carotte que l'on agite devant l'âne. Que pensez-vous de moi au juste, père de Bricassart? Je ne le saurai jamais parce que vous ne manquez pas de tact au point de me le dire n'est-ce pas? Fascinant, fascinant... Mais il vous faut prier pour moi. Je suis vieille et j'ai beaucoup péché.

— C'est notre lot à tous que de vieillir et, moi aussi, j'ai péché.

Elle laissa échapper un gloussement bref.

— Je donnerai beaucoup pour savoir comment vous avez péché! Ah oui, beaucoup! (Elle garda un instant le silence et changea de sujet.) En ce moment, je me trouve sans régisseur.

— Encore?

— Cinq se sont succédé au cours de l'année écoulée. Et il devient difficile de trouver un homme de confiance.

— S'il faut en croire la rumeur publique, vous n'êtes pas considérée comme une patronne particulièrement large et pleine de mansuétude à l'égard de ses employés.

— Oh, impudent! s'exclama-t-elle en riant. Qui vous a offert une Daimler toute neuve pour vous éviter de vous déplacer à cheval?

— Ah, mais voyez avec quelle ferveur je prie pour vous!

— Si Michael avait eu une parcelle de votre esprit et de votre caractère, je crois que je l'aurais aimé! laissa-t-elle tomber avec brusquerie. (Son expression se modifia, devint hargneuse.) Vous croyez peut-être que je n'ai pas un seul parent au monde et que je serai obligée de laisser mon argent et mes terres à notre mère l'Eglise?

— Je ne sais strictement rien, rétorqua-t-il tranquillement en se versant une autre tasse de thé.

— Eh bien, il se trouve que j'ai un frère nanti d'une famille nombreuse, florissante... des fils pour la plupart.

— Vous avez de la chance, convint-il avec gravité.

— Lorsque je me suis mariée, j'étais totalement dépourvue de biens terrestres. Je savais que je ne pourrais jamais trouver un parti intéressant en Irlande où une jeune fille est obligée d'avoir de l'éducation et des ascendants bien nés pour pouvoir mettre le grappin sur un mari riche. Aussi ai-je trimé durement pour économiser l'argent de mon passage afin de gagner un pays où les hommes fortunés se montrent moins pointilleux. En débarquant ici, je ne pouvais me prévaloir que d'un visage, un corps et un cerveau au-dessus de la moyenne. Et c'est ce qui m'a permis de ferrer Michael Carson, un riche imbécile. Il m'a adorée jusqu'à son dernier jour.

— Et votre frère? demanda-t-il précipitamment dans l'espoir de la ramener à son sujet.

— Mon frère a onze ans de moins que moi; ce qui lui fait donc cinquante-quatre ans. Nous sommes les deux seuls survivants de la famille. Je le connais à peine; il n'était qu'un enfant quand j'ai quitté Galway. Actuellement, il vit en Nouvelle-Zélande mais, s'il a émigré pour faire fortune, il n'a pas réussi.

« Avant-hier soir, quand un de mes ouvriers est venu m'apprendre qu'Arthur Teviot avait filé avec son balluchon, j'ai subitement pensé à Padraic. Je suis là, sans espoir de rajeunir, sans famille autour de moi. Et il m'est venu à l'esprit que Paddy est un homme de la terre, doté d'expérience, mais sans les moyens d'être propriétaire. Pourquoi ne pas lui écrire et lui demander de venir ici avec ses fils? me suis-je dit. Quand je mourrai, il héritera de Drogheda et de la Michar Limited puisqu'il est mon plus proche parent, à part quelques vagues cousins restés en Irlande.

Elle sourit.

— Pourquoi remettre à plus tard? poursuivit-elle. Autant qu'il vienne maintenant qu'après ma mort; il pourra s'habituer à l'élevage des moutons sur le sol noir de nos plaines, ce qui, j'en suis persuadée, est très différent des conditions que l'on rencontre en Nouvelle-Zélande. Puis, quand j'aurai disparu, il pourra chausser mes bottes en s'y sentant à l'aise.

Tête penchée, elle observait attentivement le père Ralph.

— Je me demande pourquoi vous n'y avez pas pensé plus tôt, dit-il simplement.

— Oh, j'y ai pensé! Pourtant, jusqu'à ces derniers temps, je voulais à tout prix éviter qu'une bande de vautours attende anxieusement mon trépas. Mais récemment, j'ai eu l'impression que la date fatidique se rapprochait et je crois que... Oh! je ne sais pas. Il me semble qu'il serait agréable d'être entourée par des êtres faisant partie de ma chair et de mon sang.

— Que se passe-t-il, vous croyez-vous malade? demanda-t-il vivement, une expression de réelle inquiétude dans le regard.

— Je suis en parfaite santé, déclara-t-elle en haussant les épaules. Néanmoins, passer le cap des soixante-cinq ans a quelque chose d'inquiétant. Subitement la vieillesse n'est plus un phénomène qui interviendra : il est intervenu.

— Je comprends votre point de vue et vous avez raison. Il sera très agréable pour vous d'entendre de jeunes voix résonner dans la maison.

— Oh, ils ne vivront pas ici! se récria-t-elle. Ils habiteront dans la maison du régisseur, au bord du ruisseau, à bonne distance de moi. Je n'aime pas spécialement les enfants ni leurs voix.

— N'est-ce pas là une façon quelque peu mesquine de traiter votre seul frère, Mary? Même si l'on tient compte de l'importante différence d'âge qui vous sépare.

— Il aura l'héritage... alors, qu'il le gagne! déclarat-elle brutalement.

Fiona Cleary mit au monde un autre garçon six jours avant le neuvième anniversaire de Meggie; elle s'estimait heureuse de n'avoir eu à déplorer que deux fausses couches entre-temps. A neuf ans, Meggie avait atteint un âge suffisant pour apporter une aide réelle. Fee avait quarante ans; elle n'était plus assez jeune pour porter un enfant sans éprouver des douleurs qui sapaient son énergie. Le garçon, un bébé de santé délicate, fut baptisé Harold; pour la première fois, le médecin dut venir régulièrement à la maison.

Et, ainsi qu'il est courant dans une mauvaise passe, les ennuis se multiplièrent pour les Cleary. Loin d'être une période d'expansion, l'après-guerre était marqué par une crise rurale. Il devint de plus en plus difficile de trouver du travail.

Le vieil Angus MacWhirter apporta un télégramme un jour que la famille achevait son repas. Paddy l'ouvrit les mains tremblantes : un tel message ne contenait jamais de bonnes nouvelles. Les garçons se rassemblèrent autour de lui à l'exception de Frank qui saisit sa tasse et quitta la table. Fee le suivit des yeux puis elle reporta son regard sur Paddy qui marmottait.

— Qu'est-ce que c'est? s'enquit-elle.

Paddy regardait le papier comme s'il annonçait un décès.

— Archibald n'a pas besoin de nous.

Bob abattit rageusement son poing sur la table; il avait tellement souhaité partir avec son père en tant qu'apprenti tondeur et il devait débuter par le troupeau d'Archibald.

— Pourquoi nous joue-t-il un aussi sale tour, p'pa? Nous devions commencer demain.

— Il ne donne aucune raison. Je suppose qu'un quelconque traîne-savates au rabais nous a coupé l'herbe sous le pied.

— Oh, Paddy! soupira Fee.

Le bébé que tous appelaient Hal commença à pleurer dans son berceau proche de la cuisinière, mais avant même que Fee eût le temps de bouger, Meggie se précipita. Frank était revenu et se tenait debout près de la porte; sa tasse de thé à la main, il observait attentivement son père.

— Eh bien, il va falloir que j'aille voir Archibald, laissa enfin tomber Paddy. Maintenant, il est trop tard pour chercher une autre embauche de tonte, mais j'estime qu'il me doit une explication. Souhaitons seulement que nous pourrons trouver un travail de traite jusqu'à ce ce nous allions chez Willoughby en juillet.

Meggie tira un carré d'éponge blanche de l'énorme pile qui séchait près de la cuisinière et l'étendit soigneusement sur la planche de travail, puis elle alla prendre l'enfant en pleurs dans son berceau d'osier. La chevelure des Cleary, encore clairsemée, luisait sur le petit crâne tandis que Meggie changeait rapidement les langes avec autant d'efficacité que sa mère.

— Petite maman Meggie, murmura Frank pour la taquiner.

— Oh, ne dis pas ça! rétorqua-t-elle, indignée. Je me contente simplement d'aider m'man.

— Je sais, acquiesça-t-il gentiment. Tu es une bonne fille, ma petite Meggie.

Et les grands yeux gris se tournèrent vers lui avec adoration; au-dessus de la tête agitée du bébé, Meggie semblait avoir le même âge que son frère aîné, peut-être même paraissait-elle plus vieille. Frank ressentit une douleur dans la poitrine à l'idée que ce sort eût échu à sa sœur à un âge où le seul bébé dont elle aurait dû s'occuper n'était autre qu'Agnès, maintenant oubliée, reléguée dans la chambre. Si ce n'avait été pour elle et leur mère, il serait parti depuis longtemps. Il jeta un regard aigri à son père, auteur de la nouvelle vie qui créait un tel chaos dans la maison. Tant pis pour lui s'il devait mettre une croix sur sa saison de tonte.

Assez bizarrement, ses frères et même Meggie ne s'étaient pas aussi souvent imposés à sa pensée que le nouveau-né; mais cette fois, quand la taille de Fee commença à s'arrondir, il était assez âgé pour être lui-même marié et père de famille. Tous, à l'exception de Meggie, en avaient ressenti de la gêne, surtout sa mère. Les regards furtifs des garçons incitaient Fee à se recroqueviller comme un lapin au bord de son terrier; elle ne pouvait rencontrer les yeux de Frank ni réprimer la honte qu'elle sentait monter en elle. Aucune femme ne devrait connaître une telle épreuve, se répétait Frank pour la millième fois, se rappelant les horribles gémissements et les cris venant de la chambre de sa mère la nuit où Hal était né; considéré comme un adulte, il n'avait pas été expédié ailleurs, comme les autres. Juste retour des choses si p'pa perdait sa saison de tonte. Un homme moins égoïste aurait laissé sa femme tranquille.

La tête de sa mère, sous la nouvelle lampe électrique, semblait casquée d'or filé; elle regardait Paddy à l'autre bout de la table et son profil pur lui parut d'une beauté indicible. Comment une femme aussi ravissante et racée avait-elle pu épouser un rustre, un tondeur itinérant, originaire des bourbiers de Galway? Elle gâchait sa vie tout comme végétaient ses porcelaines fines, ses services de table damassés et ses tapis persans relégués dans un salon où personne n'entrait jamais parce que de tels raffinements étaient hors de mise pour les épouses des collègues de Paddy. Elle donnait à celles-ci trop conscience de leurs voix vulgaires, tonitruantes, suscitait leur stupéfaction quand elle les mettait devant un couvert dressé avec plus d'une fourchette.

Parfois, le dimanche, elle entrait dans le salon solitaire, s'asseyait devant l'épinette placée devant la fenêtre et jouait, bien que son toucher délicat l'eût abandonnée depuis longtemps, par manque de pratique et qu'elle ne parvînt plus à exécuter que les morceaux les plus simples. Il allait s'asseoir sous la croisée, parmi les lilas et les lys et, fermant les yeux, il écoutait. S'imposait alors à lui une vision, celle de sa mère vêtue d'une longue robe à tournure, en dentelle du rose le plus pâle, assise devant l'épinette dans une immense salle ivoire, entourée de girandoles. Cette image lui donnait envie de pleurer, mais il ne pleurait plus; plus depuis la nuit de la grange, après que les gendarmes l'eurent ramené chez lui.

Meggie avait reposé Hal dans le berceau et elle se tenait à côté de sa mère. Encore une qui gâchait sa vie. Même profil fier, sensible; quelque chose de Fee dans les mains, dans le corps encore enfantin. Elle ressemblerait beaucoup à sa mère quand, elle aussi, deviendrait femme. Et qui épouserait-elle? Quelque autre lourdaud de tondeur irlandais, ou un quelconque cul-ter-reux grossier, employé dans une laiterie de Wahine? Elle méritait mieux, mais sa naissance ne l'autorisait pas à viser plus haut. La situation était sans issue, c'est ce que tout le monde disait et chaque année qui passait semblait confirmer le verdict.

Subitement conscientes de son regard fixe, Fee et Meggie se tournèrent simultanément vers lui, lui souri-rent avec la tendresse toute particulière que les femmes réservent à l'être le plus aimé. Frank posa sa tasse et sortit pour nourrir les chiens; il aurait souhaité pouvoir pleurer, ou commettre un meurtre. N'importe quoi qui apaisât sa peine.

Trois jours après que Paddy eut reçu la mauvaise nouvelle émanant d'Archibald vint la lettre de Mary Carson. Il l'avait ouverte dans le bureau de poste de Wahine dès l'instant où il avait pris possession de son courrier; il rentra à la maison en gambadant comme un enfant.

— Nous partons pour l'Australie! hurla-t-il en bran-dissant les feuilles de coûteux vélin sous le nez de la famille éberluée.

Suivit un silence, tous les regards convergeant sur lui. L'expression de Fee disait son désarroi, celle de Meggie aussi, mais les yeux des garçons brillaient de joie. Ceux de Frank étincelaient.

— Mais, Paddy, pourquoi ta soeur penserait-elle tout à coup à toi après toutes ces années? demanda Fee après avoir lu la lettre. Sa fortune n'a rien de nouveau pour elle, pas plus que son isolement. Je ne me souviens pas qu'elle nous ait jamais offert de nous aider.

— On dirait qu'elle a peur de mourir seule, laissa-t-il tomber, autant pour exorciser sa crainte que pour ras-surer Fee. Tu as vu ce qu'elle dit : « Je ne suis plus jeune et vous êtes mes héritiers, toi et tes garçons. Je crois que nous ferions bien de nous revoir avant que je meure et il est temps que tu apprennes à gérer ton héritage. J'ai l'intention de faire de toi mon régisseur, ce sera une excellente formation, et ceux de tes enfants qui sont en âge de travailler pourront aussi s'employer utilement à l'élevage. Drogheda deviendra une affaire de famille, dirigée par la famille, sans aide extérieure. »

— Est-ce qu'elle parle de nous envoyer l'argent du voyage? s'enquit Fee.

Paddy se raidit.

— Jamais je ne m'abaisserai à le lui demander! s'écria-t-il d'un ton tranchant. Nous pouvons gagner l'Australie sans avoir à lui mendier de l'argent. J'en ai suffisamment de côté.

— J'estime qu'elle devrait au moins payer notre passage, rétorqua Fee qui, visiblement, ne voulait pas en démordre.

Son obstination suscita l'étonnement. Il lui arrivait rarement d'émettre une opinion.

— Pourquoi abandonnerais-tu ta vie ici et partirais-tu travailler pour elle sur la foi d'une promesse contenue dans une lettre? reprit-elle. Elle n'a jamais levé le petit doigt pour nous aider et je ne lui fais pas confiance. Tout ce que je me rappelle t'avoir entendu dire à son sujet est qu'elle a les doigts plus crochus que le pire des grippe-sous. Après tout, Paddy, tu ne la connais pas vraiment; vous avez une telle différence d'âge et elle est partie pour l'Australie avant même que tu ailles à l'école.

— Je ne vois pas ce que ça change, et si elle est grippe-sou, tant mieux, elle aura mis plus d'argent de côté pour nous. Inutile d'insister, Fee. Nous partons pour l'Australie et nous paierons notre passage.

Fee ne dit mot. Rien dans son expression ne permettait de savoir si elle était froissée de se sentir écartée de la sorte.

— Hourra! nous partons pour l'Australie! s'écria Bob en étreignant l'épaule de son père.

Jack, Hughie et Stu se lancèrent dans une gigue effrénée et Frank souriait; ses yeux ne voyaient rien de ce qui se trouvait dans la pièce, ils allaient bien au delà. Seules, Fee et Meggie cédaient à l'anxiété et à la crainte, se raccrochant à l'espoir qu'il ne sortirait rien de tout cela car la vie ne pourrait être plus facile en Australie; là-bas, ce serait exactement la même chose avec le dépaysement en plus.

— Où est Gillanbone? s'enquit Stuart.

Et de sortir le vieil atlas; aussi pauvres que fussent les Cleary, plusieurs étagères de livres se détachaient sur le mur de la cuisine. Les garçons écarquillèrent les yeux sur les pages jaunies jusqu'à ce qu'ils découvrent la Nouvelle-Galles du Sud. Habitués aux courtes distances de la Nouvelle-Zélande, il ne leur vint pas à l'idée de consulter l'échelle figurant au bas et à gauche de la carte. Ils supposaient tout naturellement que la Nouvelle-Galles du Sud avait à peu près la même superficie que l'Ile du Nord de la Nouvelle-Zélande. Et là était Gillanbone, en haut, près de l'angle jaune, à environ la même distance de Sydney que celle séparant Wanganui d'Auckland, semblait-il, bien que les points indiquant les emplacements des villages fussent beaucoup plus rares que ceux qui figuraient sur la carte de l'Ile du Nord.

— C'est un très vieil atlas, expliqua Paddy. L'Australie est comme l'Amérique; elle évolue à pas de géant. Je suis sûr que depuis beaucoup d'autres villes ont été fondées.

Il leur faudrait voyager dans l'entrepont, mais le passage ne durait que trois jours, ça n'était pas terrible. Rien à voir avec les interminables semaines de traversée entre l'Angleterre et les antipodes. Ils ne pouvaient emporter que les vêtements, la vaisselle, l'argenterie, les ustensiles de cuisine et les précieux livres rangés sur les étagères; le mobilier devrait être vendu pour couvrir les frais de transport des quelques pièces auxquelles tenait Fee, son épinette, ses tapis et ses fauteuils.

— Il n'est pas question que tu les abandonnes, déclara énergiquement Paddy.

— Es-tu sûr que nous pouvons nous le permettre?

— Certain. Quant au reste du mobilier, Mary dit qu'elle fait préparer la maison du régisseur et que celle-ci comporte tout ce dont nous aurons besoin. Je suis heureux que nous n'ayons pas à habiter la même maison qu'elle.

— Moi aussi, acquiesça Fee.

Paddy se rendit à Wanganui pour retenir huit couchettes d'entrepont à bord du *Wahine*; curieux que le navire et la ville la plus proche de chez eux eussent le même nom. Ils devaient s'embarquer à la fin août et, dès le début de ce mois, chacun commença à comprendre que la grande aventure entrait vraiment dans sa phase de résiliation. Il fallait donner les chiens, vendre les chevaux, charger le mobilier sur le fardier du vieil Angus MacWhirter et le transporter à Wanganui afin qu'il soit vendu aux enchères, emballer les quelques pièces auxquelles tenait Fee ainsi que la vaisselle, le linge, les livres et les ustensiles de cuisine.

Frank trouva sa mère, debout, à côté de la ravissante épinette; elle en caressait l'ébénisterie d'un rose délavé, finement strié, et regardait sans la voir la poudre d'or qui lui collait aux doigts.

— Elle a toujours été à toi, m'man? demanda-t-il.

— Oui. Rien de ce qui m'appartenait en propre n'a pu m'être retiré lorsque je me suis mariée. L'épinette, les tapis persans, le canapé Louis XV et ses fauteuils, le secrétaire Régence. Pas grand-chose, mais ces meubles étaient ma propriété personnelle.

Le regard gris, désenchanté, le dépassa, alla se fixer sur la toile qui ornait le mur derrière lui, une peinture à l'huile, patinée par le temps, mais représentant encore nettement une femme à la chevelure dorée vêtue d'une robe de dentelle rose pâle à crinoline sur laquelle s'étageaient cent sept volants.

— Qui était-ce? s'enquit-il avec curiosité en tournant la tête. Je me le suis toujours demandé.

— Une grande dame.

— Une parente? Elle te ressemble un peu.

— Elle? Une parente? (Ses yeux se détournèrent du tableau et se posèrent sur Frank, animés d'un rien d'ironie.) Ai-je réellement un air de famille avec une grande dame comme elle?

— Oui.

— Tu divagues. Reprends tes esprits.

— J'aimerais que tu me le dises, m'man.

Elle soupira, ferma l'épinette, essuya la poussière dorée sur ses doigts.

— Il n'y a rien à dire, rien du tout. Allons, viens, aide-moi à porter ces meubles au milieu de la pièce pour que papa puisse les emballer.

Le voyage tint du cauchemar. Avant que le *Wahine* eût quitté le port de Wellington, tous étaient déjà en proie au mal de mer, et ils continuèrent à en souffrir tout au long de la traversée de douze cents milles sur une mer agitée par les coups de vent de l'hiver. Paddy amena les garçons sur le pont et les y garda en dépit des bourrasques et des incessants embruns; il ne descendait pour voir ses femmes et le bébé que lorsqu'une âme charitable acceptait de garder un oeil sur les quatre pauvres garçons vrillés par la nausée. Bien que Frank fût aussi tenaillé par le besoin d'air frais, il préféra rester en bas pour aider sa mère et sa soeur. Minuscule, étouffante, la cabine d'entrepont puait l'huile car elle se trouvait au-dessous de la ligne de flottaison, à l'avant, là où les mouvements du bateau se répercutaient avec le plus de violence.

Quelques heures après avoir quitté Wellington, Frank et Meggie crurent que leur mère allait mourir; le médecin, qu'un steward très inquiet alla chercher dans les premières classes, secoua la tête avec pessimisme.

— Il vaut mieux que la traversée soit courte, déclarat-il simplement.

Sur quoi, il ordonna à son infirmière de trouver du lait pour le bébé.

Entre deux nausées, Frank et Meggie parvinrent à donner le biberon à Hal qui ne montrait aucun empressement à tirer sur la tétine. Fee avait cessé de vomir et elle était plongée dans une sorte de coma dont ils ne pouvaient la sortir. Le steward aida Frank à l'installer dans la couchette supérieure où l'air était un peu moins vicié. Frank maintint une serviette contre sa bouche pour retenir les flots de bile qui lui montaient aux lèvres, puis il se percha à côté d'elle et lui écarta du front des mèches jaunâtres collées par la sueur. Il demeura ainsi des heures malgré le mal de mer qui le secouait; chaque fois que Paddy descendait, il trouvait Frank à côté de sa mère, en train de lui caresser les cheveux tandis que Meggie, une serviette contre les lèvres, se pelotonnait sur la couchette inférieure avec Hal.

A trois heures de Sydney, la mer s'apaisa, tout à coup unie comme un miroir, et la brume, arrivant furtivement du lointain Antarctique, enveloppa le vieux bateau. Meggie, qui reprenait un peu de vie, imagina que le navire mugissait de douleur après les coups terribles qu'il avait encaissés. Ils avançaient, mètre par mètre, se glissant dans la grisaille gluante aussi silencieuse qu'un animal à l'affût jusqu'à ce que le meuglement sourd, monotone, résonnât de nouveau, venant de quelque part dans les superstructures, bruit solitaire, perdu, d'une incommensurable tristesse. Puis, tout autour d'eux, l'atmosphère s'emplit d'ululements lugubres tandis que le bateau fendait l'eau fumante, fantomatique du port. Meggie ne devait jamais oublier la plainte des sirènes de brume, son premier contact avec l'Australie.

Paddy porta Fee dans ses bras pour débarquer du

Wahine; Frank suivait avec le bébé, Meggie avec une valise et chacun des garçons avançait en trébuchant courbé sous le poids d'un fardeau quelconque. Ils étaient arrivés à Pyrmont, un nom vide de sens, par un matin d'hiver brumeux, fin août 1921. Une interminable file de taxis stationnait devant l'auvent métallique du quai. Yeux écarquillés, Meggie restait bouche bée; jamais elle n'avait vu un aussi grand nombre de voitures réunies en un seul endroit. Paddy parvint à entasser tout son monde dans un seul taxi et le chauffeur proposa de les emmener au *Palace du Peuple*.

— C'est l'endroit qui vous convient, mon vieux, expliqua-t-il à Paddy. C'est un hôtel pour ouvriers dirigé par les salutistes.

Les avenues regorgeaient de voitures qui semblaient se ruer dans toutes les directions; il y avait très peu de chevaux. Fascinés, ils regardaient de tous leurs yeux les grands immeubles de brique, les rues étroites au tracé tourmenté, s'émerveillaient de la rapidité avec laquelle les passants semblaient se fondre, se dissoudre en quelque étrange rituel urbain. Wellington les avait impressionnés, mais Sydney ravalait la ville de Nouvelle-Zélande au rang de bourg.

Pendant que Fee se reposait dans l'une des innombrables chambres de la termitière que l'Armée du Salut appelait affectueusement *Palace du Peuple*, Paddy partit pour la gare centrale afin de se renseigner sur l'heure des trains pour Gillanbone. Complètement rétablis, les garçons voulurent à toute force l'accompagner car on leur avait dit que ça n'était pas très loin, que les boutiques se touchaient tout au long du chemin et que l'une d'elles vendait toutes sortes de sucreries. Enviant leur jeunesse, Paddy céda, d'autant qu'il n'était pas très assuré sur ses jambes après trois jours de mal de mer. Frank et Meggie restèrent près de Fee et du bébé, tenaillés par l'envie de suivre les autres, mais trop préoccupés par l'état de leur mère. En fait, celle-ci semblait reprendre des forces depuis qu'elle avait regagné la terre ferme; elle avait bu un bol de bouillon et grignoté un toast que lui avait apporté l'un des anges salutistes auréolé de son étrange chapeau.

— Si nous ne partons pas ce soir, Fee, il nous faudra attendre une semaine avant le prochain train direct, expliqua Paddy à son retour de la gare. Crois-tu que tu seras assez forte pour partir ce soir?

— Oui, assura Fee qui se redressa en frissonnant.

— Je crois que nous devrions attendre, intervint courageusement Frank. M'man n'est pas en état de voyager.

— Tu n'as pas l'air de comprendre, Frank, que si nous ne prenons pas le train ce soir, nous serons obligés d'attendre une semaine entière et je n'ai pas assez d'argent pour rester aussi longtemps à Sydney. Ce pays est immense et l'endroit où nous allons n'est pas desservi par un train quotidien. Nous pourrions gagner Dubbo par l'un des trois trains qui partent demain mais là il nous faudrait attendre la correspondance et on m'a dit que le voyage serait infiniment plus pénible que si nous faisons en sorte de prendre l'express de ce soir.

— Ça ira, Paddy, affirma Fee. Frank et Meggie m'aideront. J'y arriverai.

Elle reporta son regard sur Frank en une muette supplique pour qu'il gardât le silence.

— Bon. Je vais immédiatement envoyer un télégramme à Mary pour lui annoncer notre arrivée demain soir.

La gare centrale était plus imposante que tout bâtiment ayant jamais accueilli les Cleary, un vaste cylindre de verre qui semblait tout à la fois répercuter et absorber le fracas des milliers de gens qui attendaient à côté des valises cabossées, maintenues par des courroies, et regardaient fixement un panneau indicateur géant que des hommes armés de longues perches modifiaient constamment. Dans la pénombre crépusculaire, ils se fondirent au coeur de la foule, les yeux rivés sur le portillon d'acier du quai 5; bien que clos, celui-ci s'ornait d'une pancarte manuscrite annonçant *GILLANBONE*. Sur les quais 1 et 2, une activité fébrile préludait au départ imminent de l'express de nuit à destination de Brisbane et Melbourne; des voyageurs se pressaient pour franchir les barrières. Leur tour vint bientôt quand le portillon du quai 5 s'ouvrit, livrant passage à la foule qui se précipita.

Paddy leur trouva un compartiment vide de troisième classe; il installa les aînés côté fenêtre tandis que Fee, Meggie et le bébé prenaient place près des portes coulissantes qui s'ouvraient sur le long couloir desservant le wagon. Des visages se plaquaient un instant à la vitre dans l'espoir de trouver une place libre et disparaissaient bientôt, horrifiés à la vue de tant d'enfants. Quelquefois, il est bon d'avoir une famille nombreuse.

La nuit était assez froide pour qu'on débouclât les courroies maintenant les couvertures écossaises roulées contre le flanc des valises; bien que la voiture ne fût pas chauffée, les boîtes métalliques remplies de cendres brûlantes posées sur le plancher dégageaient de la chaleur et, d'ailleurs, personne ne s'attendait à une température intérieure plus clémente puisque rien, ni en Australie ni en Nouvelle-Zélande, n'était jamais chauffé.

— C'est très loin, p'pa? s'enquit Meggie lorsque le train s'ébranla pour s'engager sur d'innombrables aiguillages qui se répercutaient en cliquetis encore amplifiés par le balancement.

— C'est beaucoup plus loin que ça n'en avait l'air sur l'atlas, Meggie, tout près de mille kilomètres. Nous arriverons demain en fin d'après-midi.

Les garçons en eurent le souffle coupé, mais ils ne tardèrent pas à oublier les paroles de leur père devant le feu d'artifice que formaient les lumières de la ville; et chacun de s'écraser le nez contre la fenêtre pour regarder tandis que défilaient les premiers kilomètres sans que les maisons se fissent plus rares. La vitesse s'ac-

crut, les lumières s'espacèrent et finirent par disparaître, remplacées par des gerbes d'étincelles qui jaillissaient de chaque côté du convoi, happées par un vent
hurlant. Quand Paddy sortit avec les garçons dans le
couloir pour permettre à Fee de donner le sein à Hal,
Meggie les regarda avec envie. Maintenant elle ne semblait plus être considérée comme ses frères, plus depuis
que le bébé avait bouleversé sa vie en l'enchaînant à la
maison aussi implacablement que sa mère. Non que
cela lui coûtât, comme elle le reconnaissait volontiers.
Hal était un petit être tellement adorable, une joie de
tous les jours et c'était tellement agréable que m'man la
traitât en adulte. Elle n'avait pas la moindre idée de ce
qui avait fait pousser un bébé en Fee, mais le résultat
était merveilleux. Elle tendit Hal à sa mère; peu après,
le train s'arrêta avec force craquements et grincements
et sembla s'immobiliser pendant des heures pour
reprendre son souffle. Elle souhaitait vivement ouvrir
la fenêtre et regarder dehors, mais le froid s'installait
dans le compartiment en dépit des récipients de cendres chaudes.

Paddy fit coulisser la porte du couloir et tendit une
tasse de thé fumant à Fee qui reposa sur la banquette
un Hal repu et somnolent.

— Où sommes-nous? s'enquit-elle.

— A un endroit qui s'appelle Valley Heights. Nous
devons prendre une autre locomotive pour grimper jusqu'à Lithgow, m'a expliqué la jeune fille du buffet.

— Est-ce que j'ai le temps de boire mon thé?

— Tu as un quart d'heure. Frank est allé chercher
des sandwiches et je m'occuperai de faire manger les
garçons. Le prochain arrêt où nous pourrons nous restaurer est Blayney, beaucoup plus tard dans la nuit.

Meggie but quelques gorgées de thé chaud et très
sucré dans la tasse de sa mère; tout à coup, au comble
de la surexcitation, elle engloutit le sandwich que Frank
lui apporta. Celui-ci s'installa sur la banquette au-des-

sous du bébé délicatement posé dans le filet, l'enveloppa d'une couverture et agit de même pour Fee, étendue sur la banquette opposée. Stuart et Hughie se couchèrent sur le plancher; Paddy annonça à sa femme qu'il emmenait Frank, Bob et Jack dans un autre compartiment pour causer avec des tondeurs et qu'ils y passeraient la nuit. Beaucoup plus agréable que le bateau, cette façon d'avancer dans le cliquetis métallique que venait ponctuer le rythme de la respiration des deux locomotives, tout en écoutant le vent qui jouait dans les fils télégraphiques, et de sentir passer de temps à autre un souffle furieux venu des roues d'acier glissant sur les rails, s'efforçant d'y mordre; Meggie sombra dans le sommeil.

Le lendemain matin, ils ouvrirent de grands yeux, emplis de crainte et de stupeur à la vue d'un paysage qui leur parut si étrange que jamais ils n'auraient pu imaginer son existence sur la même planète que la Nouvelle-Zélande. Le doux vallonnement était bien là, mais rien d'autre ne leur rappelait la terre qu'ils venaient de quitter. Rien que du brun et du gris, y compris les arbres! Le blé d'hiver avait déjà atteint ce ton fauve argenté, distillé par l'implacable soleil : des kilomètres et des kilomètres de céréales ondulaient et ployaient sous le vent, étendues interrompues seulement par quelques bouquets d'arbres maigres et tourmentés, aux feuilles bleutées, et de poussiéreuses touffes de buissons d'un gris éteint. Stoïque, Fee regardait le paysage sans changer d'expression, mais les yeux de la pauvre Meggie étaient noyés de larmes. C'était affreux, immense, sans limites, sans la moindre trace de vert.

La nuit glaciale se mua en une journée étouffante tandis que le soleil montait vers son zénith et que le train hoquetait, encore et encore, s'arrêtant de temps à autre dans une petite ville encombrée de bicyclettes et de charrettes; les automobiles semblaient rares par ici. Paddy baissa les deux glaces en dépit de la suie qui tourbillonnait et se déposait sur tout; la chaleur était si intense qu'ils haletaient, leurs lourds vêtements de Nouvelle-Zélande leur collaient à la peau, les grattaient. Il semblait impossible qu'en hiver une telle canicule pût régner où que ce soit, hormis en enfer.

Gillanbone apparut au moment où le soleil se couchait; un bizarre assemblage de bâtiments de bois et de tôles ondulées, assez délabrés, de chaque côté d'une unique et large artère poussiéreuse, dépourvue d'arbres, terne. Les derniers rayons du couchant enduisaient tout d'un clinquant doré, conférant à la ville une dignité éphémère qui s'estompa tandis que les Cleary, debout sur le quai, regardaient de tous leurs yeux. L'endroit redevint une agglomération typique en lisière des terres arides de l'intérieur, dernier poste avancé de la région bénéficiant des pluies; pas très loin, dans l'ouest, s'amorçaient les trois mille kilomètres de sol désertique qui ne recevaient jamais une goutte d'eau.

Une somptueuse automobile noire stationnait dans la cour de la gare et, à grands pas insouciants de la couche de poussière haute d'une dizaine de centimètres, venait vers eux un prêtre. Sa longue soutane évoquait une image du passé; il semblait ne pas se déplacer sur ses pieds comme un homme ordinaire, mais glisser comme dans un rêve; autour de lui, la poussière se soulevait en vagues, rougie par les dernières lueurs du soleil couchant.

— Soyez les bienvenus, je suis le père de Bricassart, dit-il en tendant la main à Paddy. Je ne pouvais m'y tromper; vous êtes bien le frère de Mary, vous lui ressemblez comme deux gouttes d'eau. (Il se tourna vers Fee, lui saisit la main, la porta à ses lèvres avec un sourire de sincère étonnement; plus que quiconque, le père Ralph reconnaissait dès le premier coup d'œil une grande dame.) Que vous êtes belle! laissa-t-il tomber comme si c'était là la remarque la plus naturelle du monde pour un prêtre.

Puis ses yeux se portèrent sur les garçons rassemblés à proximité. Ils se posèrent un instant avec un rien de surprise sur Frank, qui tenait le bébé, et passèrent en revue les gamins par rang de taille. Derrière eux, toute seule, Meggie le regardait bouche bée, extatique, comme devant une apparition divine. Sans paraître remarquer que la fine serge de sa soutane creusait des sillons dans la poussière, il dépassa le petit groupe et s'accroupit pour saisir Meggie entre ses mains fermes, douces, tutélaires.

— Eh bien! Et toi, qui es-tu? lui demanda-t-il en souriant.

— Meggie, répondit-elle.

— Elle s'appelle Meghann, intervint Frank en fronçant les sourcils, empli de haine à l'égard de cet homme beau, grand.

— Meghann est mon prénom préféré. (Il se redressa mais garda la main de Meggie dans la sienne.) Il est préférable que vous passiez la nuit au presbytère, dit-il en entraînant l'enfant vers la voiture. Je vous conduirai à Drogheda demain matin; le domaine est trop loin pour y aller ce soir après un aussi long voyage en chemin de fer.

L'hôtel *Impérial*, l'église catholique et son école, le couvent et le presbytère étaient les seuls bâtiments de briques que comptait Gillanbone; toutes les autres maisons, y compris la grande école communale, étaient construites en bois. Maintenant que l'obscurité était tombée, l'air devenait incroyablement froid; mais dans la cheminée du salon du presbytère flambait un grand feu et une odeur alléchante filtrait d'une pièce contiguë. La gouvernante, une vieille Écossaise ratatinée, dotée d'une énergie stupéfiante, allait et venait pour leur montrer leurs chambres, bavardant constamment avec son accent rocailleux des Highlands occidentales.

Habitués à la réserve hautaine des prêtres de Wahine, les Cleary étaient déconcertés par la bonhomie pétillante du père Ralph. Seul Paddy se dégela car il se rappelait la bienveillance des ecclésiastiques de son Galway natal, leur gentillesse à l'égard des humbles. Les autres membres de la famille avalèrent leur dîner dans un silence circonspect et gagnèrent leurs chambres dès qu'ils le purent. Paddy les suivit à regret. Pour lui, la religion était chaleur et consolation; pour les siens, elle représentait un élément enraciné dans la peur, l'astreinte à une ligne de conduite dont ils ne pouvaient dévier sous peine d'être damnés.

Après leur départ, le père Ralph s'installa confortablement dans son fauteuil préféré, s'absorba dans la contemplation du feu, alluma une cigarette et sourit. Mentalement, il revit la famille Cleary, telle qu'il l'avait aperçue pour la première fois dans la cour de la gare. L'homme, si semblable à Mary, mais courbé par un rude labeur et manifestement exempt de la malignité de sa soeur. Sa femme, belle, lasse, qui semblait descendre d'un landau tiré par un attelage de chevaux blancs bien assortis; Frank, sombre et hargneux, aux yeux noirs, *noirs*; les fils, dont la plupart ressemblaient à leur père, à l'exception du plus jeune qui évoquait sa mère, Stuart, celui-là serait un bel homme; impossible de savoir ce que deviendrait le bébé; et Meggie. La plus charmante, la plus adorable petite fille qu'il eût jamais vue; chevelure d'une couleur défiant toute description, ni rousse ni or, parfaite fusion des deux tons. Et levant vers lui des yeux gris-argent, d'une pureté irisée, comme le chatoiement de gemmes mêlées. Avec un haussement d'épaules, il jeta sa cigarette dans la cheminée et se leva. Il sombrait dans l'extravagance en prenant de l'âge : le chatoiement de gemmes mêlées! Sans doute, sa vue baissait-elle, un effet de la conjonctivite des sables.

Dans la matinée, il conduisit ses invités à Drogheda; habitué au paysage, il s'amusa fort des réflexions de ses passagers. La dernière colline se dressait à trois cents kilomètres dans l'est. C'était la région des plaines au sol noir, expliqua-t-il, une savane à peine ondulée, plate comme une planche. La journée était aussi chaude que la veille, mais la Daimler offrait infiniment plus de confort que le train. Ils étaient partis tôt, à jeun, les vêtements sacerdotaux du père Ralph et le Saint Sacrement soigneusement emballés dans une valise.

— Les moutons sont sales! remarqua tristement Meggie, le regard perdu vers les innombrables taches rougeâtres dont on devinait les nez plongés dans l'herbe.

— Ah! je vois que j'aurais dû choisir la Nouvelle-Zélande, dit le prêtre. C'est un pays qui doit ressembler à l'Irlande et où les moutons sont d'un beau blanc crème.

— Oui, ça ressemble à l'Irlande sous de nombreux rapports, répondit Paddy. On y trouve la même herbe, belle et bien verte. Mais c'est plus sauvage, infiniment moins cultivé.

Il éprouvait une vive sympathie pour le père Ralph.

A cet instant, des émeus qui se tenaient en groupe se levèrent en titubant et se mirent à courir, rapides comme le vent, pattes disgracieuses à peine discernables, longs cous tendus. Les enfants retinrent leur souffle et éclatèrent de rire, enchantés de voir des oiseaux géants qui couraient au lieu de voler.

— Quel plaisir de ne pas avoir à descendre pour ouvrir ces épouvantables barrières! commenta le père Ralph lorsque la dernière fut refermée derrière eux.

Bob, qui s'était chargé de la corvée, remonta en voiture.

Après les émotions que leur avait infligées l'Australie à une cadence stupéfiante, le domaine de Drogheda leur rappela un peu la Nouvelle-Zélande avec l'élégante façade géorgienne de la maison, ses glycines tourmentées, ses milliers de rosiers.

— Nous allons habiter *ici?* demanda Meggie d'une voix étranglée.

— Pas exactement, intervint vivement le prêtre. La maison que vous allez habiter se trouve à un kilomètre et demi d'ici, un peu plus bas, au bord d'un ruisseau.

Mary Carson les attendait dans le vaste salon; elle n'eut pas un mouvement pour accueillir son frère; il dut aller vers elle, s'approcher du fauteuil à oreilles où elle était assise.

— Alors, Paddy? dit-elle assez gentiment.

Son regard le dépassa et se fixa sur le tableau offert par le père Ralph tenant Meggie dans ses bras tandis que la petite lui enlaçait étroitement le cou. Mary Carson se leva pesamment sans saluer Fee ni les enfants.

— Nous allons entendre la messe immédiatement, déclara-t-elle. Je suis sûre que le père de Bricassart a hâte de repartir.

— Pas du tout, ma chère Mary! (Il rit, yeux bleus pétillants.) Je vais dire la messe, puis nous prendrons tous ensemble un bon petit déjeuner et, ensuite, je montrerai à Meggie la maison où elle habitera, comme je le lui ai promis.

— Meggie? s'étonna Mary Carson.

— Oui, voici Meggie. Mais je commence les présentations par la fin. Reprenons au début. Mary, je vous présente Fiona.

Mary Carson opina d'un bref signe de tête et ne prêta guère attention aux garçons que le père Ralph lui nommait à tour de rôle; elle était trop occupée à observer le prêtre et Meggie.

4

La maison du régisseur, construite sur pilotis, dominait d'une dizaine de mètres un étroit cours d'eau bordé çà et là d'eucalyptus et de nombreux saules pleureurs. Après la splendeur de la résidence de Mary Carson, elle paraissait nue et utilitaire, mais elle offrait des commodités assez semblables à leur habitation de Nouvelle-Zélande. Un massif mobilier victorien s'entassait dans les pièces, recouvert d'une fine pellicule de poussière rouge.

— Vous avez de la chance, il y a une salle de bains, expliqua le prêtre en les précédant sur l'escalier de bois menant à la véranda de la façade.

Les marches étaient raides car les pilotis sur lesquels reposait la maison avaient cinq mètres de haut.

— C'est au cas où le cours d'eau grossirait brutalement, reprit le père Ralph. La maison est toute proche de son lit et j'ai entendu dire que le niveau pouvait s'élever de dix-sept mètres en une nuit.

Ils disposaient bien d'une salle de bains; en l'occurrence, une vieille baignoire de zinc et un chauffe-eau écaillé occupant une alcôve à l'extrémité de la véranda de derrière. Mais, ainsi que les femmes s'en aperçurent avec dégoût, les cabinets n'étaient guère plus qu'un trou dans la terre à quelque deux cents mètres de la maison, et ils puaient. Primitif, après la Nouvelle- Zélande.

— Celui qui vivait ici n'était pas très propre, remarqua Fee en laissant courir un doigt sur le film de poussière qui recouvrait le buffet.

Le père Ralph éclata de rire.

— C'est une bataille perdue d'avance que d'essayer de s'en débarrasser, expliqua-t-il. Nous sommes dans la région de l'intérieur et il y a trois choses dont vous ne viendrez jamais à bout : la chaleur, la poussière et les mouches. Quoi que vous fassiez, ces fléaux vous accompagneront toujours.

— Vous êtes très bon pour nous, mon père, dit Fee en regardant le prêtre.

— N'est-ce pas normal? Vous êtes les seuls parents de mon excellente amie, Mary Carson.

Sans se laisser émouvoir, elle haussa les épaules.

— Je ne suis pas habituée à entretenir des relations d'amitié avec les prêtres. Ceux de Nouvelle-Zélande ne se mêlaient pas à leurs ouailles.

— Vous n'êtes pas catholique, n'est-ce pas?

— Non. C'est Paddy qui est catholique. Naturellement, les enfants ont été élevés dans sa religion. Tous, jusqu'au dernier, si c'est là ce qui vous inquiète.

— Cette idée ne m'a pas effleuré. Est-ce que cet état de choses vous deplaît?

— Cela m'est tout à fait égal.

— Vous ne vous êtes pas convertie?

— Je ne suis pas hypocrite, père de Bricassart. J'ai perdu la foi en ma propre religion et je ne souhaitais pas en embrasser une autre, tout aussi dénuée de sens pour moi.

— Je vois.

Il observa Meggie qui se tenait sur la véranda de la façade et regardait la route menant à la grande maison de Drogheda.

— Votre fille est si jolie, reprit-il. J'ai un faible pour les cheveux blond vénitien. Les siens auraient obligé Le Titien à se ruer sur ses pinceaux. Je n'avais encore jamais réncontré la teinte exacte. Est-ce votre seule fille?

— Oui. Il n'y a toujours eu que des garçons, aussi bien dans la famille de Paddy que dans la mienne. Les filles y sont rares.

— Pauvre petite, murmura-t-il sans bien comprendre pourquoi.

Une fois les caisses arrivées de Sydney, la maison prit une allure plus familière avec les livres, la vaisselle, les bibelots et le mobilier de Fee qui emplit le salon; alors, les choses commencèrent à s'organiser. Paddy et les garçons, à l'exception de Stu jugé trop jeune, étaient presque tout le temps dehors avec les deux ouvriers que Mary Carson avait mis à leur disposition afin de leur désigner les nombreuses différences existant entre les

moutons du nord-ouest de la Nouvelle-Galles du Sud et
ceux de Nouvelle-Zélande. De leur côté, Fee, Meggie et
Stu découvrirent les différences entre la tenue d'une
maison en Nouvelle-Zélande et la vie dans celle du
régisseur de Drogheda; par un accord tacite, Fee ne
dérangeait jamais Mary Carson personnellement, mais
la gouvernante et les servantes de celle-ci se montraient
tout aussi empressées auprès d'elle que les ouvriers à
l'égard de Paddy et de ses fils.

Ils ne tardèrent pas à apprendre que Drogheda était
un monde en soi, à tel point coupé de la civilisation
qu'après quelque temps même Gillanbone n'évoquait
guère qu'un souvenir quasiment oublié. A l'intérieur du
grand enclos central, on trouvait écuries, forge, gara-
ges, bâtiments innombrables où tout était entreposé
depuis le fourrage jusqu'au matériel agricole, chenils et
bergeries, dédale de parcs à bestiaux, immense auvent
de tonte comportant le nombre stupéfiant de vingt-six
boxes, flanqué d'un autre labyrinthe de petits enclos. Il
y avait des basses-cours, des porcheries, des étables et
une laiterie, des bâtiments pour loger les vingt-six tondeurs, des cabanes pour les manœuvres, deux autres maisons, plus petites, assez semblables à la leur, pour les éleveurs, un baraquement destiné aux immigrants de fraîche date, un abattoir et des montagnes de bois à brûler.

Tout cela à peu près au centre d'un cercle dénudé de
cinq kilomètres de diamètre : l'enclos central. Seul, l'endroit où se dressaient la maison du régisseur et ses
petites constructions annexes se situait en bordure de
forêt. Cependant, les arbres ne manquaient pas autour
des bâtiments, des cours et des parcs à bestiaux afin de
dispenser l'ombre indispensable; essentiellement des
poivriers, immenses, rustiques, denses, doucement
assoupis. Au delà, dans l'herbe haute de l'enclos central,
chevaux et vaches laitières paissaient, baignés de somnolence.

Au fond de la gorge enserrant la maison du régisseur,

s'écoulait paresseusement un filet d'eau boueuse. Personne n'ajoutait foi aux dires du père Ralph qui prétendait que son niveau pouvait s'élever de près de vingt mètres en une nuit; cela paraissait impossible. L'eau du ruisseau était pompée à la main pour alimenter la cuisine et la salle de bains, et il fallut longtemps aux femmes pour s'habituer à laver la vaisselle, le linge et faire leur toilette dans le liquide brun verdâtre. Six massifs réservoirs de tôle ondulée, perchés sur une armature de bois, servaient de châteaux d'eau; ils récoltaient la pluie tombant sur la toiture et procuraient l'eau potable. Mais tous apprirent à l'utiliser avec parcimonie et à ne jamais s'en servir pour la vaisselle. Nul ne pouvait savoir quand les prochaines pluies rempliraient les citernes.

Moutons et bétail buvaient l'eau d'un puits artésien provenant d'une nappe peu accessible puisque située à une profondeur de près de mille mètres. Elle jaillissait d'un tuyau, appelé Tête de Forage, et circulait dans d'étroites rigoles, bordées d'une herbe dangereusement verte, pour alimenter tous les enclos de la propriété. Cette eau, chargée de soufre et de minéraux, était impropre à la consommation humaine.

Au début, les distances les stupéfièrent; Drogheda avait une superficie de cent mille hectares. Sa lisière la plus longue s'étendait sur cent trente kilomètres; soixante-cinq kilomètres et vingt-sept barrières séparaient la maison principale de Gillanbone, unique agglomération à cent cinquante kilomètres à la ronde. A l'est, l'étroite limite était constituée par la Barwon, nom local donné à la partie nord de la Darling River, grand cours d'eau boueux de seize cents kilomètres qui grossit le Murray avant de se jeter dans l'Océan à deux mille cinq cents kilomètres de là, au sud de l'Australie. Gillan Creek, qui coulait dans le ravin près de la maison du régisseur, alimentait la Barwon trois kilomètres après avoir passé l'enclos central.

Paddy et les garçons étaient aux anges. Parfois, ils passaient plusieurs jours d'affilée en selle, à des kilomètres de la maison; la nuit, ils campaient sous un ciel si constellé d'étoiles qu'il leur semblait parfois s'incorporer à Dieu.

Une vie intense meublait la terre gris-brun. Les kangourous en troupeaux de plusieurs milliers jaillissaient en bondissant à travers les arbres, oubliant les clôtures dans leurs foulées, enchanteurs par leur grâce, leur liberté, leur nombre. Des émeus construisaient leurs nids au milieu de la plaine herbeuse et arpentaient à pas de géant les limites de leur territoire, s'effrayant au moindre mouvement insolite qui les faisait fuir plus rapidement que des chevaux et abandonner leurs œufs vert foncé de la taille d'un ballon de football; les termites construisaient des tours rouges évoquant des gratte-ciel miniatures; d'énormes fourmis aux mandibules farouches se déversaient en rivières dans des trous en entonnoir pratiqués dans des monticules.

La gent ailée était si nombreuse et variée que de nouvelles espèces semblaient éclore sans cesse, et les oiseaux ne vivaient pas seuls ou en couple, mais en colonies de milliers et de milliers d'individus : de minuscules perruches, que Fee appelait les inséparables, au plumage jaune et vert; de petits perroquets rouges et bleus; de plus gros, gris pâle à l'étincelant poitrail rose pourpré comme le dessous de leurs ailes et leur tête; de grands oiseaux blanc pur à l'effrontée huppe jaune. D'exquis et minuscules pinsons tourbillonnaient, tournoyaient, tout comme des myriades de passereaux et d'étourneaux; une espèce de vigoureux martins-pêcheurs de couleur brune riaient, gloussaient joyeusement ou plongeaient pour saisir un serpent, leur nourriture préférée. Tous ces oiseaux avaient un comportement quasi humain et totalement dénué de peur; perchés par centaines dans les arbres, ils scrutaient les alentours d'un regard clair et intelligent, criant, jacassant, riant, imitant tout ce qui produisait un son.

D'effrayants lézards d'un mètre cinquante à un mètre quatre-vingts martelaient le sol et sautaient avec agilité sur de hautes branches, aussi à l'aise en l'air qu'à terre. Et il y avait de nombreuses autres espèces de lézards, plus petits, mais pas moins effrayants, au cou orné de collerettes cornées, rappelant les tricératops, d'autres aux langues gonflées et bleuâtres. Et des serpents en variétés infinies; les Cleary apprirent bientôt que les plus grands et ceux qui paraissaient le plus redoutables étaient souvent les moins dangereux alors qu'un petit reptile de trente centimètres pouvait se révéler fatal; aspics, serpents cuivrés, serpents arboricoles, serpents noirs à ventre rouge, serpents bruns, et le mortel serpent-tigre.

Et que d'insectes! Sauterelles, locustes, criquets, mouches de toutes tailles et sortes, cigales, moustiques, libellules, énormes mites et tant de papillons! Les araignées étaient hideuses, grosses bestioles velues, aux immenses pattes, ou de trompeuses petites choses noires et mortelles qui hantaient les cabinets; certaines filaient de vastes toiles à rayons jetées entre deux arbres, d'autres se balançaient au centre de berceaux retenus aux brins d'herbe par des fils de la Vierge; d'autres encore élisaient domicile dans de petits trous pratiqués dans le sol et comportant une sorte de couvercle qu'elles refermaient derrière elles.

Les prédateurs ne manquaient pas non plus : sangliers effrayés d'un rien, appartenant pourtant à une espèce carnassière, boules noires et velues de la taille d'une vache adulte; dingos, chiens retournés à l'état sauvage qui se tapissaient contre le sol, se confondant avec l'herbe; des corbeaux par centaines, poussant des croassements désolés, perchés sur les squelettes blanchis d'arbres morts; faucons et aigles planant, immobiles, portés par les courants aériens.

Moutons et bovins devaient être protégés de ces prédateurs, surtout lors de la mise bas. Kangourous et lapins broutaient l'herbe précieuse; sangliers et dingos se repaissaient des agneaux, des veaux et des bêtes malades, proies auxquelles les corbeaux arrachaient les yeux. Les Cleary durent apprendre à tirer; ils emportaient des fusils à chacune de leurs expéditions et abattaient des animaux, souvent pour mettre fin à leurs souffrances, parfois pour tuer un sanglier ou un dingo.

Ça, c'est la vie! pensaient les garçons avec exaltation. Aucun d'eux ne regrettait la Nouvelle-Zélande; devant les mouches qui s'aggloméraient comme de la mélasse sur leurs paupières, s'engouffraient dans les narines, la bouche et les oreilles, ils adoptèrent le système australien consistant à suspendre des bouchons qui s'agitaient au bout de petites ficelles fixées au bord de leurs chapeaux. Pour éviter que les bestioles rampantes ne remontent le long de leurs jambes sous les pantalons bouffants, ils en ligaturaient le bas au-dessous des genoux par une sorte de bande molletière traitée en peau de kangourou. En comparaison, la Nouvelle-Zélande était un pays sans embûches; ça, c'était la vie!

Attachées à la maison et à ses environs immédiats, les femmes trouvaient la vie infiniment moins plaisante; elles n'avaient pas le loisir ni l'excuse de monter à cheval, pas plus qu'elles ne pouvaient apprécier la stimulation qu'apporte la diversité des tâches. Il était infiniment plus difficile de se livrer aux sempiternels travaux féminins : cuisiner, nettoyer, laver, repasser, s'occuper du bébé. Elles menaient un combat incessant contre la chaleur, la poussière, les mouches, les marches nombreuses et raides, l'eau boueuse, l'absence pratiquement constante d'hommes pour transporter et fendre le bois, pomper l'eau, tuer les volailles. La chaleur était tout particulièrement pénible à supporter et l'on n'était encore qu'au début du printemps ; pourtant, le thermomètre placé à l'ombre de la véranda atteignait déjà chaque jour 37°. Dans la cuisine, avec le poêle, la température montait jusqu'à 47°.

Leurs nombreux vêtements superposés, étroitement ajustés, étaient conçus pour la Nouvelle-Zélande où la fraîcheur régnait toujours à l'intérieur des maisons. Mary Carson qui, ce jour-là, faisait de la maison de sa belle-sœur le but d'une promenade hygiénique, regarda la robe de calicot de Fee lui enserrant étroitement le cou et dont l'ourlet balayait le sol. Elle était habillée à la nouvelle mode : robe de soie crème lui descendant à mi-mollet, manches larges, taille lâche et décolleté bas.

— Vraiment, Fiona, vous êtes désespérément vieux jeu, remarqua-t-elle.

Elle jeta un coup d'œil dans le salon dont les murs montraient une nouvelle couche de peinture crème; les tapis persans et les meubles délicats, inestimables, retinrent son attention.

— Je n'ai pas le temps d'être autrement, riposta Fee d'un ton sec.

— Vous aurez davantage de temps maintenant que les hommes sont si souvent absents. Moins de cuisine. Raccourcissez vos robes, débarrassez-vous de vos jupons et de votre corset, sinon vous étoufferez quand viendra l'été. La température peut encore monter d'une bonne dizaine de degrés, vous savez. (Ses yeux se posèrent sur le portrait de la belle femme blonde, vêtue d'une de ces crinolines mises en vogue par l'impératrice Eugénie.) Qui est-ce? s'enquit-elle en désignant la toile.

— Ma grand-mère.

— Oh! vraiment? Et d'où viennent ces meubles, ces tapis?

— De ma grand-mère.

— Oh! vraiment? Ma chère Fiona, il semblerait que vous ayez déchu.

Fee ne perdait jamais son sang-froid; elle se contint donc mais ses lèvres se pincèrent.

— Je ne crois pas, Mary. J'ai épousé un brave homme, vous devriez le savoir.

— Mais sans le sou. Quel est votre nom de jeune fille?

— Armstrong.

— Oh! vraiment? Pas de la branche de Roderick Armstrong?

— Roderick est le prénom de mon frère aîné ; il lui vient de son grand-père.

Mary Carson se leva, imprima à son large chapeau un mouvement qui chassa les mouches, lesquelles ne respectaient personne.

— Ma foi, vous êtes mieux née que les Cleary, je dois le reconnaître. Aimeriez-vous assez Paddy pour abandonner tout ça?

— Les raisons de mes actes ne regardent que moi, riposta Fee d'un ton uni. Elles ne vous concernent en rien. Je me refuse à parler de mon mari, même avec sa sœur.

Les sillons tracés de chaque côté du nez de Mary Carson se creusèrent encore davantage, ses yeux s'exorbitèrent.

— Vous êtes bien susceptible.

Elle ne renouvela pas sa visite, mais Mme Smith, sa gouvernante, vint souvent et confirma les conseils de Mary Carson quant aux vêtements.

— Ecoutez, dit-elle, dans ma chambre j'ai une machine à coudre dont je ne me sers jamais. Je demanderai à deux ouvriers de vous l'apporter. Si j'en avais besoin, je viendrais m'en servir ici. (Ses yeux se portèrent sur bébé Hal qui se roulait joyeusement sur le plancher.) J'aime entendre le babillage des enfants, madame Cleary.

Toutes les six semaines, le courrier arrivait de Gillanbone, transporté par fardier; c'était là le seul contact avec le monde extérieur. Drogheda possédait un camion

118

Ford, un autre châssis de la même marque supportant une citerne, une Ford T et une limousine Rolls-Royce, mais personne ne semblait jamais se servir de ces véhicules pour aller à Gilly, à part Mary Carson, et ce très rarement. Ces soixante-cinq kilomètres paraissaient aussi infranchissables que la distance séparant la terre de la lune.

Bluey Williams était titulaire d'un contrat passé avec la poste pour la délivrance du courrier dans tout le district, et il lui fallait six semaines pour couvrir son territoire. Son énorme fardier, muni de gigantesques roues de près de trois mètres de diamètre, était tiré par un splendide attelage de douze chevaux de trait et transportait tout l'approvisionnement commandé par les fermes qu'il desservait. En même temps que la Poste royale, il était chargé d'épicerie, d'essence contenue dans des fûts de deux cents litres, de pétrole dans des bidons carrés de vingt litres, de foin, de sacs de céréales, d'autres en toile fine remplis de sucre et de farine, de coffrets de thé, de sacs de pommes de terre, du matériel agricole, des jouets et des vêtements achetés par correspondance chez Anthony Hordern à Sydney, enfin tout ce qui devait être apporté de Gilly ou de l'extérieur. Se déplaçant à la cadence accélérée de trente kilomètres par jour, il était le bienvenu partout où il s'arrêtait, et chacun de lui demander des nouvelles sur tout, et notamment le temps qu'il faisait ailleurs, de lui tendre des morceaux de papier griffonnés enveloppant soigneusement de l'argent pour les marchandises qu'il devrait acheter à Gilly, les lettres laborieusement écrites qui allaient dans un sac de toile marqué « POSTES ROYALES ».

A l'ouest de Gilly, il n'y avait que deux domaines à desservir, Drogheda le plus proche, Bugela le plus éloigné ; au delà de Bugela s'étendait un territoire qui ne recevait du courrier que tous les six mois. Le fardier de Bluey décrivait un grand arc de cercle en zigzag pour passer dans toutes les fermes du sud-ouest, de l'ouest et du nord-ouest, puis il regagnait Gilly avant de se remettre en route pour l'Est, trajet plus court puisque la ville de Baroo prenait la suite à cent kilomètres. Parfois, il se chargeait de voyageurs qui prenaient place à côté de lui sur son siège de cuir, en plein vent, visiteurs ou hommes à la recherche de travail; il lui arrivait aussi de remmener des passagers, éleveurs, servantes ou ouvriers agricoles mécontents, souhaitant chercher fortune ailleurs, ou très rarement une gouvernante. Certains propriétaires possédaient des voitures personnelles pour se déplacer, mais leurs employés devaient avoir recours à Bluey pour voyager ainsi que pour le transport des marchandises et du courrier.

Après avoir reçu les pièces de tissu qu'elle avait commandées, Fee s'installa devant la machine à coudre que Mme Smith lui avait prêtée et commença à confectionner des robes lâches en cotonnade légère pour elle et Meggie, des pantalons de coutil et des salopettes pour les hommes, des barboteuses pour Hal, des rideaux pour les fenêtres. Sans aucun doute, on se sentait plus à l'aise une fois débarrassé de ces épaisseurs de sous-vêtements et des robes très ajustées.

Meggie menait une vie solitaire; de tous les garçons, il ne restait que Stuart à la maison. Jack et Hughie suivaient leur père pour apprendre l'élevage. Stu ne lui tenait pas compagnie comme eux; il vivait dans un monde à lui, petit garçon tranquille qui préférait rester assis pendant des heures à observer le comportement des fourmis plutôt que de grimper aux arbres, passe-temps que Meggie adorait, trouvant les eucalyptus australiens merveilleux, d'une diversité étonnante, offrant de multiples difficultés. Non qu'il y eût beaucoup de temps pour grimper aux arbres ou observer le comportement des fourmis. Meggie et Stuart travaillaient dur. Ils fendaient et transportaient les bûches, creusaient des trous pour les ordures, cultivaient le potager et s'occupaient des volailles et des cochons. Ils apprirent aussi à tuer serpents et araignées, mais sans pourtant cesser de les redouter.

Les précipitations pluvieuses avaient été médiocres depuis plusieurs années; le ruisseau était bas, les citernes tout juste à demi pleines. L'herbe était encore relativement belle, mais sans comparaison avec le moment de sa luxuriance.

— Ça va probablement empirer, déclarait gravement Mary Carson.

Mais ils devaient connaître l'inondation avant de se heurter à une sécheresse implacable. A la mi-janvier, la région fut atteinte par l'extrémité sud de la mousson du nord-ouest. Capricieux, les grands vents soufflaient à leur gré. Parfois, seules les pointes nord du continent subissaient les pluies diluviennes de l'été; parfois, celles-ci descendaient très bas et infligeaient un été humide aux malheureux citadins de Sydney. Cette année-là, en janvier, des nuages s'amoncelèrent, déchirés en lambeaux par le vent, et il se mit à pleuvoir; pas une douce pluie, mais un déluge constant, rugissant, incessant.

Ils avaient été prévenus; Bluey Williams avait surgi avec son fardier lourdement chargé et douze chevaux de rechange derrière la voiture car il voulait se déplacer rapidement pour finir sa tournée avant que les pluies rendent impossible l'approvisionnement des fermes.

— La mousson arrive, déclara-t-il en roulant une cigarette. (Du bout de son fouet, il désigna l'amoncellement de sacs d'épicerie, plus important qu'à l'ordinaire.) La Cooper, la Barcoo et la Diamantina grossissent et l'Overflow déborde. Tout l'intérieur du Queensland baigne sous soixante centimètres d'eau, et les pauvres diables en voient de dures à chercher un endroit surélevé pour y mettre les moutons.

Soudain éclata la panique, mais ils la contrôlèrent; Paddy et les garçons travaillaient avec acharnement pour faire sortir les moutons des enclos plus bas et les entraîner aussi loin que possible du ruisseau et de la Barwon. Le père Ralph vint prêter main-forte; il sella son cheval et partit en compagnie de Frank et des meilleures meutes de chiens pour vider de leurs troupeaux deux enclos situés en bordure de la Barwon, tandis que Paddy et les deux ouvriers, accompagnés chacun par l'un des garçons, s'éloignaient dans une autre direction.

Le père Ralph se conduisait en éleveur confirmé. Il montait une alezane pur-sang que Mary Carson lui avait offerte, vêtu d'une impeccable culotte de cheval en peau, chaussé d'étincelantes bottes, le torse moulé dans une chemise d'un blanc immaculé, aux manches roulées sur ses bras musclés et ouverte au cou, ce qui dévoilait sa poitrine bronzée. Un vieux pantalon délavé, serré au bas par des bandes de peau de kangourou, un maillot de corps en flanelle grise composaient la tenue de Frank qui avait le sentiment d'être le parent pauvre. C'est d'ailleurs bien le cas, pensa-t-il, un rictus aux lèvres, en suivant la silhouette droite sur la fringante jument à travers un bouquet de pins et de buis au delà du ruisseau. Il montait un cheval pie à la bouche dure, une bête hargneuse, volontaire, qui vouait une haine farouche à ses congénères. Surexcités, les chiens couraient en tous sens, aboyaient, se battant, babines retroussées jusqu'à ce que le père Ralph les sépare d'un coup de fouet bien appliqué. Rien ne semblait impossible à cet homme; il connaissait les sifflements modulés qui incitaient les chiens à se mettre au travail, et il maniait le fouet avec plus d'adresse que Frank, lequel en était encore à l'apprentissage de cet art, typiquement australien.

Le molosse de Queensland, gris-bleu, qui menait la meute, montrait une soumission d'esclave envers le prêtre qu'il suivait aveuglément; l'attitude du chien renforça Frank dans son impression : décidément, il n'était qu'un subalterne. Une partie de son être ne s'en préoccupait guère; seul, parmi les fils de Paddy, il n'appréciait pas la vie à Drogheda. Il avait ardemment souhaité quitter la Nouvelle-Zélande, mais pas pour trouver ça. Il détestait les incessantes allées et venues entre les enclos, la dureté du sol sur lequel il devait dormir la majeure partie du temps, les chiens à l'humeur sauvage qui ne pouvaient être traités comme des compagnons et étaient impitoyablement abattus lorsqu'ils ne remplissaient pas leur tâche.

Mais la chevauchée sous les nuages qui s'amoncelaient recelait un élément d'aventure; les arbres pliés, emplis de craquements, semblaient eux-mêmes danser follement avec une sorte de joie sourde. Le père Ralph travaillait comme un homme en proie à quelque obsession, lâchant les chiens sur des troupeaux de moutons confiants, communiquant aux boules laineuses soubresauts et bêlements de peur jusqu'à ce que les molosses, fendant l'herbe, les rassemblent et les ramènent là où il le voulait. Seuls les chiens permettaient à une poignée d'hommes de diriger une propriété de l'importance de Drogheda; élevés pour garder les moutons et le bétail, ils faisaient preuve d'une intelligence stupéfiante et avaient besoin d'un minimum d'ordres.

A la tombée de la nuit, le père Ralph et les chiens, aidés de Frank qui faisait de son mieux mais sans grand résultat, avaient évacué tous les moutons d'un enclos, tâche exigeant habituellement plusieurs jours d'allées et venues. Le prêtre dessella sa jument près d'un bouquet d'arbres bordant la barrière du deuxième enclos, tout en évoquant avec optimisme la possibilité de renouveler leur exploit avant la venue des pluies. Les chiens étaient étendus dans l'herbe, langues pendantes, le molosse du Queensland cherchant à se concilier les faveurs du père Ralph. Frank tira de ses fontes de répugnants morceaux de viande de kangourou et les jeta aux chiens qui les happèrent en se battant hargneusement.

— Quelles brutes! marmonna-t-il. Ils ne se comportent pas comme des chiens, ce sont de vrais chacals.

— Je crois qu'ils sont probablement beaucoup plus proches de ce que Dieu attendait des chiens, rétorqua le père Ralph avec douceur. Alertes, intelligents, agressifs, à peine domestiqués. Personnellement, je les préfère aux chiens de compagnie. (Il sourit.) Les chats aussi : les avez-vous remarqués lorsqu'ils rôdent autour des bâtiments? Aussi sauvages et cruels que des panthères; ils ne se laissent pas approcher par les êtres humains. Mais ils chassent merveilleusement et aucun homme ne peut se prévaloir d'être leur maître ou de les nourrir.

Il tira un morceau de mouton froid et un paquet contenant du pain et du beurre de ses fontes, se coupa une tranche de viande et tendit le reste à Frank. Il posa le pain et le beurre entre eux, sur un tronc d'arbre abattu, et enfonça ses dents blanches dans la viande avec une joie évidente. Chacun étancha sa soif à même l'outre de toile et roula une cigarette.

Un wilga solitaire se dressait à proximité ; le père Ralph le désigna de sa cigarette.

— Voilà l'endroit idéal pour dormir, dit-il en dégrafant la courroie qui retenait sa couverture.

Il ramassa sa selle et Frank le suivit jusqu'au wilga, arbre généralement considéré comme le plus beau de cette région d'Australie. Ses feuilles abondantes, d'un vert tendre, avaient une forme presque parfaitement ronde. Ses branches souples retombaient si près de terre que les moutons les atteignaient facilement; aussi tous les wilgas étaient-ils dépouillés dans leur partie inférieure, tondus de façon aussi rectiligne qu'une haie bien taillée. Si la pluie se déchaînait, les deux hommes seraient mieux à l'abri que sous n'importe quel autre arbre, car les arbres de l'intérieur de l'Australie ont pour la plupart un feuillage moins fourni que ceux poussant sur des sols plus humides.

— Dites-moi, Frank, vous n'êtes pas heureux, n'est-ce

pas? demanda le père Ralph avec un soupir tout en se roulant une autre cigarette.

Frank se tenait à environ un mètre cinquante du prêtre; il se retourna vivement, le considéra, l'air soupçonneux.

— Qu'est-ce que ça veut dire, être heureux?

— Vous en avez un exemple; votre père et vos frères sont heureux, tout au moins pour le moment. Mais pas vous, ni votre mère ni votre sœur. Vous n'aimez pas l'Australie.

— Pas cette région en tout cas. Je veux aller à Sydney; là-bas, j'aurai peut-être la possibilité de m'en sortir.

— Sydney... C'est un lieu de perdition, dit le père Ralph en souriant.

— Je m'en moque! Ici, je suis aussi coincé qu'en Nouvelle-Zélande. Je ne peux lui échapper.

— Lui?

Le mot avait échappé à Frank et il se refusa à en dire plus. Etendu, il levait les yeux vers le feuillage.

— Quel âge avez-vous Frank?

— Vingt-deux ans.

— Ah, évidemment! Avez-vous jamais été éloigné de votre famille?

— Non.

— Etes-vous jamais allé au bal? Avez-vous une petite amie?

— Non, répéta Frank qui se refusait à donner son titre au prêtre.

— Alors, il ne vous retiendra plus très longtemps.

— Il me retiendra jusqu'à la mort.

Le père Ralph bâilla et se prépara à dormir.

— Bonne nuit, marmotta-t-il.

Le lendemain, les nuages se firent plus menaçants, mais la pluie se contint encore et ils purent évacuer le deuxième enclos. Une ligne de collines aux légères ondulations traversait Drogheda du nord-est au sud-est : les troupeaux furent parqués dans les enclos situés sur ces éminences au cas où les eaux du ruisseau et de la Barwon inonderaient les terres basses.

La pluie commença à tomber en fin de journée au moment où Frank et le prêtre galopaient pour gagner le passage à gué, situé en aval de la maison du régisseur.

— Pas question de laisser souffler nos montures! hurla le père Ralph. Piquez des deux, mon gars, sinon vous risquez d'être noyé dans la boue!

Ils furent trempés en quelques secondes, tout comme le sol durci par la sécheresse. La terre fine, non poreuse, se mua en une mer de boue; les chevaux pataugeaient, s'embourbaient jusqu'aux fanons. Sur les parties herbeuses, ils se tinrent en selle mais, à proximité du ruisseau, là où le sol avait été piétiné, ils durent mettre pied à terre. Une fois soulagées de leurs fardeaux, les montures avancèrent plus aisément, mais Frank ne parvenait pas à garder son équilibre. C'était pire que de patiner sur la glace. A quatre pattes, ils rampèrent jusqu'au sommet de la berge du ruisseau et se laissèrent glisser. Le lit pierreux, généralement recouvert par une trentaine de centimètres d'une eau nonchalante, disparaissait sous un mètre vingt d'écume tourbillonnante. Frank entendit le rire du prêtre. Aiguillonnés par les cris et les coups de chapeaux trempés qui leur pleuvaient sur la croupe, les chevaux parvinrent à gravir la berge opposée, mais Frank et le père Ralph ne pouvaient les imiter. Chaque fois qu'ils essayaient, ils glissaient en arrière. Le prêtre venait de proposer de grimper sur un saule quand Paddy, alerté par l'apparition des chevaux sans cavaliers, arriva à la rescousse muni d'une corde et les tira de ce mauvais pas.

Le sourire aux lèvres et secouant la tête, le père Ralph refusa l'hospitalité que lui offrait Paddy.

— Je suis attendu à la grande maison, expliqua-t-il.

Mary Carson l'entendit appeler avant que son personnel ne s'avisât de la présence du prêtre, car celui-ci avait préféré contourner la demeure pour entrer par le devant d'où il lui était plus facile de gagner sa chambre.

— Vous n'allez pas entrer dans cet état, crotté comme un barbet! s'écria-t-elle, debout sur la véranda.

— Alors, soyez gentille, allez me chercher plusieurs serviettes et ma valise.

Sans la moindre gêne, elle l'observa tandis qu'il ôtait sa chemise, ses bottes et sa culotte; il s'appuya contre la fenêtre ouverte du salon pour se débarrasser du plus gros de la boue à l'aide d'une serviette.

— Vous êtes le plus bel homme qu'il m'ait été donné de voir, Ralph de Bricassart, dit-elle. Pourquoi tant de prêtres sont-ils beaux? Le côté irlandais? Evidemment, c'est un beau peuple que les Irlandais. A moins que les hommes bien faits de leur personne n'embrassent la prêtrise pour échapper aux conséquences de leur séduction... Je parie que toutes les filles de Gilly n'ont d'yeux que pour vous.

— J'ai appris depuis longtemps à ignorer les filles en mal d'amour, rétorqua-t-il en riant. Tout prêtre de moins de cinquante ans représente une cible pour certaines d'entre elles, et un prêtre de moins de trente-cinq ans est généralement une cible pour toutes. Mais seules les protestantes essaient ouvertement de me séduire.

— Vous ne répondez jamais directement à mes questions. (Elle se redressa, posa la paume sur la poitrine du prêtre, et l'y maintint.) Vous êtes un sybarite, Ralph, vous vous exposez au soleil. Tout votre corps est-il hâlé de la sorte?

Souriant, il pencha la tête et son rire éclata dans les cheveux de Mary Carson tandis que ses doigts déboutonnaient le caleçon de coton. Quand le sous-vêtement tomba à terre, il l'écarta d'un coup de pied, se dressa, telle une statue de Praxitèle, tandis qu'elle tournait autour de lui, prenant son temps et l'examinant.

Les deux jours qu'il venait de passer l'avaient plongé dans un état d'exaltation qui se renforça lorsqu'il prit conscience qu'elle pouvait être plus vulnérable qu'il ne l'avait cru; mais il la connaissait et savait qu'il ne courait aucun risque en lui demandant :

— Où voulez-vous en venir, Mary? A ce que je vous fasse l'amour?

Elle jeta un coup d'œil à la verge flasque, se secoua et rit.

— Jamais je n'envisagerais de vous imposer une tâche aussi ingrate! Le besoin de femmes vous tenaille-t-il, Ralph?

— Non, dit-il, la tête rejetée en arrière en un mouvement méprisant.

— D'hommes, peut-être?

— Ils sont pires que les femmes. Non, aucun besoin ne me tourmente.

— Seriez-vous amoureux de vous-même?

— Moins que de tout autre.

— Intéressant. (Elle repoussa le battant de la porte-fenêtre et entra dans le salon.) Ralph, cardinal de Bricassart! ironisa-t-elle.

Mais, à l'abri du regard pénétrant du prêtre, elle se laissa tomber dans son fauteuil à oreilles et serra les poings, geste qui voulait conjurer les contradictions du destin.

Nu, le père Ralph descendit les marches de la véranda pour gagner la pelouse; là, bras tendus au-dessus de la tête, yeux clos, il laissa la pluie se déverser sur lui en ondes tièdes, pénétrantes, revigorantes, sensation exquise sur la peau nue. Il faisait très sombre. Pourtant, rien n'éveillait sa virilité.

Le ruisseau sortit de son lit; l'eau monta à l'assaut des pilotis de la maison de Paddy et gagna bientôt dans la direction de la grande demeure.

— J'irai me rendre compte demain, dit Mary Carson quand, mû par l'inquiétude, Paddy vint lui annoncer la nouvelle.

Comme à l'accoutumée, les événements donnèrent

raison à Mary Carson. Au cours de la semaine qui suivit, l'eau se retira peu à peu et rivières et ruisseaux retrouvèrent leur cours habituel. Le soleil fit son apparition; la température s'éleva jusqu'à 45 degrés à l'ombre, et l'herbe sembla vouloir s'envoler vers le ciel, drue, à hauteur de cuisse, luisante comme de l'or, blessant les yeux. Lavés, époussetés, les arbres brillaient et les hordes de perroquets, plus bavards que jamais, revinrent des endroits où ils s'étaient réfugiés pendant la pluie pour zébrer d'arcs-en-ciel ramures et branches.

Le père Ralph était reparti pour secourir ses paroissiens négligés, serein, ayant la certitude que ses supérieurs ne lui tiendraient pas rigueur de son absence. Sous sa chemise blanche, pressé contre son coeur, reposait un chèque de mille livres sterling; l'évêque serait aux anges.

Les moutons regagnèrent leurs pâturages habituels et les Cleary se plièrent à la coutume en vigueur dans l'intérieur du pays, la sieste. Ils se levaient à 5 heures, effectuaient la plupart des travaux avant midi, puis s'effondraient en sueur, animés de soubresauts, jusqu'à 5 heures de l'après-midi. Cette règle s'appliquait aussi bien aux femmes dans la maison qu'aux hommes dans les enclos. Les corvées n'ayant pu être menées à bien le matin étaient accomplies en fin d'après-midi, et le repas du soir était absorbé après le coucher du soleil, dehors, sous la véranda. Les lits avaient aussi été sortis car la chaleur persistait tout au long de la nuit. On eût dit que le thermomètre n'était pas descendu au-dessous de 37 degrés depuis des semaines, aussi bien de jour que de nuit. Le boeuf se rangeait parmi les souvenirs; ils ne se nourrissaient que d'agneaux suffisamment petits pour être mangés rapidement sans courir le risque de voir la viande s'abîmer. Les palais aspiraient à un changement; ce n'étaient que côtelettes de mouton grillées, ragoût de mouton, pâtés de mouton, mouton au curry, gigot de mouton, mouton bouilli, mouton braisé.

Mais au début de février, la vie changea brutalement pour Meggie et Stuart. Ils furent envoyés au couvent de Gillanbone comme pensionnaires car il n'y avait pas d'écoles plus proches. Paddy déclara que, dès qu'il serait en âge, Hal suivrait les cours par correspondance donnés par le collège Blackfriars de Sydney. Mais, entre-temps et étant donné que Meggie et Stuart étaient habitués à l'enseignement dispensé par des maîtres, il était préférable qu'ils aillent au couvent de Sainte-Croix où leurs frais de pension seraient généreusement réglés par Mary Carson. D'ailleurs, Fee était trop occupée avec Hal pour imposer la discipline qu'exigeaient les cours par correspondance. Dès le début, il avait été décidé que Jack et Hughie ne poursuivraient pas leurs études; Drogheda avait besoin d'eux, et seule la terre les intéressait.

Meggie et Stuart menèrent une existence curieusement paisible au couvent de Sainte-Croix après leur vie à Drogheda, mais surtout après l'école du Sacré-Cœur à Wahine. Le père Ralph avait subtilement laissé entendre aux religieuses que ces deux enfants étaient ses protégés, leur rappelant que leur tante était la femme la plus riche de toute la Nouvelle-Galles du Sud. Aussi la timidité de Meggie apparut-elle comme une vertu, et l'étrange besoin de solitude de Stuart, son habitude de regarder dans le vide pendant des heures, fut-elle considérée comme « sainte ».

C'était effectivement très paisible car le couvent ne comptait que très peu de pensionnaires; les familles de la région suffisamment fortunées pour envoyer leurs rejetons dans des pensionnats préféraient invariablement Sydney à Gillanbone. Le couvent sentait l'encaustique et les fleurs; ses hauts couloirs sombres suintaient la sérénité et une sorte de sainteté tangible. Les voix étaient étouffées; amortie, la vie continuait à l'abri d'un fin voile noir. Personne ne leur infligeait de coups de baguette, personne ne criait, et il y avait toujours le père Ralph.

Il venait fréquemment les voir et il les recevait si régulièrement au prebytère qu'il décida de repeindre en vert tendre la chambre qu'utilisait Meggie, d'acheter des rideaux neufs et un nouveau dessus-de-lit. Stuart continuait à dormir dans une chambre qui avait été crème, puis brune; il ne vint même pas à l'esprit du père Ralph de se demander si Stuart était heureux. La présence de celui-ci n'était qu'accessoire et il ne l'invitait que par correction.

Le père Ralph ignorait les raisons de l'affection qu'il vouait à Meggie; d'ailleurs, il ne se posait guère de questions à ce sujet. Il avait d'abord ressenti de la pitié pour la petite fille le jour où il l'avait aperçue dans la gare poussiéreuse, un peu à l'écart, tenue en marge de la famille, sans doute à cause de son sexe, avait-il conclu. Par contre, le prêtre ne s'intéressait pas aux raisons qui poussaient Frank à se tenir, lui aussi, en dehors du cercle familial; il n'éprouvait d'ailleurs aucune pitié à l'égard du jeune homme. Il y avait quelque chose chez Frank qui repoussait les élans; cœur sombre, esprit dépourvu de lumière intérieure. Et Meggie? Elle le touchait profondément sans qu'il sût pourquoi. La teinte de ses cheveux l'enchantait, la couleur et la forme de ses yeux rappelaient ceux de Fee, donc ils étaient beaux, mais infiniment plus doux, plus expressifs; et son caractère le ravissait, exactement celui qu'il considérait comme idéal chez une femme : passif, et cependant d'une fermeté à toute épreuve. Pas de révolte chez Meggie, au contraire. Toute sa vie, elle obéirait, évoluerait à l'intérieur des limites de son destin de femelle.

Pourtant, tout bien considéré, ces raisons se révélaient insuffisantes pour expliquer son engouement. S'il s'était livré à une introspection plus poussée, peut-être aurait-il compris que ce qu'il ressentait à l'égard de Meggie provenait d'un curieux mélange de temps, de lieu et d'individualité. Personne n'accordait d'importance à la fillette, ce qui impliquait un vide dans la vie de celle-ci, vide dans lequel il pourrait se glisser et être sûr de l'amour qu'elle lui portait ; elle était une enfant et ne faisait donc courir aucun danger à son mode de vie et à sa réputation de prêtre; elle était belle, et il se délectait de la beauté; et, c'était plus difficile à admettre, elle comblait un creux dans sa vie, creux que son Dieu ne pouvait remplir, car elle avait une chaleur, une consistance humaine. Pour ne pas gêner les Cleary en la couvrant de cadeaux, il lui accordait tout le temps dont il pouvait disposer et consacrait heures et pensées à décorer la chambre qu'elle occupait au presbytère, moins pour surprendre le plaisir qu'elle manifesterait que pour créer un écrin digne de son joyau. Pas de pacotille pour Meggie.

Au début de mai, les tondeurs arrivèrent à Drogheda. Avec une acuité extraordinaire, Mary Carson était au fait de tout ce qui se passait sur son domaine, depuis l'acheminement des moutons jusqu'au sifflement d'une mèche de fouet. Elle convoqua Paddy quelques jours avant l'arrivée des ouvriers saisonniers et, sans bouger de son fauteuil à oreilles, lui exposa exactement ce qu'elle attendait de lui jusque dans les moindres détails. Habitué à la tonte en Nouvelle-Zélande, Paddy avait été éberlué par les dimensions de l'auvent réservé à cet usage avec ses vingt-six boxes; à présent, après son entretien avec sa sœur, faits et chiffres tournoyaient dans sa tête. Seraient tondus à Drogheda non seulement les moutons du domaine mais aussi ceux de Bugela, de Dibban-Dibban et de Beel-Beel. Cela sous-entendait un travail épuisant pour tous les êtres vivant sur le domaine, hommes et femmes. La tonte en communauté était une coutume et les éleveurs qui partageaient les commodités offertes par Drogheda apporteraient leur contribution, mais la majeure partie des travaux annexes tomberait inévitablement sur les épaules des employés du domaine.

Les tondeurs amèneraient leur propre cuisinier et ils achèteraient les vivres au magasin du domaine, mais il fallait trouver ces énormes quantités de victuailles; le baraquement délabré où ils logeraient, ainsi que la cuisine et la salle de bains primitive qui le flanquaient, devraient être préparés et nettoyés pour recevoir matelas et couvertures. Peu de fermes se montraient aussi généreuses que Drogheda à l'égard des tondeurs, mais le domaine s'enorgueillissait de son hospitalité et de sa réputation de « fameux coin ». Car c'était l'unique activité à laquelle Mary Carson participait sur des bases communautaires, elle ne lésinait donc pas sur les frais. Non seulement Drogheda réservait aux ouvriers saisonniers la tonte la plus importante de la Nouvelle-Galles du Sud, mais le domaine exigeait aussi les hommes les plus compétents qui se puissent trouver, des hommes de la trempe de Jackie Howe; plus de trois cent mille moutons seraient tondus avant que les spécialistes ne chargent leurs balluchons sur la vieille camionnette Ford de l'entrepreneur et s'éloignent, en route pour leur prochain engagement.

Frank n'était pas rentré chez lui depuis quinze jours. En compagnie du vieil éleveur Pete-la-Barrique, d'une meute de chiens, de deux chevaux et d'un sulky léger, attelé à une vieille rosse rétive pour transporter leurs provisions, ils étaient partis pour les enclos les plus éloignés de l'ouest afin de ramener les moutons, les sélectionnant au fur et à mesure qu'ils se rapprochaient; travail lent et fastidieux n'ayant rien de commun avec le rassemblement précipité qui avait précédé l'inondation. Chaque enclos comportait ses propres parcs où s'effectuaient le tri et le marquage; le flot des bêtes qui se pressaient était endigué jusqu'à ce que le tour de chacune arrivât. L'auvent de tonte et ses aménagements annexes ne pouvaient recevoir que dix mille moutons à la fois; la vie ne serait donc pas facile tant que les tondeurs opéreraient; il y aurait de constantes allées et venues pour remplacer les bêtes tondues par celles ayant encore leur toison.

Quand Frank entra dans la cuisine, il trouva sa mère debout à côté de l'évier, occupée à une interminable tâche, l'épluchage des pommes de terre.

— M'man, je suis de retour! annonça-t-il joyeusement.

Elle se retourna et, dans son mouvement, son ventre se dessina; les deux semaines que Frank avait passées hors de la maison rendaient son regard plus pénétrant.

— Oh, mon Dieu! marmonna-t-il.

Les yeux de sa mère se vidèrent du plaisir qu'ils avaient à le voir, son visage s'empourpra de honte; elle posa les mains sur son tablier ballonné comme pour cacher ce que ses vêtements ne pouvaient dissimuler.

— Ce vieux bouc dégoûtant! s'écria Frank que des tremblements agitaient.

— Frank! Je ne te permets pas de dire des choses pareilles. Tu es un homme à présent. Tu devrais comprendre. C'est ainsi que tu es venu au monde et cet aboutissement mérite le respect. Ça n'est pas sale; quand tu insultes ton père, tu m'insultes aussi.

— Il n'avait pas le droit! Il aurait dû te laisser tranquille! s'insurgea Frank dans un sifflement tout en essuyant les bulles de salive qui lui montaient aux lèvres.

— Ce n'est pas sale, Frank, répéta-t-elle d'un ton las. (Elle posa sur lui des yeux clairs et fatigués comme si elle avait subitement décidé de surmonter sa honte, et à tout jamais.) Ce n'est pas sale, Frank, pas plus sale que le fruit qu'engendre l'acte.

Cette fois, il rougit. Il ne pouvait continuer à soutenir son regard; il se détourna et passa dans la chambre qu'il partageait avec Bob, Jack et Hughie. Les murs nus, les lits étroits le narguèrent, tournèrent sa présence en dérision; là était sa couche stérile, morne, sans un être complémentaire pour la réchauffer, sans but pour la sanctifier. Et le visage de sa mère, ses beaux traits las, nimbés d'un halo de cheveux dorés, rayonnante de sentir dans son ventre le résultat de ce qu'elle et ce vieux bouc velu avaient fait dans la terrible chaleur de l'été.

Il ne pouvait s'en débarrasser, il ne pouvait séparer sa mère des pensées obscures qui l'assiégeaient, des besoins naturels de son âge et de sa virilité. La plupart du temps, il parvenait à repousser ces idées au delà de la conscience, mais quand elle exhibait devant lui l'évidence de sa lascivité, lui jetait à la face cet acte mystérieux avec cette vieille bête lubrique... Comment aurait-il pu l'envisager, y consentir, le supporter? Il aurait souhaité pouvoir penser à elle comme à un être aussi rigoureusement saint, pur et immaculé que la Vierge, une femme au-dessus de cet acte vil bien que toutes ses sœurs, partout dans le monde, s'en rendissent coupables. La voir anéantir l'idée qu'il voulait se faire d'elle le menait à la folie. Pour demeurer sain d'esprit, il lui fallait imaginer qu'elle s'étendait à côté de cet affreux vieux bonhomme dans une chasteté parfaite, simplement pour dormir, qu'au cours de la nuit ils ne se tournaient jamais l'un vers l'autre ni même ne s'effleuraient. Oh, Dieu!

Un bruit métallique le poussa à baisser les yeux; il s'aperçut qu'il avait tordu le montant de cuivre du lit.

— Dommage que tu ne sois pas mon père, dit-il au métal.

— Frank! appela Fee depuis le seuil.

Il leva vers elle des yeux noirs, luisants, humides comme du charbon sous la pluie.

— Je finirai par le tuer, grommela-t-il.

— Et tu me tueras par la même occasion, dit Fee en venant s'asseoir sur le lit.

— Non, je te libérerai! rétorqua-t-il violemment, animé d'un fol espoir.

— Frank, je ne pourrai jamais être libre et je ne veux pas être libre. J'aimerais savoir d'où te vient ton aveuglement, mais je l'ignore; en tout cas, pas de moi ni de ton père. Je sais que tu n'es pas heureux, mais pourquoi t'en prendre à moi et à papa? Pourquoi persistes-tu à tout rendre si difficile? Pourquoi? (Elle regarda ses mains, leva les yeux vers lui.) Je préférerais ne pas avoir à te dire ça, mais je crois qu'il le faut. Il est temps que tu te trouves une jeune fille, Frank, que tu te maries et fondes un foyer. La place ne manque pas à Drogheda. Je n'ai pas à m'inquiéter pour tes frères à ce sujet; ils ne paraissent pas du tout avoir ta nature. Mais tu as besoin d'une épouse, Frank. Si tu étais marié, tu n'aurais pas le temps de penser à moi.

Il lui avait tourné le dos et il ne voulut pas lui faire face. Pendant plus de cinq minutes, elle demeura assise sur le lit, espérant qu'il dirait quelque chose, puis elle soupira, se leva et quitta la pièce.

5

Après le départ des tondeurs, alors que la région s'était installée dans la somnolence de l'hiver, vint la fête annuelle de Gillanbone avec ses courses et épreuves hippiques du grand pique-nique. C'était l'événement le plus important du calendrier mondain et les festivités duraient deux jours. Fee ne se sentait pas assez bien pour y assister et Paddy dut conduire la Rolls-Royce, pour emmener Mary Carson en ville, sans bénéficier du soutien de sa femme qui parvenait à réduire Mary au silence. Il avait remarqué que, pour quelque raison mystérieuse, la seule présence de Fee imposait le calme à sa sœur, mettant celle-ci dans une position d'infériorité.

Tout le monde se rendait à la fête. Menacés de mort s'ils ne se conduisaient pas bien, les garçons accompagnèrent Pete-la-Barrique, Jim, Tom, Mme Smith et les servantes dans le camion, mais Frank partit tôt et seul au volant de la Ford T. Les adultes devaient tous séjourner en ville jusqu'au lendemain afin d'assister aux courses; pour des raisons personnelles, Mary Carson déclina l'offre du père Ralph qui proposait de l'héberger au presbytère, mais elle incita Paddy à accepter l'hospitalité du prêtre pour lui et Frank. Personne ne sut où les ouvriers et Tom, le jardinier, devaient passer la nuit, mais Mme Smith, Minnie et Cat descendirent chez des amies de Gilly.

Il était 10 heures du matin lorsque Paddy accompagna sa soeur jusqu'à la meilleure chambre que l'hôtel *Impérial* pût offrir; il descendit au bar où il trouva Frank, une chope de bière à la main.

— Je t'offre la prochaine, mon vieux, dit gentiment Paddy à son fils. Je dois emmener la tante Mary au déjeuner sur l'herbe avant les courses et j'ai besoin de réconfort pour subir cette épreuve sans le secours de m'man.

L'habitude et la crainte sont plus difficiles à surmonter qu'on ne le croit généralement jusqu'au moment où l'on tente vraiment de se soustraire à leur emprise; Frank s'aperçut qu'il était incapable d'agir comme il l'aurait souhaité : il ne put jeter le contenu de son verre à la figure de son père, pas devant les consommateurs se pressant dans le bar. Il avala donc ce qui lui restait de bière d'une seule gorgée, esquissa un petit sourire torve et dit :

— Désolé, papa, j'ai rendez-vous avec des gars à la fête.

— Eh bien, vas-y. Mais tiens, prends ça et dépense-le, et si tu te soûles, fais en sorte que ta mère n'en sache rien.

Frank regarda le billet de cinq livres que son père lui avait glissé dans la main, grillant de le déchirer en mille morceaux et de le jeter à la tête de Paddy mais, une fois de plus, l'habitude l'emporta ; il le plia, le fourra dans sa poche et remercia son père. Il ne quitta pas le bar assez vite à son gré.

Dans son plus beau costume bleu, gilet boutonné, barré d'une chaîne d'or retenant d'un côté la montre et de l'autre une pépite provenant des champs aurifères de Lawrence, Paddy passa le doigt sous son col en celluloïd et jeta un coup d'œil dans le bar à la recherche d'un visage connu. Il n'était pas venu à Gilly bien souvent depuis les neuf mois passés à Drogheda, mais sa position en tant que frère et héritier présumé de Mary Carson lui avait valu considération et attention à chacune de ses visites, et nul ne l'avait oublié. Plusieurs hommes lui adressèrent des sourires rayonnants, de nombreuses voix s'élevèrent pour l'inviter à boire et il se retrouva bientôt au sein d'un groupe amical; Frank lui était sorti de l'esprit.

Les cheveux de Meggie étaient tressés à présent, aucune religieuse n'ayant accepté, en dépit de l'argent de Mary Carson, de la coiffer avec des anglaises, et deux câbles épais, attachés par des rubans bleu marine, lui battaient les épaules. Vêtue du sobre uniforme des pensionnaires de Sainte-Croix, lui aussi bleu marine, elle suivit une sœur pour traverser la pelouse du couvent et gagner le presbytère où la religieuse la remit à la gouvernante du père Ralph qui lui vouait une véritable adoration.

— Oh! c'est à cause que ses cheveux sont miellés comme le nectar des anges, avait-elle expliqué au prêtre qui s'étonnait de l'engouement de sa gouvernante : Annie n'aimait guère les petites filles et elle avait souvent déploré la proximité de l'école.

— Allons donc! Les cheveux sont inanimés, Annie. Vous ne pouvez pas aimer un être uniquement à cause de la couleur de sa chevelure, l'avait-il taquinée.

Sur quoi, elle s'était lancée dans des explications si enthousiastes, en ayant recours à son écossais natal, que le prêtre avait préféré ne pas insister. Parfois, il valait mieux ne pas essayer de comprendre le parler très particulier d'Annie et ne pas porter trop d'attention à ce qu'elle disait. Si elle éprouvait de la commisération pour l'enfant, il ne tenait pas à savoir si c'était en raison de son avenir plutôt que de son passé.

Frank arriva, encore tremblant après sa rencontre avec son père au bar, en proie au désarroi.

— Viens, Meggie, je t'emmène à la fête, dit-il en lui tendant la main.

— Et si je vous y emmenais tous les deux? proposa le père Ralph.

Ses petites mains serrant éperdument celles des deux hommes qu'elle vénérait, Meggie était au septième ciel.

La fête se déroulait sur les berges de la Barwon, à côté de l'hippodrome. Bien que l'inondation remontât à six mois, la terre n'avait pas complètement séché et le piétinement joyeux des premiers arrivants l'avait réduite à l'état de bourbier. Derrière les stalles où attendaient moutons, bovins, porcs et chèvres, les plus beaux spécimens venus pour le concours, se dressaient des tentes regorgeant d'objets d'artisanat et de victuailles. Tous trois regardèrent les éventaires offrant aux chalands gâteaux, châles au crochet, vêtements d'enfant tricotés, nappes brodées, chats, chiens et canaris.

De l'autre côté, se déroulait un concours hippique réservé aux jeunes cavaliers, garçons et filles; ils faisaient évoluer leurs montures à queues écourtées devant des juges qui, eux-mêmes, ressemblaient à des chevaux, tout au moins aux yeux de Meggie qui gloussait. Les amazones, dans leur magnifique tenue de serge, arboraient des chapeaux hauts de forme entourés d'une vapeur de mousseline que le moindre souffle agitait. Comment une femme pouvait-elle monter dans une position aussi précaire avec une telle coiffure et dépasser l'allure du pas, tout en restant imperturbable? Meggie ne pouvait le concevoir jusqu'à ce qu'elle vît une magnifique créature faire sauter à sa fringante mon-

ture une série d'obstacles difficiles et finir son parcours
tout aussi impeccable qu'au départ. Puis l'amazone éperonna son cheval avec impatience, traversa l'espace
boueux au petit trot, leva les rênes, arrêtant sa monture
devant Meggie, Frank et le père Ralph pour leur barrer
la route. La jambe gainée d'une botte noire, luisante,
passée au-dessus du pommeau de la selle se libéra, et
Meggie put constater que la femme était réellement
assise sur un seul côté de la bête. Impérieuse, l'amazone
tendit ses mains gantées.

— Mon père, soyez assez bon pour m'aider à mettre
pied à terre!

Le prêtre leva les bras, lui entoura la taille à deux
mains tandis que les paumes de l'amazone reposaient
sur ses épaules et d'un geste souple, la posa à terre. Dès
l'instant où les talons luisants effleurèrent le sol, il la
libéra, saisit la bride et avança à côté de la jeune fille
qui suivait son pas sans effort.

— Allez-vous gagner le parcours de chasse, miss Carmichael? s'enquit-il avec un détachement flagrant.

Elle fit la moue; jeune et très belle, elle était dépitée
par la hauteur indifférente du prêtre.

— J'espère remporter le trophée, mais je n'en suis
pas sûre. Miss Hopeton et Mme Anthony King sont des
concurrentes redoutables. Mais je gagnerai certainement l'épreuve de dressage; alors, même si je ne rem-
porte pas le parcours de chasse, je n'aurai pas à me
plaindre.

Elle avait une élocution parfaite et la curieuse phra-
séologie guindée de la jeune fille parfaitement élevée et
éduquée, si bien qu'on ne relevait pas dans ses paroles
la moindre trace de chaleur ou d'accent qui eût commu-
niqué de la couleur à sa voix. Quand le père Ralph lui
répondit, il le fit sur un ton tout aussi affecté, sans
trace des inflexions enjôleuses propres aux Irlandais, à
croire que la jeune fille l'avait ramené à une époque où,
lui aussi, s'exprimait de la sorte. Meggie fronça les sour-

cils, intriguée, frappée par leur échange de paroles mesurées, ne sachant pas en quoi le père Ralph avait changé, comprenant seulement qu'il y avait changement et que cette transformation lui était désagréable. Elle lâcha la main de Frank car il était devenu difficile pour eux d'avancer côte à côte.

Quand ils arrivèrent devant une large flaque, Frank marchait derrière eux. Les yeux du père Ralph papillotèrent pendant qu'il observait l'eau, presque une mare; puis il se tourna vers Meggie qu'il tenait toujours par la main et se pencha vers elle avec une tendresse évidente sur laquelle la jeune fille ne pouvait se méprendre, tant cette chaleur avait été totalement absente des propos polis qu'il lui avait tenus.

— Je ne porte pas de cape, ma chère petite Meggie; je ne peux donc être pour vous sir Walter Raleigh. Je suis certain que vous ne m'en voudrez pas, chère miss Carmichael, ajouta-t-il en tendant la bride à l'amazone. Mais je ne peux permettre à ma petite fille préférée de crotter ses chaussures, n'êtes-vous pas de mon avis?

Il souleva Meggie et la maintint contre sa hanche, laissant miss Carmichael retrousser ses lourdes jupes d'une main, saisir la bride de l'autre, et patauger pour traverser la flaque sans le moindre secours. Le sonore éclat de rire de Frank qui retentit derrière eux n'améliora en rien l'humeur de l'amazone; parvenue de l'autre côté de la flaque, elle les quitta brusquement.

— Je crois qu'elle vous tuerait volontiers, remarqua Frank quand le père Ralph reposa Meggie.

Il était fasciné par cette rencontre et la cruauté délibérée du père Ralph. Elle lui avait paru si belle et si hautaine qu'il semblait qu'aucun homme ne pût la traiter de la sorte, pas même un prêtre; et pourtant le père Ralph avait entrepris avec entrain de briser la confiance qu'elle avait en elle et l'impétueuse féminité qu'elle brandissait comme une arme. A croire que le prêtre la hait, elle et tout ce qu'elle représente, songea

Frank. Le monde des femmes, l'exquis mystère qu'il n'avait jamais eu l'occasion de sonder. Encore meurtri par les paroles de sa mère, il eût souhaité que miss Carmichael le remarquât, lui, le fils aîné de l'héritier de Mary Carson, mais elle n'avait même pas daigné s'apercevoir de son existence. Toute l'attention de la jeune fille s'était concentrée sur le prêtre, cet être asexué et émasculé. Même s'il était grand, hâlé et beau.

— Ne vous inquiétez pas, elle viendra en redemander, laissa cyniquement tomber le père Ralph. Elle est riche; aussi, dimanche prochain, elle déposera ostensiblement un billet de dix livres dans le plateau de la quête. (Il rit devant l'expression de Frank.) Je ne suis pas beaucoup plus âgé que vous, mon fils, mais en dépit de ma vocation, je suis au fait des escarmouches mondaines. Ne m'en tenez pas rigueur ; mettez cela sur le compte de l'expérience.

Ils avaient laissé l'hippodrome derrière eux et pénétraient dans la partie réservée aux attractions et aux jeux. Pour Meggie et Frank, ce fut un émerveillement. Le père Ralph avait donné à Meggie la somme considérable de cinq shillings et Frank possédait cinq livres : avoir en poche de quoi payer une entrée dans n'importe laquelle de ces baraques était une sensation grisante. La foule se pressait, les enfants couraient en tous sens, écarquillant les yeux devant les banderoles coloriées fixées devant les tentes effrangées : « La Plus Grosse Femme du monde », « La Princesse Houri, charmeuse de serpents (Venez la voir tenir en respect un féroce cobra) », « L'Homme de caoutchouc », « Goliath, l'homme le plus fort du monde », « Thétis, la sirène ». A chaque baraque, ils donnaient leurs pennies et, extasiés, regardaient, sans remarquer les écailles tristement ternies de Thétis ou le sourire édenté du cobra.

A l'extrémité se dressait une immense tente; elle était précédée d'une haute plate-forme derrière laquelle une frise de silhouettes peintes s'étendait sur toute la lon-

gueur du podium, menaçant la foule. Un homme, armé
d'un mégaphone, s'adressait aux badauds qui s'attroupaient.

— Voici, messieurs, la célèbre troupe de boxeurs de
Jimmy Sharman! Huit des plus grands champions du
monde! Une bourse sera offerte à celui d'entre vous qui
voudra tenter sa chance!

Femmes et jeunes filles s'écartaient aussi vite
qu'hommes et garçons se rapprochaient, venant de toutes les directions, s'agglutinant devant l'estrade. Avec la
solennité des gladiateurs paradant au Circus Maximus,
huit hommes défilèrent sur le podium avant de se tenir,
mains bandées sur les hanches, jambes écartées, torse
bombé, face aux exclamations admiratives de la foule.
Meggie crut qu'ils portaient des sous-vêtements car ils
étaient vêtus de longs collants noirs, de gilets et de
caleçons gris étroitement ajustés, s'arrêtant à mi-cuisse.
Sur leur poitrine, écrit en grandes lettres majuscules,
on pouvait lire TROUPE DE JIMMY SHARMAN. Il n'y
en avait pas deux de la même taille; certains étaient
grands, d'autres petits, d'autres encore entre les deux,
mais tous exhibaient un physique particulièrement
avantageux. Bavardant et riant entre eux avec une désinvolture qui laissait entendre que ce genre de choses
était un événement courant et quotidien, ils faisaient
jouer leurs muscles tout en s'efforçant de donner à
penser qu'ils ne prenaient aucun plaisir à se pavaner.

— Allons, les gars, qui veut passer les gants? criait
l'aboyeur. Qui veut tenter sa chance? Mettez les gants et
gagnez cinq livres! hurlait-il entre deux roulements de
tambour.

— Moi, s'écria Frank. Moi!

Il s'arracha des mains du père Ralph qui tentait de le
retenir tandis que les badauds qui les entouraient éclataient de rire à la vue de la petite taille de Frank et le
poussaient joyeusement vers l'estrade.

Mais le bonimenteur garda son sérieux lorsqu'un des

membres de la troupe tendit une main amicale à Frank et l'aida à monter l'échelle pour rejoindre les huit boxeurs sur la plate-forme.

— Ne riez pas, messieurs! Il n'est pas grand, mais il est le premier à se porter volontaire! Dans un combat, ce n'est pas la taille du chien qui compte, mais ce qu'il a dans le ventre! Alors, voilà un petit gars qui a le courage de tenter sa chance... qu'est-ce que vous attendez, les grands costauds, hein? Mettez les gants et gagnez cinq livres en tenant jusqu'au bout avec l'un des champions de Jimmy Sharman!

Peu à peu, les rangs des volontaires grossirent; des jeunes gens trituraient timidement leur chapeau tout en jetant un œil sur les professionnels qui se tenaient à côté d'eux, l'élite de la boxe. Grillant de rester pour assister à la suite des événements, le père Ralph jugea à regret qu'il était grand temps d'emmener Meggie; il la souleva et pivota sur les talons pour quitter les lieux. Meggie se mit à hurler et, plus il s'éloignait, plus ses cris se faisaient stridents; on commençait à se retourner sur eux et la réputation irréprochable du prêtre risquait de sortir ternie de l'aventure.

— Ecoute, Meggie, je ne peux pas t'emmener là-dedans! Ton père m'écorcherait vif et il aurait raison!

— Je veux rester avec Frank! Je veux rester avec Frank! hurla-t-elle à pleins poumons tandis qu'elle décochait des coups de pied, essayait de mordre.

— Oh, merde! s'exclama le prêtre.

Se pliant à l'inévitable, il porta la main à sa poche pour en tirer quelques pièces et s'approcha de l'entrée de la tente, l'œil aux aguets pour s'assurer qu'aucun des frères de Meggie ne hantait le secteur; rassuré sur ce point, il supposa que les gosses tentaient leur chance au jeu du fer à cheval ou qu'ils s'empiffraient de pâtés et de glaces.

— Ce n'est pas un spectacle pour une petite fille! se récria le caissier, nettement choqué.

144

Le père Ralph leva les yeux au ciel.

— Si vous trouvez un moyen de l'éloigner d'ici sans que la police de Gilly nous arrête pour voie de fait sur une enfant, je l'emmènerais volontiers. Mais son frère a accepté de mettre les gants et elle n'a pas l'intention de l'abandonner pendant qu'il mènera un combat qui vous fera tous passer pour des amateurs.

L'homme haussa les épaules.

— Ma foi, mon père, je ne vais pas discuter avec vous, hein? Entrez, mais arrangez-vous pour la faire tenir tranquille... pour... euh... pour l'amour du ciel. Non, non, mon père, gardez votre argent. Jimmy n'en voudrait pas.

La tente était bondée d'hommes et de garçons qui se pressaient autour du ring central. Le père Ralph trouva une place à l'arrière, contre la paroi de toile, tout en maintenant solidement Meggie. L'atmosphère était lourde de fumée et de l'odeur de la sciure répandue pour absorber la boue. Frank, gants aux mains, était le premier challenger de la journée.

Bien que ce ne fût pas courant, il arrivait qu'un homme sorti de la foule tînt jusqu'au bout devant l'un des boxeurs professionnels. Evidemment, ceux-ci n'étaient pas les meilleurs du monde, mais ils comptaient parmi les plus valeureux d'Australie. Appelé à affronter un poids plume en raison de sa taille, Frank le mit K.O. au deuxième coup de poing; après quoi, il proposa de se mesurer à un autre. Quand il en fut à son troisième combat, le bruit s'était répandu comme une traînée de poudre et l'enceinte, archicomble, n'aurait pu recevoir un seul spectateur de plus.

Il avait à peine été touché; les quelques rares coups encaissés n'avaient servi qu'à alimenter sa hargne sourde. Un éclair de folie luisait dans ses yeux; l'écume lui montait aux lèvres tant la colère l'empoignait en reconnaissant dans ses adversaires le visage de Paddy; les cris et les ovations de la foule résonnaient dans ses

oreilles en un unique refrain répétant sans cesse *Vas-y!*
Vas-y! Vas-y! Oh, comme il avait brûlé d'impatience en
attendant de se battre, occasion qui lui avait été refusée
depuis son arrivée à Drogheda! Car se battre était la
seule façon qu'il connût de se débarrasser de la haine et
du chagrin, et à l'instant où il décochait le coup de
poing qui abattait son adversaire, il crut entendre la
grande voix sourde qui lui emplissait les oreilles changer de refrain pour entonner son exhortation, *Tue-le!*
Tue-le! Tue-le!

Puis on l'opposa à l'un des vrais champions, un poids
léger qui avait reçu l'ordre de tenir Frank à distance
pour voir si celui-ci était capable de boxer aussi bien
qu'il cognait. Les yeux de Jimmy Sharman brillaient. Il
était constamment à la recherche de champions et ces
petites fêtes campagnardes lui avaient donné l'occasion
d'en découvrir quelques-uns. Le poids léger se
conforma aux directives qui lui avaient été données,
harcelé malgré la supériorité de son allonge, tandis que
Frank, en proie à sa fureur de tuer, s'acharnait sur cette
silhouette sautillante qui se dérobait sans cesse. Il tirait
un enseignement de chaque corps à corps, de chaque
grêle de coups, car il appartenait à cette curieuse espèce
d'hommes capables de penser même sous l'emprise
d'une hargne démoniaque. Et il tint jusqu'au bout, en
dépit des coups que lui infligeaient les poings rompus
au combat de son adversaire; il avait un œil enflé, une
entaille à l'arcade sourcilière et une autre à la lèvre.
Mais il avait gagné vingt livres et s'était acquis le respect de tous les hommes présents.

Meggie s'arracha à l'étreinte relâchée du père Ralph
et se rua hors de la tente avant même qu'il pût esquisser un geste pour la retenir. Lorsqu'il la retrouva à
l'extérieur, elle avait vomi et elle essayait de nettoyer
ses chaussures éclaboussées à l'aide d'un minuscule
mouchoir. Sans mot dire, il lui tendit le sien et caressa
la tête flamboyante, agitée de sanglots. L'atmosphère

qui régnait à l'intérieur lui avait irrité la gorge et il eût souhaité que la dignité de son état ne lui interdît pas de restituer son repas au public.

— Veux-tu que nous attendions Frank ou préfères-tu que nous partions?

— J'attendrai Frank, murmura-t-elle.

Elle s'appuya contre le prêtre, emplie de reconnaissance pour le calme et la compréhension dont il faisait preuve.

— Je me demande pourquoi tu mets à si rude épreuve mon cœur inexistant, marmotta-t-il (Il la croyait trop souffrante et malheureuse pour écouter, mais il éprouvait le besoin d'exprimer ses pensées à haute voix, ainsi que c'est souvent le cas pour les individus menant une vie solitaire.) Tu ne me rappelles pas ma mère et je n'ai jamais eu de sœur; je voudrais bien savoir quelle magie vous habite, toi et ta malheureuse famille... Les choses ont-elles été si difficiles pour toi, ma petite Meggie?

Frank sortit de la tente, un morceau de sparadrap sur l'arcade sourcilière, épongeant sa lèvre fendue. Pour la première fois depuis que le père Ralph le connaissait, il avait l'air heureux ; on dirait qu'il vient de passer une nuit d'amour avec une femme, songea le prêtre.

— Qu'est-ce que Meggie fait ici? s'enquit Frank avec un rictus teinté de la même hargne qui l'avait animé sur le ring.

— A moins de lui lier pieds et poings et de la bâillonner, il m'était impossible de la tenir à l'écart, expliqua le père Ralph d'un ton sec. (Il n'appréciait guère d'avoir à se justifier, mais il n'était pas certain que Frank ne s'en prendrait pas aussi à lui. Le jeune homme ne lui faisait pas peur, mais il redoutait une scène en public.) La pauvre petite s'inquiétait pour vous, Frank ; et elle tenait à être là pour s'assurer que vous n'aviez pas de mal. Ne lui en veuillez pas, elle est déjà suffisamment bouleversée.

— Surtout, que Papa ne sache pas que tu t'es seulement approchée de cet endroit! recommanda Frank à sa sœur.

— Ça ne vous ennuierait pas si nous abrégions notre petite sortie? demanda le prêtre. Je crois qu'un peu de repos et une tasse de thé au presbytère nous feraient le plus grand bien. (Il serra le bout du nez de Meggie.) Quant à vous, jeune fille, un brin de toilette ne vous ferait pas de mal.

Paddy passa une journée éprouvante auprès de sa sœur, soumis à ses moindres volontés, rabaissé comme il ne l'avait jamais été avec Fee; il dut l'aider tandis qu'elle bougonnait pour se frayer un chemin à travers la boue de Gilly, chaussée d'escarpins en dentelle, souriante, échangeant quelques mots avec les gens qu'elle saluait avec une hauteur de reine; il se tint à ses côtés lorsqu'elle offrit le bracelet d'émeraudes au gagnant de la principale course, le Trophée de Gillanbone. Il ne parvenait pas à comprendre pourquoi les organisateurs dépensaient tout l'argent des prix pour un bijou au lieu de remettre une coupe plaquée or et un bon paquet de billets au vainqueur; il ne saisissait pas la nature essentiellement amateur de la course qui sous-entendait que les hommes participant aux épreuves n'avaient pas besoin de ce vulgaire argent; au lieu de quoi, ils donneraient négligemment le prix à leur épouse. Horry Hopeton, dont le hongre bai King Edward avait gagné le bracelet d'émeraudes, possédait un bracelet de rubis, un autre de diamants et un autre encore de saphirs, remportés les années précédentes. Il avait une femme et cinq filles et déclarait à qui voulait l'entendre qu'il ne s'arrêterait que lorsqu'il aurait gagné six bracelets.

La chemise empesée et le col en celluloïd de Paddy lui irritaient la peau, le costume bleu l'étouffait. Les exotiques fruits de mer arrivés de Sydney et servis avec du champagne lui barbouillaient l'estomac, habitué qu'il était au mouton. Et il avait le sentiment d'être un imbécile, il pensait avoir l'air d'un imbécile, son costume sentait la confection bon marché et son campagnard à plein nez. Il n'était pas à sa place parmi les éleveurs prolixes et vêtus de tweed, les matrones hautaines, les péronnelles au sourire chevalin, la crème de ce que le *Bulletin* appelait « la squattocratie ». Car tous s'efforçaient d'oublier le moment où, au siècle précédent, les squatters avaient fait main basse sur la terre en s'appropriant d'immenses étendues qui, par un accord tacite, avaient été reconnues comme leurs propriétés par la fédération et l'instauration des lois propres à l'Australie. Ils étaient devenus le groupe d'individus le plus envié du continent, fondant leurs partis politiques, envoyant leurs enfants dans les collèges selects de Sydney, frayant avec le prince de Galles lorsque celui-ci visitait le pays. Lui, Paddy Cleary, homme simple, était un ouvrier. Il n'avait absolument rien de commun avec ces aristocrates coloniaux qui lui rappelaient désagréablement la famille de sa femme.

Quand il entra dans le salon du presbytère pour y trouver Frank, Meggie et le père Ralph installés autour du feu, détendus, et paraissant avoir passé une journée magnifique, joyeuse, il en conçut de l'irritation. Le doux secours de Fee lui avait affreusement manqué et il continuait à éprouver la même antipathie à l'égard de sa sœur que lorsqu'il était enfant en Irlande. Puis il remarqua le sparadrap sur l'arcade sourcilière de Frank, le visage boursouflé; une excuse que lui envoyait le ciel.

— Et comment oseras-tu regarder ta mère en face avec une tête pareille! tempêta-t-il. Je te quitte des yeux un moment et voilà que tu recommences! Tu t'en prends au premier type qui te regarde de travers!

Surpris, le père Ralph se redressa pour émettre quelques paroles d'apaisement, mais Frank le devança.

— J'ai gagné de l'argent avec ça, dit-il très doucement en désignant le sparadrap. Vingt livres pour quelques minutes de travail, c'est plus que ce que tante Mary nous paye, toi et moi, pour un mois! J'ai mis K.O. trois bons boxeurs et ai tenu jusqu'au bout devant un champion poids léger dans la tente de Jimmy Sharman cet après-midi. Et j'ai gagné vingt livres! Ça ne correspond peut-être pas à ce que tu attends de moi, n'empêche que je me suis acquis le respect de tous les hommes qui ont assisté au combat!

— Quelques malheureux types fatigués et sonnés par les coups, à peine capables de faire illusion dans une fête de campagne et tu en fais un plat? Conduis-toi en homme, Frank. Je sais que ton corps a fini sa croissance mais, ne serait-ce que pour ta mère, tu pourrais peut-être faire en sorte de grandir par l'esprit!

Blême, le visage de Frank! Des os blanchis au soleil. C'était là la plus terrible insulte qu'un homme pût proférer à son endroit et il s'agissait de son père. Il ne pouvait le frapper. Sa respiration se fit sifflante sous l'effort qu'il s'imposait pour garder les mains à ses côtés.

— Il ne s'agit pas de pauvres types sonnés par les coups, papa. Tu connais Jimmy Sharman de réputation aussi bien que moi, et lui-même m'a dit que j'étais un boxeur-né, que j'avais devant moi un magnifique avenir; il veut m'engager dans sa troupe et m'entraîner. Et il me paierait! Je ne grandirai peut-être plus, mais je suis assez grand pour donner une bonne correction à n'importe qui... et c'est valable pour toi aussi, vieux bouc puant!

Le sous-entendu n'échappa pas à Paddy; il blêmit tout autant que son fils.

— Comment oses-tu?

— Tu n'es pas autre chose. Tu es dégoûtant. Tu es pire qu'un bélier en rut! Pourquoi ne l'as-tu pas laissée tranquille? Tu ne pouvais pas t'empêcher de la soumettre à ton plaisir, hein?

— Non, non, non! hurla Meggie.

Les doigts du père Ralph s'enfoncèrent dans ses épaules comme des serres et la maintinrent difficilement contre lui. Les larmes lui inondant le visage, elle se débattit frénétiquement pour se libérer, mais en vain.

— Non, Papa, non! Oh, Frank, je t'en prie! Je t'en prie! s'écria-t-elle d'une voix suraiguë.

Mais seul le père Ralph l'entendit. Frank et Paddy se faisaient face. Aversion et crainte mutuelles enfin mises à nu. La digue de l'amour porté à Fee était rompue et leur sourde rivalité finalement admise.

— Je suis son mari. Et c'est Dieu qui bénit notre union en nous envoyant des enfants, déclara Paddy d'un ton plus calme, s'efforçant de se ressaisir.

— Tu ne vaux pas mieux qu'un vieux chien crotté qui court après n'importe quelle chienne pour la sauter!

— Toi, tu ne vaux pas mieux que le vieux chien crotté qui t'a engendré, quel qu'il soit! hurla Paddy. Grâce à Dieu, je n'ai rien à y voir. Oh, grand Dieu!

Il s'interrompit; sa rage l'abandonna comme tombe le vent. Il s'effondra, se recroquevilla et ses mains se portèrent à sa bouche; on eût dit qu'il voulait arracher la langue qui avait exprimé l'inexprimable.

— Je n'ai pas voulu dire ça, se lamenta-t-il. *Je n'ai pas voulu dire ça!*

Dès l'instant où les mots franchirent les lèvres de Paddy, le père Ralph lâcha Meggie et se précipita sur Frank; il lui tordit le bras derrière le dos tandis que, de sa main libre, il lui agrippait le cou. Et il était fort, sa prise paralysante; Frank se débattit pour se libérer, puis subitement sa résistance fondit et il secoua la tête en signe de soumission. Meggie avait glissé sur le plancher et, agenouillée, elle pleurait, ses yeux allant de son frère à son père en une supplique impuissante. Elle ne comprenait pas ce qui se passait, mais elle savait qu'après cette scène elle ne pourrait plus les garder tous les deux.

— Si, c'est bien ce que tu voulais dire, fit Frank d'une voix grinçante. J'ai toujours dû le savoir! (Il essaya de tourner la tête vers le prêtre.) Lâchez-moi, mon père. Je ne le toucherai pas. Que Dieu me vienne en aide.

— Que Dieu vous vienne en aide? Que Dieu vous fasse pourrir en enfer tous les deux! Si vous avez traumatisé cette enfant, je vous tuerai! rugit le père de Ralph, le seul en proie à la colère maintenant. Vous rendez-vous compte que j'ai dû la garder ici pour écouter ça de crainte que vous vous entre-tuiez si je l'emmenais? J'aurais dû vous laisser faire, espèce de misérables et égoïstes crétins!

— Ça va, je vais partir, dit Frank d'une voix étrange, vide. Je vais m'engager dans la troupe de Jimmy Sharman et je ne reviendrai pas.

— Il faut que tu reviennes! murmura Paddy. Que pourrais-je dire à ta mère? Elle a plus d'affection pour toi que pour nous tous réunis. Elle ne me le pardonnera jamais.

— Dis-lui que je me suis engagé chez Jimmy Sharman parce que je veux être quelqu'un. C'est la vérité.

— Ce que j'ai dit... ce n'était pas vrai, Frank.

Les yeux noirs, les yeux étrangers de Frank brillèrent d'une lueur méprisante. Ces yeux dont s'était étonné le prêtre la première fois qu'il avait vu le jeune homme; comment une Fee aux yeux gris et un Paddy aux yeux bleus auraient-ils engendré un fils aux yeux noirs? Le père Ralph connaissait les lois de Mendel et il en tirait les conclusions qui s'imposaient.

Frank prit son chapeau et son manteau.

— Oh, c'était vrai! J'ai toujours dû m'en douter. Le souvenir de m'man jouant de l'épinette dans un salon qui n'aurait jamais pu être le tien! Le sentiment que tu n'avais pas toujours été là, que tu étais venu après moi. Qu'elle était mienne avant. (Il émit un rire silencieux.) Et quand je pense que toutes ces années, je t'en ai voulu de l'avoir rabaissée, alors que c'était moi. C'était *moi*!

— Ce n'était personne, Frank, personne! lança le prêtre en essayant de le retenir. Cela rejoint les voies impénétrables de Dieu; il faut que vous voyiez les choses sous ce jour!

Frank se libéra de la main qui le retenait et gagna la porte de sa démarche légère, redoutable, dansante. C'est un boxeur-né, songea le père Ralph, pensée que lui soufflait une partie lointaine, spectatrice, de son cerveau, le cerveau du cardinal.

— Les voies impénétrables de Dieu, railla le jeune homme depuis le seuil. Vous n'êtes qu'un perroquet quand vous jouez les prêtres, père de Bricassart! Moi, je dis que Dieu vous vienne en aide, à vous, parce que vous êtes le seul parmi nous, ici, qui n'ait pas la moindre idée de ce qu'il est vraiment!

Paddy s'était effondré dans un fauteuil, visage terreux, expression égarée, yeux fixés sur Meggie qui pleurait et se balançait d'avant en arrière, agenouillée près du feu. Il se leva pour la prendre dans ses bras, mais le père Ralph s'interposa vivement.

— Laissez-la tranquille. Vous lui avez fait suffisamment de mal! Vous trouverez du whisky dans le buffet; buvez-en un peu. Je vais mettre l'enfant au lit, mais je reviendrai vous parler. Alors, ne bougez pas d'ici. Vous m'avez compris?

— Je vous attendrai, mon père. Mettez-la au lit.

A l'étage, dans la charmante chambre vert tendre, le prêtre déboutonna la robe et la combinaison de la petite fille et la fit asseoir sur le lit pour lui ôter ses chaussures et ses bas. Sa chemise de nuit se trouvait sur l'oreiller où Annie l'avait posée; il la lui enfila par la tête et la laissa retomber décemment avant de lui enlever sa culotte. Pendant ce temps, il lui parlait de petits riens, lui racontait des histoires idiotes sur les boutons refusant de se défaire, les lacets rétifs et les rubans voulant à tout prix rester noués. Impossible de savoir si elle entendait ses paroles. Les yeux emplis de tragédies inexprimées de l'enfance, de confusion et de peine allant bien au delà de son âge, elle regardait dans le vide.

— Maintenant, étends-toi, ma chérie, et essaie de dormir. Je reviendrai te voir dans un moment. Alors ne t'inquiète pas. Nous reparlerons de tout ça plus tard.

— Elle s'est calmée? demanda Paddy quand le père Ralph revint dans le salon.

Le prêtre tendit la main vers la bouteille de whisky posée sur le buffet et s'en servit la moitié d'un grand verre.

— Franchement, je n'en sais rien. Dieu du ciel, Paddy, je voudrais bien savoir quelle est la pire malédiction des Irlandais, l'alcool ou leur caractère irascible... Qu'est-ce qui vous a pris de dire ça? Non, inutile de me répondre. Le caractère irascible! C'est vrai, évidemment. J'ai su qu'il n'était pas de vous dès le premier instant où je l'ai aperçu.

— Rien ne vous échappe, hein?

— Peut-être pas. Pourtant, il suffit d'un sens de l'observation très moyen pour discerner les ennuis ou la peine dont sont affligés certains de mes paroissiens.

— Vous êtes très aimé à Gilly, mon père.

— Je le dois probablement à mon visage et à ma stature, dit amèrement le prêtre, incapable de communiquer à sa voix la légèreté qu'il eût souhaitée.

— C'est là ce que vous pensez? Ce n'est pas mon avis, mon père. Nous vous aimons parce que vous êtes un bon pasteur.

— En tout cas, il semble que je sois inextricablement mêlé à vos ennuis, marmonna le père Ralph, visiblement gêné. Vous feriez mieux de vous débarrasser de ce que vous avez sur le cœur, mon vieux.

Paddy garda les yeux fixés sur le feu qu'il avait alimenté, entassant bûche sur bûche pendant que le prêtre mettait Meggie au lit, empoigné par un accès de remords et un besoin frénétique de faire quelque chose. Le verre vide qu'il tenait à la main s'agita sous une suite de rapides tremblements. Le père Ralph se leva, saisit la bouteille et lui versa une large rasade de whisky. Après en avoir avalé une longue gorgée, Paddy soupira et essuya les larmes oubliées sur ses joues.

— Je ne sais pas qui est le père de Frank. Ça s'est produit avant que je rencontre Fee. Sa famille était l'une des plus en vue de la Nouvelle-Zélande. Son père possède un immense domaine où il cultive le blé et élève des moutons, près d'Ashburton dans l'Ile du Sud. L'argent ne comptait pas et Fee était sa seule fille. D'après ce que j'ai compris, il avait tout prévu pour elle... voyage en Angleterre, présentation à la Cour, le mari voulu. Elle n'avait jamais accompli le moindre travail dans la maison, évidemment. Il y avait des servantes, des maîtres d'hôtel, des équipages, des limousines; ils vivaient en grands seigneurs.

« J'étais employé à la laiterie et parfois il m'arrivait de voir Fee, de loin, se promenant avec un petit garçon d'environ dix-huit mois. Puis, un jour, le vieux James Armstrong est venu me trouver. Il me dit que sa fille avait déshonoré la famille, qu'elle n'était pas mariée et qu'elle avait un enfant. L'affaire avait été étouffée, évidemment, mais quand on avait tenté de l'éloigner, sa grand-mère avait mené un tel tapage que Fee était restée, en dépit des inconvénients de sa présence. Maintenant, la grand-mère était mourante et rien ne pouvait plus empêcher la famille de se débarrasser de Fee et de son enfant. J'étais célibataire, et James me dit que si je l'épousais et m'engageais formellement à lui faire quitter l'Ile du Sud, il me réglerait les frais de voyage auxquels il ajouterait cinq cents livres.

« Eh bien, mon père, c'était une fortune pour moi et j'étais fatigué du célibat. J'ai toujours été si timide que je n'étais arrivé à rien avec les filles. L'idée me paraissait bonne et, franchement, l'enfant ne me dérangeait pas. La grand-mère avait eu vent de l'affaire et elle m'envoya chercher bien qu'elle fût très malade. Une femme autoritaire, intraitable, j'en suis sûr, mais une grande dame. Elle me parla un peu de Fee, mais sans me dire qui était le père et je ne tenais pas à poser la question. Elle me fit promettre d'être bon envers sa petite-fille... elle savait que Fee devrait quitter la maison dès qu'elle aurait fermé les yeux. Et c'est elle qui avait suggéré à James de trouver un mari à Fee. J'étais désolé pour la pauvre vieille dame; elle adorait sa petite-fille.

« Me croiriez-vous, mon père, si je vous disais que la première fois que je me suis trouvé à portée de voix de Fee a été le jour où je l'ai épousée?

— Je vous croirais, murmura le prêtre. (Il regarda l'alcool dans son verre, le vida et tendit la main vers la bouteille pour servir de nouveau son hôte et lui-même.) Ainsi, Paddy, vous avez épousé une femme très au-dessus de votre condition.

— Oui. Au début, elle me faisait mortellement peur. Elle était si belle à cette époque, mon père. Et si... lointaine, si vous voyez ce que je veux dire. On aurait pu croire qu'elle n'était même pas là, que tout cela arrivait à quelqu'un d'autre.

— Elle est encore belle, Paddy, dit doucement le père Ralph. Je peux retrouver en Meggie ce qu'elle devait être avant qu'elle commence à vieillir.

— La vie n'a pas été facile pour elle, mon père, mais je ne vois pas ce que j'aurais pu faire d'autre. Au moins, avec moi, elle était en sûreté, elle ne risquait pas d'être maltraitée. Il m'a fallu deux ans pour oser... enfin, pour que je devienne vraiment son mari. J'ai été obligé de lui apprendre à faire la cuisine, à balayer, à laver et à repasser le linge. Elle ne savait rien de tout ça.

« Et jamais une seule fois tout au long des années pendant lesquelles nous avons été mariés, jamais elle n'a laissé échapper une seule plainte, jamais elle n'a ri ou pleuré. C'est seulement dans l'intimité qu'elle laisse aller ses sentiments et, même dans ces moments-là, elle ne parle jamais. Je souhaiterais l'entendre tout en le redoutant parce que j'ai toujours l'impression que, dans ce cas, ce serait son nom qu'elle prononcerait. Oh! je ne prétends pas qu'elle ne nous aime pas, moi et les enfants, mais j'éprouve tant de tendresse à son égard qu'il me semble que tout amour a été éteint en elle. Sauf pour Frank. J'ai toujours su qu'elle l'aimait plus que nous tous réunis. Elle a dû adorer le père de Frank. Mais je ne sais rien de lui; j'ignore qui il était et pourquoi il ne pouvait pas l'épouser.

Le père Ralph regarda ses mains, cligna des yeux.

— Oh, Paddy, quel enfer que la vie! Grâce à Dieu, je ne l'ai pas approchée de plus près que sa lisière; je n'ai pas eu le courage de l'embrasser vraiment.

Paddy se leva, mal assuré sur ses jambes.

— Eh bien, cette fois, j'ai sauté le pas, mon père. J'ai forcé Frank à partir et Fee ne me le pardonnera jamais.

— Vous ne pouvez pas le lui dire, Paddy. Non, il ne faut pas le lui dire. Expliquez-lui simplement que Frank est parti avec les boxeurs, sans plus. Elle sait combien il était tourmenté, agité, elle vous croira.

— Je ne peux pas faire ça, mon père! se récria Paddy, médusé.

— Il le faut, Paddy. Croyez-vous qu'elle n'ait pas enduré plus que sa part de peine et de misère? N'ajoutez pas à son infortune.

Et en lui-même il songea : qui sait? Peut-être en viendra-t-elle enfin à reporter l'amour qu'elle avait pour Frank sur vous, et sur le petit être là-haut, dans la chambre.

— Vous le croyez vraiment, mon père?

— Oui. Ce qui s'est produit ce soir doit rester entre nous.

— Mais... et Meggie? Elle a tout entendu.

157

— Ne vous inquiétez pas au sujet de Meggie. Je m'occuperai d'elle. Je ne pense pas qu'elle ait vraiment compris. Elle n'a cru qu'à une querelle entre Frank et vous.
Je veillerai à lui faire comprendre que, Frank parti,
parler à sa mère de l'altercation ne ferait qu'ajouter à
sa peine. D'ailleurs, j'ai l'impression que Meggie ne dit
jamais grand-chose à sa mère. (Il se leva.) Allez vous
coucher, Paddy. N'oubliez pas que vous devez avoir l'air
tout à fait normal pour prendre votre service demain
auprès de la reine Mary.

Meggie ne dormait pas, étendue, yeux grands ouverts
dans la clarté diffuse de la lampe de chevet. Le prêtre
s'assit sur le bord du lit et remarqua les cheveux encore
en tresses. Soigneusement, il détacha les rubans bleu
marine et écarta doucement les mèches jusqu'à ce que
la chevelure se répandît et ondoyât, or fondu, sur
l'oreiller.

— Frank est parti, Meggie, dit-il.
— Je sais, mon père.
— Sais-tu pourquoi, ma chérie?
— Il a eu une dispute avec p'pa.
— Que vas-tu faire?
— Je vais partir avec Frank. Il a besoin de moi.
— C'est impossible, ma petite Meggie.
— Si, c'est possible. Je voulais aller le trouver ce soir,
mais mes jambes ne me tiennent plus et j'ai peur du
noir. Mais demain matin, j'irai à sa recherche.
— Non, Meggie, il ne faut pas. Vois-tu, Frank a sa
propre vie à mener et il est temps qu'il s'en aille. Je sais
que tu n'aurais pas voulu qu'il parte, mais il y a longtemps qu'il voulait s'en aller. Tu ne dois pas être
égoïste. Il faut lui laisser mener sa vie comme il l'entend. (Monotonie de la répétition, songea-t-il, continuer
à lui distiller les mêmes paroles.) Quand nous grandis-
sons, il est naturel et juste que nous souhaitions mener
une vie en dehors de la maison où nous avons été élevés, et Frank est adulte. Il lui faut fonder son foyer,

avoir une maison, une femme, une famille. Est-ce que tu comprends ça, Meggie? La querelle entre ton papa et Frank venait seulement de l'envie de partir qui tenaillait ton frère. Elle ne s'est pas produite parce qu'ils ne s'aiment pas. Elle a eu lieu parce que c'est ainsi que nombre d'hommes jeunes quittent leur famille; c'est une excuse en quelque sorte. La dispute n'a été qu'un prétexte pour Frank; alors, il a pu agir comme il le souhaitait depuis longtemps, une excuse pour s'en aller. Est-ce que tu comprends ça, ma petite Meggie?

Les yeux de la fillette se portèrent sur le visage du prêtre et ne se détournèrent pas. Ils étaient épuisés, douloureux, vieux.

— Je sais, marmotta-t-elle. Frank voulait déjà s'en aller quand j'étais une toute petite fille, et il n'est pas parti. Papa l'a fait ramener à la maison et l'a obligé à rester avec nous.

— Mais, cette fois, ton papa ne le ramènera pas parce qu'il ne le peut plus. Frank est parti pour de bon, Meggie. Il ne reviendra pas.

— Je ne le reverrai jamais plus?

— Je ne sais pas, répondit-il franchement. J'aimerais te rassurer, te dire qu'il reviendra, mais personne ne peut augurer de l'avenir, Meggie, pas même les prêtres. (Il respira profondément.) Il ne faut pas que tu dises à ta mère qu'il y a eu une dispute, Meggie. Tu m'entends? Ça la bouleverserait, et elle n'est pas bien.

— Parce qu'elle va avoir un autre bébé?

— Et comment sais-tu ça?

— M'man aime faire pousser les bébés, elle s'y entend. Et elle fait pousser de si gentils bébés, mon père. Même quand elle n'est pas bien. J'en ferai pousser un comme Hal, moi aussi. Et alors, Frank me manquera moins.

— Parthénogenèse, marmonna-t-il. Bonne chance, Meggie. Mais qu'arrivera-t-il si tu ne réussis pas à en faire pousser un?

— J'ai toujours Hal, dit-elle d'une toute petite voix ensommeillée en se blottissant contre l'oreiller. Mon père, vous ne partirez pas aussi, n'est-ce pas?

— Un jour, peut-être, Meggie, mais pas de sitôt, je crois. Alors, ne t'inquiète pas. J'ai le sentiment que je resterai coincé à Gilly longtemps, très longtemps, répondit le prêtre, les yeux voilés d'amertume.

6

Il ne pouvait en être autrement, Meggie dut rentrer à la maison. Fee ne pouvait se passer de son aide et, dès qu'il se retrouva seul au couvent de Gilly, Stuart entama une grève de la faim; lui aussi revint donc à Drogheda.

En ce mois d'août, il faisait extrêmement froid. Un an exactement depuis leur arrivée en Australie, mais cet hiver était beaucoup plus rigoureux que le précédent. Pas de pluie; l'air glacé enflammait les poumons. Sur les sommets de la ligne de partage des eaux, à cinq cents kilomètres dans l'est, la neige s'amoncelait en couches épaisses; il fallait remonter à plusieurs années pour se rappeler un temps aussi rude, mais aucune pluie n'était tombée à l'ouest de Burren Junction depuis les inondations de l'été précédent. A Gilly, les habitants parlaient d'une autre période de sécheresse : il était déjà tard, elle ne manquerait pas de se produire, peut-être était-elle déjà là.

Lorsque Meggie revit sa mère, elle eut l'impression qu'un terrible poids s'installait en elle; peut-être l'abandon de l'enfance, le pressentiment de son état de femme. Apparemment, Fee n'avait pas changé, à part le gros ventre, mais intérieurement elle avait ralenti comme une vieille pendule retardant de plus en plus jusqu'à suspendre ses battements. La vivacité que Meggie avait toujours observée chez sa mère avait disparu. Celle-ci relevait les pieds et les posait comme si elle n'était plus très sûre de la façon dont il fallait se déplacer, une sorte de gaucherie mentale se répercutait dans sa démarche; et elle ne ressentait pas de joie à l'idée de l'enfant qui allait naître, pas même la satisfaction rigoureusement contrôlée qu'elle avait manifestée pour Hal.

Le petit garçon aux cheveux roux trottinait partout dans la maison, se heurtant aux meubles, mais Fee n'essayait même pas de lui inculquer la moindre discipline et ne se préoccupait guère de lui. Elle continuait ses perpétuelles allées et venues de la cuisinière à la planche de travail et à l'évier comme si rien d'autre existait. Meggie n'avait donc pas le choix; elle remplit simplement le vide dans la vie de l'enfant et devint sa mère. Ce n'était pas un sacrifice car elle l'aimait profondément, trouvant en lui une cible impuissante et consentante, propre à recevoir tout l'amour qu'elle commençait à vouloir dispenser à un quelconque être humain. Il pleurait pour attirer son attention, prononçait son nom avant tout autre, tendait les bras pour être soulevé, cajolé; elle en éprouvait une joie immense. En dépit des corvées fastidieuses, tricot, ravaudage, couture, lessive, repassage, soins de la basse-cour, et toutes les autres tâches qui lui incombaient, Meggie trouvait son existence agréable.

Personne ne mentionnait jamais le nom de Frank mais, toutes les six semaines, Fee levait la tête en entendant résonner la trompette annonçant l'arrivée de la poste et elle s'animait un instant. Puis, quand Mme Smith lui remettait le courrier et qu'elle n'y trouvait aucune lettre de Frank, son léger sursaut d'intérêt douloureux s'éteignait.

Il y eut deux nouvelles vies dans la maison. Fee mit au monde des jumeaux, encore deux garçons roux,

James et Patrick. D'adorables petits êtres, manifestant déjà l'humeur enjouée et le tempérament doux de leur père; dès leur naissance, ils devinrent propriété commune car, en dehors de les allaiter, Fee ne s'intéressait pas à eux. Bientôt, on leur appliqua les diminutifs de Jims et Patsy; ils devinrent la coqueluche des femmes de la grande maison, les deux servantes, restées vieilles filles, et la gouvernante, veuve sans enfant, qui, toutes, rêvaient de maternité. Il fut aisé à Fee d'oublier ses jumeaux — ceux-ci avaient trois mères très empressées — et, au fil du temps, on en vint à trouver normal qu'ils passent la plupart de leurs heures de veille dans la grande demeure. Meggie ne disposait pas d'assez de temps pour les prendre sous son aile tout en s'occupant de Hal, à la nature particulièrement possessive. Les câlineries maladroites et inexpérimentées de Mme Smith, Minnie et Cat n'auraient pu le combler. Dans le monde de Hal, Meggie représentait l'épicentre de tendresse; il ne souhaitait personne d'autre que Meggie, il ne voulait rien d'autre que Meggie.

Bluey Williams échangea ses magnifiques chevaux de trait et son fardier massif pour un camion et le courrier fut délivré toutes les quatre semaines au lieu de six, mais sans jamais apporter un mot de Frank. Et, peu à peu, le souvenir du jeune homme s'estompa, comme il en va de tous les souvenirs, même ceux auxquels s'attache infiniment d'amour; il semble qu'un processus de cicatrisation s'opère dans notre cerveau et nous guérit en dépit de notre détermination farouche à vouloir ne rien oublier. Chez Meggie se succédèrent une image douloureusement atténuée du visage de Frank, l'apparence confuse des traits chéris qui se muaient en vision irréelle, la représentation d'un saint n'ayant pas plus de rapport avec le vrai Frank qu'une pieuse image du Christ ne doit en avoir avec la forme humaine du Fils de Dieu. Et, chez Fee, intervint une substitution tirée des profondeurs dans lesquelles elle avait figé l'évolution de son âme.

Cela se produisit de façon si insidieuse que personne ne le remarqua. Car Fee était totalement repliée sur elle-même, murée dans sa réserve; la substitution était un phénomène intérieur qui échappa à tous, sauf au nouvel objet de son amour qui n'en manifesta rien. Ce fut un élément dissimulé, inexprimé entre eux, destiné à tenir leur solitude à distance.

Peut-être était-ce inévitable car, de tous les enfants, Stuart était le seul qui ressemblait à Fee. A quatorze ans, il demeurait un aussi grand mystère pour son père et ses frères que Frank mais, contrairement à ce dernier, il ne suscitait ni hostilité ni irritation. Il obéissait sans se plaindre, travaillait aussi dur que les autres et ne créait aucun remous dans la vie des Cleary. Bien que ses cheveux fussent roux, ils étaient d'une teinte plus sombre que celle des autres garçons, plus acajou, et ses yeux ressemblaient à des gouttes d'eau pâles, noyées d'ombre, comme s'ils remontaient à l'aube des temps et voyaient les choses telles qu'elles étaient réellement. Le seul parmi les fils de Paddy qui laissât présager de sa beauté quand il aurait atteint l'âge adulte, bien qu'en secret Meggie pensât que son Hal le surpasserait lorsque son tour serait venu d'être un homme. Personne ne savait jamais ce que Stuart pensait; comme Fee, il parlait peu et n'exprimait jamais une quelconque opinion. Il possédait la curieuse faculté de rester rigoureusement immobile, aussi bien intérieurement que dans ses attitudes corporelles, et il semblait à Meggie, la plus proche de lui par l'âge, qu'il avait la possibilité de s'évader et de gagner des lieux où personne ne pouvait le suivre. Le père Ralph voyait les choses sous un autre jour.

— Ce garçon n'a rien d'humain! s'était-il exclamé le jour où il avait ramené Stuart à Drogheda après sa grève de la faim au couvent. A-t-il dit qu'il voulait rentrer chez lui? Que Meggie lui manquait? Non! Il a simplement cessé de s'alimenter et a patiemment attendu que la raison de son attitude se fasse jour dans nos caboches obtuses. Pas une seule fois, il ne s'est plaint ; quand je me suis approché pour lui demander s'il voulait rentrer à la maison, il s'est contenté de sourire et d'opiner!

Au fil du temps, il fut tacitement admis que Stuart ne se rendrait pas dans les enclos pour travailler avec Paddy et ses frères, bien que son âge le lui permît. Stu assurait la garde à la maison, fendait le bois, s'occupait du potager, de la traite — innombrables corvées que les femmes n'avaient pas le temps de mener à bien avec trois enfants en bas âge. Il était prudent d'avoir un homme sur place, même un adolescent; sa présence prouvait que frères et père étaient à proximité. Parfois, en effet, des visiteurs importuns hantaient les parages — le bruit de bottes inconnues sur les marches de bois donnant accès à la véranda de derrière, une voix étrangère demandant :

— Salut, m'dame. Vous auriez pas un casse-croûte pour un gars qui la saute?

L'intérieur du pays regorgeait de tels individus, des chemineaux traînant leurs balluchons de domaine en domaine, depuis le Queensland jusqu'à Victoria, des hommes auxquels la chance n'avait pas souri ou qui répugnaient à tout travail régulier, préférant errer sur des milliers de kilomètres à la recherche de Dieu sait quoi. La plupart étaient de braves types qui surgissaient, engouffraient un énorme repas, glissaient dans leurs musettes le thé, le sucre et la farine qu'on leur avait donnés, et disparaissaient le long de la piste en direction de Barcoola ou de Narrengang, de vieux bidons cabossés tintinnabulant à leurs ceintures, suivis de chiens squelettiques. Les vagabonds australiens se déplaçaient rarement à cheval, ils marchaient.

De temps à autre, une brebis galeuse se manifestait à

la recherche de femmes dont les hommes étaient au loin, pour les voler, pas pour les violer. Aussi Fee gardait-elle un fusil de chasse chargé dans un angle de la cuisine, là où les enfants ne pouvaient l'atteindre et elle s'arrangeait pour en être plus proche que son visiteur jusqu'à ce que son œil expert eût jaugé le nouvel arrivant. Quand la maison devint le domaine reconnu de Stuart, Fee lui repassa avec plaisir les prérogatives du fusil de chasse.

Cependant, tous les visiteurs ne se rangeaient pas parmi les chemineaux, bien que ceux-ci fussent en majorité; il y avait, par exemple, le colporteur de la maison Watkins, dans sa vieille Ford T. Il transportait de tout, depuis le liniment pour les chevaux jusqu'aux savonnettes parfumées qui ne se comparaient en rien au savon de ménage que préparait Fee dans le cuveau de lessive avec de la graisse et de la soude. Il proposait de l'eau de lavande et de l'eau de Cologne, des poudres et crèmes pour les peaux desséchées par le soleil. Il existait certains articles que personne ne songeait à acheter à qui que ce soit, excepté au colporteur de Watkins, comme son onguent, infiniment plus efficace que tous ceux que l'on trouvait dans les pharmacies ou qui pouvaient être prescrits par un médecin, capable de tout guérir, depuis la déchirure dans le flanc d'un chien jusqu'à l'ulcère sur un tibia humain. Les femmes se pressaient dans toutes les cuisines où il se rendait, attendant impatiemment qu'il ouvrît ses grandes valises pleines de marchandises.

Et il y avait d'autres marchands itinérants, aux visites moins régulières, mais également bienvenues, offrant tout, depuis les cigarettes en paquets, les pipes fantaisie, jusqu'aux pièces de tissu et parfois même des sous-vêtements fascinants et des corsets surchargés de rubans. Elles étaient tellement privées, ces femmes de l'intérieur du pays, qui ne se rendaient qu'une ou deux fois par an à la ville la plus proche, loin des prodigieux magasins de Sydney, loin de la mode et des falbalas.

La vie semblait essentiellement cernée par les mouches et la poussière. Il n'y avait pas eu de pluie depuis longtemps, pas même une averse pour fixer la poussière et noyer les mouches ; car moins il y avait de pluie, plus il y avait de mouches, plus il y avait de poussière.

De tous les plafonds pendaient des guirlandes de longs papiers tue-mouches, poisseux, flottant paresseusement, noirs de répugnants insectes au bout de quelques heures. Rien ne pouvait être laissé à découvert ne serait-ce qu'un instant sans se transformer en un festin ou en un cimetière de mouches, et de minuscules chiures constellaient le mobilier, les murs, le calendrier du bazar de Gillanbone.

Et la poussière! On ne pouvait échapper à cette fine poudre brunâtre qui s'infiltrait partout, jusque dans les récipients les plus soigneusement clos, qui ternissait les cheveux fraîchement lavés, rendait la peau granuleuse, se déposait dans les plis des vêtements et des rideaux, enduisait d'un film les tables polies et se redéposait après le passage du chiffon. Elle formait une épaisse couche sur le sol, rapportée par les bottes vaguement essuyées avant d'entrer, apportée par le vent chaud et sec à travers portes et fenêtres ouvertes. Fee se vit obligée de rouler ses tapis persans du salon et de demander à Stuart de clouer un linoléum de remplacement, acheté par correspondance au magasin de Gilly.

La cuisine, dans laquelle se déroulaient la plupart des allées et venues, comportait un plancher de teck, blanchi comme de vieux os par les interminables récurages pratiqués à l'aide d'éponges métalliques et de savon à la soude. Fee et Meggie répandaient sur le sol de la sciure que Stuart ramassait dans le bûcher; elles l'humectaient de précieuses gouttes d'eau et balayaient le magma odorant vers l'extérieur, le canalisaient sur la véranda d'où il retombait sur le potager où il se décomposait et se transformait en humus.

Mais rien ne permettait de tenir longtemps la poussière à distance, et lorsque le ruisseau fut asséché au point de ne plus former qu'un chapelet de trous d'eau, on ne put plus rien pomper pour la cuisine et la salle de bains. Stuart se rendit au puits artésien au volant du camion-citerne qu'il remplit ; il vida le précieux liquide dans l'un des réservoirs à eau de pluie, et les femmes durent s'habituer à un autre genre d'eau pour la vaisselle, la lessive et la toilette, infiniment plus désagréable à utiliser que celle du ruisseau boueux ; il montait du liquide gorgé de minéraux une odeur fétide de soufre, nécessitant un soin scrupuleux dans l'essuyage de la vaisselle ; cette eau rendait les cheveux ternes et cassants comme de la paille. Le peu d'eau de pluie dont on disposait encore était strictement réservé à la boisson et à la cuisine.

Le père Ralph observait Meggie avec tendresse. Elle brossait les cheveux roux et bouclés de Patsy, chancelant sur ses petites jambes tandis que Jims attendait patiemment son tour ; les deux paires d'yeux bleu clair restaient tournées vers elle avec adoration. Une vraie petite maman. Il faut que ce dévouement soit inné en elle, songea-t-il. Cette bizarre obsession qu'ont les femmes pour les enfants ; sinon, à son âge, elle aurait considéré cette tâche comme une corvée plutôt qu'un véritable plaisir et s'en serait débarrassée pour une occupation plus réjouissante. Au lieu de quoi, elle prolongeait délibérément l'opération, lissant les mèches entre ses doigts pour les mieux discipliner. Pendant un instant, le prêtre demeura sous le charme de cette intimité, puis il laissa sa cravache retomber sur sa botte poussiéreuse, jeta un regard morne par la véranda en direction de la grande maison dissimulée par ses eucalyptus et ses plantes grimpantes, par la profusion de bâtiments annexes et de poivriers qui se dressaient entre son isolement et ce centre de la vie du domaine, la maison du régisseur. Quel plan tissait-elle, cette vieille araignée, au cœur de sa vaste toile?

— Mon père, vous ne regardez pas! lança Meggie d'un ton accusateur.

— Excuse-moi, Meggie. Je réfléchissais.

Il se retourna vers elle au moment où elle finissait de coiffer Jims; tous trois l'observaient, attendant le moment où il se pencherait pour soulever les jumeaux, chacun sur l'une de ses hanches.

— Allons voir tante Mary, dit-il.

Meggie le suivit le long du chemin, tenant la cravache du prêtre d'une main, la bride de la jument alezane de l'autre; il portait les enfants sans paraître s'apercevoir de son fardeau bien que le trajet entre le ruisseau et la grande maison dépassât un kilomètre et demi. Dans les cuisines, il remit les jumeaux à une Mme Smith extatique et s'engagea dans le passage menant à la maison principale, Meggie à ses côtés.

Mary Carson était assise dans son fauteuil à oreilles. Elle n'en bougeait que rarement à présent, d'autant que sa présence ne se révélait plus nécessaire tant Paddy s'occupait de tout avec compétence. Quand le père Ralph entra, tenant Meggie par la main, le regard malveillant de la vieille dame obligea l'enfant à baisser les yeux; le père Ralph perçut l'accélération du pouls de Meggie et lui serra le poignet pour lui communiquer douceur et réconfort. La fillette esquissa une révérence maladroite et murmura un bonjour inaudible.

— File à la cuisine, fillette, tu prendras le thé avec Mme Smith, lança sèchement Mary Carson.

— Pourquoi ne l'aimez-vous pas? s'enquit le père Ralph en se laissant tomber dans le fauteuil qu'il en était venu à considérer comme le sien.

— Parce que vous l'aimez, répondit-elle.

— Allons donc! protesta-t-il, se sentant pour une fois en position d'infériorité. Ce n'est qu'une enfant abandonnée, Mary.

— Ce n'est pas sous cet angle que vous la voyez, et vous le savez très bien.

Les beaux yeux bleus se posèrent sur elle avec ironie; il se sentait plus à l'aise.

— Croyez-vous que j'aie des rapports coupables avec des enfants? Après tout, je suis prêtre.

— Vous êtes d'abord un homme, Ralph de Bricassart! Etre prêtre vous confère une impression de sécurité, sans plus.

Déconcerté, il rit. Sans très bien savoir pourquoi, il se sentait incapable de croiser le fer avec elle ce jour-là; on eût dit qu'elle avait découvert le défaut de sa cuirasse, qu'elle s'y était insinuée avec son venin d'araignée. Et il changeait sans doute, vieillissait peut-être, s'accommodant de son existence obscure à Gillanbone. Le feu s'étouffait en lui, ou brûlait-il à présent d'une autre passion?

— Je ne suis pas un homme, rétorqua-t-il. Je suis prêtre... C'est la chaleur peut-être, la poussière, les mouches... Mais je ne suis pas un homme, je suis un prêtre.

— Oh, Ralph, comme vous avez changé! se moqua-t-elle. Se peut-il que ce soit le cardinal de Bricassart que j'entends?

— Ce n'est pas possible, dit-il, le regard un instant voilé de détresse. Je ne pense plus avoir envie d'atteindre ces hautes sphères.

Elle éclata de rire, se balança d'avant en arrière dans son fauteuil, sans cesser de l'observer.

— Vraiment, Ralph? Vous n'en auriez plus envie? Eh bien, je vais vous laisser moisir encore un peu, mais votre jour d'expiation viendra, n'en doutez pas. Pas encore, peut-être pas avant deux ou trois ans, mais il viendra. J'incarnerai pour vous le diable et je vous offrirai... Bah, j'en ai assez dit! Mais, n'en doutez pas, je vous mettrai au supplice. Vous êtes l'homme le plus fascinant qu'il m'ait été donné de rencontrer. Vous nous jetez votre beauté à la tête, tout en méprisant nos faiblesses. Mais je vous épinglerai au mur et, en profitant de vos propres défaillances, je vous obligerai à vous vendre comme une putain peinturlurée. En doutez-vous?

— Je ne doute pas que vous essayiez, mais je ne pense pas que vous me connaissiez aussi bien que vous le croyez.

— Ah non? Le temps nous le dira, Ralph, et seulement le temps. Je suis vieille, il ne me reste rien d'autre que l'attente.

— Et que croyez-vous que j'aie? demanda-t-il. Du temps, Mary, rien que du temps. Le temps, et la poussière, et les mouches.

Les nuages s'amoncelèrent dans le ciel et Paddy commença à espérer la pluie.

— Tempêtes sèches, déclara Mary Carson. Ces nuages ne crèveront pas en pluie. Nous n'en aurons pas avant longtemps.

Si les Cleary croyaient avoir connu le pire que l'Australie puisse réserver en matière de rigueurs climatiques, c'était parce qu'ils n'avaient pas encore enduré ce que réservaient les tempêtes sèches sur les plaines arides. La sécheresse de la terre, maintenant privée de l'apaisante humidité, et celle de l'atmosphère se heurtaient, se limaient avec âpreté dans des grésillements, friction irritante qui augmentait sans cesse jusqu'à ne pouvoir s'achever que dans un colossal éclatement d'énergie accumulée. Le ciel se plomba et s'assombrit à tel point que Fee dut allumer les lampes. Dehors, dans les enclos, les chevaux frissonnaient et accusaient un sursaut au moindre bruit; les poules grimpaient sur leurs perchoirs et se dissimulaient la tête sous l'aile; les chiens se battaient et retroussaient les babines; les porcs qui erraient parmi les tas d'ordures enfouissaient leurs groins dans la poussière et osaient un regard brillant et inquiet. Les forces contenues qui couvaient dans le ciel infligeaient la crainte jusque dans les os de tout ce qui vivait, tandis que les énormes et insondables nuages avalaient toute la lumière et se préparaient à cracher une brûlante poussière solaire.

Le tonnerre vint, arrivant de très loin, à pas pesants, sans cesse accélérés; à l'horizon, de fines zébrures découpaient en reliefs aigus des vagues ascensionnelles; des crêtes, d'une stupéfiante blancheur, écumaient et s'enroulaient sur des profondeurs bleu de nuit. Puis, avec un vent rugissant qui aspirait la poussière et la rejetait dans les yeux, les oreilles et la bouche, déferla le cataclysme. Il n'était plus nécessaire d'imaginer la colère biblique de Dieu, tous la vivaient. Aucun homme ne pouvait s'empêcher de sursauter à chaque craquement de tonnerre — explosant avec le bruit et la fureur d'un monde en désintégration — mais après un temps, tous les habitants de la maison s'y habituèrent, si bien qu'ils se glissaient sur la véranda pour regarder dans la direction du ruisseau et des lointains enclos. D'immenses fourches de lueurs se découpaient en veines de feu, donnant chacune naissance à des dizaines d'éclairs qui sillonnaient le ciel sans relâche. Des traînées flamboyantes déferlaient à travers les nuages, un instant occultées puis ressortant des nuées en un fantastique jeu de cache-cache. Des arbres isolés, frappés par la foudre, gémissaient et fumaient ; et tous comprenaient enfin comment étaient mortes ces solitaires sentinelles des enclos.

Une lueur mystérieuse, surnaturelle, filtrait dans l'atmosphère, atmosphère qui n'était plus invisible, mais brûlait de l'intérieur en fluorescences roses, lilas et jaune soufre, dégageant une odeur douceâtre, fugitive, impossible à identifier. Les arbres luisaient, les cheveux roux des Cleary se pailletaient de langues de feu, les poils de leurs bras se dressaient. Et cela persista tout l'après-midi, ne se dissipant lentement vers l'est, pour les libérer de leur terrifiant envoûtement, qu'au coucher du soleil, et tous étaient surexcités, avaient les nerfs à vif, percevaient une étrange exaltation. Mais c'était une sorte de résurrection que de sortir indemnes de ce cataclysme qui, pendant une semaine, alimenta toutes les conversations, d'autant qu'il ne s'était pas accompagné d'une seule goutte de pluie.

— Nous en aurons d'autres, prophétisa Mary Carson d'un ton sinistre.

Et effectivement, il y en eut d'autres. Durant le deuxième hiver de sécheresse, régna un froid que les Cleary n'auraient jamais cru possible sans chutes de neige; la couche de glace atteignait plusieurs centimètres d'épaisseur pendant la nuit et les chiens se serraient les uns contre les autres, frissonnant dans leurs chenils, conservant un peu de chaleur en se jetant sur la viande de kangourou et les énormes quantités de graisse prises sur le bétail abattu. Enfin, le temps permettait de manger du bœuf et du porc à la place du sempiternel mouton. Dans la maison, on fit brûler de grands feux et les hommes étaient obligés de rentrer car la rigueur du temps ne leur permettait pas de camper dans les enclos. Mais les tondeurs étaient de bonne humeur à leur arrivée; ils pourraient accomplir leur tâche plus vite et avec moins de sueur. A l'emplacement dévolu à chaque homme sous le grand auvent de tonte se dessinait sur le plancher un cercle d'une teinte beaucoup plus pâle que le reste; il indiquait l'endroit où, cinquante ans durant, la transpiration des tondeurs avait coulé pour être absorbée par le bois.

Il restait encore de l'herbe grâce à la précédente inondation, mais elle s'appauvrissait dangereusement. Jour après jour, le ciel était couvert et plombé, mais il ne pleuvait toujours pas. Le vent hurlait tristement à travers les enclos, soulevant des rideaux de poussière qui évoquaient la pluie, tourmentant les hommes en leur imposant des images d'eau.

Les enfants souffraient d'engelures et s'efforçaient de ne pas sourire tant leurs lèvres étaient gercées; quand ils retiraient leurs chaussettes, ils avaient l'impression de s'arracher la peau. Il était impossible de conserver la moindre chaleur à l'intérieur avec ce vent furieux, d'autant que les maisons avaient été conçues pour happer la moindre bouffée d'air et non pour l'empêcher d'entrer. Il fallait se coucher et se lever dans les chambres glaciales, attendre patiemment que m'man eût mis un peu d'eau sur le feu, espérant ainsi que la toilette ne tiendrait pas du supplice.

Un jour, le petit Hal se mit à tousser; il avait la respiration sifflante et son état empira rapidement. Fee prépara un cataplasme gluant de poudre de charbon de bois et le posa sur la petite poitrine haletante, mais l'enfant ne parut pas en éprouver de soulagement. Au début, elle ne s'inquiéta pas outre mesure mais, au fil des heures, la maladie causa de tels ravages que Fee ne sut plus que faire; Meggie restait assise au chevet de son frère, débitant silencieusement un flot de *Notre Père* et de *Je Vous Salue Marie*. Quand Paddy rentra à 6 heures, la respiration de l'enfant s'entendait depuis la véranda et ses lèvres étaient bleues.

Paddy partit immédiatement pour la grande maison d'où il pourrait téléphoner, mais le médecin était à plus de soixante kilomètres de là auprès d'un autre malade. Ils firent respirer à Hal du soufre chaud dans l'espoir qu'il expectorerait la membrane qui lui obstruait la gorge et l'étouffait, mais il ne put contracter suffisamment sa cage thoracique pour la déloger. Son teint virait de plus en plus au bleu, sa respiration se faisait de plus en plus convulsive. Assise auprès de lui, Meggie le caressait et priait, le cœur serré devant les efforts déployés par son malheureux frère à chacun de ses souffles. De tous les garçons, Hal lui était le plus cher, elle se considérait comme sa mère; jamais auparavant, elle n'avait souhaité aussi désespérément être adulte, imaginant que si elle était une femme, comme Fee, elle détiendrait un pouvoir quelconque pour le guérir. Fee ne pouvait le guérir parce que Fee n'était pas la mère de Hal. En proie au désarroi et à la terreur, Meggie maintenait le petit corps palpitant contre elle, s'efforçant de l'aider à respirer.

Il ne lui vint pas à l'esprit qu'il pût mourir, même quand Fee et Paddy tombèrent à genoux à côté du lit et, en désespoir de cause, prièrent. A minuit, Paddy écarta de l'enfant immobile les bras de Meggie et posa tendrement le petit corps sur les oreillers.

Les paupières de Meggie battirent; elle s'était assoupie au moment où Hal avait cessé de se débattre.

— Oh, papa, il va mieux! dit-elle.

Paddy secoua la tête; il paraissait ratatiné, vieux, la lueur de la lampe accrochait des brins de givre dans ses cheveux, des brins de givre dans sa barbe d'une semaine.

— Non, Meggie, Hal ne va pas mieux comme tu l'entends, mais il est en paix. Il a rejoint Dieu, il ne souffre plus.

— Papa veut dire qu'il est mort, ajouta Fee d'une voix blanche.

— Oh, non, papa, non! Il ne peut pas être mort!

Mais le petit être au creux de l'oreiller était mort. Meggie le comprit dès l'instant où elle le regarda, bien qu'elle n'eût jamais été en contact avec la mort auparavant. Il avait l'air d'une poupée, pas d'un enfant. Elle se leva et alla trouver ses frères accroupis en une veille anxieuse autour du poêle de la cuisine. Assise sur une chaise, Mme Smith surveillait les jumeaux dont le lit avait été tiré dans la pièce pour qu'ils bénéficient d'un peu de chaleur.

— Hal vient de mourir, dit Meggie.

Stuart émergea d'une lointaine rêverie.

— Ça vaut mieux, murmura-t-il. Il est en paix. (Il se leva quand Fee entra et s'approcha d'elle sans l'effleurer.) M'man, tu dois être fatiguée. Va t'étendre; j'allumerai un feu dans ta chambre. Allez, viens.

Fee se tourna et le suivit sans un mot. Bob se leva et passa sur la véranda. Ses frères restèrent un moment assis, remuant gauchement, puis ils allèrent le rejoindre. Paddy ne s'était pas manifesté. Sans un mot, Mme Smith prit le landau dans un angle de la véranda et y déposa avec précautions Jims et Patsy endormis. Elle jeta un coup d'œil à Meggie dont le visage ruisselait de larmes.

— Meggie, je retourne à la grande maison et j'amène Jims et Patsy. Je reviendrai demain matin, mais il vaut mieux que les petits restent avec Minnie, Cat et moi pour le moment. Préviens ta mère.

Meggie s'assit sur une chaise et croisa les mains sur ses genoux. Il lui appartenait et il était mort! Le petit Hal qu'elle avait aimé, soigné, dorloté. La place qu'il occupait en elle n'était pas vide ; elle sentait encore la chaleur, le poids de l'enfant contre sa poitrine. Affreux de savoir que ce contact ne se reproduirait plus jamais alors qu'elle s'en était imprégnée depuis quatre longues années. Non, les larmes n'étaient pas de mise; les larmes se justifiaient dans le cas d'Agnès, des blessures infligées au fragile vernis d'amour-propre de l'enfance à jamais laissée derrière elle. Cette fois, il s'agissait d'un fardeau qu'il lui faudrait porter jusqu'à la fin de ses jours, et sans relâche en dépit de son poids. La volonté de survie est très forte chez certains individus, moins chez d'autres. Chez Meggie, elle était aussi forte et résistante qu'une amarre d'acier.

Le père Ralph la trouva ainsi lorsqu'il entra en compagnie du médecin ; sans mot dire, elle leur désigna le couloir et n'esquissa pas un geste pour les suivre. Un long laps de temps s'écoula avant que le prêtre pût enfin agir comme il le souhaitait depuis le moment où Mary Carson avait téléphoné au presbytère : retrouver Meggie, être avec elle, insuffler à la pauvre petite créature, en marge de tous, quelque chose de lui, quelque chose qui fût à elle seule. Il doutait fort que qui que ce soit eût pleinement conscience de ce que Hal représentait pour elle.

Mais il lui fallut longtemps. Les derniers sacrements devaient être administrés au cas où l'âme n'aurait pas encore quitté le corps ; et il avait Fee à voir, et Paddy et des dispositions pratiques à conseiller. Le docteur était parti, déprimé, mais habitué depuis longtemps aux tragédies que l'éloignement de sa clientèle rendait inévitables. D'ailleurs, d'après ce qu'on lui avait appris, il n'aurait pas pu faire grand-chose, loin de l'hôpital et d'un personnel médical qualifié. Ces gens assumaient leurs risques, faisaient face à leurs démons et s'accrochaient. Son certificat de décès portait « croup ». Une maladie pratique.

Finalement, le père Ralph en eut aussi terminé. Paddy avait rejoint Fee; Bob et ses frères s'étaient rendus à l'atelier de menuiserie pour fabriquer le petit cercueil. Stuart était accroupi sur le plancher dans la chambre de ses parents; son profil pur, si semblable à celui de sa mère, se découpait sur le ciel nocturne, opaque, de l'autre côté de la fenêtre; d'où elle était étendue, la tête sur l'oreiller, la main de Paddy dans la sienne, Fee gardait les yeux rivés sur la forme sombre, ramassée, sur le sol froid. Il était 5 heures du matin et les coqs sortaient de leur sommeil, s'ébrouaient, mais le jour se ferait encore longtemps attendre.

Etole pourpre autour du cou, parce qu'il avait oublié qu'il la portait, le père Ralph se pencha sur le feu de la cuisine et en raviva les braises; il baissa la lampe posée sur la table derrière lui et s'assit sur un banc en face de Meggie pour mieux l'observer. Elle avait grandi, chaussé ses bottes de sept lieues qui menaçaient de le laisser à la traîne, dépouillé; il ressentit son désarroi plus intensément en la regardant que tout au long d'une vie remplie d'un doute lancinant, obsédant, quant à son courage. Mais de *quoi* avait-il peur? A quoi croyait-il ne pouvoir faire face si cela survenait? Il pouvait être fort envers les autres, il ne les craignait pas; mais en lui, dans l'attente de cet inexprimable qui se glissait dans sa conscience au moment où il s'y attendait le moins, il connaissait la peur. Alors que Meggie, née dix-huit ans après lui, grandissait, allait plus loin que lui.

Non qu'elle fût une sainte ni même beaucoup plus qu'une simple petite fille. Sinon qu'elle ne se plaignait jamais, qu'elle avait le don — ou était-ce une malédiction? — de l'acceptation. Quel que soit ce qui s'était produit — ou qui se produirait —, elle faisait front et l'acceptait, l'emmagasinait pour alimenter le brasier de son être. Qu'est-ce qui lui avait enseigné cela? Cela pouvait-il être enseigné? Ou l'idée qu'il se faisait d'elle serait-elle un reflet de ses propres fantasmes? Pouvait-on y attacher une réelle importance? Qu'est-ce qui comptait le plus : ce qu'elle était vraiment ou ce qu'elle croyait être?

— Oh! Meggie, murmura-t-il avec un soupir d'impuissance.

Elle tourna son regard vers lui et, tirée de sa peine, lui dédia un sourire d'amour absolu, débordant, ne célant rien; tabous et inhibitions de la féminité ne faisaient pas encore partie de son monde. Etre aimé de la sorte le bouleversa, le consuma, l'incita à demander à Dieu, dont il mettait parfois l'existence en doute, d'être n'importe laquelle de ses créatures dans l'univers, sauf Ralph de Bricassart. Etait-ce là l'inexprimable? Oh! Dieu, pourquoi l'aimait-il tant? Mais, comme à l'accoutumée, personne ne lui répondit; et, immobile, Meggie continuait à lui sourire.

A l'aube, Fee se leva pour préparer le petit déjeuner, Stuart l'aida, puis Mme Smith revint avec Minnie et Cat et les quatre femmes se tinrent près du feu à parler, phrases étouffées et monotones, unies dans une ligue de douleur que ni Meggie ni le prêtre ne comprenaient. Après le repas, Meggie se mit en devoir de capitonner la petite boîte unie et vernie, confectionnée par ses frères. Sans mot dire, Fee lui avait tendu une robe du soir en satin blanc, jauni par le temps, et elle adapta des bandes aux angles aigus de l'intérieur. Au fur et à mesure que le père Ralph déchirait les morceaux de serviette-éponge et les lui tendait, elle les revêtait de satin blanc et les passait sous la machine à coudre; puis, ils mirent le capiton en place à l'aide de punaises. Après quoi, Fee habilla son enfant de son plus beau costume de velours, le coiffa et le déposa dans le nid douillet, encore imprégné de son odeur, mais pas de celle de Meggie, qui avait pourtant été sa mère. Paddy ferma le couvercle en pleurant; c'était le premier enfant qu'il perdait.

Depuis bien des années, la salle de réception de Drogheda n'avait été utilisée qu'en guise de chapelle; un autel était érigé à l'une des extrémités, drapé d'un tissu brodé d'or par les nonnes de Sainte-Marie d'Urso auxquelles Mary Carson avait donné mille livres. Mme Smith avait orné la pièce et l'autel de fleurs hivernales cueillies dans les jardins de Drogheda, giroflées et roses tardives; des fleurs à profusion qui, en harmonie de rose et de rouille, semblaient trouver un écho dans leur parfum. Vêtu d'une aube dépourvue de dentelles et d'une chasuble noire, sans aucune ornementation, le père Ralph dit la messe de requiem.

Ainsi que dans la plupart des domaines de l'intérieur, Drogheda enterrait ses morts sur son propre sol. Le cimetière était situé au delà des jardins, sous l'ombrage des saules bordant le ruisseau, délimité par une grille de fer forgé peinte en blanc, noyé sous la verdure en dépit de la sécheresse car il bénéficiait de l'arrosage provenant des châteaux d'eau. Michael Carson et son enfant y reposaient dans un imposant caveau de marbre, surmonté d'un ange grandeur nature, épée brandie pour protéger leur repos. Mais une dizaine de tombes moins prétentieuses entouraient le mausolée, marquées simplement de sobres croix blanches, entourées d'arceaux de croquet peints en blanc pour délimiter avec précision leurs frontières; certaines croix ne portaient même pas de nom : un tondeur, sans parents connus, mort au cours d'une rixe dans le baraquement; deux ou trois chemineaux dont la dernière étape avait été Drogheda; des ossements asexués et totalement anonymes trouvés dans l'un des enclos; le cuisinier chinois de Michael Carson, à la dépouille mortelle protégée par un curieux parapluie écarlate dont les tristes petites clochettes semblaient perpétuellement faire tinter le nom Hi Sing, Hi Sing, Hi Sing; un conducteur de bestiaux dont la croix portait simplement CHARLIE LA CHOPE, UN BRAVE TYPE; et d'autres tombes, certaines abritant des femmes. Mais une telle simplicité n'était pas de mise pour Hal, neveu de la propriétaire; le cercueil fabriqué par ses frères fut glissé à l'intérieur du caveau et les portes de bronze au dessin tourmenté se refermèrent.

Le temps passa et, peu à peu, le nom de Hal ne fut plus prononcé que par hasard. Meggie se referma sur son chagrin; sa douleur se teintait de la désolation irraisonnée particulière aux enfants, magnifiée et mystérieuse; pourtant, sa jeunesse même ensevelissait sa peine sous les événements de chaque jour et émoussait son importance. Ses frères étaient peu affectés, à l'exception de Bob, suffisamment âgé pour éprouver de la tendresse à l'égard du bambin. Paddy était en proie à un chagrin profond, mais personne ne savait si Fee souffrait de cette perte. Elle semblait s'éloigner de plus en plus de son mari et de ses enfants, vide de sentiments. Paddy en était d'autant plus reconnaissant à Stuart pour la façon dont il s'occupait de sa mère, la tendresse grave qu'il lui vouait. Seul Paddy était à même de se souvenir de la réaction de Fee lorsqu'il était revenu de

Gilly sans Frank. Il n'y avait pas eu la moindre lueur d'émotion dans les yeux gris et doux, pas de durcissement ni d'accusation, de haine ou de tristesse. Elle paraissait simplement s'être attendue à ce que le coup tombât, comme un chien condamné attend la balle qui l'abattra, connaissant son destin et impuissant à l'éviter.

— Je savais qu'il ne reviendrait pas, dit-elle.

— Il reviendra peut-être, Fee, si tu lui écris tout de suite.

Elle secoua la tête mais, fidèle à elle-même, ne se livra à aucun commentaire. Mieux valait que Frank entamât une nouvelle vie loin de Drogheda, loin d'elle. Elle connaissait suffisamment son fils pour savoir qu'un mot de sa part le ramènerait à la maison, aussi ne devait-elle pas prononcer ce mot, jamais. Si les jours étaient longs et amers avec un goût d'échec, elle devait les supporter en silence. Paddy n'était pas l'homme de son choix, mais il n'y avait pas meilleur homme que Paddy. Elle se rangeait parmi les êtres dont les sentiments sont d'une telle intensité qu'ils en deviennent insupportables, intolérables, et l'enseignement qu'elle en avait tiré avait été d'autant plus dur. Pendant près de vingt-cinq ans, elle avait interdit à toute émotion d'ouvrir une brèche dans sa vie, et elle était convaincue qu'en fin de compte son opiniâtreté aurait un heureux résultat.

La vie continua selon le cycle sans fin, rythmé, de la terre; l'été suivant amena les pluies, pas la mousson, mais une forme atténuée de celle-ci, remplissant le ruisseau et les réservoirs, soulageant les racines altérées, fixant la poussière insidieuse. Les hommes pleuraient presque de joie en accomplissant leurs tâches saisonnières, assurés de ne pas avoir à transporter le foin pour nourrir les moutons. L'herbe avait duré juste le temps voulu, complétée par l'apport de buissons abattus, choisis dans l'espèce la plus juteuse; mais il n'en allait pas de même dans tous les domaines de la région. Le nombre de têtes de bétail d'une ferme dépendait entièrement de la superficie de ses pâturages. En raison de son immensité, Drogheda gardait un cheptel plus réduit par rapport à sa surface et, en conséquence, l'herbe durait plus longtemps.

L'agnelage et les semaines qui suivaient comptaient parmi les moments les plus agités de l'élevage du mouton. Chaque agneau nouveau-né devait être attrapé, sa queue cerclée, son oreille marquée et, s'il s'agissait d'un mâle dont on n'avait pas besoin pour la reproduction, il était aussi castré. Travail sale, abominable, qui trempait tous les hommes de sang car il n'existait qu'une seule façon de procéder à l'opération pour des milliers et des milliers d'agneaux mâles pendant le temps très court dont on disposait. Il fallait faire saillir les testicules entre les doigts, les arracher d'un coup de dents et les cracher à terre. Cerclées par des baguettes de fer-blanc, n'autorisant aucune croissance, les queues des agneaux mâles et femelles perdaient progressivement leur apport vital de sang, gonflaient, se desséchaient et tombaient.

Ces animaux, élevés à une échelle inconnue dans tous les autres pays et avec un minimum de main-d'œuvre, fournissaient la plus belle laine du monde. Tout était prévu pour parvenir à la production parfaite d'une laine sans défaut. Ainsi, il fallait procéder au déculottage; les abords de la partie postérieure de la toison se souillaient d'excréments, recelaient des cadavres de mouches, formaient une masse compacte et noirâtre, ce qui nécessitait une tonte très rase appelée déculottage. Quoique mieux payé, cela représentait un travail de tonte mineur, mais particulièrement déplaisant, puant, au milieu d'un nuage de mouches. Puis il y avait l'immersion; des milliers et des milliers de créatures bêlantes, bondissantes, étaient canalisées dans un dédale de bassins remplis de phénol pour les débarrasser des tiques et autres parasites et de diverses vermines. A ce bain succédait l'administration de médicaments, à l'aide d'énormes seringues enfoncées dans la gorge, afin d'éliminer les parasites intestinaux.

Dans l'élevage du mouton, le travail ne cessait jamais, jamais; quand une tâche était achevée, il était temps de procéder à une autre. Les bêtes étaient rassemblées, sélectionnées, déplacées d'un enclos à un autre, accouplées et désaccouplées, tondues et déculottées, immergées et soignées, abattues et expédiées à la vente. Drogheda comptait environ mille têtes de bovins de premier ordre en plus des moutons, mais ces derniers étaient infiniment plus rentables et, dans les bonnes années, Drogheda nourrissait un ovin à l'hectare, soit environ cent vingt-cinq mille moutons. Il s'agissait de mérinos qui n'étaient jamais vendus pour leur viande ; à la fin de sa production de laine, au terme de sa vie, l'animal était expédié et transformé en peau, en lanoline, suif et colle, servant aux tanneries et aux entreprises d'équarrissage.

Ce fut en quelque sorte par cette entremise que les classiques de la littérature de brousse prirent un sens aux yeux des Cleary. La lecture revêtit une importance plus considérable que jamais pour la famille retranchée du monde à Drogheda ; le seul contact avec l'extérieur avait lieu par le truchement magique de l'écriture. Mais il n'existait pas de bibliothèque ambulante, comme à Wahine, pas de visite hebdomadaire à la ville pour aller chercher le courrier et une provision de livres. Le père Ralph combla ce vide en pillant la bibliothèque de Gillanbone, la sienne et celle du couvent. A son grand étonnement, il ne tarda pas à s'apercevoir qu'en agissant ainsi, il avait créé une bibliothèque ambulante, par l'intermédiaire de Bluey Williams et de son camion postal. Celui-ci était constamment chargé de livres — volumes usés, écornés, transportés le long des routes entre

Drogheda et Bugela, Dibban-Dibban et Braich y Pwll, Cunnamutta et Each-Uisge, happés avec reconnaissance par des êtres affamés de culture et d'évasion. Les ouvrages auxquels on tenait le plus étaient toujours rendus à regret, mais le père Ralph et les sœurs enregistraient toujours soigneusement la destination des volumes. De temps en temps, le prêtre commandait des livres par l'intermédiaire du libraire de Gilly et, sans vergogne, les faisait débiter à Mary Carson en tant que dons à la Société bibliophile de Sainte-Croix.

A cette époque, le livre le plus osé ne contenait guère qu'un baiser chaste; les sens n'étaient jamais titillés par des passages érotiques et la ligne de démarcation entre les ouvrages destinés aux adultes et ceux écrits à l'intention des enfants se distinguait à peine; il n'y avait pas de honte à ce qu'un homme de l'âge de Paddy préférât les livres qui enchantaient sa progéniture : *Dot et le Kangourou,* les feuilletons relatant les aventures de Jim, Norah et Wally, l'œuvre immortelle de Mme Aenas Gunn, *Nous les Habitants du Nord du Queensland.* Dans la cuisine, le soir, chacun lisait à tour de rôle et à haute voix les poèmes de Banjo Paterson et de C.J. Dennis, s'enthousiasmant pour la chevauchée de *L'homme de la Rivière glacée* ou riant de *Un Gars sentimental* et de sa Doreen, ou essuyant subrepticement une larme sur le sort de *Mary la Rieuse* de John O'Hara.

Clancy de Overflow jouissait de la plus grande popularité et Banjo ralliait tous les suffrages en tant que poète. Vers de mirliton, peut-être, mais ces poèmes n'avaient jamais été écrits à l'intention d'un public cultivé; issus du peuple, ils étaient destinés au peuple et, à cette époque, un très grand nombre d'Australiens étaient capables de les réciter par cœur, oublieux des strophes ânonnées en classe d'auteurs tels que Tennyson et Wordsworth car ceux-ci avaient eu l'Angleterre pour inspiratrice. Les allusions aux myosotis et aux asphodèles ne signifiaient rien pour les Cleary qui vivaient sous un climat où ces fleurs étaient inconnues.

Les Cleary comprenaient mieux que beaucoup les poètes de la brousse car l'Overflow était tout proche, les mouvements des moutons sur la route aménagée pour le transport du bétail, une réalité. Il existait officiellement une voie prévue à cet effet qui serpentait non loin de la rivière Barwon, terre libre de la Couronne, à l'intention du bétail traversant la partie est du continent d'une extrémité à l'autre. Autrefois, les conducteurs laissaient leurs troupeaux affamés endommager sérieusement les herbages, ce qui leur valait d'être assez mal accueillis; ceux qui menaient les bovins suscitaient une réelle haine en passant au milieu des meilleurs pâturages que les colons s'étaient appropriés. De nos jours, avec la création de routes à bétail officielles, les toucheurs de bœufs ont rejoint la légende et les relations se sont faites plus amicales entre vagabonds et sédentaires.

Les rares conducteurs de bestiaux étaient chaleureusement accueillis lorsqu'ils entraient boire un verre de bière, bavarder un instant et partager le repas familial. Parfois, ils étaient accompagnés de femmes qui conduisaient de vieilles carrioles attelées à une malheureuse rosse, casseroles, gamelles et bidons accrochés tout autour, formant des guirlandes tintinnabulantes. Il s'agissait des femmes les plus gaies ou les plus moroses de tout l'intérieur du pays, errant de Kynuna à Curry. Etranges créatures; elles n'avaient jamais eu de toit au-dessus de leur tête, ni senti de matelas de kapok sous leurs reins endurcis. Elles pouvaient se mesurer aux hommes; elles étaient aussi aguerries et aussi coriaces que le pays qui se déroulait perpétuellement sous leurs pieds. Sauvages comme les oiseaux qui hantaient les arbres inondés de soleil, leurs enfants se tapissaient timidement derrière les roues de la carriole ou se mettaient à l'abri d'un tas de bois pendant que leurs parents causaient en prenant une tasse de thé, échangeaient histoires et livres, promettaient de transmettre de vagues messages à Hoopiton Collins ou à Brumby Waters et racontaient la fantastique aventure de Pommy, colon fraîchement débarqué à Gnarlunga. Parfois, ces nomades creusaient une tombe, enterraient enfant ou femme, mari ou camarade à l'ombre d'un arbre qui demeurerait à tout jamais gravé dans leur mémoire bien que semblable à celui qui le précédait, à celui qui le suivait pour ceux qui ne savaient pas comment le cœur peut distinguer un arbre unique, un arbre particulier, parmi une multitude d'autres arbres.

Meggie ignorait jusqu'à la signification de ce qu'il est convenu d'appeler « les réalités de la vie » car les circonstances s'étaient liguées pour lui interdire toutes les voies qui auraient pu les lui révéler. Son père dressait une barrière rigide entre les hommes et les femmes de la famille; les sujets tels qu'élevage ou accouplement n'étaient jamais évoqués devant elle et les hommes n'apparaissaient jamais à ses yeux sans être entièrement vêtus. Le genre de livres susceptibles de lui apporter quelques lumières n'arrivaient pas jusqu'à Drogheda et elle n'avait aucune amie de son âge qui pût contribuer à son éducation. Sa vie était rigoureusement axée sur les besoins de la maison et aux alentours immédiats ne se déroulait aucune activité sexuelle. Les créatures qui hantaient l'enclos central étaient pratiquement stériles. Mary Carson n'élevait pas de chevaux; elle les achetait à Martin King de Bugela; à moins de vouloir se lancer dans l'élevage, les étalons ne causaient que des ennuis et, de ce fait, Drogheda n'en possédait pas. Il y avait bien un taureau, une bête sauvage et farouche dont l'enclos était rigoureusement interdit. Et Meggie en avait tellement peur qu'elle ne s'en approchait jamais. Les chiens restaient enchaînés dans les chenils; leurs accouplements relevaient de l'opération scientifique et se déroulaient sous l'œil exercé de Paddy ou de Bob. Le temps manquait pour observer les cochons que Meggie détestait d'autant plus qu'elle devait les nourrir. En vérité, Meggie ne disposait pas du temps nécessaire pour observer quoi que ce soit en dehors de ses deux petits frères. Et l'ignorance engendre l'ignorance; un corps et un esprit qui n'ont pas été tirés du sommeil continuent à dormir à travers des événements qu'un être éveillé catalogue automatiquement.

Peu avant son quinzième anniversaire, alors que la chaleur de l'été approchait de son paroxysme, Meggie remarqua des taches brunes, striées, au fond de sa culotte. Au bout d'un jour ou deux il n'y en eut plus mais, six semaines plus tard, elles revinrent et sa honte se mua en terreur. La première fois, elle les avait attribuées à un essuyage négligent, d'où sa mortification, mais lors de leur deuxième apparition le doute ne fut plus permis; il s'agissait indéniablement de sang. Elle n'avait aucune idée de la provenance de cet écoulement, mais elle imagina qu'il suintait de son derrière. La lente hémorragie disparut au bout de trois jours et ne se renouvela pas pendant plus de deux mois; le lavage furtif de sa culotte passa d'autant plus facilement inaperçu qu'elle se chargeait de presque toute la lessive. La manifestation suivante s'accompagna de douleurs, première crise de sa vie qui dépassât l'embarras gastrique. Et le saignement était pire, bien pire. Elle subtilisa quelques vieux langes des jumeaux et les attacha sous sa culotte, terrifiée à l'idée que le sang pût la traverser.

La mort qui avait emporté Hal s'assimilait à la visite troublante d'une manifestation surnaturelle, mais cet écoulement sporadique de son être était affolante. Comment aurait-elle pu aller trouver Fee ou Paddy pour leur annoncer qu'elle était en train de mourir d'une maladie honteuse dont elle ne pouvait parler puisqu'elle se tenait dans son derrière? A Frank seul, elle aurait peut-être pu confier son tourment, mais il était si loin qu'elle ne savait où le trouver. Elle avait entendu les femmes causer de tumeurs et de cancers en prenant une tasse de thé, de morts horribles de leurs amies ou parentes après de longs mois de souffrances, et Meggie eut la certitude qu'une excroissance lui mangeait l'intérieur, montait insidieusement jusqu'à son cœur affolé. Oh, elle ne voulait pas mourir!

Ses idées relatives à la mort demeuraient vagues ; elle n'imaginait pas quel pourrait être son état dans cet incompréhensible autre monde. Pour Meggie, la religion équivalait à une série de lois plutôt qu'à une expérience spirituelle, donc elle ne pouvait pas l'aider. Paroles et phrases se bousculaient par bribes dans le désarroi de sa conscience, paroles prononcées par ses parents, leurs amis, les sœurs, les prêtres lors des sermons, par les méchants qui ourdissaient de terribles vengeances dans les livres. Il n'existait pour elle aucun moyen de pactiser avec la mort; nuit après nuit, elle demeurait étendue en proie à une terreur indicible, s'efforçant d'imaginer la mort, nuit perpétuelle ou abîme de flàmmes qu'il lui faudrait franchir pour atteindre les champs dorés de l'autre côté, ou sphère comparable à l'intérieur d'un gigantesque ballon empli de chants célestes, baigné d'une lumière diffuse entrant par d'innombrables fenêtres de verre teinté.

Une sorte de calme prit possession d'elle, une quiétude ne s'apparentant en rien à l'isolement serein et rêveur de Stuart; chez elle, cela tenait de la stupeur pétrifiée d'un animal envoûté par le regard fixe d'un reptile. Quand on lui adressait la parole à brûle-pourpoint, elle sursautait; si les petits l'appelaient en criant, elle s'affairait autour d'eux, se reprochant amèrement sa négligence. Et chaque fois qu'elle pouvait profiter d'un rare moment de loisir, elle se précipitait au cimetière pour retrouver Hal, le seul mort qu'elle connût.

Tout le monde remarqua le changement intervenu

chez Meggie mais l'accepta comme un phénomène de croissance, sans jamais se demander ce que cette croissance impliquait chez elle; elle cachait trop bien sa détresse. Les anciennes leçons avaient été assimilées et le contrôle qu'elle exerçait sur elle-même avait quelque chose de stupéfiant, tout comme sa fierté. Personne ne devait jamais savoir ce qui se passait en elle, aucune lézarde dans la façade, et cela jusqu'au bout; de Fee à Stuart en passant par Frank, les exemples ne manquaient pas, et elle était du même sang, c'était là une part de sa nature et de son héritage.

Pourtant, lors de ses fréquentes visites à Drogheda, le père Ralph remarqua que le changement intervenu chez Meggie coïncidait avec une charmante métamorphose féminine entraînant peu à peu l'amoindrissement de sa vitalité, et sa préoccupation se mua en inquiétude, puis en angoisse. Un dépérissement physique et intellectuel survenait sous ses yeux; Meggie échappait à tous et il ne supportait pas l'idée de la voir se transformer en une autre Fee. Le petit visage pincé n'était plus qu'yeux grands ouverts sur quelque épouvantable perspective, la peau laiteuse, autrefois charnue, qui ne se hâlait jamais et ne montrait jamais de taches de rousseur, devenait de plus en plus translucide. Si le processus continue, songea-t-il, un jour elle se noiera en elle-même, errera à travers l'univers comme un rayon presque invisible de lumière grise, vitreuse, à peine discernable depuis l'angle de la vision, là où les ombres se tapissent, où les sillons noirs rampent au bas d'un mur blanc.

Eh bien, il découvrirait ce qu'elle avait, même s'il était obligé de le lui arracher par la force. A cette époque, Mary Carson se révélait plus exigeante que jamais, jalouse du moindre instant qu'il passait dans la maison du régisseur; seule, l'infinie patience qu'il déployait, sa subtilité, voire son machiavélisme, lui permettaient de cacher sa révolte devant l'âpreté possessive de la vieille femme. Même son autre préoccupation, concernant

Meggie, ne parvenait pas toujours à supplanter sa sagesse politique, le ronronnement de contentement qui l'envahissait en observant l'impact de son charme sur un sujet aussi réfractaire que Mary Carson. Tandis que la sollicitude, longtemps assoupie, visant au bien-être d'une seule autre personne lui tourmentait l'esprit, il devait admettre l'existence d'une autre entité cohabitant en lui : la cruauté froide du chat pour l'emporter sur une femme maîtresse d'elle-même, vaniteuse, l'espoir de la ravaler au rang d'idiote. Oh, comme ce jeu lui plaisait! La vieille araignée n'aurait jamais raison de lui.

Un jour, il réussit à se libérer de Mary Carson et traqua Meggie qu'il trouva dans le petit cimetière, à l'ombre de l'ange vengeur, livide et bien peu martial. Elle considérait le visage fade de la statue, alors que le sien exprimait la peur; exquis contraste entre le sensible et l'insensible, pensa le prêtre. Mais que faisait-il là, à courir derrière elle comme une vieille mère poule, alors qu'il appartenait à Fee ou à Paddy de découvrir les raisons du tourment de leur fille? Mais ses parents n'avaient rien remarqué parce qu'elle représentait moins pour eux que pour lui. Et, en sa qualité de prêtre, il devait réconforter les âmes souffrantes, solitaires et désespérées. Il ne pouvait supporter de la voir malheureuse, pourtant il lui répugnait de s'attacher à elle par le biais d'une accumulation d'incidents. Il puisait chez elle tout un arsenal d'événements et de souvenirs, et il avait peur. L'amour qu'il lui vouait et son instinct de prêtre, le portant à offrir le secours spirituel que l'on pouvait attendre de lui, luttaient contre l'horrible obsession de se sentir absolument indispensable à un autre être humain, et qu'un autre être humain lui devînt absolument indispensable.

Lorqu'elle l'entendit marcher sur l'herbe, elle se retourna pour lui faire face, croisa les mains sur ses genoux et baissa les yeux. Il s'assit près d'elle, bras ramenés autour des jambes, soutane répandue avec négligence comme si aucun corps ne l'habitait. Inutile de tergiverser, pensa-t-il. Si elle le pouvait, elle lui échapperait.

— Qu'y a-t-il, Meggie?

— Rien, mon père.

— Je ne te crois pas.

— Je vous en prie, mon père, je vous en prie! Je ne peux pas vous le dire.

— Oh, Meggie! Fille de peu de foi! Tu peux tout me dire. C'est pour ça que je suis ici. C'est pour ça que je suis prêtre. Je suis le représentant élu de Notre-Seigneur sur terre. J'écoute en son nom, je pardonne même en son nom et, ma petite Meggie, il n'est rien dans l'univers de Dieu que lui et moi ne puissions pardonner. Tu dois me dire ce qui te tracasse, ma chérie. Aussi longtemps que je vivrai, j'essaierai de t'aider, de te protéger. Une sorte d'ange gardien, si tu veux, bien préférable à ce bloc de marbre que tu regardais. (Il prit une longue inspiration et se pencha.) Meggie, si tu m'aimes, dis-moi ce qui te tourmente.

— Mon père, je suis en train de mourir, dit-elle en se tordant les mains. J'ai un cancer!

Tout d'abord, il faillit céder à un grand éclat de rire, énorme jaillissement de soulagement, puis il considéra la peau fine, bleuie, l'amaigrissement des petits bras, et il lui vint une atroce envie de pleurer et de crier, d'invectiver le ciel devant une telle injustice. Non, Meggie n'avait pu imaginer tout cela sans le moindre fondement; il devait y avoir une raison valable.

— Et qu'est-ce qui te fait croire ça, mon petit cœur?

Il fallut longtemps pour qu'elle se décidât à avouer et, quand elle s'y résolut, il dut pencher la tête en direction de ses lèvres en une inconsciente parodie de l'attitude de prêtre et pénitent au confessionnal, la main cachant son visage des yeux de la fillette, son oreille finement ourlée offerte à la souillure.

— Il y a six mois, mon père, que ça a commencé. J'ai très mal au ventre, mais pas comme une indigestion et... oh, mon père... beaucoup de sang me sort du derrière.

Il rejeta la tête en arrière, geste auquel il ne s'était jamais laissé aller dans un confessionnal; il regarda la petite tête courbée sous la honte et tant d'émotions l'assaillirent qu'il ne parvenait pas à reprendre ses esprits. Absurde, délicieux soulagement; colère contre Fee qu'il eût volontiers tuée, admiration mêlée d'effroi à l'idée qu'un petit être comme elle pût endurer un tel calvaire; et une gêne horrible, envahissante.

Il était tout autant prisonnier de l'époque que Meggie. Dans toutes les villes, de Dublin à Gillanbone, de sales gamines se glissaient délibérément dans le confessionnal pour lui chuchoter leurs fantasmes, les travestissant en réalités, préoccupées par le seul aspect du prêtre qui les intéressât — sa virilité —, se refusant à admettre leur impuissance à l'éveiller. Elles susurraient des récits dans lesquels des hommes auraient violé chacun de leurs orifices, évoquaient des jeux interdits avec d'autres filles, la luxure et l'adultère; quelques-unes, dotées d'une imagination plus vive, allaient même jusqu'à fournir les détails de relations sexuelles avec un prêtre. Et il les écoutait, totalement insensible, éprouvant seulement un mépris écœuré car il avait connu les rigueurs du séminaire et, en homme de sa trempe, avait assimilé sans peine ce genre de leçon. Mais les filles ne mentionnaient jamais, jamais, l'activité secrète de leur corps qui les mettait à l'écart, les avilissait.

En dépit de tous ses efforts, il ne put réfréner le flot brûlant qui se répandait sous sa peau; le père Ralph de Bricassart tourna la tête et, le visage caché dans sa main, se débattit contre l'humiliation de son premier rougissement.

Mais cela n'aidait en rien sa petite Meggie. Quand il fut assuré que le pourpre l'avait déserté, il se leva, la souleva et l'assit sur le dessus d'un piédestal de marbre afin que son visage fût à la même hauteur que le sien.

— Meggie, regarde-moi. Non, regarde-moi!

Elle leva vers lui un regard de bête traquée et vit qu'il souriait; un incommensurable soulagement déferla sur son âme. Il ne sourirait pas si elle était mourante; elle savait parfaitement combien elle lui était chère car il ne lui avait jamais caché son sentiment.

— Meggie, tu n'es pas en train de mourir et tu n'as pas de cancer. Ce n'est pas mon rôle de te dire ce qui se passe, mais je crois que je dois m'y résoudre. Ta mère aurait dû t'en parler depuis longtemps, t'y préparer, et je n'arrive pas à comprendre pourquoi elle ne l'a pas fait.

Il enveloppa d'un bref regard l'impassible ange de pierre qui le dominait et émit un rire étrange, à demi étranglé.

— Seigneur Dieu! Quelles tâches tu m'imposes! (Ses yeux se reportèrent sur Meggie.) Au fil des ans, quand tu vieilliras et que tu en apprendras davantage sur les réalités de la vie, tu auras peut-être tendance à te rappeler ce jour avec gêne, avec honte même, mais n'en garde pas ce souvenir-là, Meggie. Tout cela n'a absolument rien de honteux ou de gênant. Dans le cas présent, comme toujours, je ne suis que l'instrument de Dieu. C'est ma seule fonction sur terre; je ne dois en connaître aucune autre. Tu avais très peur, tu avais besoin d'aide et Notre-Seigneur t'a envoyé son secours par l'entremise de ma personne. Souviens-toi seulement de ça, Meggie. Je suis un homme de Dieu et je parle en son nom.

« Il t'arrive seulement ce qui arrive à toutes les femmes, Meggie. Une fois par mois et pendant plusieurs jours, tu auras des écoulements de sang. Ces manifestations interviennent généralement vers douze ou treize ans... Quel âge as-tu?

— J'ai quinze ans, mon père.

— Quinze ans? Toi? s'écria-t-il en secouant la tête avec incrédulité. Eh bien, puisque tu me le dis, je n'ai pas à mettre ta parole en doute. Dans ce cas, on peut considérer que tu es en retard. Mais ce phénomène continuera chaque mois jusqu'à ce que tu aies une cinquantaine d'années; chez certaines femmes il intervient aussi régulièrement que les phases de la lune, chez d'autres il est moins prévisible. Chez quelques-unes il n'est pas accompagné de douleurs, tandis que d'autres pauvres créatures souffrent beaucoup. On ignore les raisons de cette différence. Mais cet écoulement de sang est signe de ta maturité. Sais-tu ce que maturité veut dire?

— Bien sûr, mon père. Je lis! Ça veut dire que je suis grande.

— Bon, c'est là une explication suffisante. Tant que les écoulements sanguins persistent, la femme est en mesure d'avoir des enfants. Ce saignement entre dans le cycle de la procréation. A l'époque qui a précédé la Chute, il paraît qu'Eve n'avait pas de menstruations. C'est le nom donné à ce phénomène, Meggie, menstruation. Mais quand Adam et Eve ont succombé à la tentation, Dieu a puni la femme davantage que l'homme parce qu'elle était plus responsable que lui de leur chute. Elle a été l'instrument de la tentation pour l'homme. Te rappelles-tu les paroles de la Bible? « Tu enfanteras dans la douleur. » Ainsi, Dieu entendait que pour la femme tout ce qui concernait les enfants serait source de souffrances. De grandes joies, mais aussi de grandes peines. C'est ton lot, Meggie, et tu dois l'accepter.

Elle l'ignorait, mais il aurait dispensé réconfort et aide de la même façon à n'importe lequel de ses paroissiens, bien qu'en se sentant infiniment moins concerné à titre personnel, avec autant de bonté, mais sans jamais s'identifier au tourment. Et, peut-être non sans logique, le réconfort et l'aide qu'il dispensait n'en étaient que plus grands. Comme s'il était allé au delà de détails aussin anodins et que ceux-ci dussent obligatoirement s'effacer. Ce n'était pas conscient chez lui; aucun être venant à lui pour être secouru n'eut jamais le sentiment qu'il le méprisait ou blâmait ses faiblesses. Nombre de prêtres laissaient leurs ouailles sur une impression de culpabilité, d'indignité ou de bestialité, lui pas. Il leur donnait à entendre que, lui aussi, avait ses chagrins et ses combats; chagrins insoupçonnés, combats incompréhensibles peut-être, mais pas moins réels. Il ignorait — et il n'aurait jamais pu l'admettre — que la majeure partie de sa séduction et de l'attirance qu'il exerçait ne résidait pas dans sa personne, mais provenait de cette distance quasi divine, cette parcelle essentiellement humaine qui animait son âme.

En ce qui concernait Meggie, il lui parla comme Frank l'aurait fait, d'égal à égal. Mais il était plus âgé, plus sage et infiniment plus cultivé que Frank et il se révéla un confident plus satisfaisant. Et comme sa voix était belle, avec ce léger accent irlandais teinté de relents britanniques, apte à dissiper peur et angoisse. Meggie était jeune, débordante de curiosité, avide de savoir tout ce qu'il y avait à connaître, et pas le moins du monde perturbée par les philosophies déroutantes de ceux qui constamment cherchent en eux-mêmes non le *qui*, mais le *pourquoi*. Il était son ami, l'idole chérie de son cœur, le nouveau soleil de son firmament.

— Pourquoi est-ce que ça n'était pas votre rôle de m'apprendre tout ça, mon père? Pourquoi disiez-vous que ça aurait dû être m'man?

— C'est un sujet dont les femmes ne discutent qu'entre elles. Parler de la menstruation ou des règles devant un homme ne se fait pas, Meggie. C'est un domaine strictement réservé aux femmes.

— Pourquoi?

Il secoua la tête et éclata de rire.

— Pour être tout à fait franc, je ne sais pas. Je souhaiterais même que ce ne soit pas le cas. Mais tu dois me croire sur parole si je te dis que c'est ainsi. N'en parle jamais à qui que ce soit à part ta mère, et ne lui précise pas que nous en avons discuté ensemble.

— Entendu, mon père. Je ne lui dirai pas.

Rôle difficile que celui d'une mère, tant de considérations d'ordre pratique à se rappeler!

— Meggie, il te faut rentrer chez toi et dire à ta mère que tu as eu des écoulements de sang; elle te montrera comment protéger ton linge.

— M'man en a aussi?

— Toutes les femmes en bonne santé en ont. Mais quand elles attendent un enfant, le sang s'arrête jusqu'à la naissance du bébé. C'est ainsi qu'elles savent qu'elles abritent une nouvelle vie.

— Pourquoi est-ce que le sang s'arrête de couler quand elles attendent un bébé?

— Je ne sais pas, vraiment pas. Je suis désolée, Meggie.

— Pourquoi le sang me sort du derrière, mon père?

Il jeta un regard furieux à l'ange qui le considéra avec sérénité, insensible aux ennuis que connaissent les femmes. Les choses devenaient trop épineuses pour le père Ralph. Stupéfiant qu'elle insistât alors qu'elle faisait généralement montre de tant de réticences! Mais, comprenant qu'il était devenu source de connaissance pour elle, il tenait à éviter à tout prix qu'elle perçût sa gêne, son trouble. Elle risquait de se replier sur elle-même et de ne jamais plus lui poser de questions.

— Le sang ne s'écoule pas de ton derrière, Meggie, répondit-il, faisant appel à toute sa patience. Il vient d'un passage caché sur le devant de ton corps, un passage qui est en rapport étroit avec les enfants.

— Oh! Vous voulez dire que c'est par là qu'ils sortent? s'exclama-t-elle. Je m'étais souvent demandé comment ils sortaient.

Il sourit, la souleva par la taille pour la faire descendre du piédestal.

— Maintenant, tu es au courant. Sais-tu ce qui fait les enfants, Meggie?

— Oh, oui! répondit-elle en se rengorgeant, heureuse de savoir enfin quelque chose. On les fait pousser.

— Et sais-tu comment ils commencent à pousser?

— Quand on les veut très fort.

— Qui t'a dit ça?

— Personne. Je l'ai compris toute seule, dit-elle.

Le père Ralph ferma les yeux et songea qu'il ne pouvait être taxé de lâcheté en laissant les choses là où elles étaient. Quand bien même il la prenait en pitié, il lui était impossible de l'aider davantage. L'épreuve lui suffisait amplement.

7

Mary Carson allait avoir soixante-douze ans, et elle tirait des plans en prévision de la plus grande réception que Drogheda eût connue depuis cinquante ans. Son anniversaire tombait au début de novembre alors que la chaleur était encore supportable — tout au moins pour les habitants de Gilly.

— Rappelez-vous ce que je vous dis, madame Smith, murmura Minnie. N'oubliez pas! Elle est née le 3 novembre!

— Où veux-tu en venir, Min? demanda la gouvernante.

Le mystère typiquement celtique dont s'entourait Minnie tapait sur les nerfs de cette robuste Anglaise.

— Comment, vous ne comprenez pas? Ça prouve que c'est une Scorpion. Une Scorpion... vous vous rendez compte?

— Je ne comprends rien à toutes ces fariboles, Min!

— Le pire des signes pour une femme, ma chère

madame Smith. Des filles du diable, voilà ce que c'est! renchérit Cat, les yeux exorbités, en se signant.

— Franchement, Minnie, toi et Cat vous êtes vraiment impossibles, laissa tomber Mme Smith, pas le moins du monde impressionnée.

Mais la surexcitation régnait, allait encore s'amplifier. La vieille araignée, du fond de son fauteuil à oreilles, au centre de sa toile, lançait un flot ininterrompu d'ordres; il fallait faire ceci, il fallait faire cela, sortir telle chose, en ranger une autre. Les deux servantes irlandaises astiquaient l'argenterie et lavaient la plus belle vaisselle de porcelaine Haviland, retransformaient la chapelle en salle de réception et préparaient de longues tables pour les buffets dans les pièces adjacentes.

Gênés plus qu'aidés par les derniers-nés de la famille Cleary, Stuart et une équipe d'ouvriers agricoles fauchaient et tondaient les pelouses, désherbaient les parterres de fleurs, répandaient de la sciure humide sur les vérandas pour faire disparaître la poussière incrustée dans les carrelages et de la craie sèche sur le sol des pièces de réception afin qu'on pût y danser. L'orchestre de Clarence O'Toole devait venir de Sydney en même temps qu'huîtres et crevettes, crabes et langoustes; plusieurs femmes de Gilly avaient été embauchées pour aider aux préparatifs. L'effervescence régnait dans toute la région, de Rudna Hunish à Inishmurray, de Bugela à Narrengang.

Tandis que le marbre du hall résonnait sous les bruits inhabituels d'objets déplacés à grand renfort d'interpellations et d'exclamations, Mary Carson s'extirpa de son fauteuil à oreilles et alla s'installer derrière son bureau; elle tira à elle une feuille de vélin, plongea sa plume dans l'encrier et commença à écrire. Elle ne marqua aucune hésitation, même pas sur l'emplacement d'une virgule. Au cours des cinq dernières années, elle avait élaboré chacune des phrases compliquées dans sa tête, la polissant jusqu'à atteindre le mot juste, la perfection. La rédaction ne lui demanda pas longtemps; elle remplissait deux feuilles de papier dont l'une n'était couverte qu'aux deux tiers. Mais pendant un instant, la dernière phrase achevée, elle demeura assise dans son fauteuil; le bureau à cylindre se dressait à côté d'une grande fenêtre et il lui suffisait de tourner la tête pour apercevoir les pelouses. Un rire venant de l'extérieur attira son attention, tout d'abord sans grand intérêt, puis il suscita chez elle la hargne, une rage sourde. Dieu le *damne, lui* et son obsession!

Le père Ralph s'était mis en tête d'apprendre à Meggie à monter à cheval ; quoique fille de la campagne, elle n'avait jamais enfourché une monture jusqu'à ce que le prêtre remédiât à cette carence. En effet, assez curieusement, les jeunes filles d'un milieu rural, issues de familles pauvres, montaient rarement à cheval. C'était là un passe-temps réservé aux jeunes femmes fortunées aussi bien à la campagne qu'en ville. Evidemment, les jeunes filles de la classe sociale de Meggie étaient capables de conduire des charrettes, des attelages de chevaux de trait, voire des tracteurs et même des voitures, mais elles montaient rarement. L'art équestre était trop coûteux.

Un beau jour, le père Ralph avait rapporté de Gilly de courtes bottes à tige élastique et des jodhpurs et lancé le tout bruyamment sur la table de la cuisine des Cleary. Paddy s'était arraché à sa lecture d'après-dîner et avait levé les yeux avec surprise.

— Eh bien, qu'est-ce que c'est que ça, mon père? demanda-t-il.

— Une tenue de cheval pour Meggie.

— Quoi? tonna Paddy.

— Quoi? fit Meggie d'une voix étranglée.

— Une tenue de cheval pour Meggie. Franchement, Paddy, vous êtes indécrottable! Héritier du plus vaste et du plus riche domaine de la Nouvelle-Galles du Sud, vous n'avez jamais laissé votre fille unique monter à cheval! Comment croyez-vous qu'elle pourra tenir sa place à côté de miss Carmichael, miss Hopeton et Mme Anthony King, toutes cavalières émérites? Meggie doit apprendre à monter en amazone et à califourchon, vous m'entendez? Je sais que vous êtes occupé, alors j'enseignerai moi-même l'art équestre à Meggie, que ça vous plaise ou non. Si d'aventure cela perturbait ses tâches domestiques, tant pis. Pendant quelques heures chaque semaine, Fee devra se passer de Meggie, et il n'y a pas à revenir là-dessus.

Paddy était incapable de tenir tête à un prêtre; à partir de ce moment, Meggie apprit à monter. Des années durant, elle avait souhaité en avoir la possibilité et, une fois, elle en avait timidement formulé la prière à son père, mais celui-ci oublia presque instantanément la requête et elle ne la réitéra jamais, croyant que l'attitude de son père équivalait à une fin de non-recevoir. Apprendre à monter sous l'égide du père Ralph la plongea dans une joie folle qu'elle dissimula car, à cette époque, son adoration pour le prêtre s'était muée en une ardente passion de gamine. Tout en sachant que cela relevait du domaine de l'impossible, elle s'autorisait à rêver de lui, à imaginer ce qu'elle ressentirait dans ses bras, sous ses baisers. Ses divagations n'allaient pas plus loin; elle n'avait aucune idée de ce qui pouvait s'ensuivre, pas même que quoi que ce soit s'ensuivît. Et si elle savait que c'était mal de rêver ainsi d'un prêtre, il lui semblait au-dessus de ses forces de s'en abstenir. Elle ne pouvait que faire en sorte de lui celer la nouvelle tournure prise par ses pensées.

Tandis que Mary Carson les épiait derrière les fenêtres du salon, le père Ralph et Meggie revenaient des écuries, situées à l'extrémité de la grande maison en direction du logement du régisseur. Les employés du domaine montaient de malheureuses bêtes qui, de toute leur vie, n'avaient jamais connu l'intérieur d'une écurie, se contentant d'errer dans les cours ou de brouter l'herbe de l'enclos central quand elles connaissaient un peu de repos. Mais il y avait de belles écuries à Drogheda bien que le père Ralph fût seul, à l'époque, à les utiliser. Mary Carson y gardait deux pur-sang pour l'usage exclusif du prêtre; pas de vieilles rosses décharnées pour lui. Lorsqu'il lui avait demandé si Meggie pouvait monter l'un de ces chevaux, elle n'avait pu s'y opposer. La jeune fille était sa nièce, et le père Ralph avait raison. Il fallait qu'elle fût capable de se tenir convenablement en selle.

Du tréfonds de son vieux corps boursouflé, Mary Carson eût souhaité refuser ou tout au moins les accompagner. Mais elle ne pouvait s'opposer à la requête du prêtre, pas plus que se hisser encore sur le dos d'un cheval. Et elle cédait à l'exaspération en les voyant traverser la pelouse ensemble; l'homme en culotte et bottes montant jusqu'aux genoux, chemise blanche largement ouverte, aussi séduisant et gracieux qu'un danseur; la jeune fille en jodhpurs, mince, d'une beauté un peu garçonnière. Il émanait du couple une impression d'amitié sereine; pour la millionième fois, Mary Carson se demanda pourquoi personne, en dehors d'elle, ne déplorait leurs relations étroites, presque intimes. Paddy s'en émerveillait, Fee — cette bûche! — ne disait rien, comme à l'accoutumée, tandis que les garçons les traitaient en frère et sœur. Etait-ce parce qu'elle-même aimait Ralph de Bricassart qu'elle percevait ce que personne d'autre ne voyait? Ou son imagination lui jouerait-elle des tours? N'y avait-il vraiment rien d'autre que l'amitié d'un homme de près de trente-cinq ans pour une fille pas encore tout à fait femme? Sottise! Aucun homme de trente-cinq ans, pas même Ralph de Bricassart, ne pouvait ignorer l'épanouissement de la rose. Pas même Ralph de Bricassart? Ah! Surtout pas Ralph de Bricassart! Rien n'échappait jamais à cet homme.

Un tremblement s'empara de ses mains; la plume laissa s'écouler des taches bleu-noir au bas de la page. Les doigts noueux tirèrent une autre feuille du casier, replongèrent la plume dans l'encrier, réécrivirent les mots avec autant de sûreté que la première fois. Puis elle se souleva et déplaça sa masse jusqu'à la porte.

— Minnie, Minnie! appela-t-elle.

— Dieu nous vienne en aide, c'est elle! s'écria la servante d'une voix claire dans la salle de réception. (Son visage piqueté de taches de rousseur passa par l'entre-bâillement de la porte.) Et qu'est-ce que je peux faire pour vous, ma bonne madame Carson? demanda-t-elle, tout en se demandant pourquoi la vieille femme n'avait pas sonné Mme Smith, selon son habitude.

— Va me chercher le poseur de clôture et Tom. Que tous deux viennent ici immédiatement.

— Faut pas que je prévienne d'abord Mme Smith?

— Non, contente-toi de faire ce qu'on te dit, ma fille!

Tom, le jardinier-homme à tout faire, un vieux bonhomme ratatiné, avait longtemps cheminé sur les routes avant d'accepter un travail temporaire dix-sept ans auparavant; étant tombé amoureux des jardins de Drogheda, il n'avait pu envisager de les abandonner. Le poseur de clôture, un vagabond comme tous ceux de son espèce, avait été distrait de sa perpétuelle tâche, consistant à tendre des fils de fer entre les pieux des enclos, afin de réparer les piquets blancs autour de la maison en prévision de la réception. Terrifiés par cette convocation, ils arrivèrent en quelques minutes et se tinrent devant Mary Carson en pantalons de travail, bretelles et gilets de flanelle, triturant nerveusement leurs chapeaux.

— Savez-vous écrire tous les deux? s'enquit Mme Carson.

Ils opinèrent, ravalèrent leur salive.

— Très bien. Je veux que vous me regardiez signer cette feuille de papier, puis que vous apposiez vos nom et adresse juste au-dessous de ma signature. C'est compris?

Ils acquiescèrent.

— Tâchez de signer exactement comme vous le faites d'habitude, et écrivez lisiblement votre adresse permanente. Je me moque éperdument qu'il s'agisse d'un bureau de poste ou autre, du moment qu'on peut vous joindre le cas échéant.

Les deux hommes ne la perdirent pas des yeux pendant qu'elle signait; pour la première fois, son écriture n'était pas resserrée. Tom s'avança, fit laborieusement cracher la plume sur le papier, puis le poseur de clôture écrivit « Chas. Hawkins » en lettres rondes, suivi d'une adresse à Sydney. Mary Carson les observa attentivement; puis, quand ils eurent terminé, elle remit à chacun un billet de dix livres en leur intimant sèchement d'avoir à se taire.

Meggie et le prêtre avaient depuis longtemps disparu. Mary Carson s'assit lourdement à son bureau, tira à elle une autre feuille et recommença à écrire. Cette fois, sa rédaction ne fut pas menée à bien avec autant de facilité et d'aisance. A d'innombrables reprises, elle s'interrompit pour réfléchir, puis, les lèvres serrées en un sourire sans joie, elle reprenait. Elle semblait avoir beaucoup à dire; ses mots étaient serrés, ses lignes très proches les unes des autres, et elle eut besoin d'une deuxième feuille. Finalement, elle relut ce qu'elle avait écrit, réunit les feuillets, les plia et les glissa dans une enveloppe qu'elle scella avec de la cire rouge.

Seuls, Paddy, Fee, Bob, Jack et Meggie devaient se rendre à la réception; à leur grand soulagement intérieur, Hughie et Stuart furent désignés pour s'occuper des petits. Exceptionnellement, Mary Carson avait suffisamment délié les cordons de sa bourse pour que les mites puissent en sortir, et chacun était habillé de neuf avec les plus beaux vêtements que Gilly pût offrir.

Paddy, Bob et Jack étaient emprisonnés dans des chemises à plastron empesé, des cols hauts et raides, des gilets et des nœuds papillons blancs, de rigueur avec les queues-de-pie et les pantalons noirs. Ce serait une réception très cérémonieuse, habits et cravates blanches pour les hommes, robes à traîne pour les femmes.

La robe en crêpe de Fee, d'un ton gris-bleu, lui seyait à ravir; elle tombait jusqu'à terre en plis moelleux; le décolleté était assez large mais les manches se resserraient étroitement aux poignets; l'ensemble était couvert de perles un peu dans le style de la reine Mary. Comme l'impérieuse souveraine, elle avait ramené ses cheveux sur le haut de la tête en mèches vaporeuses et le magasin de Gilly avait fourni le tour de cou en perles et les boucles d'oreilles assorties, parfaites imitations, susceptibles de tromper tous les invités à moins qu'on n'y regardât de très près. Un superbe éventail en plumes d'autruche, de la même couleur que sa robe, complétait l'ensemble, plus discret qu'il n'apparaissait à première vue; il faisait très chaud pour la saison et, à 7 heures du soir, le thermomètre dépassait encore 37°.

Lorsque Fee et Paddy émergèrent de leur chambre, les garçons restèrent bouche bée. Jamais encore, ils n'avaient vu leurs parents aussi royalement beaux, aussi différents. Paddy portait bien ses soixante et un ans, mais avec tant de distinction qu'on l'eût pris pour un homme d'Etat; quant à Fee, elle paraissait subitement rajeunie de dix ans — jamais on ne lui aurait donné ses quarante-huit ans — belle, vivante, magiquement souriante. Jims et Patsy éclatèrent en bruyants sanglots, refusant de regarder m'man et p'pa jusqu'à ce que ceux-ci retrouvent leur apparence habituelle et, dans l'émoi de la consternation, la dignité fut oubliée; m'man et p'pa se conduisirent comme à l'accoutumée et les jumeaux rayonnèrent bientôt d'admiration.

Pourtant, ce fut Meggie qui retint le plus l'attention de tous. Se rappelant peut-être sa propre adolescence et enrageant à l'idée que toutes les autres jeunes femmes invitées avaient commandé leurs toilettes à Sydney, la couturière de Gilly avait mis tout son cœur dans la robe de Meggie. Elle était sans manches, avec un décolleté bas agrémenté d'un drapé; Fee avait bien émis quelques réserves, mais Meggie s'était faite suppliante et la couturière avait assuré que toutes les jeunes filles porteraient des robes de ce genre — voulait-elle qu'on se moque de Meggie, fagotée comme une petite paysanne? Et Fee avait cédé de bon gré. En crêpe Georgette, tissu de soie d'une bonne tombée, la robe soulignait à peine la taille mais était ceinturée sur les hanches par un large drapé de la même matière. C'était une symphonie d'un ton gris-rose, couleur appelée à l'époque cendre de roses, rehaussée de minuscules boutons de roses que Meggie avait aidé la couturière à broder sur toute la toilette. Et Meggie s'était coupé les cheveux aussi court que possible, à la garçonne, mode qui envahissait même les petites villes comme Gilly. Ses boucles ne lui permettaient évidemment pas de se conformer exactement aux critères en vogue mais cette coiffure de pâtre convenait à ses traits.

Paddy ouvrit la bouche pour rugir devant cette inconnue dans laquelle il ne retrouvait pas sa petite Meggie, mais il la referma sans prononcer les paroles qui lui brûlaient les lèvres; la leçon qui lui avait été infligée au presbytère avec Frank, voilà bien longtemps, avait été assimilée. Non, il ne la garderait pas toujours; sa petite Meggie était devenue une jeune fille, intimidée par la stupéfiante transformation que son miroir lui avait révélée. Pourquoi rendre les choses plus difficiles à cette pauvre gosse?

Il tendit la main vers elle, sourit tendrement.

— Oh Meggie, tu es ravissante! Viens, je veux être ton cavalier; Bob et Jack escorteront ta mère.

Elle allait avoir dix-sept ans le mois prochain et, pour la première fois de sa vie, Paddy se sentit vieux, mais elle n'en restait pas moins le trésor de son cœur. Rien ne devait gâcher son entrée dans le monde.

A pas lents, ils gagnèrent la grande maison, bien avant les premiers invités car ils devaient dîner avec Mary Carson et l'aider à recevoir. Pas question de se présenter avec des chaussures sales, mais un kilomètre et demi dans la poussière de Drogheda obligeait à une pause dans les cuisines pour les nettoyer, épousseter les bas de pantalon et les ourlets de robe.

Le père Ralph était vêtu de sa soutane, comme à l'accoutumée; aucune mode masculine n'aurait pu lui convenir aussi bien que cette robe à la coupe sévère, à la ligne légèrement évasée, aux innombrables petits boutons de tissu noir courant de l'ourlet au col, à la large ceinture bordée de pourpre.

Mary Carson avait choisi le blanc, satin blanc, dentelles blanches, et plumes d'autruche blanches. Fee la considéra, éberluée, tirée de son habituelle indifférence. Cela lui paraissait tellement incongru, tellement absurdement nuptial, si grossièrement outrancier — pourquoi diable s'était-elle attifée comme une vieille fille peinturlurée en mal d'époux? Elle avait beaucoup grossi récemment, ce qui n'améliorait pas les choses.

Mais Paddy ne parut rien remarquer de saugrenu; rayonnant, il s'avança pour prendre les mains de sa sœur. Quel brave type, songea le père Ralph en observant la scène, mi-lointain, mi-amusé.

— Eh bien, Mary! Tu es merveilleuse! Une vraie jeune fille!

En vérité, elle ressemblait presque trait pour trait à la célèbre photographie de la reine Victoria prise peu avant sa mort. On retrouvait les deux rides profondes encadrant le nez puissant, la bouche entêtée soulignant le caractère indomptable, les yeux légèrement protubérants, glaciaux, fixés sans ciller sur Meggie. Le beau regard du père Ralph alla de la nièce à la tante et revint se poser sur la nièce.

Mary Carson sourit à Paddy et lui posa la main sur l'épaule.

— Tu peux m'offrir ton bras pour passer à table, Padraic. Le père de Bricassart escortera Fiona, et les garçons devront se contenter de Meghann. (Par-dessus son épaule, elle jeta un regard à la jeune fille.) Tu vas danser ce soir, Meghann?

— Elle est trop jeune, Mary, intervint précipitamment Paddy. Elle n'a pas dix-sept ans.

Il venait de se rappeler, non sans effroi, une autre des carences de la famille : aucun de ses enfants n'avait appris à danser.

— Quel dommage! laissa tomber Mary Carson.

Ce fut une réception splendide, somptueuse, brillante, inoubliable, pour ne mentionner que quelques-uns des qualificatifs échangés au sujet de la soirée. Royal O'Mara, d'Inishmurray, à trois cents kilomètres de là, était présent avec sa femme, ses fils et sa fille unique, la famille au grand complet; c'étaient les plus éloignés de Drogheda, mais pas de beaucoup. Les habitants de la région n'hésitaient pas à parcourir trois cents kilomètres pour se rendre à un match de cricket, et encore moins pour assister à une réception. Duncan Gordon venait de Each-Uisge; personne n'avait jamais pu le convaincre d'expliquer les raisons qui l'avaient poussé à baptiser son domaine, si loin de la mer, du nom gaélique de l'hippocampe. Martin King, son épouse, son fils Anthony et Mme Anthony; il était le doyen des colons puisque, en tant que femme, Mary Carson ne pouvait revendiquer ce titre. Evan Pugh, de Braich y Pwll; Dominic O'Rourke, de Dibban-Dibban, Horry Hopeton de Beel-Beel et des douzaines d'autres personnalités de la région.

Ils étaient presque tous de confession catholique et bien peu d'entre eux portaient des noms anglo-saxons; on comptait dans l'assistance un nombre à peu près égal d'Irlandais, d'Ecossais et de Gallois. Non, ils ne pouvaient espérer leur indépendance vis-à-vis de la Couronne, pas plus que des catholiques ne pouvaient susciter la sympathie des autochtones protestants en Ecosse ou au Pays de Galles. Mais ici, au cœur des milliers de kilomètres carrés entourant Gillanbone, ils étaient des seigneurs qui pouvaient se permettre de tenir la dragée haute aux dirigeants britanniques, les maîtres de tout ce que le regard embrassait; Drogheda, le plus vaste domaine, avait une superficie plus importante que certains Etats européens. Princes de Monaco, ducs de Liechtenstein, attention! Mary Carson a la primauté sur vous. Et les invités d'être emportés au rythme de la valse par l'orchestre réputé de Sydney, de se tenir à l'écart avec indulgence pour observer les enfants qui dansaient le charleston, de manger des bouchées au homard grillé, des huîtres glacées, de boire du champagne de France vieux de quinze ans et du scotch distillé douze ans plus tôt. S'ils avaient osé, ils auraient avoué leur préférence pour le gigot de mouton ou le corned-beef arrosé du capiteux rhum de Bundaberg ou de bière Crafton en fût. Mais il était agréable de savoir qu'ils pouvaient goûter aux meilleures choses de la vie s'ils le désiraient.

Oui, les années maigres n'étaient que trop fréquentes. Les sommes encaissées pour la vente de la laine étaient soigneusement mises de côté dans les bonnes années pour se prémunir contre les mauvaises, car personne ne pouvait prévoir la pluie. Mais c'était une période faste qui durait depuis un certain temps, et on n'avait que de rares occasions de dépenser son argent à Gilly. Oh! pour ceux qui avaient vu le jour sur les grandes plaines de terre noire du grand Nord-Ouest, il n'existait aucun endroit du globe qui leur fût comparable. Ses habitants ne se rendaient pas en pèlerinage nostalgique au vieux pays; celui-ci n'avait rien fait pour eux, sinon les tenir à l'écart en raison de leurs convictions religieuses, alors que l'Australie était trop catholique pour se permettre le luxe de la discrimination. Et le grand Nord-Ouest était leur patrie.

Et puis Mary Carson payait la note de la soirée. Elle pouvait largement se le permettre. La rumeur prétendait qu'elle était en mesure d'acheter et de vendre le roi d'Angleterre. Elle avait investi dans l'acier, l'argent, le plomb, le zinc, le cuivre et l'or, placé des fonds dans des centaines d'entreprises qui, au sens propre comme au sens figuré, faisaient de l'argent. Drogheda avait depuis longtemps cessé d'être sa principale source de revenus; le domaine ne représentait guère plus qu'un profitable violon d'Ingres.

Le père Ralph n'adressa pas la parole à Meggie au cours du dîner ni après; tout au long de la soirée, il l'ignora délibérément. Blessée, la jeune fille le suivait des yeux partout où il allait dans la salle de réception. Ayant conscience du désarroi qu'il suscitait, il eût ardemment souhaité s'approcher d'elle et lui expliquer que leur réputation à tous deux en pâtirait s'il lui accordait plus d'attention qu'à miss Carmichael, miss Gordon ou miss O'Mara. Comme Meggie, il ne dansa pas et, comme elle, il attirait bien des regards; l'un et l'autre dépassaient en beauté, et de très loin, toutes les personnes présentes.

Une partie de lui détestait l'apparence qu'elle offrait ce soir-là, les cheveux courts, la ravissante robe, les délicats escarpins de soie cendre de roses et leurs talons de cinq centimètres; elle grandissait, acquérait des formes très féminines. Et une partie de lui était terriblement fière du fait qu'elle éclipsât toutes les autres jeunes filles. Certes, miss Carmichael avait des traits patriciens, mais il lui manquait la splendeur de cette chevelure d'or roux; miss King avait d'exquises tresses blondes, mais il lui manquait la souplesse du corps; miss Mackail avait une silhouette étonnante, mais un visage évoquant un cheval en train de manger une pomme à travers un grillage. Néanmoins, la réaction qui prévalait en lui n'en demeurait pas moins la déception, un désir violent de retour en arrière. Il ne souhaitait pas voir grandir Meggie, il voulait la petite fille qu'il pouvait traiter en enfant chérie. Il distingua sur les traits de Paddy une expression qui reflétait ses propres pensées et il esquissa un sourire. Quelle joie serait la sienne si, une fois dans sa vie, il pouvait extérioriser ses sentiments! Mais l'habitude, la formation, la discrétion étaient trop enracinées.

Au fil des heures, la danse devint de moins en moins guindée; le champagne et le whisky cédèrent la place au rhum et à la bière, et la réception prit le tour des réjouissances propres au bal clôturant la période de tonte et de fêtes toutes démocratiques de Gilly; seule, l'absence totale d'ouvriers agricoles et de filles de ferme créait la différence.

Paddy et Fee faisaient toujours partie de l'assistance mais, à minuit exactement, Bob et Jack partirent avec Meggie. Leurs parents ne remarquèrent pas leur départ; ils s'amusaient. Si les enfants ne savaient pas danser, il n'en allait pas de même pour eux et ils ne se privaient pas de cette joie; ils tournoyaient ensemble la plupart du temps et ils apparurent au père Ralph tout à coup mieux assortis; sans doute les occasions de se détendre et d'apprécier mutuellement leur présence s'étaient-elles révélées rares. Il ne se souvenait pas les avoir vus sans au moins un enfant pendu à leurs basques, et il songea que la vie était dure pour les parents de famille nombreuse qui ne pouvaient jamais se ménager un instant de tête-à-tête, sauf, dans la chambre à coucher où il était normal qu'ils eussent autre chose à l'esprit que le plaisir de la conversation. Paddy était comme toujours gai et enjoué, mais Fee rayonnait littéralement, et quand son mari allait inviter à danser l'épouse d'un colon, elle ne manquait pas de cavaliers empressés alors que de nombreuses femmes, beaucoup plus jeunes qu'elle, faisaient tapisserie.

Cependant, le père Ralph ne disposait que de rares instants pour observer les Cleary. Il se sentit dix ans de moins quand il vit Meggie quitter la salle; il s'anima soudain et stupéfia les demoiselles Hopeton, Mackail, Gordon et O'Mara en dansant — et particulièrement bien — le black-bottom avec miss Carmichael. Après quoi, il invita tour à tour chacune des jeunes filles, même miss Pugh, la plus disgraciée, et, comme à ce stade chacun se sentait parfaitement détendu, débordant de bonne volonté, personne ne réprouva le moins du monde l'attitude du prêtre. En fait, son zèle et sa bonté rallièrent suffrages et commentaires élogieux. Aucun invité ne pouvait prétendre que sa fille n'avait pas eu la possibilité de danser avec le père de Bricassart. Evidemment, s'il ne s'était pas agi d'une réception privée, il n'aurait pu s'approcher de la piste de danse, mais quelle joie de voir un homme aussi charmant prendre, pour une fois, réellement du bon temps.

A 3 heures, Mary Carson se remit pesamment sur pied et bâilla.

— Non, que la fête continue! Si je suis fatiguée, ce qui est le cas, je peux aller me coucher et c'est ce que j'ai l'intention de faire. Mais il ne manque pas de victuailles et de boissons; l'orchestre a été engagé pour jouer aussi longtemps que quelqu'un aura envie de danser, et un peu de bruit ne pourra qu'accompagner agréablement mes rêves. Mon père, puis-je vous demander votre bras pour m'aider à monter?

Une fois hors de la salle de réception, elle ne se dirigea pas vers le majestueux escalier, mais elle entraîna le prêtre vers son salon, s'appuyant lourdement à son bras. La porte en avait été verrouillée; elle attendit pendant qu'il ouvrait avec la clef qu'elle lui avait tendue, puis elle le précéda à l'intérieur.

— Quelle belle réception, Mary, dit-il.

— Ma dernière.

— Ne dites pas ça, ma chère.

— Pourquoi? Je suis lasse de vivre, Ralph, et je vais m'arrêter. (Une lueur moqueuse traversa ses yeux durs.) Vous en doutez? Pendant plus de soixante-dix ans, j'ai fait exactement ce que j'ai voulu, quand je voulais; alors, si la mort croit que c'est à elle de choisir le moment de mon départ, elle se trompe lourdement. Je mourrai au moment que j'aurai choisi, et sans qu'il s'agisse de suicide. C'est la volonté de vivre qui nous porte; il n'est pas difficile de mettre un terme à son existence si on le veut vraiment. Je suis fatiguée, et je veux y mettre un terme. Très simple.

Lui aussi était fatigué, pas exactement de la vie, mais de l'incessante façade derrière laquelle il devait se dissimuler, du climat, de l'absence d'amis ayant des intérêts communs, de lui-même. La pièce n'était que faiblement éclairée par une haute lampe à pétrole, au corps d'un inestimable verre pourpre, qui jetait des ombres rouges et transparentes sur le visage de Mary Carson, communiquant à sa mâchoire opiniâtre un reflet plus diabolique encore. Il avait mal aux pieds, au dos; il ne lui était pas arrivé depuis longtemps de tant danser, bien qu'il s'enorgueillît de se tenir au courant des dernières modes. Trente-cinq ans, monsignore de campagne... alors, ce puissant personnage de l'Eglise? Fini avant d'avoir commencé. Oh, les rêves de la jeunesse! Et l'insouciance des paroles de la jeunesse, et l'emportement de la jeunesse! Il n'avait pas été assez fort pour remporter l'épreuve. Mais il ne renouvellerait jamais cette erreur, jamais, jamais...

Ne tenant pas en place, il soupira; à quoi bon? La chance ne se représenterait jamais. Grand temps de voir les choses en face, de cesser d'espérer, de rêver.

— Vous souvenez-vous, Ralph, de m'avoir entendue dire que je vous battrai sur votre propre terrain, que je ferai en sorte que vous soyez pris à votre propre piège?

La voix sèche le tira de la rêverie dans laquelle l'avait

plongé sa lassitude. Il regarda Mary Carson et sourit.

— Ma chère Mary, je n'oublie jamais rien de ce que vous me dites. Je me demande ce que j'aurais fait sans vous au cours de ces dernières années. Votre esprit, votre malice, votre perception des choses...

— Si j'avais été plus jeune, je vous aurais eu de tout autre façon, Ralph. Vous ne saurez jamais avec quelle ardeur j'ai souhaité revenir en arrière de trente ans. Si le diable m'était apparu pour m'offrir la jeunesse contre mon âme, je n'aurais pas hésité une seule minute, et sans jamais bêtement regretter le pacte, comme ce vieil idiot de Faust. Mais pas de diable... Je ne parviens à croire ni à Dieu ni au diable, vous savez. Je n'ai jamais eu l'ombre d'une preuve de leur existence. Et vous?

— Moi non plus. Mais la croyance ne repose pas sur une preuve d'existence, Mary. Elle repose sur la foi, et la foi est la pierre de touche de l'Eglise. Sans la foi, il n'y a rien.

— Doctrine un peu simpliste.

— Peut-être. Je crois que l'être humain porte la foi en soi dès sa naissance. En ce qui me concerne, c'est la lutte permanente, mais je n'abandonnerai jamais.

— J'aimerais vous détruire.

— Oh, ma chère Mary! Ça, je le sais! dit-il avec une lueur amusée dans ses prunelles, teintées de gris par la lumière.

— Mais savez-vous pourquoi?

Une impression effrayante de vulnérabilité l'effleura, s'insinua en lui, mais il la repoussa farouchement.

— Je le sais, Mary et, croyez-moi, je le déplore.

— A part votre mère, combien de femmes vous ont-elles aimé?

— Ma mère m'a-t-elle aimé? Je me le demande. En tout cas, elle a fini par me détester. C'est là qu'en arrivent la plupart des femmes. J'aurais dû m'appeler Hippolyte.

— Oh! Voilà qui en dit long!

— Quant aux autres femmes, je ne vois que Meggie... mais c'est une petite fille. Il n'est probablement pas exagéré de prétendre que des centaines de femmes m'ont désiré, mais aimé? J'en doute fort.

— Moi, je vous ai aimé, dit-elle, pathétique.

— Non. Je suis le stimulant de votre vieillesse, sans plus. Quand vous me regardez, je vous rappelle tout ce que votre âge vous interdit.

— Vous vous trompez. Je vous ai aimé. Dieu sait combien! Croyez-vous que mon âge me l'interdise automatiquement? Eh bien, père de Bricassart, laissez-moi vous dire quelque chose. A l'intérieur de ce corps ridicule, je suis encore jeune... je ressens encore, je désire encore, je rêve encore, je piaffe et m'irrite encore devant les restrictions imposées à mon corps. La vieillesse est la plus amère punition que nous inflige notre Dieu vengeur. Pourquoi ne communique-t-il pas cette même vieillesse à nos esprits? (Elle se rejeta contre le dossier de son fauteuil, ferma les yeux, et ses dents apparurent sous un rictus.) J'irai en enfer, évidemment. Mais, auparavant, j'espère avoir la possibilité de dire au Très-Haut quel pitoyable, mesquin, vindicatif et piètre personnage il est!

— Vous avez été veuve trop longtemps, Mary. Dieu vous avait accordé la liberté du choix, vous auriez pu vous remarier. Si vous avez choisi de rester seule et de l'être intolérablement, vous ne pouvez vous en prendre qu'à vous, pas à Dieu.

Pendant un instant, elle garda le silence, ses mains étreignant farouchement les accoudoirs, puis elle commença à se détendre et souleva les paupières. Ses yeux scintillèrent, rouges sous la lumière déversée par la lampe, mais sans larmes; quelque chose de plus dur, de plus brillant que les pleurs les habitaient. Il retint son souffle, ressentit de la crainte. Elle ressemblait à une araignée.

— Ralph, sur mon bureau se trouve une enveloppe. Voudriez-vous me l'apporter, je vous prie?

Endolori, effrayé, il se leva et alla jusqu'au bureau; saisissant la lettre, il la considéra avec curiosité. L'enveloppe était vierge, mais le dos avait été dûment scellé avec de la cire rouge qui portait l'empreinte des armes de Mary Carson : une tête de bélier entourée d'un grand D. Il la lui apporta, la lui tendit, mais d'un signe elle l'invita à s'asseoir en repoussant la lettre.

— Elle est à vous, dit-elle avec un gloussement. L'instrument de votre destin, Ralph, voilà ce qu'est cette lettre. L'ultime et la plus féroce estocade de notre long combat. Quel dommage que je ne sois plus là pour assister à ce qui se passera. Mais je sais ce qu'il adviendra parce que je vous connais, je vous connais infiniment mieux que vous le supposez. Insupportable vanité! Cette enveloppe contient le destin de votre vie et de votre âme. Je dois vous perdre au profit de Meggie, mais je suis assurée qu'elle ne vous aura pas non plus.

— Pourquoi haïssez-vous Meggie à ce point?

— Je vous l'ai déjà dit. Parce que vous l'aimez.

— Pas de la façon dont vous l'entendez! Elle est l'enfant que je ne peux avoir, le sourire de ma vie. Meggie est une idée, Mary, une idée!

Sur quoi, la vieille femme ricana.

— Je ne veux pas que nous parlions de votre chère Meggie! Je ne vous reverrai jamais, et je ne tiens pas à perdre mon temps en m'appesantissant sur elle. La lettre. Je veux que vous me juriez sur vos vœux de prêtre que vous ne l'ouvrirez pas avant d'avoir constaté ma mort par vous-même; ensuite, vous la décachetterez immédiatement, avant de m'enterrer. Jurez.

— Il est inutile de jurer, Mary. Je ferai ce que vous me demandez.

— Jurez-le-moi, sinon je la reprends!

— Eh bien, entendu! convint-il en haussant les épaules. Sur les vœux que j'ai prononcés, je le jure. Je n'ouvrirai pas la lettre avant de vous avoir vue morte puis j'en prendrai connaissance avant que vous soyez enterrée.

— Parfait, parfait.

— Mary, je vous en prie, n'ayez aucune inquiétude. C'est là une de vos lubies, sans plus. Demain matin, vous en rirez.

— Je ne verrai pas le matin. Je vais mourir cette nuit; je ne suis pas assez faible pour me vautrer dans l'attente du plaisir de vous revoir. Quelle déchéance ce serait! Je vais me coucher maintenant. M'accompagnerez-vous jusqu'en haut de l'escalier?

Il ne la croyait pas mais il jugeait inutile de discuter, et elle n'était pas d'humeur à se laisser détourner de son caprice par une plaisanterie. Dieu seul décidait de la mort d'un être, à moins que, par la libre volonté qu'il nous a accordée, on mette soi-même un terme à sa vie. Elle avait déclaré qu'elle ne se suiciderait pas. Il l'aida donc à gravir les marches, secours nécessaire car elle s'essoufflait; en haut de l'escalier, il lui prit les mains, se pencha pour les embrasser. Elle les retira.

— Non, pas ce soir. Sur la bouche, Ralph. Embrassez-moi sur la bouche comme si nous étions amants!

A la lumière éclatante des candélabres, supportant pour la réception quatre cents bougies de cire, elle lut le dégoût sur le visage du prêtre, son recul instinctif; elle souhaita mourir alors, le souhaita avec tant de force qu'elle ne pouvait se résoudre à attendre.

— Mary, je suis prêtre! Je ne peux pas!

Elle émit un rire aigu, étrange.

— Oh, Ralph, quel imposteur vous faites! Imposteur en tant qu'homme, imposteur en tant que prêtre! Quand je pense qu'une fois vous avez eu l'audace de me proposer de me faire l'amour! Etiez-vous tellement certain que je refuserais? Comme je le regrette! Je donnerais mon âme pour vous voir essayer de trouver une échappatoire si nous pouvions revenir en arrière jusqu'à cette nuit! Imposteur! Imposteur! Imposteur! Vous n'êtes rien de plus, Ralph! Un imposteur impuissant, inutile! Un homme impuissant et un prêtre impuissant! Je suis sûre que vous seriez incapable de bander suffisamment pour pénétrer la Vierge Marie elle-même! Avez-vous jamais bandé, père de Bricassart? Imposteur!

Dehors, l'aube ne se devinait pas encore ni même le vague halo qui la précède. L'obscurité douce, épaisse, brûlante enveloppait Drogheda. Les réjouissances devenaient extrêmement bruyantes; si le domaine avait eu des voisins immédiats, la police eût été appelée depuis bien longtemps. Un homme vomissait abondamment, de façon révoltante, sur la véranda et, à l'abri d'un buisson, deux formes s'enlaçaient. Le père Ralph évita aussi bien l'ivrogne que les amants, traversa la pelouse fraîchement tondue, élastique sous le pied, en proie à un tel désarroi qu'il ne savait où ses pas le menaient, ce qui ne lui importait guère. Il voulait seulement s'éloigner d'elle, la vieille araignée, qui croyait tisser son cocon de mort par cette nuit si belle. A une heure aussi matinale, la chaleur n'était pas encore étouffante; un léger courant d'air animait l'air pesant et des parfums capiteux montaient des boronias et des rosiers, divine immobilité que seules connaissent les latitudes tropicales et subtropicales. O Dieu, être vivant, réellement vivant! Etreindre la nuit, et la vie, et être libre!

Il se figea à l'extrémité de la pelouse et leva les yeux vers le ciel, agitant une antenne toute d'instinct à la recherche de Dieu. Oui, là-haut, quelque part, entre ces points scintillants d'une lumière si pure, si inaccessible; et qu'en était-il de ce ciel nocturne? Le couvercle bleu d'une journée soulevé, un homme autorisé à entrevoir l'éternité? Seule, la vision de la voûte céleste parsemée d'étoiles pouvait convaincre l'homme de l'éternité et de l'existence de Dieu.

Elle a raison, évidemment. Un imposteur. Un véritable imposteur. Ni prêtre ni homme. Seulement quelqu'un qui souhaiterait savoir comment être l'un ou l'autre. Non! Ni l'un ni l'autre! Prêtre et homme ne peuvent coexister — être un homme équivaut à ne pas être prêtre. Pourquoi me suis-je pris les pieds dans sa toile? Son poison est violent, peut-être plus perfide que je ne le pense. Que contient la lettre? Combien cela ressemble à Mary de m'appâter! Que sait-elle, que devine-t-elle? Qu'y a-t-il à savoir ou à deviner? Seulement la futilité et la solitude. Doute, peine. Toujours la peine. Pourtant vous vous trompez, Mary. Je suis capable de bander. Il se trouve simplement que j'ai choisi, que j'ai passé des années à me prouver que cette turgescence pouvait être contrôlée, subjuguée, dominée. Car cette érection sied à l'homme et je suis prêtre.

Quelqu'un pleurait dans le cimetière. Meggie, évidemment. Qui, sinon elle? Il remonta les pans de sa soutane et enjamba la clôture de fer forgé, en proie à une impression d'inéluctabilité; il n'en avait pas encore fini avec Meggie cette nuit. S'il avait affronté l'une des femmes de sa vie, il lui fallait affronter l'autre. Son détachement amusé lui revint; elle ne pouvait l'en détourner longtemps, la vieille araignée. La perfide vieille araignée. Que Dieu la condamne à la pourriture, à la pourriture!

— Meggie chérie, ne pleure pas, dit-il en s'asseyant à côté d'elle sur l'herbe humide de rosée. Tiens, je parie que tu n'as même pas de mouchoir. Les femmes n'en ont jamais. Prends le mien et essuie-toi les yeux comme une bonne petite fille.

Elle prit le carré de batiste, obtempéra.

— Tu n'as même pas ôté ta belle robe. Et tu es là depuis minuit?

— Oui.

— Bob et Jack savent-ils où tu es?

— Je leur ai dit que j'allais me coucher.

— Et qu'y a-t-il, Meggie?

— Vous ne m'avez pas adressé la parole de toute la soirée!

— Ah! Je m'en doutais. Allons, Meggie, regarde-moi.

Loin dans l'est, montait une lueur perlée, éclaboussant l'obscurité, et les coqs de Drogheda saluèrent à pleine voix les prémices de l'aube. Il fut donc à même de se rendre compte que les traces de larmes ne parvenaient pas à ternir la beauté de ses yeux.

— Meggie, tu étais, et de très loin, la plus jolie jeune fille de la réception, et tout le monde sait que je viens à Drogheda plus souvent que mes fonctions ne me l'imposent. Je suis prêtre et, en conséquence, je dois être au-dessus de tout soupçon, un peu comme la femme de César... mais je crains que les gens ne voient pas les choses du même œil. Parmi les prêtres, je peux être considéré comme jeune et pas trop mal de ma personne. (Il marqua une pause, se demandant comment Mary Carson aurait accueilli ce genre d'euphémisme, et il émit un rire silencieux.) Si je t'avais accordé la moindre attention, tout Gilly aurait été au courant en moins de temps qu'il ne faut pour le dire. Toutes les lignes téléphoniques de la région auraient propagé la nouvelle. Comprends-tu ce que je veux dire?

Elle secoua la tête; les courtes boucles devenaient de plus en plus éclatantes dans la lumière qui s'intensifiait.

— Tu es trop jeune pour connaître les usages du monde, reprit-il, mais il te faut les apprendre. Et il semble que ce soit toujours mon lot de devoir te les enseigner. Ce que je tiens à te faire comprendre, c'est que les gens prétendraient que je m'intéresse à toi en tant qu'homme, pas en tant que prêtre.

— Mon père!

— Abominable, n'est-ce pas? dit-il en esquissant un sourire. Mais c'est ce qu'on dirait, je peux te l'assurer. Tu comprends, Meggie, tu n'es plus une enfant, tu es une jeune fille. Mais tu n'as pas encore appris à dissimuler l'affection que tu me portes, et si je m'étais approché de toi pour te parler sous le feu de tous les regards, tes yeux t'auraient trahie et on n'aurait pas manqué de mal interpréter ton attitude.

Elle le regarda bizarrement; un voile soudain, impénétrable, tomba sur ses yeux, puis, brusquement, elle détourna la tête et lui présenta son profil.

— Oui, je comprends. J'étais idiote de ne pas avoir compris.

— Maintenant, tu ne crois pas qu'il est temps de rentrer chez toi? Evidemment, tout le monde fera la grasse matinée, mais si quelqu'un se réveillait à l'heure habituelle, tu te trouverais dans une position délicate. Et tu ne peux pas dire que tu étais avec moi, Meggie, pas même à ta famille.

Elle se leva et resta un instant immobile, les yeux baissés sur lui.

— Je m'en vais, mon père. Mais je souhaiterais qu'on vous connaisse mieux; alors, personne n'imaginerait des choses pareilles à votre sujet. Vous ne nourrissez pas de telles pensées, n'est-ce pas?

Pour une raison quelconque, la remarque le blessa, le blessa profondément, résultat que n'avaient pu atteindre les cruels sarcasmes de Mary Carson.

— Non, Meggie, tu as raison. Je ne nourris pas de telles pensées. (Il se leva, esquissa un sourire sans joie.) Et si je te disais que j'aimerais bien que ce soit le cas, est-ce que cela te semblerait bizarre? (Il lui posa la main sur la tête.) Non, je ne le souhaite pas du tout! Rentre chez toi, Meggie, rentre chez toi!

— Bonne nuit, mon père, dit-elle en levant vers lui un regard triste. (Il lui prit les mains, se pencha et les embrassa.)

— Bonne nuit, ma chère petite Meggie.

Il la suivit des yeux pendant qu'elle passait à travers les tombes, enjambait la clôture; dans la robe brodée de boutons de roses, la silhouette qui s'éloignait lui parut gracieuse, féminine et un peu irréelle. Cendre de roses.

— Rien ne saurait mieux convenir, dit-il à l'ange.

Les voitures s'éloignaient de Drogheda en vrombissant lorsqu'il traversa la pelouse; les derniers invités partaient enfin. A l'intérieur, les musiciens emballaient leurs instruments, chancelant sous l'effet du rhum et l'épuisement, les servantes fatiguées et les aides occasionnelles s'efforçaient de débarrasser. Le père Ralph secoua la tête à la vue de Mme Smith.

— Envoyez tout le monde se coucher, lui conseilla-t-il. Il est infiniment plus facile de mener à bien une telle tâche quand on est frais et dispos. Je veillerai à ce que Mme Carson ne vous adresse aucun reproche.

— Aimeriez-vous manger quelque chose, mon père?

— Grand Dieu, non! Je vais me coucher.

En fin d'après-midi, une main lui effleura l'épaule. Il tendit le bras pour la saisir sans avoir le courage d'ouvrir les yeux et essaya de la maintenir contre sa joue.

— Meggie, marmonna-t-il.

— Mon père, mon père! Oh, je vous en prie, réveillez-vous!

Le ton de Mme Smith le tira de sa léthargie et il retrouva subitement toute sa lucidité.

— Qu'y a-t-il, madame Smith?

— C'est Mme Carson, mon père. Elle est morte.

Sa montre lui apprit qu'il était 6 heures passées; hébété, accablé par la lourde chaleur de la journée qui l'avait plongé dans la torpeur, il ôta son pyjama, enfila sa soutane, se passa l'étole pourpre autour du cou, et prit les saintes huiles, l'eau bénite, sa grande croix d'argent, son chapelet à grains d'ébène. Il ne lui vint pas un instant à l'esprit que Mme Smith eût pu se tromper. Il savait que l'araignée était morte. Avait-elle hâté son trépas en fin de compte? Si tel était le cas, Dieu fasse qu'elle n'eût rien laissé en évidence et que sa mort ne parût pas suspecte au docteur. De quelle utilité pouvait lui être l'extrême-onction, il l'ignorait. Mais il n'en fallait pas moins qu'il lui administrât les derniers sacrements. S'il s'y refusait, il y aurait une enquête, toutes sortes de complications. Pourtant, sa réaction ne lui était pas dictée par l'éventualité d'un suicide; il jugeait simplement que le fait d'officier sur le corps de Mary Carson relevait de l'obscénité.

Elle était bien morte; son décès avait dû intervenir quelques minutes après qu'elle se fut retirée : il remontait à une bonne douzaine d'heures. Les fenêtres étaient étroitement closes, et il flottait dans la pièce une sorte d'humidité due à l'eau contenue dans de grands récipients dont elle exigeait la présence discrète dans sa chambre afin de préserver la fraîcheur de sa peau. Un bruit curieux emplissait l'atmosphère; après un instant d'hébétude, il se rendit compte qu'il entendait le bruissement des mouches, des hordes de mouches bourdonnantes qui s'aggloméraient, vrombissaient, s'invectivaient follement, se précipitaient au festin qu'elle leur offrait, se repaissaient d'elle, s'accouplaient sur elle, déposant leurs œufs en elle.

— Pour l'amour de Dieu, madame Smith, ouvrez les fenêtres! s'écria-t-il, le souffle court.

Livide, il s'approcha du lit.

Elle avait dépassé le stade de la rigidité cadavérique et était de nouveau flasque, répugnante de flaccidité. Les yeux fixes se lézardaient, les lèvres minces noircissaient; et partout sur son corps des mouches. Il dut demander à Mme Smith de les écarter tandis qu'il administrait l'extrême-onction, marmottait les exhortations en latin. Quelle farce, elle était maudite. Quelle puanteur elle dégageait! Oh, Dieu! Plus infecte que n'importe quel cheval mort dans la verdure d'un enclos. Il répugnait à toucher son cadavre, comme il avait répugné à la toucher vivante, surtout ces lèvres criblées d'œufs de mouches. Dans quelques heures, elle ne serait qu'un grouillement d'asticots.

Enfin, tout fut accompli. Il se redressa.

— Allez immédiatement prévenir M. Cleary, madame

Smith et, pour l'amour de Dieu, dites-lui que ses fils fabriquent tout de suite un cercueil. Nous n'avons pas le temps d'en faire venir un de Gilly; elle est en train de pourrir sous nos yeux. Seigneur! J'en ai l'estomac révulsé. Je vais aller prendre un bain et je laisserai mes vêtements devant la porte; brûlez-les. Jamais je ne pourrai me débarrasser de la puanteur qui les imprègne.

De retour dans sa chambre, en culotte de cheval et chemise — il n'avait pas emporté deux soutanes —, il se rappela la lettre et sa promesse. 7 heures venaient de sonner; il entendait le bruit étouffé que faisaient les servantes et leurs aides du moment en remettant de l'ordre pour retransformer la salle de réception en chapelle, préparer la maison pour les funérailles du lendemain. Impossible de l'éviter, il lui faudrait retourner à Gilly dans la soirée afin d'y prendre une autre soutane et les vêtements sacerdotaux nécessaires pour la messe de requiem. Il n'oubliait jamais certains objets quand il quittait le presbytère pour quelque domaine éloigné; soigneusement rangés dans les compartiments de sa mallette, se trouvaient les objets du culte pour les naissances, les morts, les bénédictions, et les vêtements sacerdotaux qui lui permettaient de dire la messe quel que fût le calendrier ecclésiastique. Mais il n'en était pas moins irlandais et transporter la chasuble noire de deuil équivalait à tenter le sort. La voix de Paddy résonna à proximité de la maison, mais il ne pouvait envisager de le rencontrer pour le moment; il savait que Mme Smith ferait le nécessaire.

Assis à sa fenêtre, il contempla le paysage qu'offrait Drogheda dans le soleil couchant, les eucalyptus dorés, la profusion de roses rouges, jaunes et blanches dans les massifs qui s'embrasaient à cette heure; puis il tira la lettre de Mary Carson de sa valise et la tint entre ses doigts. Elle avait insisté pour qu'il la lût avant qu'on l'enterrât et, venant du tréfonds de lui-même, une petite voix lui conseillait de la lire *immédiatement*, pas plus tard au cours de la soirée après avoir retrouvé Paddy et Meggie, mais *maintenant*, avant d'avoir vu qui que ce soit en dehors de Mary Carson.

L'enveloppe contenait quatre feuillets; il les déplia et s'aperçut immédiatement que les deux derniers représentaient son testament. Les deux premières pages lui étaient adressées sous forme de lettre.

Mon très cher Ralph,

Comme vous avez pu le constater, le deuxième document contenu dans cette enveloppe est mon testament. J'en ai déjà établi un autre, signé et scellé, parfaitement valable, qui se trouve à l'étude de Harry Gough à Gilly; le testament ci-inclus est de beaucoup ultérieur et, bien entendu, il annule celui que détient Harry.

En fait, je l'ai établi il y a seulement quelques jours, et j'ai demandé à Tom et au poseur de clôture d'y apposer leur signature en tant que témoins, puisque j'ai cru comprendre qu'on ne pouvait faire appel à un bénéficiaire pour cette formalité. Ce document est parfaitement légal, bien que n'ayant pas été établi par Harry. Aucune cour de justice du pays ne peut en nier la valeur, je vous l'assure.

Mais pourquoi n'ai-je pas demandé à Harry d'établir ce testament si je souhaitais modifier les dispositions du premier? C'est très simple, mon cher Ralph. Je tenais essentiellement à ce que personne n'ait connaissance de ce document à part vous et moi. C'est le seul exemplaire qui soit et vous le détenez. Pas une âme n'est au courant de ce fait, partie très importante de mon plan.

Vous rappelez-vous ce passage de l'Evangile où Satan entraîne Notre-Seigneur Jésus-Christ sur la montagne et le tente en Lui offrant le monde entier? Comme il est plaisant de savoir que je dispose d'une parcelle du pouvoir de Satan, et que je suis en mesure de tenter celui que j'aime (doutez-vous que Satan ait aimé le Christ?

Pas moi) en lui offrant le monde entier. L'évocation de votre dilemme a considérablement stimulé mes pensées au cours de ces dernières années et, plus je me rapproche de la mort, plus mes visions m'apportent de délices.

Après avoir lu le testament, vous comprendrez ce que j'entends. Tandis que je brûlerai en enfer, hors de ce monde qu'à présent je connais, vous serez encore vivant, mais vous brûlerez dans un enfer de flammes plus ardentes que celles qu'aucun dieu ne saurait produire. Oh, mon Ralph, je vous ai jaugé à la perfection! Si je n'ai jamais rien su d'autre, j'ai toujours su comment faire souffrir ceux que j'aime. Et vous êtes une proie infiniment plus délectable que ne l'a jamais été feu mon cher Michael.

Quand j'ai fait votre connaissance, vous vouliez Drogheda et mon argent, n'est-ce pas, Ralph? Vous considériez l'un et l'autre comme un tremplin vous permettant d'acheter le droit à votre juste place. Mais alors, Meggie est entrée en scène et vous avez écarté de votre esprit toute idée de me cultiver, n'est-ce pas? Je suis devenue une excuse pour vos visites à Drogheda afin que vous puissiez la voir. Je me demande si vous auriez changé d'allégeance aussi facilement si vous aviez su ce que je représente réellement. Vous en doutez-vous, Ralph? Je ne pense pas que vous en ayez la moindre idée. Il est peut-être malséant de la part du testateur de mentionner le montant exact de l'actif de la succession, mais je juge préférable d'en faire état ici même afin d'être certaine que vous disposerez de tous les renseignements nécessaires lorsque le moment viendra pour vous de prendre une décision. A quelques centaines de milliers de livres près, ma fortune se monte à plus de treize millions de livres sterling.

J'arrive en bas de la deuxième feuille et je n'ai pas l'intention de m'attarder plus longtemps sur cette lettre. Lisez mon testament, Ralph, et après l'avoir lu,

décidez de ce que vous ferez. Le remettrez-vous à Harry
Gough pour authentification ou le brûlerez-vous sans
jamais souffler mot de son existence à quiconque? C'est
là une décision qu'il vous appartient de prendre. Il me
faut ajouter que le testament qui se trouve à l'étude de
Harry est celui que j'ai établi un an après l'arrivée de
Paddy et dans lequel je lui lègue tout. Vous savez donc
exactement ce qui est en jeu.

Ralph, je vous aime au point que j'aurais pu vous
tuer pour m'avoir repoussée si je ne savais pas qu'il
s'agit là d'une forme de représailles infiniment plus
réjouissante. Je ne suis pas du genre noble; je vous
aime, mais je veux que vous hurliez d'angoisse. Parce
que, voyez-vous, je sais ce que sera votre décision. Je le
sais aussi sûrement que si j'étais là à vous observer.
Vous hurlerez, Ralph, vous saurez ce qu'est l'angoisse.
Alors, lisez, mon beau prêtre ambitieux! Lisez mon tes-
tament, et choisissez votre destin.

La lettre ne comportait ni signature ni paragraphe. Il
sentit la sueur lui inonder le front, dégouliner le long
de son dos depuis la nuque. Et il voulut se lever immédiatement afin de brûler les deux documents, sans lire
le contenu du deuxième. Mais elle avait bien jaugé sa
proie, la grosse, la vieille araignée. Evidemment, il
continuerait sa lecture; il était trop curieux pour résister à la tentation. Dieu! Qu'avait-il bien pu faire pour
qu'elle lui infligeât un tel tourment? Pourquoi les femmes le faisaient-elles tant souffrir? Pourquoi n'était-il
pas petit, tordu, laid? Si tel avait été le cas, peut-être
aurait-il pu être heureux.

Les deux autres feuillets étaient recouverts de la
même écriture précise, minuscule. Aussi mesquine et
vindicative que son âme.

Je soussignée, Mary Elizabeth Carson, saine de corps
et d'esprit, déclare que ceci est mon testament, rendant

ainsi nulles et non avenues toutes dispositions testamentaires antérieures établies par moi.

A la seule exclusion des legs particuliers ci-dessous mentionnés, je lègue la totalité de mes biens, mobiliers et immobiliers, à la sainte Eglise catholique romaine, sous les conditions énoncées ci-après :

Premièrement, que ladite sainte Eglise catholique romaine, ci-dessous dénommée l'Eglise, sache en quelle estime et affection je tiens son prêtre, le père Ralph de Bricassart. C'est uniquement en raison de sa bonté, en reconnaissance du guide spirituel qu'il a été pour moi, du soutien qu'il m'a apporté et qui ne s'est jamais démenti que je dispose ainsi de mon avoir.

Deuxièmement, que l'Eglise bénéficie des effets de ce legs aussi longtemps qu'elle appréciera la valeur et les capacités dudit père Ralph de Bricassart.

Troisièmement, que ledit père Ralph de Bricassart soit responsable de l'administration et de la gestion de tous mes biens mobiliers et immobiliers en tant qu'administrateur principal de la succession.

Quatrièmement, qu'au décès dudit père Ralph de Bricassart, ses propres dispositions testamentaires soient légalement reconnues en ce qui concerne l'administration ultérieure de mes biens. C'est-à-dire que l'Eglise continuera à en être dûment propriétaire, mais que le père Ralph de Bricassart sera seul responsable de la nomination de son successeur pour en assurer l'administration; il ne sera pas tenu à choisir un successeur parmi les ecclésiastiques ou les membres laïques de l'Eglise.

Cinquièmement, que le domaine de Drogheda ne soit jamais vendu ni morcelé.

Sixièmement, que mon frère, Padraic Cleary, soit maintenu en tant que directeur du domaine de Drogheda avec le droit d'habiter ma maison et qu'il lui soit versé un salaire à la seule discrétion du père Ralph de Bricassart et d'aucune autre personne.

Septièmement, qu'en cas de décès de mon frère, ledit Padraic Cleary, sa veuve et ses enfants soient autorisés à demeurer au domaine de Drogheda et que la situation de directeur échoie successivement à chacun de ses fils, Robert, John, Hugh, Stuart, James et Patrick, à l'exclusion de Francis.

Huitièmement, qu'à la mort de Padraic ou du dernier fils qui lui restera, à l'exclusion de Francis, les mêmes droits que ceux dudit Padraic Cleary soient transmis à ses petits-enfants.

Legs particuliers.

A Padraic Cleary, les biens mobiliers de mes maisons sur le domaine de Drogheda.

A Eunice Smith, ma gouvernante, qu'elle demeure à son poste avec un juste salaire aussi longtemps qu'elle le désirera et, de plus, qu'on lui verse la somme de cinq mille livres sterling sur-le-champ et qu'au moment de sa retraite on lui verse une pension équitable.

A Minerva O'Brien et Catherine Donnelly, qu'elles continuent à occuper leur emploi aussi longtemps qu'elles le désireront et, par ailleurs, qu'on leur verse immédiatement la somme de mille livres à chacune et qu'au moment de leur retraite il leur soit versé une pension équitable.

Au père Ralph de Bricassart, que la somme de dix mille livres sterling lui soit versée annuellement tout au long de sa vie pour son usage personnel et sans qu'il ait à en rendre compte.

Le document était dûment signé, daté et certifié.

Sa chambre donnait à l'ouest. Le soleil se couchait. Le voile de poussière qui accompagnait chaque été emplissait l'atmosphère baignée de silence et des doigts de soleil se glissaient à travers les fines particules avec tant de luminosité que tout semblait d'or et de pourpre. Des nuages effilochés, nimbés de lueurs scintillantes,

227

décrivaient des traînées argentées devant la grande boule sanglante, suspendue juste au-dessus des arbres disséminés dans les enclos les plus éloignés.

— Bravo! soliloqua-t-il. Je l'avoue, Mary, vous m'avez battu. Un coup de maître. C'est moi qui ai été dupe, pas vous.

A travers ses larmes, il ne parvenait pas à distinguer les feuilles qu'il tenait à la main et il les éloigna avant qu'elles soient tachées. Treize millions de livres sterling. *Treize millions de livres!* En effet, c'était bien là ce qu'il s'était efforcé de ferrer avant l'époque de Meggie. Et à l'arrivée de celle-ci, il avait abandonné son projet car il ne pouvait mener de sang-froid une telle campagne qui aboutirait à la priver de son héritage. Mais qu'en aurait-il été s'il avait connu la fortune exacte de la vieille araignée? Quelle eût été sa réaction dans ce cas? Il n'imaginait pas que Mary Carson laisserait seulement le dixième de cette somme. Treize millions de livres!

Pendant sept ans, Paddy et sa famille avaient vécu dans la maison du régisseur; tous avaient travaillé d'arrache-pied pour Mary Carson. Pour quoi? Les misérables gages qu'elle leur versait? Jamais le père Ralph n'avait eu connaissance que Paddy se fût plaint d'être traité avec mesquinerie, estimant sans doute qu'à la mort de sa sœur, il serait simplement récompensé de la façon dont il avait géré la propriété avec un salaire de régisseur tandis que ses fils effectuaient le travail d'éleveurs confirmés pour des gages équivalant à ceux d'ouvriers agricoles. Paddy s'en était accommodé et il en était venu à aimer Drogheda comme si le domaine lui appartenait, estimant à juste titre que ce serait un jour le cas.

— Bravo, Mary, répéta le père Ralph.

Les premières larmes qu'il eût versées depuis son enfance ruisselaient sur le dos de ses mains, mais pas sur le papier.

Treize millions de livres sterling et encore la possibilité de devenir cardinal de Bricassart. En spoliant Paddy Cleary, sa femme, ses fils — et Meggie. Comme elle avait diaboliquement su lire en lui! Si elle avait dépouillé Paddy de tout, sa voie eût été clairement tracée : il aurait saisi le testament, serait descendu aux cuisines pour le jeter dans le poêle sans la moindre hésitation. Mais elle s'était assurée que Paddy ne serait pas dans le besoin, qu'il mènerait une vie plus facile à Drogheda après sa mort que de son vivant, et que le domaine ne pourrait pas lui être totalement enlevé. Ses bénéfices et le titre, oui, mais pas la terre en soi. Non, il ne serait pas propriétaire de ces fabuleux treize millions de livres, mais il jouirait du respect et vivrait dans l'aisance. Meggie n'aurait pas faim, elle ne serait pas dépouillée de tout. Miss Cleary ne serait pas non plus considérée sur un pied d'égalité avec miss Carmichael et l'aristocratie coloniale. Tout à fait respectable, mondainement admise, mais pas le dessus du panier. Jamais le dessus du panier.

Treize millions de livres. La possibilité de laisser derrière soi Gillanbone et la perpétuelle obscurité, de tenir sa place dans la hiérarchie de l'Eglise, la bonne volonté assurée de ses pairs et supérieurs, et tout cela alors qu'il était encore assez jeune pour rattraper le temps perdu. Mary Carson avait fait de Gillanbone l'épicentre du territoire dévolu à l'archevêque légat du pape, en l'assortissant d'une vengeance dont les remous se feraient sentir jusqu'au Vatican. Aussi riche que fût l'Église, treize millions de livres n'en étaient pas moins treize millions de livres. Pas une somme susceptible d'être méprisée, même par l'Église. Et il serait le seul instrument qui pût l'amener dans son giron, instrument reconnu par l'encre bleue de l'écriture irrécusable de Mary Carson. Il savait que Paddy ne contesterait jamais le testament; et Mary Carson aussi, que Dieu la fasse pourrir en enfer. Oh! sans aucun doute, Paddy serait furieux, il se refuserait à le revoir ou même à lui adresser la parole, mais son dépit ne l'entraînerait pas à un procès.

Y avait-il réellement une décision à prendre? Ne savait-il pas déjà, n'avait-il pas su dès l'instant où il avait lu le testament, quelle serait sa réaction? Ses larmes s'étaient taries. Avec son aisance habituelle, le père Ralph se leva, s'assura que sa chemise était bien rentrée dans sa culotte de cheval et s'approcha de la porte. Il lui fallait se rendre à Gilly, y prendre une soutane et les vêtements sacerdotaux. Mais, tout d'abord, il devait revoir Mary Carson.

En dépit des fenêtres ouvertes, la puanteur régnait dans la chambre; pas le moindre souffle de brise pour communiquer un peu de vie aux rideaux inertes. D'un pas ferme, il s'approcha du lit, baissa les yeux. Les embryons des œufs de mouche commençaient à se transformer en asticots dans toutes les parties humides du visage, des gaz de putréfaction ballonnaient ses bras et ses mains grasses, formaient des taches verdâtres, la peau se fendillait. Oh, Dieu! Dégoûtante vieille araignée. Tu as gagné, mais quelle victoire? Le triomphe d'une caricature d'humanité en cours de désintégration sur une autre. Tu ne peux pas vaincre ma Meggie, pas plus que tu ne peux lui ôter ce qui n'a jamais été tien. Je brûlerai peut-être en enfer à tes côtés, mais je connais l'enfer qui a été prévu pour toi : la contemplation de mon indifférence à ton égard qui persistera tant que nous pourrirons ensemble dans l'éternité...

Paddy l'attendait dans le hall du rez-de-chaussée; il paraissait souffrant, bouleversé.

— Oh, mon père! dit-il en s'avançant. C'est atroce! Quel choc! Jamais je ne me serais attendu à ce qu'elle nous quitte ainsi; elle était si bien hier soir. Mon Dieu, que vais-je faire?

— L'avez-vous vue?

— Que Dieu me vienne en aide, oui!

— Dans ce cas, vous savez ce qui vous reste à faire.

Je n'ai jamais vu un cadavre se décomposer aussi rapidement. Si on ne le met pas en bière dans les quelques heures qui viennent, vous serez obligé de la verser dans un fût à essence. Elle doit être enterrée à la première heure demain matin. Ne perdez pas de temps à fignoler son cercueil, vous n'aurez qu'à le recouvrir des roses du jardin. Mais pressez-vous, mon vieux! Je pars pour Gilly chercher tout ce qui est nécessaire à la cérémonie.

— Revenez dès que vous le pourrez, mon père, supplia Paddy.

Mais le père Ralph s'absenta plus longtemps que ne l'aurait exigé un simple aller et retour au presbytère. Avant de passer chez lui, il prit la direction de l'une des rues les plus prospères de Gillanbone et arrêta sa voiture devant une maison assez prétentieuse, entourée d'un jardin bien entretenu.

Harry Gough commençait à dîner, mais il quitta la table et se rendit dans le salon quand la servante lui apprit le nom de son visiteur.

— Mon père, voulez-vous partager notre dîner? Corned-beef et chou accompagnés de pommes de terre bouillies et de sauce au persil; exceptionnellement le bœuf n'est pas trop salé.

— Non, Harry, je ne peux pas. Je suis simplement venu vous dire que Mary Carson est morte ce matin.

— Grand Dieu! J'ai assisté à sa réception hier soir! Elle paraissait si bien, mon père!

— Je sais. Elle était très bien quand je l'ai aidée à monter l'escalier vers 3 heures, mais elle a dû mourir presque tout de suite après s'être couchée. Mme Smith l'a trouvée à 6 heures ce soir. A ce moment, la mort avait fait son œuvre depuis si longtemps qu'elle était hideuse... Songez que la pièce est restée close comme une couveuse pendant toute cette journée étouffante. Oh, Seigneur, je prie pour oublier cet effroyable spectacle! Indescriptible, Harry, atroce.

— Elle est enterrée demain?

— Il le faut.

— Quelle heure est-il? 10 heures? Nous dînons aussi tard que les Espagnols par cette chaleur, mais inutile de s'inquiéter, il est encore temps de téléphoner pour annoncer la nouvelle. Voulez-vous que je m'en charge à votre place, mon père?

— Merci, c'est bien aimable à vous. Je ne suis venu à Gilly que pour y chercher les objets du culte. Je ne m'attendais pas à devoir dire la messe des morts quand j'ai quitté le presbytère. Il me faut retourner à Drogheda aussi rapidement que possible; on a besoin de moi là-bas. La messe sera célébrée à 9 heures demain matin.

— Dites à Paddy que j'apporterai le testament de Mary Carson afin de le lire tout de suite après l'enterrement. Vous êtes aussi l'un des bénéficiaires, mon père. Je vous demanderai donc d'assister à la lecture de ses dernières volontés.

— Je crains que nous nous heurtions à une légère difficulté, Harry. Voyez-vous, Mary a fait un autre testament. Hier soir, après avoir quitté la réception, elle m'a remis une enveloppe scellée et a tenu à ce que je lui promette solennellement que je l'ouvrirais dès que je me serais assuré de sa mort. J'ai donc obéi à sa volonté et me suis aperçu qu'il s'agissait de nouvelles dispositions testamentaires.

— Mary a établi un nouveau testament? Sans moi?

— Apparemment. Je crois qu'elle y pensait depuis longtemps, mais j'ignore ce qui l'a poussée à se montrer aussi discrète.

— Avez-vous le document sur vous, mon père?

— Oui.

Le prêtre glissa la main sous sa chemise et tendit les feuillets soigneusement pliés.

Le notaire n'éprouva pas le moindre scrupule à les lire sur-le-champ. Lorsqu'il eut achevé, il leva les yeux et le père Ralph y lut ce qu'il aurait souhaité ne pas y voir : admiration, colère, un certain mépris.

— Eh bien, mes félicitations, mon père. En fin de compte, vous avez tout.

N'étant pas catholique, il pouvait se permettre cette remarque.

— Croyez-moi, Harry, la surprise a été aussi grande pour moi que pour vous.

— Est-ce là le seul exemplaire?

— Pour autant que je sache, oui.

— Et elle vous l'a remis tard la nuit dernière?

— Oui.

— Alors, pourquoi ne l'avez-vous pas détruit afin de vous assurer que ce pauvre vieux Paddy entrerait en possession de ce qui lui revient de droit? L'Église ne peut à aucun titre revendiquer les biens de Mary Carson.

Le prêtre fixa sur lui un regard un rien narquois.

— Oh, mais ça n'aurait pas été correct, Harry! C'est à Mary qu'il appartenait de disposer de ses biens comme elle l'entendait.

— Je conseillerai à Paddy d'attaquer le testament.

— Vous aurez raison.

Et sur ces mots, ils se séparèrent. Avant que quiconque se présentât le lendemain matin pour assister à l'enterrement de Mary Carson, tout Gillanbone et toute la région savaient où allait l'argent. Les dés étaient jetés; impossible de faire marche arrière.

Il était 4 heures du matin quand le père Ralph passa la dernière barrière et pénétra dans l'enclos central car il ne s'était pas pressé pour revenir à Drogheda. Tout au long du trajet, il s'était efforcé de faire le vide dans son esprit; il se refusait à penser. Ni à Paddy ou à Fee, ni à Meggie ou à cette masse puante qu'ils avaient (du moins il l'espérait) versée dans son cercueil. Au lieu de quoi, il ouvrit ses yeux et son esprit à la nuit, aux fantomatiques squelettes argentés des arbres morts qui se dressaient, solitaires, dans l'herbe luisante, aux ombres épaisses projetées par les buissons, à la lune pleine crevant le ciel comme une bulle. A un moment, il arrêta la voiture et descendit, s'approcha d'une clôture de fil de fer tendu à l'extrême et, pris de lassitude, s'adossa à ce support tout en respirant l'odeur ensorcelante des eucalyptus et des fleurs sauvages. La terre était si belle, si pure, si indifférente au destin des créatures assez présomptueuses pour croire qu'elles la régentaient. Les humains pouvaient peut-être croire la posséder durant un moment mais, à long terme, c'est elle qui leur imposait sa loi. Tant qu'ils ne seraient pas capables d'influer sur le temps et de commander la pluie, elle aurait le dessus.

Il gara sa voiture assez loin derrière la maison et s'en approcha lentement. De la lumière brillait à toutes les fenêtres; un murmure lui parvint, venant du logement de Mme Smith; celle-ci récitait un chapelet en compagnie des deux servantes irlandaises. Une ombre se déplaça dans l'obscurité d'une glycine; il s'immobilisa, poils hérissés. Elle l'avait surpris de bien des façons, la vieille araignée. Mais ce n'était que Meggie, attendant patiemment son retour. En culotte de cheval et bottes, bien vivante.

— Tu m'as fait peur, dit-il brutalement.

— Je suis désolée, mon père. Je n'en avais pas l'intention. Mais je ne voulais pas rester à l'intérieur avec papa et les garçons; m'man est chez nous avec les petits. Je suppose que je devrais être en train de prier avec Mme Smith, Minnie et Cat, mais je n'ai pas envie de prier pour elle. C'est un péché, n'est-ce pas?

Il n'était pas d'humeur à encenser la mémoire de Mary Carson.

— Je ne crois pas que ce soit un péché, Meggie; par contre, l'hypocrisie en est un. Moi non plus, je n'ai pas envie de prier pour elle. Elle n'était pas... très bonne. (Il lui dédia un sourire éclatant.) Alors, si tu as péché en me confiant ta pensée, moi aussi, et dans mon cas c'est beaucoup plus grave. Je suis censé aimer tout le monde, fardeau qui ne t'a pas été imposé.

— Vous vous sentez bien, mon père?

— Oui, ça va, dit-il en levant les yeux vers la maison avec un soupir. Je n'ai pas envie d'entrer non plus, c'est tout. Je ne tiens pas à me trouver sous le même toit qu'elle jusqu'à ce qu'il fasse jour et que les démons des ténèbres aient été chassés. Si je selle les chevaux, m'accompagneras-tu pour une promenade que nous ferons durer jusqu'à l'aube?

La main de la jeune fille effleura la manche noire, retomba.

— Moi non plus, je ne veux pas entrer.

— Attends-moi une minute pendant que je mets ma soutane dans la voiture.

— Je vais aux écuries.

Pour la première fois, elle essayait de le rencontrer sur son terrain, celui des adultes; il percevait la différence en elle aussi sûrement qu'il sentait l'odeur des roses montant des jardins de Mary Carson. Les roses. Cendres de roses. Les roses, les roses partout. Pétales dans l'herbe. Roses d'été, rouges, et blanches, et jaunes. Parfum de roses, lourd et doux dans la nuit. Roses roses réduites en cendres par la nuit. Cendres de roses, cendres de roses. Ma Meggie, je t'ai abandonnée. Mais ne comprends-tu pas que tu es devenue une menace? Alors, je t'ai écrasée sous le talon de mon ambition; tu n'as pas plus de substance pour moi qu'une rose froissée dans l'herbe. L'odeur des roses. L'odeur de Mary Carson. Roses et cendres, cendres de roses.

— Cendres de roses, murmura-t-il en enfourchant sa monture. Allons-nous-en aussi loin de l'odeur des roses que nous le sommes de la lune. Demain, la maison en sera pleine.

Il éperonna l'alezane et partit au petit galop, précédant Meggie sur le chemin qui bordait le ruisseau, tenaillé par l'envie de pleurer. Jusqu'à ce qu'il eût senti les bouffées de parfum montant des roses qui demain recouvriraient le cercueil de Mary Carson, il n'avait pas eu pleinement conscience de l'imminence de l'événement. Il s'en irait bientôt. Trop de pensées, trop d'émotions, toutes irrépressibles. L'Église ne le laisserait pas moisir à Gilly un seul jour après avoir appris les termes de l'incroyable testament; il serait appelé à Sydney immédiatement. *Immédiatement!* Il fuyait la douleur, n'en ayant jamais connu de telle, mais celle-ci cheminait sans effort à sa hauteur. Ce n'était pas un quelconque incident dans un avenir vague; cela allait se produire immédiatement. Et il lui semblait voir le visage de Paddy, la répulsion du brave homme, sa façon de se détourner. Après quoi, il ne serait plus le bienvenu à Drogheda, et il ne reverrait jamais Meggie.

L'acceptation vint alors, martelée, rythmée par les sabots dans une sensation d'envol. Cela valait mieux ainsi, valait mieux ainsi, valait mieux ainsi. Au galop, encore au galop. Oui, ce serait sûrement moins douloureux alors, replié dans la sécurité d'une quelconque cellule d'évêché, de moins en moins douloureux, moins et encore moins jusqu'à ce qu'enfin la peine s'estompe de sa conscience. Il fallait que ce soit mieux ainsi. Mieux que de rester à Gilly pour la voir se transformer en une créature qu'il ne souhaitait pas, puis devoir la marier un jour à quelque inconnu. Hors de la vue, hors de l'esprit.

Alors, que faisait-il avec elle en ce moment à chevaucher à travers buis et buissons si loin du ruisseau? Il ne parvenait pas à en comprendre la raison, ne ressentait que de la douleur. Pas la douleur de la trahison; elle n'était pas de mise. Seulement la douleur de devoir la quitter.

— Mon père, mon père! Je n'arrive pas à vous suivre! Pas si vite, mon père, je vous en prie!

Rappel au devoir — et à la réalité. Comme dans un film au ralenti, il cisailla la bouche de sa monture pour lui faire faire demi-tour, et resta en selle jusqu'à ce que sa jument eût calmé son excitation. Et attendre que Meggie le rattrapât? Là était le malheur. Meggie le rattrapait.

Non loin d'eux rugissait la Tête du Forage, grande mare sentant le soufre, dont le tuyau gros comme une manche à air de bateau crachait l'eau chaude. Tout autour du petit lac surélévé, tels des rayons partant du moyeu d'une roue, les rigoles se glissaient à travers la plaine, striant de façon incongrue l'herbe émeraude. Les berges de l'étang, amas de vase grise, donnaient asile à de petits crustacés d'eau douce.

Le père Ralph se mit à rire.

— Ça sent l'enfer, Meggie, tu ne trouves pas? Vapeurs de soufre, là, en plein dans son domaine, chez elle. Elle devrait en reconnaître l'odeur quand elle y descendra, croulant sous les roses, tu ne crois pas? Oh! Meggie...

Les chevaux étaient dressés à rester sur place, rênes pendantes; il n'y avait aucune clôture à proximité et pas d'arbres sur des centaines de mètres à la ronde. Mais un peu plus loin, à l'extrémité de la mare la plus éloignée de la Tête du Forage, là où l'eau était moins chaude, un tronc d'arbre servait aux baigneurs pour se sécher l'hiver.

Le père Ralph s'assit, et Meggie l'imita tout en restant à bonne distance; elle se tourna sur le côté afin de l'observer.

— Qu'y a-t-il, mon père?

Elle lui parut curieuse, cette question si souvent tombée des lèvres de la jeune fille. Il sourit.

— Je t'ai vendue, ma petite Meggie. Vendue pour treize millions de pièces d'argent.

— Vous m'avez *vendue*?

— Figure de rhétorique. Ça n'a pas d'importance. Approche-toi. Nous n'aurons peut-être plus l'occasion de causer.

— Vous voulez dire pendant la durée du deuil? (Elle se rapprocha.) Je ne vois pas quelle différence ça peut faire.

— Ce n'est pas ce que je veux dire, Meggie.

— Alors, c'est parce que je grandis et qu'on pourrait jaser à notre sujet?

— Pas exactement. Je vais partir.

Et voilà : foncer tête baissée, la charger d'un autre fardeau. Ni cris, ni pleurs, ni tempête de protestations. Seulement une légère contraction, comme si le fardeau se posait de guingois, ne s'équilibrait pas pour qu'elle pût le porter aisément. Et un souffle retenu, pas même un soupir.

— Quand?

— C'est une question de jours.

— Oh, mon père! Ce sera encore plus dur que pour Frank.

— Et, pour ma part, plus dur que ce que j'ai pu connaître dans toute mon existence. Je n'ai aucune consolation. Toi, au moins, tu as ta famille.

— Vous avez votre Dieu.

— Bien dit, Meggie. Tu as vraiment grandi!

Mais, femelle tenace, elle revint à la question qu'il lui avait été impossible de poser pendant la chevauchée de cinq kilomètres. Il partait, ce serait dur de se passer de lui, mais l'interrogation n'en demeurait pas moins importante en soi.

— Mon père, dans l'écurie, vous avez dit « cendres de roses ». Vouliez-vous parler de la couleur de ma robe?

— En un sens, peut-être. Mais je crois que j'entendais surtout autre chose.

— Quoi?

— Rien que tu puisses comprendre, ma petite Meggie. La mort d'une idée qui n'avait pas le droit de naître ni de grandir.

— Il n'y a rien qui n'ait pas le droit de naître, pas même une idée.

Il tourna la tête pour mieux l'observer.

— Tu sais de quoi je parle, n'est-ce pas?

— Je crois.

— Tout ce qui naît n'est pas bon, Meggie.

— Non. Mais puisque c'est né, c'était avec l'intention de l'être.

— Tu parles comme un jésuite. Quel âge as-tu?

— J'aurais dix-sept ans dans un mois, mon père.

— Et tu as passé ces dix-sept ans à trimer. Eh bien, un rude labeur aide à mûrir. A quoi penses-tu, Meggie, quand tu as le temps de penser?

— Oh! à Jims et Patsy et à mes autres frères, à papa, à m'man, à Hal et à tante Mary. Quelquefois à faire pousser des bébés, j'aimerais bien ça. Et aux moutons, à monter à cheval. Et à toutes les choses dont parlent les hommes. Le temps, la pluie, le potager, les poules, à ce que je ferai demain.

— Rêves-tu d'avoir un mari?

— Non, mais je suppose qu'il m'en faudra un si je veux faire pousser des bébés. Ce n'est pas bon pour un enfant de ne pas avoir de père.

En dépit de sa peine, il sourit; elle incarnait un si curieux mélange d'ignorance et de sens moral. Sur quoi, il se tourna sur le côté, lui prit le menton au creux de sa main et la contempla. Comment faire, que fallait-il faire?

— Meggie, récemment j'ai pris conscience d'une chose dont j'aurais dû m'apercevoir depuis longtemps. Tu n'as pas été tout à fait franche en me disant à quoi tu pensais, n'est-ce pas?

— Je... commença-t-elle.

Et tomba le silence.

— Tu n'as pas dit que tu pensais à moi, n'est-ce pas? Si tu ne te sentais pas coupable, tu aurais prononcé mon nom en même temps que celui de ton père. C'est peut-être une bonne chose que je m'en aille, tu ne crois pas? Tu commences à être un peu trop âgée pour nourrir une toquade d'écolière quoique, évidemment, tu ne sois pas tellement avertie pour une fille qui va avoir dix-sept ans. Il me plaît que tu ignores à peu près tout des réalités de la vie, mais je sais combien peuvent être douloureuses les amourettes de gamine; j'en ai suffisamment souffert.

Elle parut sur le point de parler mais, finalement, ses paupières retombèrent sur ses yeux brillants de larmes, et elle secoua la tête.

— Ecoute, Meggie, il s'agit d'une simple phase, une borne sur la route qui te conduit à ta vie de femme. Dans quelques années, tu rencontreras celui qui deviendra ton mari, et tu seras infiniment trop occupée à organiser ton existence pour penser à moi sauf comme à un vieil ami qui t'a aidée à traverser les terribles convulsions de l'adolescence. Ce qu'il te faut éviter, c'est de rêver de moi avec romantisme et d'en prendre l'habitude. Il m'est interdit de te considérer à la façon d'un mari. Je ne te vois pas du tout d'après cette optique, Meggie, est-ce que tu me comprends? Quand je te dis que je t'aime, ce n'est pas en tant qu'homme. Je suis prêtre, pas homme. Alors, ne rêvasse pas sur moi. Je vais partir et je doute fort que j'aie le temps de revenir à Drogheda, même pour une simple visite.

Les épaules de la jeune fille restaient affaissées comme si la charge était trop pesante, mais elle leva la tête pour le regarder en face.

— Je ne rêverai pas de vous, ne vous inquiétez pas. Je sais que vous êtes prêtre.

— Vois-tu, je ne pense pas m'être trompé en choisissant ma vocation; elle comble en moi un besoin qu'aucun être humain ne pourrait jamais satisfaire, pas même toi.

— Je sais. Je m'en rends compte quand vous dites la messe. Vous avez un pouvoir. Je suppose que vous vous sentez en parfaite communion avec Notre-Seigneur.

— Je perçois chaque souffle suspendu à l'Église,

Meggie. Chaque jour, je meurs et chaque matin en disant la messe je ressuscite. Mais est-ce parce que je suis un prêtre élu par Dieu, ou parce que je sens chacun des souffles suspendus, que je devine le pouvoir que j'ai sur toutes les âmes présentes?

— Est-ce que ça a de l'importance? C'est comme ça, c'est tout.

— Ça n'aurait probablement pas d'importance pour toi, mais ça en a pour moi. Je doute, je doute.

Elle revint au sujet qui lui tenait à cœur.

— Je ne sais pas comment je pourrai me passer de vous, mon père. D'abord Frank, maintenant vous. Avec Hal c'est différent, je sais qu'il est mort et qu'il ne pourra jamais revenir, mais vous et Frank êtes vivants! Je me demanderai toujours comment vous allez, ce que vous faites, si tout va bien pour vous, si je pourrais vous aider d'une façon quelconque. Il faudra même que je me demande si vous êtes toujours vivant, n'est-ce pas?

— J'éprouverai les mêmes sentiments, Meggie, et je sais qu'il en va de même pour Frank.

— Oh non! Frank nous a oubliés... Vous aussi, vous nous oublierez.

— Je ne t'oublierai jamais, Meggie, aussi longtemps que je vivrai. Et ce sera mon châtiment que de vivre longtemps, très longtemps. (Il se leva, lui tendit la main pour qu'elle se redresse, et lui passa les bras autour des épaules en un geste protecteur, affectueux.) Le moment est venu de nous dire adieu, Meggie. Nous n'aurons plus l'occasion d'être seuls tous les deux.

— Si vous n'aviez pas été prêtre, mon père, m'auriez-vous épousée?

Le rappel de son état le secoua.

— Ne m'appelle donc pas tout le temps mon père! Tu peux dire Ralph.

La remarque ne répondait pas à la question qu'elle lui avait posée.

Bien qu'il la tînt contre lui, il n'avait pas l'intention de l'embrasser. Le visage levé vers le sien était presque invisible car la lune avait disparu et il faisait très sombre. Il sentait les petits seins dressés au creux de sa poitrine; sensation curieuse, déconcertante. Plus déroutant encore était le fait qu'elle se nichait contre lui avec l'abandon d'une femme qui se presserait chaque soir contre un homme; tout naturellement, ses bras s'étaient levés pour le prendre par le cou et elle le serrait étroitement.

Il n'avait jamais posé sur les lèvres d'une femme un baiser d'amant; il ne voulait pas commencer, pas plus, pensait-il, que Meggie ne le souhaitait. Un doux effleurement sur la joue, une rapide étreinte, comme ce qu'elle pourrait attendre de son père si celui-ci s'en allait. Elle était sensible et fière; il avait dû la blesser profondément en se livrant à la froide inspection des rêves chéris qu'elle nourrissait. Sans aucun doute, elle désirait autant que lui mettre un terme à ces adieux. Cela la réconforterait-elle de savoir qu'il souffrait plus qu'elle? Lorsqu'il pencha la tête pour lui déposer un baiser sur la joue, elle se hissa sur la pointe des pieds et, plus par hasard que par intention, elle lui effleura les lèvres. Il se rejeta en arrière, comme s'il avait goûté le poison de l'araignée, puis, avant de la perdre, il pencha la tête vers elle, tenta de dire quelque chose contre la douce bouche fermée et, en essayant de répondre, elle écarta les lèvres. Le corps juvénile parut perdre ses angles aigus, devenir fluide, parcelle de ténèbres tiède et fondante; d'un bras il lui entourait la taille tandis que, de sa main libre, il lui caressait la nuque, les cheveux, lui maintenant le visage vers le ciel, comme s'il craignait qu'elle lui échappât à l'instant même, avant qu'il pût appréhender et répertorier cette incroyable présence qu'était Meggie. Meggie, et pas Meggie, trop étrangère pour être familière car sa Meggie n'était pas une femme, ne sentait pas comme une femme, ne serait jamais une femme pour lui. Pas plus qu'il ne pouvait être un homme pour elle.

La pensée triompha de ses sens en déroute; il arracha les bras qui lui entouraient le cou, la repoussa et tenta de voir son visage dans l'obscurité. Mais elle baissait la tête, se refusait à le regarder.

— Il est temps que nous partions, Meggie.

Sans un mot, elle s'approcha de son cheval, se mit en selle et l'attendit; généralement, c'était lui qui l'attendait.

Le père Ralph avait vu juste. A cette époque de l'année, les jardins de Drogheda croulaient sous les roses et la maison en regorgeait. Dès 8 heures ce matin-là, il ne restait pratiquement pas la moindre fleur dans les massifs. Les premières personnes venues pour assister aux obsèques commencèrent à se manifester peu après que la dernière rose eut été moissonnée; du café, du pain et du beurre les attendaient dans la petite salle à manger. Quand Mary Carson aurait été inhumée dans son caveau, un repas plus substantiel serait servi dans la grande salle à manger afin que les gens venus de loin puissent se restaurer avant de repartir. Le bruit s'était répandu comme une traînée de poudre; on ne pouvait douter de l'efficacité des lignes téléphoniques de Gilly. Tandis que les lèvres prononçaient des phrases conventionnelles, les yeux et les esprits spéculaient, récapitulaient, souriaient, non sans malice.

— J'apprends que nous allons vous perdre, mon père? remarqua méchamment miss Carmichael.

Jamais il n'avait paru aussi lointain, aussi dénué de sentiments humains que ce matin-là dans son aube toute simple, sans dentelles, et sa terne chasuble noire brodée d'une croix d'argent. Il semblait n'être présent que physiquement alors que son esprit voguait au loin, mais il regarda miss Carmichael distraitement, parut se ressaisir et sourit avec une joie évidente.

— Les voies de Dieu sont impénétrables, miss Carmichael, laissa-t-il tomber avant d'aller s'adresser à un autre de ses paroissiens.

Personne n'aurait pu deviner les pensées qui l'habitaient; il appréhendait la confrontation imminente avec Paddy pendant la lecture du testament et redoutait la rage qui ne manquerait pas d'empoigner cet homme; il avait *besoin* de la hargne et du mépris de Paddy.

Avant de commencer la messe de requiem, il se tourna pour faire face à sa congrégation; la salle était comble et il planait un tel relent de roses que l'air entrant par les fenêtres grandes ouvertes ne parvenait pas à dissiper leur lourd parfum.

— Je n'ai pas l'intention de me livrer à une longue oraison funèbre, déclara-t-il de sa voix claire, à la diction presque oxfordienne, entachée d'un léger accent irlandais. Mary Carson était connue de tous. Pilier de la communauté, pilier de l'Église qu'elle aimait plus que tout être vivant..

A ce stade, certains des assistants auraient juré que ses yeux étaient moqueurs tandis que d'autres auraient soutenu, tout aussi énergiquement, qu'ils étaient voilés par un chagrin réel et durable.

— Pilier de l'Église qu'elle aimait plus que tout être vivant, répéta-t-il d'une voix encore plus claire, les yeux fixés sur son auditoire. Pour passer de vie à trépas, elle était seule, sans l'être pourtant car, à l'heure de notre mort, Notre-Seigneur Jésus-Christ est avec nous, en nous, prenant sur lui le fardeau de notre agonie. Le plus grand comme le plus humble des êtres humains ne meurt pas seul et la mort est douce. Nous sommes réunis afin de prier pour son âme immortelle; que celle que nous avons aimée pendant sa vie trouve au ciel sa juste et éternelle récompense. Prions.

Le cercueil grossier disparaissait sous les roses et il reposait sur un petit charreton que les garçons avaient fabriqué en ayant recours à diverses pièces prises sur du matériel agricole. En dépit des fenêtres ouvertes et du parfum entêtant des fleurs, l'odeur de décomposition assaillait toutes les narines. Le docteur avait parlé lui aussi.

— Quand je suis arrivé à Drogheda, elle était déjà dans un tel état de décomposition que j'ai été pris de nausées, expliqua-t-il au téléphone à Martin King. Jamais je n'ai éprouvé autant de commisération à l'égard de quelqu'un que j'en ai ressenti pour Paddy Cleary à cet instant. Non seulement il avait été dépouillé de Drogheda, mais il lui fallait aussi mettre en bière cet abominable tas de pourriture!

— Dans ce cas, je ne serai pas volontaire pour porter le cercueil, répondit Martin King.

Il s'était exprimé à voix si basse, en raison du chapelet de récepteurs branchés sur la même ligne, que le médecin dut lui faire répéter ses paroles à trois reprises avant de comprendre.

De là, le charreton; personne ne voulait porter sur l'épaule la dépouille mortelle de Mary Carson en traversant la pelouse jusqu'au caveau. Et personne ne regretta de voir se refermer sur elle les portes du caveau; chacun put enfin respirer normalement.

Tandis que les assistants se groupaient dans la grande salle à manger pour se restaurer ou tout au moins faire semblant, Harry Gough entraîna Paddy, sa famille, le père Ralph, Mme Smith et les deux servantes jusqu'au salon. Aucun des visiteurs n'avait la moindre intention de se hâter pour rentrer chez lui, ce qui expliquait que tous faisaient mine de manger. En réalité, ils tenaient à être sur place pour voir la tête de Paddy quand celui-ci sortirait du salon après la lecture du testament. On devait en tout cas lui rendre justice, à lui et à sa famille : pendant les obsèques, aucun d'eux ne s'était comporté comme s'il avait conscience du rang élevé auquel il pouvait à présent prétendre. Avec sa bonté coutumière, Paddy avait pleuré sa sœur et Fee restait égale à elle-même, comme si elle ne s'intéressait pas à ce qui lui arrivait.

— Paddy, je veux que vous attaquiez le testament, déclara Harry Gough après avoir donné lecture de l'étonnant document d'une voix sèche, indignée.

— Satanée vieille garce! laissa échapper Mme Smith.

Bien qu'elle aimât le prêtre, elle lui préférait de beaucoup les Cleary. Ceux-ci avaient apporté des enfants, des bébés dans sa vie.

Paddy secoua la tête.

— Non, Harry! Je n'en ferai rien. La propriété était à elle et elle avait le droit d'en disposer à sa guise. Si elle tenait à la léguer à l'Église, nous devons nous incliner devant ses volontés. Je n'irai pas jusqu'à prétendre que je ne suis pas un peu déçu, mais je ne suis qu'un type assez ordinaire, alors c'est peut-être mieux comme ça. Je ne crois pas que j'aimerais tellement avoir sur les épaules la responsabilité d'un domaine aussi vaste que Drogheda.

— Vous ne comprenez pas, Paddy! insista Harry Gough en détachant ses mots comme s'il s'adressait à un enfant. Ce n'est pas seulement Drogheda. Le domaine ne représente qu'une partie infime de ce que votre sœur lègue, croyez-moi. Elle est actionnaire majoritaire d'une centaine de sociétés de tout premier ordre; elle est propriétaire d'aciéries, de mines d'or, de la Michar Limited qui possède un bâtiment de neuf étages à Sydney rien que pour ses bureaux. Elle avait la plus grosse fortune d'Australie! Assez curieusement, elle m'a demandé de me mettre en rapport avec les directeurs de la Michar Limited à Sydney, il y a à peine un mois, pour connaître le montant exact de son avoir. Au moment de sa mort, sa fortune se montait à plus de treize millions de livres sterling.

— Treize millions de livres! répéta Paddy du ton dont on évoque la distance séparant la terre du soleil, évaluation totalement inconcevable. Voilà qui liquide la

question, Harry. Je ne veux pas assumer la responsabilité d'affaires aussi énormes.

— Il n'y a aucune responsabilité à assumer, Paddy!
Vous n'auriez absolument pas besoin de vous en occuper; il y a des centaines de personnes employées uniquement pour s'en charger. Attaquez le testament, Paddy,
je vous en prie! Je vous mettrai en rapport avec les
meilleurs avocats du pays et je vous épaulerai jusqu'au
bout, jusqu'au Conseil de la couronne si nécessaire.

Prenant subitement conscience que sa famille avait
aussi un mot à dire, Paddy se tourna vers Bob et Jack,
ébahis, assis côte à côte sur un banc de marbre florentin.

— Alors, les gars, qu'est-ce que vous en dites? Voulez-vous essayer de faire main basse sur ce fameux
paquet... les treize millions de la tante Mary? Si vous le
souhaitez, j'attaquerai le testament; sinon, je m'abstien-
drai.

— Mais, n'importe comment, nous pouvons continuer à vivre à Drogheda, c'est bien ce que te dit le
testament? s'enquit Bob.

— Personne ne peut vous chasser de Drogheda tant
qu'il restera un seul des petits-enfants de votre père,
expliqua Harry.

— Nous vivrons ici, dans la grande maison, avec
Mme Smith et Minnie et Cat pour s'occuper de nous et
nous toucherons un bon salaire, renchérit Paddy
comme s'il s'émerveillait de sa chance et négligeait son
infortune.

— Alors, qu'est-ce qu'on demande de plus? demanda
Bob à son frère. Tu n'es pas d'accord?

— Ça me convient, répondit sobrement Jack.

Le père Ralph ne tenait pas en place. N'ayant même
pas pris le temps d'ôter ses vêtements sacerdotaux, il ne
s'était pas assis; tel un beau et sombre sorcier, il se
tenait dans la pénombre au fond de la pièce, à l'écart,
les mains glissées sous la chasuble noire, les traits figés.

Au fond de ses yeux bleus si lointains s'accumulait un ressentiment accablant, horrifié. Il ne subirait même pas le châtiment ardemment souhaité de la colère et du mépris; Paddy allait tout lui offrir sur un plateau d'argent, de bonne volonté, et le *remercier* de soulager les Cleary d'un fardeau.

— Et Fee, et Meggie? intervint sèchement le prêtre à l'adresse de Paddy. Vous ne tenez pas les femmes de votre famille suffisamment en estime pour les consulter aussi?

— Fee? interrogea Paddy d'une voix anxieuse.

— Je m'en tiendrai à ta décision, Paddy. Ça m'est égal.

— Meggie?

— Je ne veux pas de ses treize millions de pièces d'argent, répondit-elle, les yeux rivés sur le père Ralph.

— Alors, voilà qui met un terme à cette affaire, Harry, dit Paddy en se tournant vers le notaire. Nous ne voulons pas attaquer le testament. Que l'Église hérite de l'argent de Mary, et grand bien lui fasse.

Harry se frappa dans les mains.

— Nom de Dieu, ça me fait mal au ventre de vous voir dépouillés.

— Je remercie ma bonne étoile, dit doucement Paddy. Sans Mary, je serais encore en train de trimer chez l'un et chez l'autre pour gagner ma vie en Nouvelle-Zélande.

En quittant le salon, Paddy arrêta le père Ralph et lui tendit la main, face à tous les assistants passionnés, groupés devant la porte de la salle à manger.

— Mon père, ne croyez surtout pas que nous ayons le moindre ressentiment à votre endroit. Tout au long de sa vie, Mary n'a jamais été influencée par un autre être humain, prêtre, frère ou mari. Croyez-moi, elle a agi exactement comme elle le voulait. Vous avez été très bon pour elle, et vous avez été très bon pour nous. Nous ne l'oublierons jamais.

La culpabilité. *Le fardeau*. Le père Ralph faillit ne pas esquisser un mouvement pour prendre la main noueuse, tachée, mais le cerveau du cardinal l'emporta; il l'étreignit fiévreusement et, au supplice, sourit.

— Merci, Paddy. Soyez certain que je veillerai à ce que vous ne manquiez jamais de quoi que ce soit.

Il partit dans la semaine sans avoir reparu à Drogheda. Il passa ces quelques jours à emballer ses maigres biens et rendit visite à tous les domaines de la région où vivaient des familles catholiques, à l'exception de Drogheda.

Le père Watkin Thomas, nouveau venu du pays de Galles, arriva pour prendre la charge de la paroisse de Gillanbone tandis que le père Ralph de Bricassart devenait secrétaire particulier de l'archevêque Cluny Dark. Mais son travail se limitait à peu de choses; il disposait de deux sous-secrétaires. Il s'occupait essentiellement de découvrir ce dont exactement Mary Carson avait été propriétaire et à combien se montait son avoir, tout en rassemblant les rênes du pouvoir pour le compte de l'Église.

LIVRE III

1929-1932

PADDY

8

Le Nouvel An arriva, coïncidant avec le bal de la Saint-Sylvestre qu'Angus MacQueen donnait chaque année à Rudna Hinish, sans que l'emménagement dans la grande maison eût été terminé. Il ne s'agissait pas là d'une opération qu'on pouvait bâcler; il fallait emballer les objets de tous ordres accumulés pendant sept ans et, par ailleurs, Fee insistait pour que le salon de leur nouvelle demeure fût achevé avant la prise de possession. Aucun des membres de la famille ne faisait preuve de hâte bien qu'il tardât à chacun de déménager. Sous certains rapports, la grande maison ne serait guère différente : elle ne disposait pas d'électricité et les mouches y étaient tout aussi abondantes. Mais, en été, on y enregistrait sept ou huit degrés de moins qu'à l'extérieur en raison de l'épaisseur de ses murs de pierre et de l'ombre dispensée sur le toit par les eucalyptus. Par ailleurs, la salle de bains était un véritable luxe, disposant d'eau chaude tout l'hiver, grâce aux tuyaux qui couraient à l'arrière de l'énorme poêle situé dans les cuisines, tout à côté; seule, l'eau de pluie alimentait cette installation. Dix cabines de bain et de douche étaient à la disposition des habitants de la grande maison; cette dernière ainsi que les petites bâtisses annexes étaient libéralement pourvues de cabinets intérieurs, signe d'opulence que les envieux habitants de Gilly taxaient de sybaritisme. Mis à part l'hôtel *Impérial*, deux cafés, le presbytère et le couvent, la région de Gillanbone ignorait le confort de toilettes intérieures. Mais le domaine de Drogheda pouvait se permettre ce luxe grâce à son nombre considérable de toitures et de citernes pouvant capter et conserver l'eau de pluie. La règle était stricte : pas de prodigalité avec la chasse d'eau et emploi d'abondantes quantités de désinfectant à moutons. Mais, après les trous creusés dans la terre, cela tenait du paradis.

Le père Ralph avait adressé à Paddy un chèque de cinq mille livres dès le début du mois de décembre pour faire face aux premiers frais, expliquait-il. Paddy tendit la lettre à Fee avec une exclamation de stupeur.

— Dire que je n'ai probablement pas gagné une telle somme dans toute une vie de labeur!

— Qu'est-ce qu'on va en faire? demanda Fee qui, après un bref coup d'œil au chèque, leva des yeux brillants vers son mari. De l'argent, Paddy! Enfin de l'argent! Tu te rends compte? Oh! je me moque des treize millions de livres de la tante Mary... une telle somme est irréelle. Mais *ça*, c'est vrai! Qu'allons-nous en faire?

— Le dépenser, répondit simplement Paddy. Quelques vêtements neufs pour les enfants... et toi? Tu aimerais peut-être t'acheter différentes choses pour la grande maison, non? De mon côté, je ne vois rien d'autre dont nous ayons besoin.

— C'est idiot, mais moi non plus. (Elle se leva, quitta la table du petit déjeuner et appela Meggie d'une voix impérieuse.) Viens! Nous allons jeter un coup d'œil dans la grande maison.

Bien qu'à ce moment trois semaines se fussent écoulées depuis les quelques jours frénétiques qui avaient suivi la mort de Mary Carson, aucun des Cleary ne s'était approché de loin ou de près de la grande maison; mais, maintenant, la visite de Fee rattrapait largement leur répugnance initiale. Elle allait d'une pièce à l'autre, suivie de Meggie, Mme Smith, Minnie et Cat; elle stupéfiait sa fille qui ne lui avait jamais connu une telle vivacité. Elle soliloquait continuellement : ceci était atroce, cela positivement horrible; Mary était-elle daltonienne, était-elle dénuée du moindre goût?

Dans le salon, Fee s'arrêta plus longuement, examinant les lieux d'un œil critique; seule, la salle de réception était plus vaste. Le salon mesurait douze mètres de long sur dix de large avec une hauteur sous plafond de quatre mètres cinquante. L'ensemble formait un curieux mélange du meilleur et du pire en matière de décoration; la peinture crème qui avait jauni ne mettait guère en valeur les magnifiques moulures du plafond ni les panneaux sculptés des murs. Les immenses portes-fenêtres qui se succédaient pratiquement sans interruption sur toute la longueur de la véranda étaient encadrées de lourds rideaux en velours marron qui noyaient d'une ombre profonde les sièges bruns, deux étonnants bancs de malachite et deux autres, splendides, en marbre florentin, ainsi qu'une massive cheminée de marbre crème veiné de rose. Sur le sol de teck poli, trois tapis d'Aubusson se détachaient avec une précision géométrique; un lustre de cristal de Waterford, d'un mètre quatre-vingts de haut, était littéralement collé au plafond, sa chaîne d'origine enroulée autour d'un piton.

— Vous pouvez être félicitée, madame Smith, laissa tomber Fee. C'est absolument atroce, mais d'une propreté rigoureuse. Je vais faire en sorte que vous ayez à entretenir un mobilier digne de vos soins. Ces bancs inestimables sans quoi que ce soit pour les mettre en valeur... c'est une honte! Depuis le premier jour où je suis entrée dans cette pièce, j'ai eu envie de la transformer en un endroit digne de susciter l'admiration de tous, tout en offrant suffisamment de confort pour donner à chaque visiteur envie de s'y éterniser.

Le bureau de Mary Carson, un hideux meuble victorien, supportait l'appareil téléphonique; Fee s'en approcha, regarda le bois triste avec mépris.

— Mon secrétaire sera merveilleux ici, déclara-t-elle. Je vais commencer par cette pièce; nous emménagerons dès qu'elle sera achevée, pas avant. Alors, nous pourrons disposer d'un endroit où nous pourrons nous réunir sans être déprimés, ajouta-t-elle en s'asseyant pour décrocher le récepteur.

Tandis que sa fille et ses servantes se rassemblaient en un petit groupe abasourdi, elle fit en sorte que Harry Gough payât de sa personne. Mark Foys enverrait des échantillons de tissu par le courrier du soir; Nock & Kirbys lui ferait parvenir un répertoire de peintures; Grace Brothers lui expédierait des albums de papier peint; ces établissements et d'autres magasins de Sydney lui adresseraient des catalogues de mobilier spécialement établis à son intention. D'un ton rieur, Harry Gough assura qu'il lui enverrait un tapissier compétent et une équipe de peintres capables d'exécuter le travail méticuleux qu'exigeait Fee. Un point pour Mme Cleary! Elle allait balayer hors de la maison tout ce qui rappelait Mary Carson.

L'entretien téléphonique achevé, Fee donna ordre aux trois femmes d'arracher sur-le-champ les rideaux de velours marron qui allèrent immédiatement rejoindre le tas d'ordures en une débauche de prodigalité qu'elle organisa personnellement, allant jusqu'à y mettre le feu elle-même.

— Nous n'en avons pas besoin, affirma-t-elle. Et je ne veux pas les infliger aux pauvres de Gillanbone.

— Bien sûr, m'man, approuva Meggie, pétrifiée.

— Nous n'aurons pas de rideaux, déclara Fee, pas le moins du monde soucieuse de cette atteinte flagrante aux critères de décoration de l'époque. La véranda est infiniment trop large pour laisser entrer le soleil directement, alors à quoi serviraient des rideaux? Je veux que cette pièce puisse être vue.

Les tissus arrivèrent, ainsi que les peintres et le tapissier; Meggie et Cat durent monter tout en haut des échelles pour laver les parties supérieures des fenêtres tandis que Mme Smith et Minnie en nettoyaient le bas et que Fee allait et venait, observant tout d'un regard perçant.

Au cours de la deuxième semaine de janvier, tout fut achevé, et la rumeur se répandit par l'intermédiaire du téléphone local. Mme Cleary avait transformé le salon de Drogheda en un palais, et ne serait-il pas courtois que Mme Hopeton accompagnât Mme King et Mme O'Rourke pour présenter leurs vœux à la famille Cleary à l'occasion de leur emménagement dans la grande maison?

Personne ne mit en doute la réussite de Fee. Les tapis d'Aubusson au décor de roses éteintes avaient été jetés comme au hasard sur le parquet poli à l'égal d'un miroir. Une nouvelle peinture crème recouvrait les murs et le plafond dont chaque moulure et sculpture se détachait en doré, mais dans les grands ovales des panneaux des motifs de papier peint rappelaient les bouquets de roses des tapis sur un fond de soie noire entourée de crème et d'or, évoquant quelque peu l'art pictural japonais. Le lustre à cristaux de Waterford avait été rabaissé jusqu'à ce que sa partie inférieure tintât à deux mètres seulement du parquet; nettoyé, chacun de ses milliers de prismes miroitait ainsi qu'un arc-en-ciel et sa grande chaîne de bronze pendait librement au lieu d'être enroulée autour de son piton. De gracieuses petites tables crème et or supportaient girandoles, cendriers et vases en cristal de Waterford débordants de roses crème et rosées; tous les fauteuils confortables avaient été recouverts de soie moirée crème et réunis en petits groupes intimes autour d'ottomanes invitant au repos. Dans un angle ensoleillé se détachait la vieille épinette supportant un bouquet de roses. Au-dessus de la cheminée, trônait le portrait de la grand-mère de Fee dans sa crinoline rose pâle et, lui faisant face à l'autre bout de la pièce, un autre portrait, encore plus grand, représentant une Mary Carson jeune, aux cheveux rouges dont le visage rappelait celui de la reine Victoria lors de ses premières années de règne, sanglée dans une robe à tournure raide et noire.

— Très bien, approuva Fee. Maintenant, nous pouvons abandonner la maison près du ruisseau et emménager. Je m'occuperai des autres pièces tout à loisir. Oh, quel plaisir d'avoir de l'argent et de pouvoir le dépenser dans une belle demeure!

Trois jours avant leur déménagement, alors que le soleil n'était pas encore levé, les coqs saluèrent la nouvelle journée par des chants joyeux.

— Misérable engeance, maugréa Fee en enveloppant une assiette dans un vieux journal. Je me demande de quoi ils sont si fiers. Pas un seul œuf pour le petit déjeuner, en ce moment où tous les hommes sont à la maison en attendant qu'on en finisse avec le déménagement. Meggie, il faudra que tu ailles visiter les nichoirs à ma place, j'ai trop à faire. (Elle jeta distraitement les yeux sur une feuille jaunie du *Sydney Morning Herald* et esquissa une moue désabusée devant une publicité vantant un corset pour taille de guêpe.) Je me demande pourquoi Paddy s'abonne à tous ces journaux; personne n'a jamais le temps de les lire. Ils s'empilent trop vite pour qu'on puisse tous les brûler dans la cuisinière. Regarde celui-ci, il date de notre arrivée! Enfin, ils servent au moins à emballer la vaisselle.

C'est agréable de voir m'man si gaie, pensa Meggie en

descendant vivement l'escalier. Bien qu'il tardât à chacun de vivre dans la grande maison, m'man semblait la plus surexcitée à cette perspective, comme si elle se rappelait ce que l'existence représentait dans une telle résidence. Comme elle est intelligente, quel goût parfait elle a! Personne ne s'en était rendu compte auparavant parce qu'il n'y avait ni temps ni argent pour mettre ses qualités en valeur. Meggie exultait; Papa s'était rendu chez le bijoutier de Gilly et avait utilisé une partie des cinq mille livres pour acheter à m'man un tour de cou en perles véritables et des boucles d'oreilles assorties mais ornées aussi de quelques petits diamants. Il devait lui offrir l'ensemble à l'occasion de leur premier dîner dans la grande maison. Maintenant qu'elle avait vu le visage de sa mère exempt de sa sévérité habituelle, il lui tardait de surprendre son expression quand elle verrait les perles. De Bob aux jumeaux, les enfants attendaient cet instant avec impatience car papa leur avait montré le grand écrin plat, en cuir, l'ouvrant pour livrer à leur contemplation les grains d'une opalescence laiteuse reposant sur leur lit de velous noir. Le bonheur épanoui de leur mère les avait profondément touchés; cela tenait de la joie ressentie à l'approche d'une bonne pluie vivifiante. Jusque-là, ils n'avaient jamais bien compris à quel point elle avait dû être malheureuse tout au long de ces années.

Le poulailler, immense, renfermait quatre coqs et plus de quarante poules. La nuit, celles-ci s'abritaient sous un appentis à demi écroulé dont le sol, soigneusement balayé, était entouré de caisses d'oranges remplies de paille pour la ponte; à l'arrière, on distinguait des perchoirs de diverses hauteurs. Mais pendant la journée, les volailles se répandaient dans l'enceinte grillagée. Lorsque Meggie poussa la porte et se glissa à l'intérieur, les poules la harcelèrent, croyant qu'elles allaient être nourries, mais Meggie ne leur apportait du grain que dans la soirée et elle rit devant le ridicule ballet des volatiles tout en s'avançant vers l'appentis.

— Franchement, vous êtes impossibles! leur lança-t-elle d'un ton sévère en visitant les nichoirs. Plus de quarante poules et seulement quinze œufs! Pas même assez pour le petit déjeuner, sans parler d'un gâteau! Eh bien, je préfère vous prévenir... si vous n'y mettez pas rapidement bon ordre, vous finirez à la casserole, toutes autant que vous êtes! Et cet avertissement est valable pour les seigneurs des lieux tout comme pour leurs épouses, alors, inutile de déployer la queue et de gonfler le poitrail comme si vous n'étiez pas en cause, messieurs!

Les œufs soigneusement posés dans son tablier, Meggie regagna la cuisine en chantonnant.

Elle trouva Fee assise dans le fauteuil de Paddy, les yeux rivés sur un exemplaire du *Smith's Weekly*, visage blême, lèvres tremblantes. Meggie entendait ses frères et son père de l'autre côté de la cloison et les rires de Jims et Patsy qui venaient d'avoir six ans. Ils n'étaient jamais autorisés à se lever avant le départ des hommes.

— Qu'est-ce qu'il y a, m'man? s'enquit Meggie.

Fee ne répondit pas; elle demeurait immobile, le regard perdu, des gouttes de sueur perlant sur sa lèvre supérieure, les yeux figés dans la douleur, comme si elle faisait appel à toutes ses forces pour ne pas hurler.

— Papa! Papa! appela Meggie d'une voix aiguë, en proie à la peur.

L'affolement qui perçait dans son cri tira Paddy hors de sa chambre alors qu'il venait d'enfiler son gilet de flanelle. Bob, Jack, Hughie et Stù lui emboîtèrent le pas. Sans mot dire, Meggie désigna sa mère.

Etreint par une angoisse indicible, Paddy se pencha sur sa femme, lui saisit le poignet qui retomba inerte.

— Qu'est-ce qu'il y a, chérie? demanda-t-il.

L'extrême tendresse qui perçait dans sa voix était

inconnue des enfants, pourtant ceux-ci comprirent que le ton dont usait leur père devait être celui que leurs parents employaient quand ils n'étaient pas là.

Elle parut suffisamment reconnaître ces intonations particulières pour émerger de l'abîme dans lequel elle se débattait; les grands yeux gris se relevèrent sur le visage angoissé, si bon, usé, déjà vieux.

— Là, dit-elle en désignant un article en bas de page.

Stuart vint se tenir derrière sa mère, lui posa doucement la main sur l'épaule; avant de lire l'article, Paddy dévisagea son fils, puis sa femme, et il opina. Ce qui avait éveillé sa jalousie chez Frank n'existait pas en Stuart, à croire que leur amour pour Fee les reliait plus étroitement au lieu de les séparer.

Paddy lut à haute voix, lentement, d'un ton devenant de plus en plus triste. Le titre annonçait : UN BOXEUR CONDAMNE A PERPETUITE.

Francis Armstrong Cleary, 26 ans, boxeur professionnel, a été condamné ce jour par le tribunal de Goulburn pour le meurtre de Ronald Albert Cumming, ouvrier agricole âgé de 32 ans, perpétré en juillet dernier. Le jury a prononcé son verdict après seulement dix minutes de délibération, demandant que soit appliquée la peine la plus sévère que pût prononcer la Cour. Il s'agit, déclara le juge FitzHugh-Cunneally, d'un cas patent et sans équivoque. Cumming et Cleary s'étaient violemment querellés dans un bar de l'hôtel du Port le 23 juillet. Un peu plus tard, ce même soir, le sergent Tom Beardsmore, de la police de Goulburn, accompagné de deux agents, se présenta à l'hôtel du Port, appelé par le propriétaire de cet établissement, M. James Ogilvie. Dans une venelle, derrière l'hôtel, les policiers découvrirent Cleary qui décochait des coups de pied dans la tête de Cumming étendu sur le sol, évanoui. Ses poings étaient couverts de sang et se refermaient sur des touffes de cheveux appartenant à Cumming. Au moment de son arrestation, Cleary était ivre, mais lucide. Il fut tout d'abord accusé de coups et blessures, mais il eut à répondre d'une inculpation de meurtre après que Cumming eut succombé à un traumatisme crânien à l'hôpital de Goulburn le lendemain.

Me Arthur Whyte, son défenseur, plaida non coupable arguant de l'aliénation mentale de son client, mais quatre experts psychiatres, cités par la Couronne, déclarèrent sans équivoque qu'en vertu de la loi M'Naghten, Cleary ne pouvait être considéré comme irresponsable. Dans ses recommandations au jury, le juge FitzHugh-Cunneally déclara qu'il ne s'agissait pas de déterminer la culpabilité ou l'innocence du prévenu puisque le verdict ne pouvait que conclure à la culpabilité, mais il demanda aux jurés de réfléchir avant de se prononcer soit pour la clémence, soit pour la sévérité puisqu'il s'en tiendrait à leur opinion. En condamnant Cleary, le juge FitzHugh-Cunneally taxa l'acte du prévenu de « sauvagerie inhumaine » et déplora que la nature du crime sans préméditation commis en état d'ivresse écartât la peine de mort car il considérait les poings de Cleary comme des armes tout aussi dangereuses qu'un revolver ou un couteau. Cleary a été condamné aux travaux forcés à perpétuité, peine qu'il purgera à la prison de Goulburn, cet établissement ayant été conçu pour abriter les prisonniers de nature violente. Lorsqu'on lui demanda s'il avait quelque chose à dire, Cleary répondit : « Je demande simplement que ma mère n'en sache rien . »

Paddy se reporta au haut de la page pour en découvrir la date : 6 décembre 1925.

— C'est arrivé depuis plus de trois ans, murmura-t-il consterné.

Personne ne lui répondit ni n'esquissa le moindre mouvement car personne ne savait ce qu'il convenait de faire; du devant de la maison leur parvint le rire joyeux des jumeaux dont les voix devenaient de plus en plus aiguës sous l'exaltation du bavardage.

— « Je... demande seulement... que ma mère n'en sache rien », balbutia Fee d'une voix atone. Et on a scrupuleusement respecté sa volonté! Oh, mon Dieu! Mon pauvre, pauvre Frank!

Paddy essuya ses larmes du revers de la main, puis il s'accroupit devant sa femme, lui caressa doucement les genoux.

— Fee, ma chérie, prépare une valise. Nous devons aller le voir.

Elle se redressa à demi avant de se rejeter en arrière. Dans son visage blême aux traits tirés, ses yeux luisaient, fixes, comme morts, pupilles dilatées, iris pailletés d'or.

— Je ne peux pas y aller, dit-elle.

Pas la moindre trace de désespoir dans sa voix, mais chacun perçut l'angoisse qui la tenaillait.

— S'il me revoyait, il en mourrait, reprit-elle après un silence. Oh, Paddy, il en mourrait! Je le connais si bien... sa fierté, son ambition, sa détermination à devenir quelqu'un... Qu'il gravisse seul son calvaire si c'est ce qu'il veut. Tu as lu ses paroles : « Je demande seulement que ma mère n'en sache rien. » Nous devons l'aider à garder son secret. Qu'est-ce qui pourrait sortir de bon d'une entrevue, aussi bien pour lui que pour nous?

Paddy continuait à pleurer, mais pas sur Frank; sur la vie qui avait déserté le visage de Fee, devant la mort qui venait de se réinstaller dans ses yeux. Un oiseau de malheur que ce garçon; un fléau qui se dressait toujours entre Fee et lui, la raison du retrait de celle-ci qui les avait exclus, lui et ses enfants, de son cœur. Chaque fois qu'un semblant de bonheur se préparait, Frank surgissait pour le lui enlever. Mais l'amour que Paddy portait à Fee était aussi profond et indéracinable que celui qu'elle vouait à Frank; il ne lui était plus possible de faire peser tout le blâme sur le jeune homme, pas depuis la nuit du presbytère. Alors, il dit :

— Eh bien, Fee, si tu juges qu'il est préférable de ne pas essayer de nous mettre en rapport avec lui, nous nous abstiendrons. Pourtant, j'aimerais savoir s'il va bien et si nous pouvons faire quoi que ce soit pour lui. Ne crois-tu pas que je devrais écrire au père de Bricassart pour lui demander de s'occuper de Frank?

Les yeux restèrent éteints, mais une légère roseur lui envahit les joues.

— Oui, Paddy, fais-le. Assure-toi seulement qu'il ne dise pas à Frank que nous sommes au courant. Ça facilitera peut-être les choses à Frank s'il a la certitude que nous ignorons tout.

En quelques jours, Fee retrouva presque tout son allant et l'intérêt qu'elle portait à la décoration de la grande maison la tint occupée. Mais le mutisme se réinstalla en elle, froid, seulement moins sévère, enclos dans la placidité. Elle paraissait s'inquiéter davantage de l'allure que prendrait la demeure que du bien-être de sa famille. Peut-être estimait-elle qu'ils étaient capables de se passer d'elle sur le plan spirituel et que Mme Smith et les servantes s'occupaient d'eux sur le plan matériel.

Pourtant, chacun avait été profondément affecté en apprenant le triste sort de Frank. Les aînés souffraient beaucoup pour leur mère, passant de longues heures d'insomnie en se rappelant ses traits bouleversés au moment de la lecture du malencontreux article. Ils l'aimaient, et la gaieté qu'elle avait déployée au cours des semaines précédentes leur avait laissé entrevoir un visage qu'ils ne devaient jamais oublier et qu'ils avaient un désir passionné de voir refleurir. Si, jusqu'alors, leur père avait représenté le pivot de leur vie, à partir de ce moment, leur mère tint le même rôle. Ils se mirent à la traiter avec une tendresse, avec une sollicitude que l'indifférence de Fee, aussi évidente fût-elle, ne pouvait décourager. De Paddy à Stu, les mâles de la famille s'allièrent pour donner à Fee la vie qu'elle souhaitait et ils exigeaient que tous y participent. Personne ne devait plus jamais la blesser ni lui causer la moindre peine. Quand Paddy lui offrit les perles, elle les prit avec un bref remerciement sans que son expression eût varié, sans montrer de plaisir ou d'intérêt en examinant le présent; mais chacun pensa que sa réaction eût été tout autre si elle n'avait pas appris le sort de Frank.

Si l'emménagement dans la grande maison n'était pas intervenu, la pauvre Meggie aurait souffert bien davantage car, sans l'admettre comme membre à part entière du club, réservé aux hommes, de la protection de m'man (ayant peut-être le sentiment que la participation de Meggie serait moins totale que la leur), son père et ses frères aînés jugeaient normal qu'elle se chargeât de toutes les corvées qui répugnaient manifestement à Fee. Or, en raison de l'emménagement, Mme Smith et les servantes allégèrent le fardeau de Meggie. Le soin des jumeaux déplaisait particulièrement à Fee, mais Mme Smith assuma la pleine charge de Jims et Patsy, avec une telle ardeur que Meggie ne pouvait la plaindre; elle fut même heureuse de constater que ses deux petits frères appartenaient enfin entièrement à la gouvernante. Meggie souffrait aussi pour sa mère, mais avec quelques restrictions par rapport aux hommes car ses sentiments étaient durement mis à l'épreuve; la fibre maternelle, profondément ancrée en elle, était très affectée par l'indifférence croissante de Fee à l'égard de Jims et Patsy. Quand j'aurai des enfants, pensait-elle, jamais je n'en aimerai un plus que les autres.

La vie dans la grande maison se révéla très différente. Au début, il paraissait étrange de disposer d'une chambre particulière et, pour les femmes, de ne pas avoir à s'inquiéter d'une quelconque corvée domestique, à l'intérieur ou à l'extérieur. Minnie, Cat et Mme Smith se chargeaient de tout, depuis la lessive et le repassage jusqu'à la cuisine et le nettoyage; elles se montraient horrifiées quand on leur offrait de les aider. En échange d'une nourriture abondante et de gages réduits, des chemineaux, en une interminable procession, furent provisoirement portés sur les registres d'embauche du domaine pour fendre le bois, nourrir volailles et cochons, traire les vaches, aider le vieux Tom à entretenir les superbes jardins et se charger du gros nettoyage.

Paddy avait eu des nouvelles du père Ralph.

Les revenus de l'avoir de Mary se montent approximativement à quatre millions de livres par an, en raison du fait que Michar Limited est une société privée dont la majorité des investissements porte sur l'acier, l'armement des bateaux et les mines, écrivait le père Ralph.

Ce que je vous ai attribué ne représente donc qu'une goutte d'eau dans la mer et n'atteint même pas dix pour cent des bénéfices annuels de Drogheda. Ne vous inquiétez pas pour les mauvaises années. Les comptes du domaine sont si satisfaisants que je pourrais éternellement rétribuer vos fonctions sur ses seuls intérêts. Donc, les sommes que vous touchez vous sont dues et ne lèsent en rien Michar Limited. Elles proviennent du domaine et non de la société. Je vous demande simplement de tenir les registres de la propriété à jour et le plus scrupuleusement possible en prévision d'une vérification éventuelle.

C'est après avoir reçu cette lettre que Paddy tint un soir à réunir la famille dans le splendide salon. Il présidait, son nez romain chaussé de lunettes cerclées d'acier, installé dans un grand fauteuil crème, les pieds confortablement posés sur une ottomane assortie, sa pipe dans un cendrier en cristal de Waterford.

— Comme tout ça est agréable, dit-il avec un sourire

en jetant un regard heureux autour de lui. Je crois que nous ferions bien de voter des félicitations à m'man pour sa réussite. Qu'est-ce que vous en pensez, les gars?

Sa proposition fut saluée par un murmure d'assentiment venant des garçons; Fee inclina la tête, s'arrachant un instant de ce qui avait été le fauteuil à oreilles de Mary Carson, maintenant recouvert de soie moirée de teinte crème. Blottie sur une ottomane qu'elle avait préférée à un autre siège, Meggie ramena les pieds sous elle et garda les yeux obstinément rivés sur la chaussette qu'elle reprisait.

— Le père de Bricassart a mis la situation au clair et il s'est montré très généreux, reprit Paddy. Il a déposé sept mille livres en banque à mon nom et a ouvert des livrets d'épargne avec deux mille livres pour chacun d'entre nous. Je dois recevoir quatre mille livres par an en tant que directeur du domaine, Bob en touchera trois mille comme directeur adjoint. Tous les garçons en âge de travailler, Jack, Hughie et Stu recevront deux mille livres annuellement, et il sera placé au nom des jumeaux mille livres par an jusqu'à ce qu'ils soient en âge de décider de leur sort.

« Plus tard, le domaine garantira à chacun des jumeaux un revenu égal à celui d'un Cleary travaillant à plein temps à Drogheda, même s'ils choisissent une autre activité. Quand Jims et Patsy auront douze ans, ils seront envoyés en pension au collège Riverview à Sydney et éduqués aux frais de la propriété.

« M'man doit recevoir deux mille livres par an pour ses besoins personnels ainsi que Meggie. La somme affectée aux frais de la maison se montera à cinq mille livres, bien que je me demande pourquoi le père Ralph imagine que nous avons besoin de tant d'argent pour ce poste. Il précise que nous désirerons peut-être procéder à certains travaux. Il me donne des instructions sur les gages que je dois verser à Mme Smith, Minnie, Cat et

Tom, et je dois dire qu'il se montre très généreux. La décision m'appartient quant aux autres gages. Mais mon premier geste en tant que directeur sera d'embaucher au minimum six éleveurs supplémentaires afin que Drogheda soit géré comme il convient; la propriété est trop vaste pour une poignée d'hommes.

Ce fut la seule critique qu'il se permit concernant la gestion de sa sœur.

Aucun d'eux n'avait jamais rêvé de tant d'argent; ils restèrent assis, silencieux, essayant de s'imprégner de leur chance.

— Nous ne pourrons jamais dépenser cet argent, pas même la moitié, commenta Fee. D'autant que tout est réglé d'avance.

Paddy l'enveloppa d'un regard tendre.

— Je sais, m'man, mais c'est bien agréable de penser que nous n'aurons plus jamais à nous inquiéter d'argent. (Il s'éclaircit la gorge.) A présent, il semble que m'man et Meggie, notamment, vont se trouver un peu désorientées. Je n'ai jamais été très porté sur les chiffres, mais m'man est capable d'additionner, de soustraire, de diviser et de multiplier comme un professeur d'arithmétique. Aussi va-t-elle devenir la comptable du domaine, en lieu et place de l'étude de Harry Gough. Je ne m'en étais jamais aperçu mais Harry utilisait un clerc à plein temps uniquement pour s'occuper des comptes de Drogheda et, en ce moment, il est un peu à court de personnel et il ne voit donc aucune objection à se décharger de cette besogne. En fait, c'est lui qui a suggéré que m'man pourrait être un excellent comptable. Il va nous envoyer quelqu'un de Gilly pour te mettre au courant, Fee. C'est très compliqué, apparemment. Il faut équilibrer les balances, tenir les livres de comptes, les registres, tout consigner... Ça te donnera pas mal de travail, mais je crois que tu préféreras ça à la lessive et à la cuisine.

Quant à Meggie, la langue lui démangeait de crier : et

moi? Je faisais autant de lessives et de cuisine que
m'man!

Fee alla jusqu'à sourire; la première fois depuis les
nouvelles concernant Frank.

— Ce travail me plaira, Paddy. Vraiment beaucoup.
Il me donnera l'impression d'être partie intégrante de
Drogheda.

— Bob va t'apprendre à conduire la nouvelle Rolls
parce que c'est à toi qu'il appartiendra d'aller à Gilly où
tu auras à t'occuper de la banque et voir Harry. Et puis,
ça te donnera une certaine indépendance de savoir que
tu peux te rendre n'importe où sans avoir recours à l'un
de nous. J'ai toujours pensé qu'il serait bon que vous
conduisiez toutes les deux, mais nous manquions de
temps. D'accord, Fee?

— D'accord, répondit-elle joyeusement.

— Maintenant, Meggie, nous allons nous occuper de
toi.

Meggie enfonça son aiguille dans la chaussette, leva
les yeux vers son père avec une expression à la fois
interrogative et lourde de ressentiment; elle devinait ce
qu'il allait dire : ta mère sera occupée avec la comptabi-
lité, c'est donc à toi qu'il appartiendra de surveiller le
travail de la maison et ses abords immédiats.

— Je serais désolé de te voir transformée en une
petite demoiselle oisive et snob, comme certaines des
filles d'éleveurs que nous connaissons, laissa tomber
Paddy avec un sourire qui ôtait tout mépris à ses paroles. Aussi vais-je te mettre au travail à plein temps, ma
petite Meggie. Tu t'occuperas des enclos les plus proches de la maison à notre place... la Tête du Forage, le
Ruisseau, Carson, Winnemurra et Réservoir Nord. Tu
t'occuperas aussi de l'enclos central. Tu seras responsable des chevaux du domaine, qu'ils soient au travail ou
au repos. Pendant les grands rassemblements et l'agnelage, nous viendrons évidemment te prêter main-forte
mais, entre-temps, tu te débrouilleras toute seule. Jack

t'apprendra à te faire obéir des chiens et à te servir d'un fouet. Vois-tu, je te considère comme un garçon manqué et j'ai pensé que tu préférerais t'occuper des enclos plutôt que de la maison, acheva-t-il avec un sourire plus large que jamais.

Ressentiment et mécontentement s'étaient envolés pendant qu'elle écoutait son père. Il redevenait son p'pa; il l'aimait et pensait à elle. Que s'était-il passé pour qu'elle ait pu douter de lui? Elle éprouvait une telle honte que l'envie lui prenait de s'enfoncer la grande aiguille à repriser dans la cuisse, mais elle était trop heureuse pour envisager sérieusement de s'infliger une pareille douleur qui, d'ailleurs, n'aurait été qu'une façon extravagante d'exprimer son remords.

— Oh, papa, j'adorerais ça! s'écria-t-elle, rayonnante.

— Et moi, papa? demanda Stuart.

— Les femmes n'ont plus besoin de toi dans la maison, alors tu iras dans les enclos, Stu.

— Entendu, papa.

Il dédia à Fee un regard appuyé, nostalgique, mais se tut.

Fee et Meggie apprirent à conduire la nouvelle Rolls qui avait été livrée à Mary Carson une semaine avant sa mort, et Meggie s'initia à la façon de travailler les chiens pendant que Fee se penchait sur les livres de comptes.

Meggie, en ce qui la concernait personnellement, eût été parfaitement heureuse sans l'absence persistante du père Ralph. Cette vie correspondait à ce qu'elle avait toujours souhaité : se trouver dans les enclos, à cheval, pour y accomplir un travail d'éleveur. Néanmoins, la perte du père Ralph lui causait toujours une douleur aussi vive; le souvenir de son baiser se rangeait dans les rêves chéris pouvant être revécus des milliers de fois. Le souvenir ne supplantait cependant pas la réalité; elle avait beau essayer, la sensation véritable ne pouvait être retrouvée, seulement son ombre, tel un nuage léger, triste.

Quand il écrivit pour leur parler de Frank, du même coup il brisa l'espoir qu'elle nourrissait, s'attendant à ce qu'il se servît de ce prétexte pour venir à Drogheda. La description qu'il donnait de son voyage à la prison de Goulburn pour voir Frank était soigneusement formulée, dépouillée de la peine qu'il avait engendrée, ne laissant rien soupçonner de la psychose du détenu qui s'aggravait de jour en jour. Il avait, en vain, essayé de faire placer Frank à l'asile de Morisset où l'on internait les psychopathes coupables de crime. Il se contenta donc de brosser un portrait idéalisé d'un Frank résigné à payer ses fautes envers la société et, dans un passage souligné, il assurait que Frank ne se doutait pas que sa famille était au courant des événements. Il avait prétendu avoir eu vent de l'incarcération du jeune homme par hasard, en lisant un article d'un journal de Sydney, et lui avait affirmé que sa famille continuerait à tout ignorer de l'affaire. Après quoi, Frank s'était calmé, écrivait-il, et les choses en étaient restées là.

Paddy envisagea la vente de l'alezane du père Ralph. Meggie se servait du hongre noir, qu'elle avait autrefois monté pour le plaisir, comme animal de travail car il avait la bouche moins dure et un caractère plus agréable que les juments capricieuses ou les chevaux ombrageux de l'enclos central. Les bêtes de travail étaient intelligentes, mais rarement placides. Même l'absence totale d'étalons n'en faisait pas des animaux dociles.

— Oh, je t'en prie, papa, je peux aussi monter l'alezane! supplia Meggie. Imagine de quoi nous aurions l'air si, après toutes ses bontés à notre égard, le père Ralph venait nous rendre visite et s'apercevait que nous avons vendu sa jument!

Paddy fixa sur elle un regard pensif.

— Meggie, je ne crois pas que le père Ralph revienne.

— Mais il le pourrait! On ne sait jamais!

Les yeux si semblables à ceux de Fee eurent raison de lui; il ne pouvait envisager d'ajouter à sa peine, la pauvre gosse.

— Eh bien, c'est entendu, Meggie, nous garderons la jument. Mais veille à la monter aussi souvent que le hongre; je ne veux pas de chevaux gras à Drogheda, c'est bien compris?

Jusqu'alors, elle avait répugné à monter la jument du père Ralph mais, à partir de ce moment, elle usa alternativement des deux animaux afin que ceux-ci gagnent leur avoine.

C'était une chance que Mme Smith, Minnie et Cat fussent folles des jumeaux; en effet, pendant que Meggie était dehors dans les enclos et que Fee restait assise des heures durant devant son secrétaire du salon, les deux enfants passaient des moments merveilleux. Ils étaient toujours dans les jambes de quelqu'un, mais avec tant de gaieté et une si constante bonne humeur qu'on ne pouvait leur en vouloir très longtemps. Le soir, dans sa petite maison, Mme Smith, depuis longtemps convertie au catholicisme, s'agenouillait pour dire ses prières avec une reconnaissance si exubérante dans le cœur qu'elle parvenait tout juste à l'endiguer. Aucun enfant de sa chair n'était venu la réjouir du vivant de Rob et, pendant des années, la grande maison n'avait pas accueilli de marmots, le personnel ayant reçu pour consigne de ne pas frayer avec les occupants des maisons d'éleveurs, proches du ruisseau. Mais les Cleary appartenaient à la famille de Mary Carson et, avec leur arrivée, il y eut enfin des enfants. Et maintenant que Jims et Patsy habitaient la grande maison en permanence, Drogheda tenait du paradis.

L'hiver avait été sec et les pluies d'été ne venaient pas. Haute jusqu'aux genoux et luxuriante, l'herbe fauve sécha sous l'impitoyable soleil au point que la fibre intérieure de chaque brin devint cassante. Pour regarder au loin dans les enclos, il fallait cligner des yeux et ramener bas sur le front le rebord du chapeau; l'herbe, vrai miroir d'argent, se creusait parfois en spirales sous l'effet du vent donnant naissance à des mirages bleus, scintillants; des feuilles mortes et des brindilles volaient d'un tas à l'autre.

Oh, quelle sécheresse! Même les arbres étaient secs. l'écorce tombait en grands rubans raides et craquants. Inutile de redouter déjà la famine pour les moutons — l'herbe durerait encore un an au moins, peut-être davantage — mais tout le monde souffrait d'une telle sécheresse. On pouvait toujours espérer que la pluie viendrait l'année suivante ou l'année d'après. Dans les années fastes, on bénéficiait de trente à quarante centimètres d'eau; dans les mauvaises, de moins de cinq et, parfois même, de pratiquement rien.

En dépit de la chaleur et des mouches, Meggie adorait la vie dans les enclos. Ce jour-là, elle montait l'alezane derrière un troupeau bêlant tandis que les chiens se tapissaient sur le sol, langue pendante, trompeusement inattentifs. Qu'un seul mouton quittât ses congénères et le chien le plus proche s'élancerait comme un dard, dents acérées, prêtes à mordre un infortuné jarret.

Meggie amena sa monture devant le troupeau, soulagée de n'avoir plus à respirer la poussière que les bêtes avaient soulevée devant elle des kilomètres durant, et elle ouvrit le portail de l'enclos. Elle attendit patiemment pendant que les chiens, enchantés de montrer ce dont ils étaient capables, mordaient et grognaient pour faire passer les moutons. Il était plus difficile de rassembler et de conduire des bovins car ceux-ci décochaient des coups de pied et chargeaient, tuant souvent un chien trop audacieux; c'était dans ces moments-là que le toucheur devait être prêt à intervenir, à utiliser son fouet, mais les chiens semblaient trouver du piment dans le risque qu'ils couraient en canalisant les bovins. Ce genre de tâche n'entrait cependant pas dans les attributions de Meggie; Paddy s'en chargeait personnellement.

Les chiens exerçaient sur elle une véritable fascination; ils faisaient preuve d'une intelligence stupéfiante. La plupart d'entre eux se rangeaient parmi les kelpies, chiens australiens mâtinés, à la robe d'un brun soutenu, aux pattes, poitrail et sourcils blancs, mais on dénombrait aussi des bleus du Queensland, plus grands, au pelage gris ardoise taché de noir, et diverses variétés issues de croisements entre kelpies et bleus du Queensland. Lorsqu'elles étaient en chaleur, les chiennes étaient saillies par des mâles sélectionnés, surveillées pendant la gestation et durant la mise bas. Dès le sevrage, on mettait les chiots à l'épreuve dans les enclos; s'ils étaient jugés prometteurs, on les gardait ou on les vendait, sinon une balle mettait un terme à leur vie.

Meggie siffla pour appeler ses chiens, ferma la barrière sur le troupeau et fit prendre à l'alezane la direction de la maison. A proximité se dressait un gros bouquet d'arbres, eucalyptus, gommiers et buis noirs, égayés de quelques wilgas. Elle gagna leur ombre avec soulagement et, ayant à présent tout loisir de regarder autour d'elle, contempla avec délices le spectacle qui s'offrait à ses yeux. Les gommiers donnaient asile à une foule d'inséparables qui piaillaient et sifflaient leur parodie de chant; des pinsons sautaient de branche en branche; deux cacatoès à huppe jaune observaient sa progression de leurs yeux malicieux, la tête penchée sur le côté; des bergeronnettes couraient à ras de terre à la recherche de fourmis avec un grotesque dandinement de la queue; de sinistres corbeaux croassaient perpétuellement. Leur cri pouvait être considéré comme le plus déplaisant de tout le répertoire de la gent ailée, si dépourvu de joie, désolé, évocateur de charogne et de mouches à viande, capable de vous glacer jusqu'à l'âme.

Impossible d'imaginer un corbeau chantant comme un rossignol; le cri et la fonction se complétaient à la perfection.

Evidemment, il y avait des mouches partout; Meggie portait un voile sur son chapeau, mais ses bras en étaient constamment recouverts et la queue de l'alezane ne cessait de battre tandis que les muscles peauciers frémissaient continuellement. Meggie s'étonnait qu'un cheval pût sentir le contact d'un insecte aussi délicat et aérien qu'une mouche malgré l'épaisseur de sa peau et de son poil. Les mouches s'abreuvaient de sueur, d'où la raison de leur assiduité auprès des chevaux et des humains, mais ces derniers ne leur permettaient pas les libertés qu'elles prenaient avec les moutons, pondant leurs œufs sur la laine de la croupe ou partout où la toison était humide et sale.

L'air était empli du bourdonnement des abeilles, strié de la brillance fugitive des libellules à la recherche des rigoles, animé des couleurs chatoyantes des papillons. Le sabot de sa monture retourna un morceau de bois pourri qui retomba à l'envers; Meggie le regarda avec un frisson. Il abritait d'affreuses larves grasses et blanches, écœurantes, des limaces et des cloportes, des mille-pattes géants et des araignées. Des lapins émergeaient de leurs terriers, bondissaient, virevoltaient et rentraient chez eux, laissant des panaches de poussière dans l'herbe, puis ils se retournaient pour examiner les environs, nez frémissant. Un peu plus loin, un échidné abandonna sa chasse aux fourmis, pris de panique à la vue de Meggie. Il creusa le sol à une rapidité telle que ses pattes crochues furent dissimulées en quelques secondes et il commença à disparaître, comme absorbé par un gros tronc d'arbre. Son manège amusa Meggie; les cruelles épines étaient rabattues le long du corps afin de faciliter son enfouissement, la terre volait alentour.

Elle émergea du bouquet d'arbres et se retrouva sur

le chemin de la maison. Un peu plus loin, un voile tacheté de gris semblait danser : des galahs à la recherche d'insectes ou de larves, mais en entendant venir Meggie, ils s'envolèrent avec un bel ensemble en une vague d'un rose pourpré; poitrails et dessous d'ailes fendirent l'air au-dessus de sa tête, le gris magiquement transformé en rose foncé. Si je devais quitter Drogheda demain pour ne jamais y revenir, songea-t-elle, je revivrais au cœur de mes rêves chaque parcelle du domaine à travers un sillage rose laissé par une envolée de galahs... La sécheresse doit être terrible plus loin; les kangourous se rapprochent de plus en plus...

Des kangourous en troupeau, comptant peut-être deux mille individus, furent dérangés par les galahs alors qu'ils broutaient paisiblement et ils s'éloignèrent en longs bonds gracieux qui absorbaient les distances plus vite que ceux de tout autre animal, à part l'émeu. Les chevaux ne pouvaient se mesurer à eux.

Entre les moments agréables qu'elle consacrait à l'étude de la nature, elle pensait à Ralph, comme toujours. Dans son for intérieur, Meggie n'avait jamais considéré le sentiment qu'elle éprouvait pour lui sous l'angle d'une toquade de gamine; elle le qualifiait tout simplement d'amour, comme dans les livres. Les symptômes et sensations qu'elle ressentait ne différaient en rien de ceux d'une héroïne d'Ethel M. Dell. Il lui semblait injuste qu'une barrière aussi artificielle que la prêtrise pût se dresser entre elle et ce qu'elle souhaitait obtenir de lui, être sa femme. Vivre avec lui comme papa et m'man, dans une telle harmonie qu'il l'adorerait comme papa adorait m'man. Il n'était jamais apparu à Meggie que sa mère méritait vraiment l'adoration que lui vouait Paddy, pourtant celle-ci n'était pas niable. Ralph ne tarderait pas à s'apercevoir que la vie avec elle était infiniment préférable à une existence solitaire; il ne lui était pas venu à l'esprit que Ralph ne pouvait renoncer à son état sous quelque prétexte que ce fût. Oui, elle savait qu'il était interdit à un prêtre d'être époux ou amant, mais elle avait pris l'habitude de contourner cet obstacle en dépouillant Ralph de sa fonction religieuse. Ses connaissances sommaires de la foi catholique n'avaient jamais atteint le stade du débat sur la nature des vœux prononcés par le prêtre et, n'éprouvant pas personnellement d'impérieux besoins religieux, elle s'abstenait volontairement de toute réflexion poussée dans ce domaine. Ne retirant aucune satisfaction de la prière, Meggie se pliait aux lois de l'Eglise simplement parce que le fait de les enfreindre conduisait en enfer pour l'éternité.

Ce jour-là, dans son rêve, elle évoquait le bonheur de vivre avec lui et de coucher auprès de lui comme papa et m'man. Puis la pensée de cette proximité l'énerva, lui communiqua un trémoussement d'impatience sur sa selle; elle la travestit en un déluge de baisers, ignorante qu'elle était de tout autre critère. Chevaucher à travers les enclos n'avait pas le moins du monde fait progresser son éducation sexuelle car le moindre effluve de chien dans le lointain supprimait tout désir d'accouplement chez les animaux et, comme dans tous les autres domaines de la région, les saillies de hasard n'étaient pas tolérées. Quand les béliers allaient rejoindre les brebis dans un enclos donné, Meggie était envoyée ailleurs, et la vue d'un chien montant sur un autre l'incitait simplement à un claquement de fouet afin de mettre un terme à leurs « jeux ».

Il est possible qu'un être humain ne soit pas en mesure de déterminer ce qui est pire : un besoin obscur, rudimentaire, avec l'impatience et l'irritabilité qui en résultent, ou un désir spécifique accompagné d'un besoin volontaire de le satisfaire. La pauvre Meggie soupirait sans très bien savoir après quoi, mais l'impulsion fondamentale n'en était pas moins là et l'attirait inexorablement vers Ralph de Bricassart. Aussi rêvait-elle de lui, se languissait-elle de lui, le voulait-elle; et elle s'affligeait car, en dépit de l'amour qu'il avait avoué lui porter, elle représentait si peu pour lui qu'il ne venait jamais la voir.

Au cœur de ses pensées, tout à coup chevaucha Paddy qui se dirigeait vers la maison par le même chemin; elle sourit, leva les rênes de l'alezane et attendit qu'il la rattrapât.

— Quelle agréable surprise! lança-t-il en amenant son vieux rouan à côté de la jument de sa fille.

— Oui, en effet, répondit-elle. Est-ce qu'il fait très sec plus loin?

— Un peu plus qu'ici. Seigneur, je n'ai jamais vu autant de kangourous! Ils ne doivent plus rien trouver du côté de Milparinka. Martin King envisage une battue monstre, mais je ne vois pas comment nous pourrions diminuer le nombre de ces bêtes de façon appréciable, même si nous avions recours à des batteries de mitrailleuses.

Il était si gentil, si prévenant, compréhensif et aimant, et elle avait si rarement l'occasion de se trouver seule avec lui. Sans se laisser le temps de la réflexion, Meggie posa la question qui lui brûlait les lèvres, celle qui la rongeait, la consumait, malgré tous les efforts qu'elle déployait pour se rassurer.

— Papa, pourquoi le père de Bricassart ne vient-il jamais nous voir?

— Il est occupé, Meggie, répondit Paddy d'une voix teintée de circonspection.

— Mais les prêtres ont aussi des vacances, n'est-ce pas? Il aimait tant Drogheda. Je suis sûre qu'il serait heureux de passer ses vacances ici.

— D'une certaine façon, c'est vrai que les prêtres ont des vacances, Meggie, pourtant, ils sont toujours de service. Par exemple, chaque jour de leur vie, il leur faut dire la messe, même s'ils sont absolument seuls. Je crois que le père de Bricassart est un homme très avisé; il sait qu'il n'est pas possible de revenir à un mode de vie antérieur. Pour lui, ma petite Meggie, Drogheda est un peu le passé. S'il revenait, il n'en tirerait pas la même joie qu'avant.

— Tu veux dire qu'il nous a oubliés? demanda-t-elle d'un ton morne.

— Non, pas vraiment. Si c'était le cas, il nous écrirait moins souvent et ne demanderait pas des nouvelles de chacun d'entre nous. (Il se tourna sur sa selle; ses yeux bleus exprimaient la pitié.) Je crois qu'il est préférable qu'il ne revienne jamais.

— Papa!

Paddy se jeta résolument dans les eaux bourbeuses des explications.

— Ecoute, Meggie,.c'est mal de ta part de rêver d'un prêtre, et il est temps que tu le comprennes. Tu as assez bien gardé ton secret; je ne crois pas que qui que ce soit d'autre se doute des sentiments que tu nourris à cet endroit, mais c'est à moi que tu poses tes questions, n'est-ce pas? Elles nesont pas nombreuses, mais c'est suffisant comme ça. Maintenant, crois-moi. Il faut que tu cesses. C'est entendu? Le père de Bricassart a prononcé des vœux sacrés qu'il n'a absolument pas l'intention de rompre, et tu t'es méprise sur l'affection qu'il te porte. Il t'a connue toute petite fille, et c'est sous ce jour qu'il te voit encore actuellement, Meggie.

Elle ne répondit pas; son visage n'exprima rien. Oui, pensa-t-il, elle est bien la fille de Fee.

Au bout d'un instant, d'une voix tendue, elle dit :

— Mais il pourrait cesser d'être prêtre; il aurait compris si j'avais eu la possibilité de lui en parler.

L'expression bouleversée de Paddy était trop éloquente pour qu'elle n'y ajoutât pas foi, et Meggie la jugea beaucoup plus convaincante que ses paroles, aussi véhémentes fussent-elles.

— Meggie! Oh, grand Dieu, voilà bien la pire rançon de cette existence qui nous tient éloignés de tout! Tu devrais être à l'école, ma fille, et si tante Mary était morte plus tôt, je t'aurais expédiée à Sydney pour y continuer tes études pendant au moins deux ans. Mais tu es trop âgée à présent. Je ne voudrais pas qu'on rie d'une grande fille comme toi, ma pauvre petite Meggie. (Il continua plus doucement, espaçant ses mots pour leur conférer une cruauté plus aiguë, plus lucide, bien qu'il ne fût pas dans ses intentions d'être cruel mais de chercher seulement à dissiper ses illusions une fois pour toutes.) Le père de Bricassart est un prêtre, Meggie. Il ne peut jamais, jamais cesser d'être un prêtre, comprends-le. Les vœux qu'il a prononcés sont sacrés, trop solennels pour être rompus. Lorsqu'un homme embrasse la prêtrise, il ne peut revenir en arrière, et ses supérieurs du séminaire s'assurent avec rigueur que le novice sait parfaitement à quoi il s'engage. L'homme qui prononce ses vœux sait sans l'ombre d'un doute que rien, sinon la mort, ne saurait les rompre. Le père de Bricassart les a prononcés et il ne les rompra jamais. (Il soupira.) Maintenant tu sais, Meggie. Dorénavant, tu n'auras plus la moindre excuse pour rêver du père de Bricassart.

Le père Ralph de Bricassart s'exprimait d'une voix froide, pourtant moins glaciale que ses yeux qui demeuraient rivés sur le visage blême du jeune prêtre tandis qu'il laissait tomber des paroles mesurées, dures.

— Votre conduite n'est pas digne de celle que Notre-Seigneur Jésus-Christ exige de ses prêtres. Je pense que vous le savez encore mieux que nous, qui vous blâmons, mais je ne dois pas moins vous condamner au nom de notre archevêque, votre supérieur. Vous lui devez totale obéissance et il ne vous appartient pas de discuter ses recommandations et décisions.

« Vous rendez-vous réellement compte de la disgrâce dans laquelle vous avez plongé votre personne, votre paroisse et l'Eglise tout entière que vous êtes censé aimer plus que tout au monde? Les vœux de chasteté que vous avez prononcés étaient solennels et irrévocables, et les rompre est un péché d'une extrême gravité. Vous ne reverrez jamais la femme, évidemment, mais nous tenons à vous aider dans la lutte que vous mènerez pour surmonter la tentation. Nous avons donc pris des dispositions afin que vous partiez immédiatement pour assumer vos fonctions à la paroisse de Darwin, dans le Territoire du Nord. Vous vous rendrez à Brisbane ce soir par le train express et, de là, vous continuerez, toujours en chemin de fer, jusqu'à Longreach. Là, vous embarquerez dans un avion Qantas à destination de Darwin. On est en train d'emballer vos affaires en ce moment même; on vous les remettra dans l'express avant le départ. Il est donc inutile que vous retourniez à votre paroisse actuelle.

« Maintenant, rendez-vous à la chapelle avec le père John et priez. Vous y resterez jusqu'au moment de prendre votre train. Afin de vous apporter réconfort et consolation, le père John vous accompagnera jusqu'à Darwin. Vous pouvez disposer.

Ils étaient sages et circonspects, les prêtres de l'administration; ils ne lui laissaient aucune possibilité d'un autre contact avec la jeune fille qu'il avait prise pour maîtresse. L'événement avait fait scandale dans la paroisse du jeune ecclésiastique et la situation devenait très gênante. Quant à la fille... qu'elle attende, et espère, et se pose des questions. A partir de maintenant, jusqu'à son arrivée à Darwin, il serait surveillé par l'excellent père John auquel on avait remis des ordres stricts; par la suite, toutes les lettres qu'il enverrait de Darwin seraient ouvertes et il se verrait interdire toute communication téléphonique interurbaine. Elle ne saurait jamais où il était allé et il ne pourrait jamais le lui apprendre. Pas plus qu'on ne lui laisserait la possibilité de retomber dans la même erreur avec une autre fille. A Darwin, dernière agglomération avant le désert, les femmes se révélaient quasi inexistantes. Ses vœux étaient irrévocables, jamais il ne pourrait en être délié; s'il s'avérait trop faible pour maîtriser ses instincts, l'Eglise s'en chargerait.

Après le départ du jeune prêtre et du chien de garde qui lui avait été affecté, le père Ralph quitta son bureau et passa dans une autre pièce. L'archevêque Cluny Dark était installé dans son fauteuil habituel près d'un autre ecclésiastique portant ceinture et calotte violettes. L'archevêque, un homme de haute taille à la splendide chevelure blanche, aux yeux d'un bleu très vif, était un bon vivant doté d'un sens de l'humour aigu et d'un grand amour de la table. Son visiteur représentait littéralement son antithèse : petit et mince, quelques rares mèches de cheveux bruns, émergeant sous sa calotte, visage anguleux, ascétique, teint brouillé, ombré de poils de barbe à fleur de peau, grands yeux sombres. On aurait pu lui donner n'importe quel âge entre trente et cinquante ans, mais en fait il en avait trente-neuf, soit trois ans de plus que le père Ralph de Bricassart.

— Asseyez-vous et prenez une tasse de thé avec nous, mon fils, dit l'archevêque avec bonhomie. J'envisageais justement d'en faire apporter une théière. Avez-vous congédié le jeune prêtre en lui infligeant un sermon bien senti afin qu'il se repente de sa conduite?

— Oui, monseigneur, déclara brièvement le père Ralph.

Il s'assit dans le troisième fauteuil, près de la table chargée de sandwiches au concombre, de gâteaux glacés de rose et de blanc, de galettes chaudes beurrées, de pots de cristal contenant confiture et crème fouettée, d'un service à thé en argent et de tasses de porcelaine Aynsley à la délicate bordure d'or.

— De tels incidents sont regrettables, mon cher ami, mais en dépit de notre ordination, il faut admettre que nous n'en restons pas moins de faibles créatures, dit le visiteur. J'éprouve une profonde commisération à l'endroit de ce pauvre prêtre et ce soir je prierai pour lui afin que Dieu lui insuffle la force nécessaire pour qu'il ne retombe pas dans ses erreurs.

Il s'exprimait d'une voix douce avec un accent étranger. De nationalité italienne, il occupait la fonction d'archevêque légat du pape auprès de l'Eglise catholique d'Australie, et répondait au nom de Vittorio Scarbanza di Contini-Verchese. Son rôle, délicat, consistait à servir de maillon entre la hiérarchie australienne et le Vatican, ce qui faisait de lui l'ecclésiastique le plus important de cette partie du monde.

Avant cette nomination, il avait, évidemment, espéré être affecté aux Etats-Unis d'Amérique mais, après réflexion, il jugea que l'Australie lui conviendrait très bien. Si, par sa population disséminée à travers un vaste continent, le pays était plus petit, il n'en comptait pas moins une bien plus forte proportion de catholiques. Contrairement au reste du monde anglophone, le fait d'être catholique n'était pas considéré comme une tare sociale, ne constituait pas un handicap pour un politicien ambitieux, un homme d'affaires ou un juge. Et c'était une nation riche; elle aidait bien l'Eglise. Inutile de craindre que Rome l'oubliât tant qu'il serait en Australie.

Le légat du pape était aussi un homme extrêmement subtil et, au-dessus du cercle doré de sa tasse, il gardait les yeux fixés non sur l'archevêque Cluny Dark mais sur le père Ralph de Bricassart, appelé à devenir sous peu son secrétaire. Que l'archevêque Dark éprouvât une immense sympathie pour le prêtre était un fait reconnu, mais le légat du pape se demandait si, de son côté, il apprécierait un tel homme. Ils étaient tous si grands, ces prêtres irlando-australiens qui le dépassaient d'une bonne tête; il en avait assez de devoir se rejeter en arrière pour voir leur visage. La façon de se comporter du père de Bricassart auprès de son supérieur actuel était parfaite; il alliait légèreté, aisance, respect sans servilité, sens de l'humour. Comment s'adapterait-il à un nouveau maître aussi différent? La coutume voulait que le secrétaire nommé auprès du légat du pape fût pris dans les rangs de l'Eglise italienne, mais le Vatican portait beaucoup d'intérêt au père Ralph de Bricassart. Non seulement celui-ci se distinguait par sa fortune personnelle (contrairement à l'opinion générale, ses supérieurs n'avaient pas le pouvoir d'accaparer ses capitaux et il ne s'était pas proposé de les leur remettre), mais de son propre chef il avait aussi apporté une fortune considérable dans le giron de l'Eglise. De ce fait, le Vatican avait décidé que l'archevêque légat du pape devrait prendre le père de Bricassart comme secrétaire particulier, jauger le jeune ecclésiastique afin d'estimer sa valeur.

Un jour, le Saint-Père devrait récompenser l'Eglise australienne par une barrette de cardinal, mais le temps n'était pas encore venu. Il appartenait donc à son représentant d'observer les prêtres de l'âge du père de Bricassart et, parmi ceux-ci, ce dernier semblait de très loin le candidat le mieux placé. Qu'il en soit ainsi. Que le père de Bricassart mette sa fougue à l'épreuve contre un Italien. Pendant un temps, ce pourrait être intéressant. Mais pourquoi fallait-il que cet homme fût d'une taille aussi démesurée?

Empli de gratitude en raison de cette entrevue, le père Ralph buvait son thé en gardant un silence inhabituel. Le légat du pape remarqua qu'il mangeait un petit sandwich triangulaire et s'abstenait de toute autre friandise, qu'il buvait avidement quatre tasses de thé, n'y ajoutant ni lait ni sucre. Voilà qui correspondait au rapport qu'il avait reçu; dans ses habitudes personnelles, le prêtre faisait preuve d'une remarquable sobriété; sa seule faiblesse résidait dans une excellente (et très rapide) automobile.

— Vous portez un nom français, mon fils, dit le légat du pape d'une voix douce. Mais je crois comprendre que vous êtes irlandais. Comment expliquer cette bizarrerie? Avez-vous des ascendants français?

Le père Ralph secoua la tête en souriant.

— C'est un nom normand, monseigneur, très ancien et honorable. Je suis le descendant direct d'un certain Ranulf de Bricassart, baron de Guillaume le Conquérant. En 1066, il a débarqué en Angleterre avec son suzerain et l'un de ses fils s'y est fixé. La famille a prospéré sous les rois normands régnant en Angleterre et, par la suite, sous le règne d'Henri IV certains de ses membres passèrent en Irlande et s'y installèrent. Quand Henry VIII se sépara du pape, nous avons continué à observer la foi de Guillaume qui impliquait l'allégeance à Rome et non à Londres. Mais quand Cromwell a instauré le Commonwealth, nous avons perdu terres et titres et ils ne nous ont jamais été restitués. Charles avait des favoris à récompenser avec de la terre irlandaise. Vous savez, il y a mille raisons qui expliquent la haine des Irlandais à l'égard des Anglais.

« Cependant, nous sommes tombés dans une pauvreté relative tout en demeurant de loyaux serviteurs de l'Eglise et de Rome. Mon frère aîné possède un haras renommé dans le comté de Meath et il espère que l'un de ses poulains gagnera un jour le Derby ou le Grand National. Je suis le deuxième fils et notre tradition familiale a toujours voulu que celui-ci entrât dans les ordres s'il s'en sentait la vocation. Je suis très fier de mon nom et de mon lignage. Pendant quinze cents ans, il y a toujours eu des de Bricassart.

Ah, voilà qui était parfait! Un vieux nom aristocratique et une famille qui a gardé la foi en dépit des émigrations et des persécutions.

— Et d'où vient le prénom de Ralph?

— C'est une simple contraction de Ranulf, monseigneur.

— Je vois.

— Vous allez beaucoup me manquer, mon fils, dit

l'archevêque Cluny Dark, en répandant abondamment confiture et crème fouettée sur une galette qu'il avala d'une seule bouchée.

Le père Ralph rit.

— Vous me placez devant un dilemme, monseigneur! Je me trouve entre mon ancien maître et mon nouveau; si je réponds pour plaire à l'un, je déplairai à l'autre. Puis-je faire remarquer à monseigneur qu'il me manquera tout en envisageant avec joie de servir monseigneur?

Bien formulé; réponse de diplomate. L'archevêque di Contini-Verchese commença à penser qu'un tel secrétaire lui conviendrait, bien qu'il fût trop beau avec ces traits fins, ce teint éclatant, ce corps splendide.

Le père Ralph retomba dans le silence, le regard perdu vers la table. Il revoyait le jeune prêtre qu'il venait de tancer, l'expression de ses yeux anxieux quand il avait compris qu'il ne serait même pas autorisé à faire ses adieux à l'objet de sa flamme. Dieu tout-puissant, s'il s'était agi de lui et de Meggie? On pouvait toujours s'en sortir blanc comme neige pendant un temps si l'on se montrait discret; constamment si l'on se limitait aux femmes rencontrées pendant les vacances loin de sa paroisse. Mais une liaison sérieuse et suivie ne manquait jamais d'être découverte.

A certains moments, seul l'agenouillement sur les dalles de marbre froid de la chapelle, prosternation prolongée jusqu'à ce qu'il fût engourdi par la douleur physique, l'empêchait de prendre le prochain train pour Gilly et se précipiter à Drogheda. Il se disait qu'il était simplement victime de la solitude, qu'il lui manquait l'affection humaine qui l'avait entouré à Drogheda. Il se répétait que rien n'avait changé quand il avait cédé à une faiblesse passagère en rendant son baiser à Meggie; que son amour pour elle tenait encore de l'imaginaire, qu'il n'était pas passé dans un monde différent possédant la plénitude troublante, déroutante que ne comportaient pas ses premiers rêves. Car il ne pouvait admettre que quoi que ce soit eût changé, et il gardait à l'esprit l'image de Meggie petite fille, s'interdisant toute autre vision qui pût démentir cette représentation.

Il s'était trompé. La peine ne s'estompa pas. Elle paraissait s'amplifier, devenir plus froide, hideuse. Auparavant, sa solitude demeurait abstraite et il eût été incapable d'imaginer qu'elle pût être comblée par un autre être humain. Mais à présent, la solitude avait un nom : Meggie. Meggie, Meggie, Meggie...

En émergeant de sa rêverie, il s'aperçut que l'archevêque di Contini-Verchese le considérait d'un regard fixe, et les grands yeux sombres semblaient infiniment plus perspicaces que les prunelles vives de Cluny Dark. Beaucoup trop intelligent pour prétendre par son expression que rien ne causait son humeur assombrie, le père Ralph rendit à son maître en puissance un regard aussi pénétrant que celui dont il était l'objet, puis il esquissa un sourire et haussa les épaules; il semblait dire : tout homme abrite la tristesse et ce n'est pas pécher que de se rappeler un chagrin.

— Dites-moi, mon fils, la chute brutale enregistrée dans le domaine économique n'a-t-elle pas affecté les affaires dont vous êtes chargé? s'enquit le prélat italien d'une voix suave.

— Jusqu'ici, nous n'avons aucune inquiétude à avoir, monseigneur. La Michar Limited n'est guère sujette aux fluctuations du marché. Je suppose que les investissements moins judicieux que ceux de feu Mme Carson en souffrent davantage. Evidemment, le domaine de Drogheda n'enregistrera pas les mêmes bénéfices; le prix de la laine tombe. Mais Mme Carson était trop avisée pour placer ses fonds exclusivement dans l'élevage; elle lui préférait la solidité du métal. Pourtant, à mon avis, l'époque est particulièrement propice à des achats immobiliers, pas seulement de propriétés à la campagne, mais aussi de maisons et immeubles dans les principales grandes villes. Les prix sont ridiculement bas et ils remonteront obligatoirement. Je ne vois pas comment nous pourrions perdre dans des placements immobiliers au cours des années à venir si nous nous portons acquéreurs actuellement. La crise se terminera bien un jour.

— Evidemment, approuva le légat du pape.

Ainsi, non seulement le père de Bricassart était un diplomate-né, mais il se révélait aussi un homme d'affaires avisé! Vraiment, Rome ne pouvait faire mieux que se l'attacher.

9

1930 était là et Drogheda connaissait les effets de la crise. Le chômage sévissait dans toute l'Australie. Ceux qui en avaient la possibilité cessèrent de payer leur loyer et de s'accrocher à ce qui avait été leur vie en continuant à chercher du travail puisqu'il n'y en avait pas. Abandonnés à leurs seules ressources, épouses et enfants campaient sur les terrains municipaux et faisaient la queue pour percevoir des allocations de secours; pères et maris avaient pris la route. L'homme déposait ses maigres biens dans une couverture, en attachait les quatre coins avec une courroie et jetait son balluchon sur l'épaule pour partir à l'aventure, espérant au moins manger à sa faim dans les domaines qu'il traverserait. Mieux valait s'enfoncer dans l'intérieur du pays que dormir sur les trottoirs de Sydney.

Les prix des vivres étaient bas et Paddy entassait des provisions dans les dépendances de Drogheda qui bientôt en regorgèrent. Tout homme se présentant au domaine pouvait être assuré de repartir ventre et musette remplis. Assez curieusement, les vagabonds qui défilaient se renouvelaient constamment; une fois l'estomac calé par un repas chaud et chargés de provisions pour la route, ils reprenaient leur errance à la recherche de Dieu sait quoi, ne cherchant pas à rester sur place. Tous les domaines ne se montraient certes pas aussi hospitaliers et généreux que Drogheda, ce qui rendait encore plus inexplicable le besoin de partir de ces infortunés. Peut-être la lassitude et l'absence de but de ces hommes sans feu ni lieu les poussaient-elles à continuer leur course. La plupart parvenaient à survivre, certains mouraient et, si leurs corps étaient découverts, on les enterrait sur place avant que les corbeaux et les cochons sauvages ne se repaissent de leur cadavre. Les régions de l'intérieur étaient immenses et solitaires.

Dans ces circonstances, Stuart reprit ses fonctions à la maison et le fusil n'était jamais très éloigné de la porte de la cuisine. Les bons éleveurs se recrutaient aisément et Paddy disposait de neuf célibataires, enregistrés sur ses livres, qui logaient dans le vieux bâtiment abritant depuis toujours les hommes seuls; ainsi la présence de Stuart n'était pas indispensable dans les enclos. Fee cessa de laisser traîner de l'argent un peu partout dans la maison et Stuart fabriqua une armoire destinée à dissimuler le coffre derrière l'autel de la chapelle. Parmi ces errants, rares étaient ceux qui nourrissaient de mauvaises intentions. Les malandrins préféraient rester dans les grandes villes car la vie sur la piste se révélait trop ascétique, trop solitaire et n'offrait que bien peu d'occasions de perpétrer un mauvais coup. Pourtant, personne ne blâmait Paddy de ne pas vouloir faire courir de risques aux femmes de sa maison; la réputation du domaine de Drogheda s'étendait très loin et pouvait attirer des indésirables.

Cet hiver-là amena des orages violents, certains secs, d'autres humides, et durant le printemps et l'été suivants il tomba tant de pluie que l'herbe de Drogheda devint plus drue et plus haute que jamais.

Jims et Patsy peinaient sur leurs cours par correspondance; installés devant la table de cuisine de Mme Smith, ils bavardaient interminablement sur ce que serait leur vie quand il serait temps d'aller à Riverview, le pensionnat de Sydney. Mais Mme Smith se montrait si désagréable et acariâtre quand elle surprenait ce genre de conversation qu'ils cessèrent de parler de leur départ quand elle se trouvait à proximité.

Le temps sec revint; l'herbe qui montait jusqu'aux cuisses se dessécha totalement et grilla au point de se transformer en tiges argentées, craquantes. Endurcis par dix ans passés sur les plaines de terre noire, par les hauts et les bas, les intempéries allant de la sécheresse aux inondations, les hommes haussaient les épaules et occupaient chaque journée comme si celle-ci était la seule qui comptât. Ils voyaient juste; ce qui importait essentiellement était de survivre pendant le laps de temps qui séparait une bonne année de la prochaine, quelle qu'elle pût être. Personne ne pouvait prévoir la pluie. Un habitant de Brisbane, nommé Inigo Jones, se révélait capable de prévisions météorologiques à long terme relativement exactes; il se fondait sur une nouvelle conception relative à l'activité des taches solaires, mais sur les plaines de terre noire on n'ajoutait guère foi à ses dires. Que Sydney et Melbourne s'engouent de ses prédictions; les habitants des terres noires s'en tiendraient uniquement à celles que leur dictaient leurs vieux os.

Au cours de l'hiver 1932, les orages secs se manifestèrent de nouveau, accompagnés d'un froid vif, mais l'herbe encore luxuriante empêchait la poussière de se soulever et les mouches semblaient moins nombreuses qu'à l'accoutumée. Piètre consolation pour les moutons fraîchement tondus qui frissonnaient lamentablement. Mme Dominic O'Rourke, qui habitait une maison en bois sans grand caractère, aimait recevoir des amis de Sydney; l'une des attractions qu'elle offrait à ses hôtes était la visite de Drogheda afin de leur prouver que, même sur les plaines de terre noire, on pouvait vivre dans le luxe et le confort. A l'une de ces occasions, la conversation roula interminablement sur ces moutons maigres, ayant tout du rat mouillé, devant affronter l'hiver sans être protégés par leur toison de douze ou quinze centimètres d'épaisseur qui aurait repoussé au moment de la pleine chaleur de l'été. Mais, ainsi que Paddy le fit remarquer à l'un de ses visiteurs, la laine n'en était que meilleure. Seule la laine comptait, pas les moutons. Peu après qu'il eut fait cette déclaration, une lettre ouverte parut dans le *Sydney Morning Herald* exigeant des parlementaires une prompte législation pour mettre fin à ce que l'auteur appelait « la cruauté des éleveurs ». La pauvre Mme O'Rourke fut horrifiée, mais Paddy se contenta de rire à gorge déployée.

— Encore heureux que cet idiot n'ait pas vu un tondeur déchirer le ventre d'un mouton et le recoudre à l'aide d'une aiguille servant d'ordinaire pour les balles de laine, commenta-t-il dans l'espoir de réconforter Mme O'Rourke, affreusement gênée. Il n'y a vraiment pas de quoi être bouleversée, madame Dominic. Les citadins n'ont pas la moindre idée de la façon dont vivent les campagnards, et ils peuvent se permettre le luxe de s'apitoyer sur leurs animaux comme s'il s'agissait de leurs gosses. Ici, il en va différemment. Ici, vous ne verrez jamais homme, femme ou enfant ayant besoin d'assistance sans qu'on leur vienne en aide; pourtant, en ville, ces mêmes personnes qui chouchoutent leurs animaux de compagnie ignorent totalement l'appel au secours d'un autre être humain.

— Il a raison, chère amie, approuva Fee en levant les yeux. Nous éprouvons tous du mépris pour ce qui est trop abondant. Ici, ce sont les moutons; en ville, ce sont les humains.

Paddy visitait un lointain enclos par cette journée d'août quand éclata un violent orage. Il mit pied à terre, attacha soigneusement sa monture à un arbre, et s'assit sous un wilga en attendant une éclaircie. Frissonnant de peur, ses cinq chiens se blottirent les uns contre les autres non loin de lui tandis que les moutons, qu'il avait l'intention de transférer dans un autre enclos, se dispersaient en petits groupes bondissants. Et c'était un terrible orage qui contint le paroxysme de sa fureur jusqu'à ce que le centre de la tornade se trouvât directement au-dessus de Paddy. Celui-ci se boucha les oreilles, ferma les yeux et pria.

Non loin de l'endroit où il était assis à l'abri des branches basses du wilga se trouvait un amas de bois mort entouré d'herbe haute. Au centre de ce tas, sque-lettique, se dressait un grand eucalyptus dont le tronc dénudé s'élevait à douze mètres, braqué sur les nuages d'un noir d'encre qui tourbillonnaient, limaient sa cime, le transformant en une pointe aiguë, acérée.

L'épanouissement d'un feu bleu, si vif qu'il lui lacéra les yeux malgré la protection de ses paupières closes, déclencha un réflexe chez Paddy qui bondit; il fut immé-diatement jeté à terre comme un pantin sous le souffle d'une gigantesque explosion. La tête enfouie dans la poussière, il osa un regard et surprit l'ultime et specta-culaire bouquet de l'éclair qui dispersait des halos miroitants de bleu et de pourpre aveuglants le long de la lance morte que formait l'eucalyptus; puis, si vite qu'il eut à peine le temps de comprendre ce qui se pro-duisait, tout prit feu. La dernière goutte d'humidité s'était depuis longtemps évaporée du tas de bois mort et l'herbe alentour était longue, sèche comme du papier. Tel un défi adressé par la terre au ciel, l'arbre géant exhala une colonne de flammes dépassant de très loin sa cime, les branches mortes et les souches s'enflammè-rent au même instant et des langues de feu jaillirent du centre, tournoyant sous le vent en cercles concentriques de plus en plus larges. Paddy n'avait même pas eu le temps de détacher son cheval.

Le wilga desséché prit feu et la résine qu'il recelait fit exploser son tronc. Partout où Paddy portait les yeux se dressaient des murs de flammes; les arbres se transformaient en un ardent brasier et l'herbe sous ses pieds s'embrasait en rugissant. Il entendit son cheval hennir et en eut le cœur déchiré; il ne pouvait laisser mourir la pauvre bête, attachée, impuissante. Un chien hurla, et son hurlement se transforma en un cri d'agonie presque humain. Un instant, l'animal jaillit, sembla danser, torche vivante, puis s'écroula dans l'herbe que dévorait le feu. D'autres hurlements s'élevèrent quand les autres chiens qui tentaient de fuir se virent cernés par les flammes qui se propageaient plus vite sous le vent furieux que toute créature dotée de pieds ou d'ailes. Une étoile filante s'accrocha à ses cheveux et les roussit tandis que, debout, il s'interrogeait pendant une fraction de seconde sur la meilleure façon d'aller délivrer son cheval; il baissa les yeux et vit un grand cacatoès qui rôtissait à ses pieds.

Soudain, Paddy comprit que c'était la fin. Aucune issue pour échapper à cet enfer, pas plus pour lui que pour son cheval. Au moment où cette pensée le traversait, un arbre desséché, tout proche de lui, jeta des flammes dans toutes les directions, sa sève résineuse explosait. La peau du bras de Paddy se plissa, noircit; la flamboyance de ses cheveux s'atténua enfin sous un flamboiement encore plus vif. Une telle mort défie toute description car le feu se fraye un chemin de l'extérieur vers l'intérieur. Les organes qui résistent le plus longtemps avant que la combustion leur interdise tout fonctionnement sont le cerveau et le cœur. Les vêtements en feu, Paddy se débattait en hurlant au cœur de l'holocauste. Et chaque cri atroce portait un nom, celui de sa femme.

Tous les autres hommes parvinrent à rentrer à Drogheda avant que la tempête n'éclatât; ils abandonnèrent leurs chevaux dans la cour et se précipitèrent soit vers la grande maison, soit vers le bâtiment affecté aux ouvriers célibataires. Dans le salon de Fee, brillamment illuminé, où flambait un feu de bois dans la cheminée blanc et rose, les garçons prêtaient l'oreille aux mugissements du vent, sans toutefois tenter de sortir comme dans les premiers temps pour observer le déchaînement de l'orage. La merveilleuse odeur âcre que dégageait l'eucalyptus en brûlant dans l'âtre et l'amoncellement de sandwiches et de gâteaux posés sur la table roulante du thé de l'après-midi les retenaient, englués de douceur. Personne ne s'attendait à ce que Paddy réussît à rentrer.

Vers 4 heures, les nuages s'éloignèrent vers l'est et, inconsciemment, chacun respira mieux; il était impossible de se détendre pendant un orage sec, même en sachant que chaque maison de Drogheda était équipée d'un paratonnerre. Jack et Bob se levèrent et prétendirent qu'ils sortaient pour prendre l'air mais, en réalité, ils tenaient à exhaler leurs dernières craintes.

— Regarde! dit Bob en pointant un doigt vers l'ouest.

Loin au-dessus des arbres qui entouraient l'enclos central pesait une énorme chape de fumée jaunâtre qui semblait s'élargir de seconde en seconde; ses bords déchiquetés s'étiraient comme des banderoles flottant au vent.

— Grand Dieu! s'écria Jack en se précipitant vers le téléphone.

— Le feu! le feu! hurla-t-il dans le récepteur tandis que les autres, une seconde médusés, se précipitaient vers l'extérieur. Un incendie à Drogheda... énorme!

Puis il raccrocha; il n'avait pas besoin d'en dire plus au standard de Gilly et à ceux qui, branchés sur la ligne, décrochaient à la première sonnerie. Bien qu'aucun incendie ne se fût déclaré dans la région depuis l'arrivée des Cleary, chacun connaissait les mesures à prendre.

Les garçons se ruèrent vers leurs chevaux, les ouvriers jaillirent hors des bâtiments, tandis que Mme Smith ouvrait l'une des réserves et distribuait des dizaines de sacs de toile. La fumée s'élevait dans l'ouest et le vent soufflait de cette direction, l'incendie menaçait le cœur du domaine. Fee ôta sa longue jupe et enfila l'un des pantalons de Paddy, puis elle courut rejoindre Meggie aux écuries; toute personne capable de tenir un sac de toile serait utile.

Dans les cuisines, Mme Smith tisonna le feu et les servantes se mirent en devoir de décrocher les immenses marmites qui pendaient du plafond.

— Heureusement que nous avons tué un taurillon hier, remarqua la gouvernante. Minnie, voilà la clef de la cave. Cat t'accompagnera et vous apporterez toutes deux les réserves de bière et de rhum dont nous disposons. Ensuite, vous mettrez le pain sous la cendre pendant que je m'occuperai du ragoût. Dépêchez-vous, dépêchez-vous!

Enervés par l'orage, les chevaux sentaient la fumée et se laissaient difficilement seller; Fee et Meggie firent reculer les deux pur-sang piaffants et rétifs pour les amener dans la cour où elles pourraient mieux les maîtriser. Pendant que Meggie se débattait avec l'alezane, deux chemineaux débouchèrent en courant, venant de la route de Gilly.

— Le feu, m'dame, le feu! Donnez-nous des chevaux, quelques sacs et on y va!

— Par là, un peu plus loin dans la cour, dit Meggie. Grand Dieu, j'espère que personne ne s'est trouvé pris dans ce brasier.

Les deux hommes saisirent les sacs de toile que leur tendait Mme Smith. Bob et les ouvriers étaient partis depuis cinq minutes. Les deux nouveaux venus les suivirent et, finalement en selle, Fee et Meggie partirent au galop le long du ruisseau, le traversèrent et se dirigèrent vers le rideau de fumée.

Derrière elles, Tom, le jardinier, acheva de remplir le camion-citerne à la pompe de la Tête du Forage et lança le moteur. Dans le cas présent, cet apport d'eau était dérisoire pour tenter de maîtriser l'incendie, mais on en aurait besoin pour conserver les sacs mouillés et asperger ceux qui les utilisaient. Tandis qu'il passait en première pour gravir la berge du ruisseau, Tom regarda derrière lui un instant, vers la maison du régisseur et les deux autres bâtiments vides, un peu plus loin. Là était le point faible du domaine, l'unique endroit où des matériaux inflammables étaient suffisamment proches des arbres bordant le ruisseau pour risquer de brûler. Le vieux Tom regarda vers l'ouest, secoua la tête sous le coup d'une décision soudaine, et parvint à traverser le petit cours d'eau et à en gravir l'autre berge en marche arrière. Les hommes ne parviendraient jamais à circonscrire l'incendie aux enclos; ils reviendraient. En haut de la gorge, juste à côté de la maison du régisseur, il brancha le tuyau à la citerne et commença à asperger le bâtiment, puis il agit de même pour les deux autres maisonnettes. C'était là ce qu'il pouvait faire de mieux, saturer les trois bâtisses d'eau pour qu'elles ne s'enflamment pas.

Tandis que Meggie galopait à côté de Fee, le nuage menaçant dans l'ouest s'enfla encore, et l'odeur de brûlé apportée par le vent devint de plus en plus âcre. L'obscurité gagnait; les animaux qui fuyaient vers l'est traversaient les enclos en troupeaux de plus en plus serrés, kangourous et sangliers, moutons et bêtes à cornes affolés, émeus et koalas, lapins par milliers. Bob a laissé les barrières ouvertes, remarqua Meggie en galopant de la Tête du Forage à Billa-Billa; tous les enclos de Drogheda portaient un nom. Mais la bêtise des moutons était telle qu'ils se heurtaient à une clôture et s'immobilisaient à un mètre d'un portail ouvert sans voir le passage.

Quand les hommes l'atteignirent, l'incendie avait

gagné de quinze kilomètres et s'étendait aussi latérale-
ment sur un front qui s'élargissait de seconde en
seconde. Pendant que la longue herbe sèche et le vent
violent propageaient le feu de bouquet d'arbres en bouquet d'arbres, ils se figeaient sur leurs montures apeu-
rées et rétives, et regardaient vers l'ouest, impuissants.
Inutile de tenter de circonscrire un tel brasier à cet
endroit; une armée n'y parviendrait pas; il leur fallait
retourner vers les bâtiments et mettre tout en œuvre
pour protéger ce qui pouvait l'être. Déjà, le front avançait sur une largeur de sept kilomètres; s'ils ne fouail-
laient pas leurs chevaux fatigués, eux aussi seraient
pris. Dommage pour les moutons, dommage. Mais on
n'y pouvait rien.

Le vieux Tom continuait à asperger les maisons près
du ruisseau quand les cavaliers débouchèrent après
avoir traversé le mince filet d'eau qui recouvrait le passage à gué.

— Bon boulot, Tom! lui cria Bob. Continuez jusqu'à
ce qu'il fasse trop chaud pour rester sur place mais
surtout partez à temps. C'est compris? Pas d'héroïsme
inutile; votre vie a plus d'importance que quelques morceaux de bois et de verre.

Des voitures se pressaient aux abords de la maison et
d'autres phares brillaient en cahotant sur la route de
Gilly; un important groupe d'hommes attendait au
moment où Bob entra dans la cour.

— Comment ça se présente, Bob? s'enquit Martin
King.

— Je crois que l'incendie est trop important pour
être combattu, répondit Bob dont la voix laissait percer
le désespoir. Il avance sur un front de sept kilomètres
de large et, avec ce vent, il gagne partiquement aussi
vite qu'un cheval au galop. Je ne sais pas si nous pourrons sauver le domaine, mais je crois que Harry devrait
se préparer à défendre sa propriété qui ne va pas tarder à être menacée, parce que je ne vois pas ce que

nous pourrions faire pour arrêter la progression du feu.

— Voilà bien longtemps que nous n'avons pas eu de grands incendies; le dernier remonte à 1919. Je vais rassembler des hommes pour aller à Beel-Beel, mais nous sommes déjà nombreux et d'autres arrivent à la rescousse. Gilly peut réunir près de cinq cents personnes pour combattre le feu. Quelques-uns d'entre nous vont rester ici pour vous aider. Grâce au ciel, mon domaine est à l'ouest de Drogheda, c'est tout ce que je peux dire.

— Vous êtes vraiment rassurant, Martin, grommela Bob en souriant.

— Où est votre père? s'enquit Martin King en jetant un regard alentour.

— A l'ouest de l'incendie, comme Bugela. Il est parti à Wilga rassembler quelques brebis pour l'agnelage, et Wilga est au moins à huit kilomètres de l'endroit où le feu s'est déclaré.

— Vous ne craignez pas que d'autres hommes aient été pris par l'incendie?

— Non, grâce au ciel.

En un sens, c'est comme si on menait une guerre, pensa Meggie en entrant dans la maison : contrôler les mouvements, assurer le ravitaillement, conserver courage et force. Et la menace d'un désastre imminent. Tandis que d'autres hommes arrivaient pour se joindre à ceux qui se trouvaient déjà dans l'enclos central, et se mettaient à l'œuvre pour abattre les quelques arbres trop proches de la berge du ruisseau et dégager le périmètre des herbes trop hautes, Meggie se rappela qu'à son arrivée à Drogheda elle avait pensé que l'endroit serait infiniment plus beau s'il était partout planté d'arbres au lieu d'être nu et triste. Maintenant, elle en comprenait la raison. L'enclos central n'était autre qu'un gigantesque coupe-feu circulaire.

Chacun évoquait les incendies que Gilly avait connus

au cours de ses soixante-dix ans d'existence. Assez curieusement, le feu n'avait jamais représenté une grande menace pendant une période de sécheresse prolongée parce qu'il n'y avait pas suffisamment d'herbe pour permettre à un incendie de se propager. C'était à des époques telles que celle-ci, un an ou deux après de fortes pluies ayant facilité la croissance et la luxuriance de l'herbe, que Gilly devait faire front à d'importants incendies qui, parfois, ravageaient tout sur des centaines de kilomètres.

Martin King avait pris le commandement des trois cents hommes qui restaient sur place pour défendre Drogheda. Il était le plus ancien éleveur de la région et combattait des incendies depuis cinquante ans.

— J'ai soixante mille hectares à Bugela, dit-il, et, en 1905, j'ai perdu la totalité des moutons et des arbres de la propriété. Il m'a fallu quinze ans pour m'en remettre et, pendant un temps, j'ai bien cru que je n'y parviendrais jamais, parce que la laine ne valait pas lourd à l'époque et le bœuf non plus.

Le vent continuait à hurler, l'odeur de brûlé envahissait tout. Il faisait nuit mais, dans l'ouest, le ciel était illuminé d'une brillance infernale et la fumée qui retombait commençait à les faire tousser. Un peu plus tard, ils aperçurent les premières flammes, de grandes langues qui sautaient et se tordaient à une trentaine de mètres derrière le rideau de fumée, et un rugissement emplit leurs oreilles, comparable à celui qui monte d'une foule surexcitée assistant à un match de football. La partie ouest du rideau d'arbres entourant l'enclos central s'enflamma et se mua en un mur compact, incandescent; Meggie, pétrifiée, regardait de tous ses yeux depuis la véranda de la grande maison et elle distingua les minuscules silhouettes des hommes qui se profilaient sur la ligne de feu, bondissants, gesticulants.

— Meggie, viens donc m'aider à empiler les assiettes

sur le buffet, lança la voix de Fee. Tu sais, ça n'a rien d'une partie de plaisir.

A contrecœur, elle se retourna et entra.

Deux heures plus tard, le premier groupe d'hommes épuisés se manifesta; ils entrèrent en chancelant pour se restaurer et boire, reprendre des forces et retourner au combat. C'était pour remplir cette mission que les femmes du domaine s'étaient démenées : s'assurer qu'il y aurait abondance de ragoût, de pain, de thé, de rhum et de bière pour chacun de ces trois cents hommes. Lors d'un incendie, chacun effectuait la tâche qui lui convenait le mieux, ce qui impliquait que les femmes se chargent de la cuisine pour maintenir la force des hommes, plus aptes aux efforts physiques. Les caisses d'alcool se vidaient, les unes après les autres; noirs de suie, titubant de fatigue, les hommes avalaient de grandes rasades de bière, engouffraient d'énormes morceaux de pain et des assiettées de ragoût; après un dernier verre de rhum, ils repartaient combattre l'incendie.

Entre deux voyages aux cuisines, Meggie observait le feu, saisie par une sorte de respect auquel se mêlaient crainte et terreur. Le sinistre recelait une beauté surpassant toute merveille terrestre, car elle appartenait aux cieux, aux soleils si lointains que leur lumière n'arrivait plus que froide, à Dieu et au diable. Le front s'était étendu vers l'est et les encerclait totalement, et Meggie distinguait des détails que la ligne de feu imprécise ne lui avait pas permis de voir jusqu'alors. Maintenant s'élevaient du noir et de l'orange et du rouge et du blanc et du jaune. Un grand arbre se profilait en noir, cerclé d'une croûte orangée qui bouillonnait et scintillait; des braises rouges flottaient et pirouettaient comme des fantômes espiègles; des pulsations jaunes s'exhalaient du cœur des arbres consumés; une pluie d'étincelles cramoisies, tourbillonnantes, se déversa sous l'explosion d'un eucalyptus; des flammes orange et blanches léchèrent quelque chose qui avait résisté jusque-là et qui, finalement, laissait échapper sa substance vaincue par le feu. Oh, oui! Un spectacle grandiose dans la nuit, elle en garderait le souvenir toute sa vie.

Un brutal renforcement du vent incita les femmes à grimper sur le toit de la véranda en s'aidant des troncs tourmentés de la glycine car tous les hommes s'affairaient dans l'enclos central. Armées de sacs mouillés, mains et genoux roussis en dépit de la toile humide qui les protégeait, elles étouffaient les braises sur le toit, rejetaient des particules enflammées, terrifiées à l'idée que la tôle pût céder sous l'effet de la chaleur. Mais le gros de l'incendie s'était déplacé et sévissait à quinze kilomètres dans l'est, à Beel-Beel.

Le centre vital de Drogheda se trouvait à cinq kilomètres seulement de la limite est du domaine, la plus proche de Gilly. Beel-Beel jouxtait la propriété et, plus loin dans l'est se trouvait Narrengang. Quand le vent passa de soixante à quatre-vingts kilomètres à l'heure, toute la région comprit que rien, sinon la pluie, ne pouvait éviter que le feu continuât pendant des semaines, transformant en désert des centaines de kilomètres de bonne terre.

Tout au long des pires moments de l'incendie, les maisons proches du ruisseau avaient tenu, grâce à Tom qui, comme un possédé, remplissait son camion-citerne, aspergeait les murs, repartait se ravitailler et recommençait. Mais, dès que le vent se renforça, Tom dut battre en retraite, en larmes. Les maisons ne pouvaient plus être sauvées.

— Tu ferais mieux de t'agenouiller et de remercier Dieu que la vitesse du vent n'ait pas augmenté quand le front de l'incendie se trouvait à l'ouest par rapport à nous, commenta Martin King. Sinon, tous les bâtiments auraient flambé et nous avec. Seigneur, j'espère qu'ils s'en sortiront à Beel-Beel.

Fee lui tendit un grand verre de rhum; il n'était plus

un jeune homme, mais il avait combattu aussi longtemps qu'il le fallait et dirigé les opérations de main de
maître.

— C'est bête, dit-elle, mais quand j'ai cru que tout
était perdu, les idées les plus saugrenues me sont
venues à l'esprit. Je ne pensais pas à la mort, ni aux
enfants, ou à cette magnifique maison en ruine. J'étais
incapable de penser à autre chose qu'à ma corbeille à
couture, au tricot que j'ai en train, à la boîte de boutons
dépareillés que je mets de côté depuis des années, au
moule à gâteaux en forme de cœur que Frank m'a forgé
il y a bien longtemps. Comment aurais-je pu survivre
sans ces objets? Toutes ces petites choses qui ne peuvent être remplacées ou achetées dans une boutique.

— Ce sont les pensées qui viennent à la plupart des
femmes, admit Martin King. Bizarre, hein, la façon
dont le cerveau réagit. Je me souviens qu'en 1905 ma
femme s'est précipitée dans la maison pendant que je
m'époumonais comme un fou, simplement pour sauver
son ouvrage du moment, une broderie sur son tambour. (Il sourit.) Une fois la nouvelle maison terminée,
elle n'a eu de cesse d'achever sa broderie, un de ces
vieux ouvrages à la gloire du foyer... « Home, sweet
home », si vous voyez ce que je veux dire. (Il posa le
verre vide, secoua la tête à l'idée du bizarre comportement féminin.) Il faut que je m'en aille. Gareth Davies
va avoir besoin de nous à Narrengang; et, à moins que
je ne me trompe, Angus ne va pas tarder à se trouver
dans la même situation à Rudna Hunish.

Fee blêmit.

— Oh, Martin! Le feu s'est propagé si loin?

— Nous venons de l'apprendre, Fee. Booroo et
Bourke sont menacés.

Trois jours durant le feu continua à s'étendre vers
l'est sur un front qui s'élargissait constamment, puis
survint une grosse pluie qui tomba à seaux pendant
près de quatre jours et éteignit les derniers brasiers.

Mais l'incendie s'était propagé sur cent soixante kilomètres, laissant derrière lui un sillage calciné et noirci de trente kilomètres de large, partant du centre des terres de Drogheda et allant jusqu'à la limite de la dernière propriété du district de Gillanbone, Rudna Hunish.

Jusqu'à la pluie, personne ne s'attendait à avoir des nouvelles de Paddy car tous le croyaient à l'abri, de l'autre côté de la zone de feu, coupé de chez lui par la chaleur que dégageaient le sol et les arbres continuant à se consumer. Si le feu n'avait pas endommagé la ligne téléphonique, ils auraient pu attendre un appel de Martin King parce qu'il était logique que Paddy eût foncé vers l'ouest et trouvé asile à Bugela. Mais au bout de six heures de pluie, toujours sans nouvelles, ils commencèrent à s'inquiéter. Pendant près de quatre jours, ils s'étaient répété continuellement qu'il n'y avait pas lieu de se tourmenter, que Paddy ne pouvait les joindre et qu'il avait sans doute décidé d'attendre jusqu'à ce qu'il pût rentrer à Drogheda plutôt que de se rendre chez Martin King.

— Il devrait être rentré maintenant, dit Bob qui, depuis un moment, arpentait le salon sous l'œil inquiet des autres.

Une ironie du sort avait voulu que la pluie apportât une soudaine fraîcheur et, de nouveau, un bon feu brûlait dans la cheminée.

— Qu'est-ce que tu proposes, Bob? s'enquit Jack.

— Je crois qu'il est grand temps que nous partions à sa recherche. Il peut être blessé, ou à pied, avec la perspective d'un long chemin à parcourir pour rentrer. Son cheval a pu être pris de panique et l'avoir désarçonné. Il est peut-être étendu quelque part, incapable de marcher. Il avait des provisions pour une journée ou deux, mais sûrement pas pour quatre jours; pourtant, il n'y a pas lieu de croire qu'il puisse souffrir de la faim. Et pour le moment, il est inutile d'alerter tout le monde et je ne vais pas faire appel aux hommes de Narrengang;

mais si nous ne l'avons pas trouvé avant la tombée de la nuit, je me rendrai chez Dominic et, dès demain, tous les habitants de la région seront à sa recherche. Dieu, si seulement les lignes téléphoniques pouvaient être rétablies!

Fee tremblait, les yeux fiévreux, à l'égal d'une bête traquée.

— Je vais passer un pantalon, dit-elle. Je ne peux pas rester là à attendre.

— M'man, reste à la maison! supplia Bob.

— S'il est blessé, il peut se trouver n'importe où, Bob; rien ne nous dit qu'il n'est pas gravement atteint. Tu as envoyé les ouvriers à Narrengang, nous ne sommes donc pas nombreux pour partir à sa recherche. J'accompagnerai Meggie et, à toutes les deux, nous serons suffisamment fortes pour parer à toute éventualité; mais si elle s'en va seule, elle mobilisera l'un de vous, d'où une perte d'effectifs.

Bob céda :

— Bon d'accord. Tu pourras monter le hongre de Meggie; tu l'as pris au début de l'incendie. Que chacun emporte un fusil et des cartouches en suffisance.

A cheval, ils traversèrent le ruisseau et entrèrent au cœur du paysage désolé. Pas trace de vert, de brun ou de quoi que ce soit, seulement une vaste étendue de terre calcinée, noire et spongieuse qui, assez incroyablement, continuait à fumer. Chaque feuille du moindre arbrisseau s'était transformée en un lambeau desséché recroquevillé sur lui-même, et là où il y avait eu de l'herbe, ils distinguaient çà et là de petites masses noires, ce qui restait des moutons pris par le feu et, de temps à autre, un tas plus volumineux, un bœuf ou un sanglier. Les larmes se mêlaient à la pluie le long de leurs joues.

Bob et Meggie ouvraient la marche, Jack et Hughie avançaient en deuxième position, Fee et Stuart à l'arrière. Pour ces deux derniers, la progression s'effectuait avec aisance; ils tiraient un réconfort de leur proximité, ne parlaient pas, chacun satisfait de la présence de l'autre. Parfois, les chevaux renâclaient à la vue d'une nouvelle horreur, mais celle-ci ne paraissait pas affecter les deux derniers cavaliers. La boue rendait leur avance lente et difficile, mais l'herbe calcinée, tassée, formait une sorte de tapis de corde où les sabots des chevaux trouvaient une prise. Chaque fois qu'ils avaient parcouru quelques mètres, ils s'attendaient à voir Paddy apparaître à l'horizon, mais le temps passait et il ne se manifestait pas.

Le cœur serré, ils s'aperçurent que l'incendie s'était amorcé beaucoup plus loin qu'ils ne l'avaient cru tout d'abord, dans l'enclos Wilga. Les nuées d'orage avaient probablement dissimulé la fumée jusqu'à ce que le feu se fût propagé sur une distance assez considérable. La délimitation les abasourdit. D'un côté, une ligne nettement marquée constituée d'une sorte de goudron noir et luisant, de l'autre s'étendait la terre qu'ils avaient toujours connue, fauve et bleuâtre, triste sous la pluie, mais vivante. Bob arrêta sa monture et revint pour faire part aux autres de ses impressions.

— C'est ici que nous allons commencer les recherches. Je vais partir vers l'ouest; c'est la direction la plus vraisemblable et je suis le mieux armé pour faire face à toute éventualité. Chacun dispose de suffisamment de munitions? Parfait. Si vous découvrez quoi que ce soit, tirez trois coups de feu en l'air, et ceux qui entendront les détonations devront chacun répondre par un unique coup de feu, puis attendre. Celui qui aura tiré à trois reprises recommencera cinq minutes plus tard et continuera à la même cadence; ceux qui entendront les détonations tireront une fois pour lui répondre.

« Jack, tu partiras vers le sud, le long de la ligne de feu. Hughie, tu t'enfonceras dans le sud-ouest, tandis que je prendrai la direction de l'ouest. M'man et Meggie, allez vers le nord-ouest. Stu, tu suivras la bordure de l'incendie, plein nord. Et, je vous en supplie, que chacun avance lentement. La pluie empêche une bonne visibilité et il y a des amoncellements d'arbres brûlés à certains endroits. Appelez fréquemment, il peut ne pas vous voir mais vous entendre, et ne tirez pas si vous découvrez quelque chose. Il n'a pas emporté de fusil et, s'il entendait un coup de feu alors qu'il se trouverait hors de portée de voix pour y répondre, ce serait pour lui une situation atroce.

« Bonne chance, et que Dieu nous vienne en aide ».

Tels des pèlerins à l'ultime croisée des chemins, ils se séparèrent, bientôt absorbés par la grisaille du rideau de pluie, s'éloignant de plus en plus les uns des autres, s'amenuisant jusqu'à ce que chacun eût disparu dans la direction qui lui avait été assignée.

Stuart avait parcouru moins d'un kilomètre lorsqu'il remarqua un bouquet d'arbres calcinés à proximité immédiate de la ligne de démarcation tracée par l'incendie. Il avisa un petit wilga. noir et crêpelé comme la tignasse d'un négrillon, à côté des restes d'un tronc élevé se dressant encore non loin de la lisière de feu. Il découvrit la dépouille du cheval de Paddy, étendue, fondue, amalgamée au tronc d'un grand gommier, et deux des chiens de son père, petites boules noires dont les quatre membres pointaient vers le ciel, aussi raides que des bâtons. Il mit pied à terre; ses bottes s'enfoncèrent jusqu'aux chevilles dans la boue pendant qu'il tirait son fusil de la gaine de sa selle. Ses lèvres remuaient sous de muettes prières tandis qu'il se frayait un chemin à travers les scories glissantes. Sans les restes du cheval et des chiens, il aurait pu espérer qu'il s'agissait d'un chemineau, d'un quelconque vagabond pris au piège, mais Paddy disposait d'un cheval et il était accompagné de cinq chiens, un pauvre hère ne prenait pas la piste sur une monture avec une escorte de plus d'un chien. L'endroit était trop profondément enclavé au cœur de Drogheda pour qu'il pût s'agir d'un toucheur de bœuf ou d'un éleveur venant de Bugela. Un peu plus loin, il découvrit les corps calcinés de trois autres chiens; cinq en tout, cinq chiens. Il savait qu'il n'en trouverait pas un sixième, et il ne se trompait pas.

Non loin du cheval, dissimulés par un tronc d'arbre, reposaient les restes d'un homme. Aucune erreur possible. Luisante et brillante sous la pluie, la forme noire gisait sur le dos et formait un grand arc, ne touchant terre qu'à l'emplacement des fesses et des épaules. Les bras rejetés loin du corps s'incurvaient au coude et s'élevaient en une supplique vers le ciel; les doigts dont la chair se détachait laissaient apparaître des os calcinés, crispés en une étreinte sur le vide. Les jambes aussi étaient écartées, mais fléchies à hauteur des genoux et ce qui avait été une tête regardait la nue de ses orbites vides.

Pendant un instant, le regard clair, pénétrant, de Stuart resta fixé sur son père, et il ne vit pas l'enveloppe consumée, mais l'homme tel qu'il avait été au cours de sa vie. Il pointa son fusil vers le ciel, fit feu, rechargea, fit feu une deuxième fois, rechargea encore et fit feu une troisième fois. Une détonation lui parvint, atténuée par la distance, puis une autre, encore plus lointaine et à peine audible. Ce fut alors qu'il comprit que le coup de feu le plus proche avait dû être tiré par sa mère ou par sa sœur. Elles étaient parties vers le nord-ouest, lui était au nord. Sans attendre que s'écoule l'intervalle prévu de cinq minutes, il glissa une nouvelle cartouche dans la culasse, braqua l'arme en direction du sud et appuya sur la détente. Pause pour recharger, deuxième coup de feu, recharge, et troisième coup de feu. Il reposa le fusil sur le sol et se redressa, face au sud, tête penchée, oreille aux aguets. Cette fois, la première réponse lui parvint, venant de l'ouest, celle de Bob; la deuxième de Jack ou Hughie, et la troisième de sa mère. Il laissa échapper un soupir de soulagement; il ne voulait pas que les femmes fussent les premières à le rejoindre.

Aussi ne vit-il pas le gros sanglier émerger des arbres, venant du nord; il le reconnut à l'odeur. Aussi grosse qu'une vache, la masse oscillait et frémissait sur les pattes courtes et puissantes tandis que la bête avançait, tête baissée, fouillant de son groin la terre noircie et humide. Les coups de feu l'avaient dérangé et le monstrueux sanglier souffrait. Les rares poils noirs de l'un de ses flancs avaient été brûlés, laissant voir la peau à vif, rouge. Ce que Stuart avait senti alors qu'il regardait vers le sud n'était autre que les agréables effluves que dégage la peau de porc en train de griller avant que le rôti ne sorte du four enrobé d'une croûte craquante. Tiré du paisible chagrin qui semblait toujours l'accompagner, Stuart tourna la tête au moment où une pensée le traversait; il avait l'impression d'être déjà venu ici, que cet endroit noirci et détrempé était gravé dans son cerveau depuis le jour de sa naissance.

Il se baissa, tâtonna à la recherche du fusil, tout en se rappelant que l'arme n'était pas chargée. Le sanglier restait figé dans une immobilité totale, ses petits yeux rougis exprimant une douleur intense, ses grandes défenses jaunes, aiguës, décrivant un demi-cercle vers le haut. Le cheval de Stuart hennit; il sentait le fauve; la tête massive du cochon sauvage se tourna vers lui et s'abaissa dans l'intention de charger. Stuart comprit que sa seule chance résidait dans l'intérêt que le sanglier portait au cheval. Profitant de la diversion, il se pencha, saisit le fusil, en fit jouer la culasse tandis que sa main libre plongeait dans la poche de sa veste pour y prendre une cartouche. Alentour, la pluie tombait, étouffant tous les sons hormis son propre crépitement. Mais le sanglier entendit le bruit de la culasse ramenée en arrière et, changeant de direction à l'ultime seconde, abandonna le cheval pour foncer sur Stuart. La bête était presque sur lui lorsqu'il fit feu, l'atteignant en plein poitrail, mais sans ralentir sa course. Les défenses amorcèrent un mouvement latéral et lui labourèrent l'entre-jambes. Il s'écroula; le sang jaillit, se répandit sur ses vêtements, gicla sur le sol.

Le sanglier pivota, soudain entravé par la douleur que lui causait la balle, et tenta de revenir à la charge; mais il oscilla, chancela, s'effondra. La masse de six cents kilos s'abattit sur sa victime, lui enfouissant la tête dans la boue noire. Un instant, les mains griffèrent le sol de chaque côté du corps en un frénétique et inutile effort pour se libérer; c'était là ce qu'il avait toujours su, pourquoi il n'avait jamais espéré, rêvé ou tiré des plans, se contentant d'attendre en s'abreuvant si profondément au monde vivant que le temps lui manquait pour s'apitoyer sur le sort qui l'attendait. Il pensa : m'man, m'man! Je ne peux pas rester avec toi, m'man! à la seconde où son cœur éclatait dans sa poitrine.

— Je me demande pourquoi Stu n'a plus tiré, dit Meggie à sa mère.

Les deux femmes se dirigeaient vers l'endroit d'où étaient venues ces deux séries de détonations, sans être à même d'accélérer le pas dans la boue, le cœur serré par l'anxiété.

— Il a probablement pensé que nous l'avions tous entendu, rétorqua Fee.

Mais au plus profond de son être, elle se rappelait le visage de Stuart au moment où ils s'étaient séparés pour chercher dans différentes directions, la façon dont il lui avait étreint la main, dont il lui avait souri.

— Nous ne devons pas être si loin maintenant, reprit-elle en pressant sa monture qui glissa en s'essayant à un petit trot.

Mais Jack était déjà sur place ainsi que Bob, et ils empêchèrent les femmes d'approcher quand celles-ci franchirent la lisière de terre intacte en venant vers les lieux où l'incendie avait éclaté.

— Ne va pas plus loin, m'man! dit Bob lorsqu'elle mit pied à terre.

Jack s'était précipité vers Meggie et il lui maintenait les bras.

Les deux paires d'yeux gris se détournèrent, moins sous l'effet de la stupeur ou de la crainte que sous l'impact de la certitude; elles savaient.

— Paddy? demanda Fee dans un souffle.

— Oui. Et Stu.

Aucun de ses fils ne parvenait à la regarder.

Stu? Stu! Comment Stu? Oh, mon Dieu! qu'est-ce qui lui est arrivé? Pas tous les deux... non!

— Papa a été pris dans l'incendie. Il est mort. Stu a dû déranger un sanglier qui l'a chargé. Il l'a abattu, mais la bête s'est écroulée sur lui et l'a étouffé. Il est mort aussi, m'man.

Meggie hurla, se débattit, s'efforçant de se libérer de l'étreinte de Jack, mais Fee restait immobile entre les mains sales, sanglantes, de Bob, statue de pierre aux yeux vides.

— C'est trop, dit-elle enfin en tournant la tête vers Bob. (La pluie lui ruisselait sur le visage, dégoulinait le long de ses cheveux collés.) Laisse-moi. Il faut que je les voie, Bob. Je suis la femme de l'un et la mère de l'autre. Tu ne peux pas m'en empêcher. Tu n'as pas le droit.

Meggie s'était calmée et elle restait dans les bras de Jack, la tête enfouie contre son épaule. Quand Fee commença à avancer, soutenue par Bob, Meggie les regarda, mais sans esquisser le moindre mouvement pour les suivre. Hughie émergea du rideau de pluie qui estompait les êtres et les choses; d'un signe de tête, Jack lui désigna Bob et sa mère.

— Accompagne-les, Hughie, reste avec eux. Meggie et moi retournons à Drogheda pour chercher de quoi les ramener. (Il lâcha sa sœur et l'aida à se remettre en selle.) Viens, Meggie. Le jour tombe. Nous ne pouvons pas les laisser là toute la nuit et ils ne bougeront pas tant que nous ne serons pas de retour.

Impossible pour tout véhicule muni de roues d'avan-

cer dans un tel bourbier; finalement, Jack et le vieux
Tom passèrent une chaîne dans une plaque de tôle
ondulée qu'ils attelèrent à deux chevaux de trait. Le
jardinier guida les bêtes tandis que Jack partait en
avant muni de la plus forte lampe que possédait Drogheda.

Meggie resta à la maison, assise devant le feu de bois,
veillée par Mme Smith qui s'efforçait de lui faire manger quelque chose; les larmes coulaient sur le visage de
la gouvernante, bouleversée par la nouvelle et le chagrin silencieux de la jeune fille à laquelle le choc interdisait les pleurs. En entendant résonner le heurtoir de
la porte, elle se tourna pour aller ouvrir, se demandant
comment quelqu'un était parvenu à traverser le bourbier et s'étonnant, comme à l'accoutumée, de la rapidité
avec laquelle les nouvelles se propageaient, de domaine
en domaine, pourtant si éloignés les uns des autres.

Le père Ralph se tenait sous la véranda, en tenue de
cheval et ciré, trempé et boueux.

— Puis-je entrer, madame Smith?

— Oh, mon père, mon père! s'écria-t-elle en se jetant
dans les bras du prêtre abasourdi. Comment avez-vous
appris?

— Mme Cleary m'a télégraphié... civilité de directeur
à propriétaire qui m'a beaucoup touché. L'autorisation
de venir m'a été accordée par l'archevêque di Contini-
Verchese. Difficile à prononcer un nom pareil! Et dire
que j'y suis astreint une centaine de fois par jour. J'ai
pris un avion qui a capoté dans la boue à l'atterrissage,
ce qui m'a permis de connaître l'état du sol avant même
d'y poser les pieds. Cher, merveilleux Gilly! J'ai laissé
ma valise chez le père Watty au presbytère et réussi à
trouver un cheval qui m'a été prêté par le propriétaire
de l'hôtel *Impérial*. Il m'a pris pour un fou et m'a parié
une bouteille de Johnnie Walker que je ne pourrais
jamais passer avec toute cette boue. Oh, madame
Smith, ne pleurez donc pas comme ça! Un incendie,

aussi important et grave soit-il, n'est pas la fin du monde, dit-il avec un sourire en lui posant une main apaisante sur l'épaule. Je suis là afin de faire de mon mieux pour arranger les choses et j'espérais plus de compréhension de votre part. Je vous en prie, ne pleurez pas.

— Alors, vous n'êtes pas au courant? balbutia-t-elle entre deux sanglots.

— Au courant de quoi? Que se passe-t-il? Qu'est-il arrivé?

— M. Cleary et Stuart sont morts.

Il blêmit, repoussa la gouvernante.

— Où est Meggie? aboya-t-il.

— Dans le salon. Mme Cleary est encore dans l'enclos avec les corps. Jack et Tom sont partis pour les ramener. Oh! mon père, par moments, en dépit de ma foi, je ne peux m'empêcher de penser que Dieu se montre trop cruel. Pourquoi les a-t-il emportés tous les deux?

Mais dès la seconde où il avait appris où se trouvait Meggie, le père Ralph avait gagné le salon tout en se débarrassant de son ciré, laissant des traces d'eau boueuse derrière lui.

— Meggie! s'écria-t-il.

Il alla vers elle, s'agenouilla à côté de son fauteuil, prit fermement les mains glacées entre les siennes.

Elle se laissa glisser à bas du siège, s'affaissa dans ses bras, nicha sa tête contre la chemise mouillée et ferma les yeux, tellement heureuse malgré sa douleur, son chagrin, qu'elle eût souhaité voir cet instant s'éterniser. Il était venu, preuve du pouvoir qu'elle exerçait sur lui; elle ne s'était pas trompée.

— Je suis trempé, ma petite Meggie. Tu vas te mouiller, chuchota-t-il, la joue dans les cheveux d'or roux.

— Ça n'a pas d'importance. Vous êtes venu.

— Oui, je suis venu. Je voulais m'assurer que vous n'étiez pas dans la peine. J'avais le sentiment que ma présence vous aiderait. Il fallait que je constate par moi-même. Oh, Meggie, ton père et Stu! Comment est-ce arrivé?

— Papa a été pris par le feu. Stu l'a trouvé et il a été tué par un sanglier qui est tombé sur lui après qu'il a tiré. Jack et Tom sont partis pour les ramener.

Il se tut, se contentant de la tenir dans ses bras et de la bercer comme un bébé jusqu'à ce que la chaleur du feu eût en partie séché sa chemise et ses cheveux et qu'il perçût une faible décontraction dans le corps qu'il serrait. Alors, il lui prit le menton, lui souleva la tête, la forçant à le regarder et, sans y penser, l'embrassa. C'était là une impulsion confuse qui ne prenait pas naissance dans le désir, seulement un geste instinctif, une offrande à ce qu'il avait lu dans les yeux gris. Quelque chose de particulier, une autre sorte de sacrement. Elle glissa les bras sous les siens, pressa ses mains contre le dos musclé; il ne put éviter un sursaut, étouffer une exclamation de douleur.

— Qu'y a-t-il? demanda-t-elle en s'écartant un peu.

— J'ai dû me froisser quelques côtes quand l'avion s'est posé. Nous nous sommes embourbés jusqu'au fuselage. Un atterrissage plutôt mouvementé. Je me suis retrouvé en équilibre sur le dossier du siège avant.

— Laissez-moi voir.

Les doigts fermes, elle déboutonna la chemise, la lui tira des bras, la libéra de la culotte. Sous la peau hâlée et humide, une large et laide ecchymose rougeâtre s'étendait d'un côté à l'autre de la cage thoracique. Elle retint son souffle.

— Oh, Ralph! Vous avez fait tout le chemin à cheval depuis Gilly avec ça! Comme vous avez dû souffrir! Vous vous sentez bien? Pas de vertiges? Vous pourriez faire une hémorragie interne!

— Non, ça va; je n'ai rien senti, franchement. J'étais si anxieux d'arriver pour m'assurer que vous n'aviez pas trop souffert de l'incendie que j'ai tout simplement oublié mon mal. Si j'avais fait une hémorragie interne, je m'en serais probablement aperçu depuis longtemps. Non, Meggie, pas ça!

Elle avait baissé la tête, ses lèvres effleuraient délicatement l'ecchymose, ses paumes remontaient le long de la poitrine, glissaient sur les épaules avec une sensualité délibérée qui le frappait de stupeur. Fasciné, terrifié, voulant à tout prix se libérer, il pivota, lui repoussa la tête, mais ne réussit qu'à se retrouver dans ses bras, serpents enroulés autour de sa volonté, étouffant jusqu'à l'ombre d'une velléité. Oubliée la douleur, oubliée l'Eglise, oublié Dieu. Il trouva sa bouche, lui écarta avidement les lèvres, affamé d'elle, sans découvrir dans l'étreinte l'apaisement de l'affolant élan qui montait en lui. Elle lui offrit son cou, dénuda ses épaules dont la peau était fraîche, unie, satinée; il lui semblait qu'il se noyait, s'enfonçait de plus en plus profondément, à bout de souffle, désarmé. La perception de son état mortel pesait sur lui, énorme poids lui écrasant l'âme, ouvrant les vannes au jaillissement amer de ses sens qu'emportait un flux irrésistible. Il eût souhaité pleurer; les derniers vestiges de son désir se tarirent sous le fardeau que lui assenait sa condition d'humain, et il délia les bras serrés autour de son corps misérable, se laissa retomber sur les talons, tête baissée, paraissant totalement absorbé par la contemplation de ses mains tremblantes posées sur ses genoux. Meggie, que m'as-tu fait? Que me ferais-tu si je me laissais aller?

— Meggie, je t'aime. Je t'aimerai toujours. Mais je suis prêtre, je ne peux pas... Je ne peux tout simplement pas!

Elle se releva vivement, rajusta son corsage, baissa les yeux sur lui et esquissa un sourire crispé qui eut pour seul effet de souligner la peine, l'échec qui se lisaient dans son regard.

— Bon, Ralph. Je vais aller voir si Mme Smith peut vous préparer quelque chose à manger; ensuite je vous apporterai le liniment dont on se sert pour les chevaux. C'est merveilleux pour les ecchymoses; ça supprime la douleur, infiniment mieux que les baisers, je suppose.

— Est-ce que le téléphone fonctionne? parvint-il à articuler.

— Oui. Une ligne provisoire a été installée dans les arbres et nous sommes de nouveau reliés à Gilly depuis quelques heures.

Pourtant, il eut besoin de quelques minutes pour se maîtriser et retrouver son sang-froid après qu'elle eut quitté la pièce. Il alla s'asseoir devant le secrétaire de Fee.

— Passez-moi l'interurbain, s'il vous plaît. Ici, le père de Bricassart à Drogheda... Oh! allô, Doreen; toujours fidèle au poste, je vois. Ça me fait plaisir d'entendre votre voix. On ne sait jamais qui se trouve au standard de Sydney... une voix anonyme et terne. Je voudrais obtenir une communication urgente avec Mgr l'archevêque légat du pape à Sydney. Son numéro est XX-2324. En attendant que vous ayez établi la communication, passez-moi Bugela, Doreen.

Il eut tout juste le temps d'annoncer la nouvelle à Martin King avant d'avoir Sydney à l'autre bout du fil, mais quelques mots à Bugela suffisaient. Gilly serait au courant par Martin King et les nombreux abonnés branchés sur la même ligne qui ne manqueraient pas à leur habitude de surprendre la conversation; donc, ceux qui seraient assez hardis pour chevaucher dans la boue assisteraient aux obsèques.

— Allô, monseigneur? Ici, le père Ralph de Bricassart à Drogheda... Oh! allô, Doreen ne coupez pas... Oui, merci, je suis bien arrivé, mais l'avion s'est embourbé jusqu'au fuselage et je devrai rentrer par chemin de fer... dans la boue, monseigneur. La boue... la boue... Non, monseigneur, ici, tout passage est impossible quand il pleut... Je suis venu à Drogheda à cheval depuis Gillanbone; c'est le seul moyen de transport qui soit envisageable sous la pluie... C'est pour cela que je vous téléphone, monseigneur. Il est heureux que je sois venu. J'ai probablement eu une sorte de prémonition... Oui, c'est affreux... Plus encore que je ne le redoutais. Padraic Cleary et son fils Stuart sont morts. Le premier brûlé dans l'incendie, l'autre étouffé par un sanglier... Un sanglier, monseigneur... Un cochon sauvage... Oui, vous avez raison, on parle un anglais assez bizarre dans la région.

Du long de la ligne lui parvenait faiblement le souffle suspendu des indiscrets qui écoutaient la conversation et, malgré lui, il sourit. Il ne pouvait tout de même pas crier dans l'appareil pour intimer à tous de libérer la ligne — c'était la seule distraction populaire que Gilly pût offrir à ses citoyens avides de contacts — mais s'il y avait eu moins de monde à l'écoute, la communication eût été plus distincte à l'oreille de monseigneur.

— Avec votre permission, monseigneur, je resterai pour les obsèques et m'assurerai que la veuve et ses enfants ne manquent de rien... Oui, monseigneur, merci. Je rentrerai à Sydney dès que possible.

Evidemment, la stantardiste écoutait aussi; il agita le crochet du récepteur et reparla immédiatement.

— Doreen, repassez-moi Bugela, je vous prie.

Il s'entretint avec Martin King durant quelques minutes et décida que les obsèques auraient lieu le surlendemain. De nombreuses personnes voudraient y assister en dépit de la boue et affronteraient le long parcours à cheval, mais celui-ci serait malaisé, ardu.

Meggie revint avec la bouteille de liniment pour chevaux, mais elle n'offrit pas de le lui passer; elle se contenta seulement de lui tendre le flacon sans mot dire. Puis elle l'informa avec brusquerie que Mme Smith lui servirait un repas chaud dans la petite salle à manger mais pas avant une heure, ce qui lui laissait largement le temps de prendre un bain. Il prenait désagréablement conscience du fait que, d'une façon quelconque, Meggie estimait qu'il l'avait trompée, mais il ne comprenait pas pourquoi elle réagissait ainsi, ni sur quoi elle se fondait pour le juger. Elle savait qu'il était prêtre; alors, pourquoi cette colère?

Dans la grisaille de l'aube, la petite caravane escortant les corps atteignit le ruisseau et s'immobilisa. Bien qu'encore contenue par ses berges, la Gillan était en crue et roulait une eau tumultueuse dont la profondeur atteignait dix mètres. Le père Ralph engagea son alezane dans le lit boueux et parvint à la faire nager jusque sur l'autre berge pour aller à leur rencontre, l'étole autour du cou et les objets du culte dans ses fontes. Tandis que Fee, Bob, Jack, Hughie et Tom piétinaient alentour, il dépouilla les corps de la toile qui les recouvrait et se prépara à les oindre. Après Mary Carson, rien ne pouvait plus l'écœurer; d'ailleurs, il ne trouvait rien de répugnant chez Paddy et Stu. Tous deux étaient noirs, chacun à sa manière; Paddy à la suite du feu et Stu à la suite de la suffocation, mais le prêtre les embrassa avec amour et respect.

Sur plus de vingt kilomètres, la plaque de tôle avait cahoté, rebondi derrière les deux chevaux de trait, labourant la boue, imprimant de profonds sillons qui seraient encore visibles bien des années plus tard, laissant une cicatrice même dans l'herbe des prochains printemps. Mais il semblait que le funèbre convoi ne pût aller plus loin. L'eau tumultueuse les obligeait à rester sur la berge opposée à Drogheda alors que la maison n'était plus qu'à deux kilomètres. Tous regardaient la cime des eucalyptus fantomatiques, nettement visibles en dépit de la pluie.

— J'ai une idée, dit Bob en se tournant vers le père Ralph. Mon père, vous seul avez un cheval frais; il faudra que ce soit vous. Les nôtres ne pourront traverser le cours d'eau qu'une fois... ils sont fourbus après toute cette boue, ce froid. Retournez à la maison et trouvez quelques bidons vides de deux cents litres; fermez-les soigneusement pour qu'ils ne puissent pas se remplir, soudez-les au besoin. Il nous en faudra douze, dix si vous n'en trouvez pas davantage. Attachez-les ensemble et ramenez-les de ce côté-ci. Nous leur ferons supporter la plaque de tôle et nous pousserons le tout en direction de l'autre berge, comme un radeau.

Le père Ralph obtempéra sans poser de questions; il n'avait pas de meilleure idée à soumettre. Dominic O'Rourke était arrivé avec deux de ses fils; c'était un voisin assez proche, compte tenu des distances séparant les domaines. Quand le père Ralph leur expliqua le plan de Bob, ils se mirent au travail sur-le-champ; ils trouvè- rent des bidons vides, renversèrent ceux qui étaient uti- lisés pour garder de l'avoine et du grain, soudèrent les couvercles sur ceux qui avaient été épargnés par la rouille et qui paraissaient capables de résister à la tra- versée qui leur serait imposée. La pluie continuait à tomber, à tomber sans cesse. Elle continuerait au moins pendant deux jours.

— Dominic, je suis désolé d'avoir à vous demander ça, mais quand les Cleary arriveront, ils seront à bout de forces. Les obsèques doivent avoir lieu demain matin et, même si l'entrepreneur de pompes funèbres de Gilly réussissait à fabriquer les cercueils à temps, nous ne pourrions jamais les faire venir avec une telle boue. Est-ce que l'un de vous peut essayer de confec- tionner deux bières? Je n'ai besoin que d'un homme avec moi pour traverser le ruisseau.

Les fils O'Rourke opinèrent; ils ne souhaitaient pas voir ce que le feu avait fait de Paddy et le sanglier de Stuart.

— On s'en chargera, p'pa, dit Liam.

Remorquant les bidons derrière leurs chevaux, le père Ralph et Dominic O'Rourke se rendirent jusqu'au ruisseau et le traversèrent.

— En tout cas, mon père, il y a une corvée qui nous

sera épargnée, lui cria Dominic en cours de route. Nous n'aurons pas besoin de creuser des tombes dans cette saloperie de boue! Je trouvais que la vieille Mary exagérait un peu en faisant construire ce caveau de marbre pour Michael, mais, si elle était là, je l'embrasserais!

— Très juste! cria le père Ralph.

Ils lièrent les bidons sous la plaque de tôle et obligèrent les chevaux de trait épuisés à nager jusqu'à l'autre rive en tirant une corde qui remorquerait le radeau. Dominic et Tom montaient les fortes bêtes et, parvenus sur la berge opposée, ils regardèrent leurs compagnons restés en arrière qui assujettissaient la corde au radeau de fortune et le poussaient dans l'eau. Les chevaux de trait se mirent en marche, Tom et Dominic les excitant de la voix dès que le radeau commença à flotter. Il roulait et tanguait dangereusement, mais il demeura à flot suffisamment longtemps pour être hissé sur la terre ferme; plutôt que de perdre du temps à le démonter, les deux charretiers improvisés engagèrent leur monture sur le chemin menant à la grande maison, la plaque de tôle glissant mieux ainsi arrimée aux bidons qu'auparavant.

Un plan incliné menait à de grandes portes au bout de l'auvent de tonte; aussi placèrent-ils le radeau et sa charge dans l'immense bâtiment vide baigné d'odeurs de goudron, de sueur, de suint et de fumier. Emmitouflées dans des cirés, Minnie et Cat arrivèrent de la grande maison pour assurer la première veille; elles s'agenouillèrent de chaque côté de l'étrange catafalque, grains de chapelet cliquetant, voix s'élevant et s'abaissant comme une vague en une cadence trop connue pour exiger un effort de mémoire.

La maison se remplissait. Duncan Gordon était arrivé de Each-Uisge, Gareth Davies de Narrengang, Horry Hopeton de Beel-Beel, Eden Carmichael de Barcoola. Le vieil Angus MacQueen avait arrêté un train de marchandises et était monté à bord de la locomotive pour se rendre à Gilly où il avait emprunté un cheval à Harry Gough, et les deux hommes avaient fait route ensemble jusqu'à Drogheda. Il avait traversé trois cents kilomètres de boue, d'une manière ou d'une autre.

— Je suis nettoyé, mon père, expliqua Horry au prêtre un peu plus tard tandis que tous les sept étaient attablés dans la petite salle à manger devant un pâté de rognons. L'incendie s'est propagé avec une telle rapidité d'un bout à l'autre de la propriété qu'il n'a pratiquement épargné aucun mouton, aucun arbre. Heureusement que les dernières années ont été bonnes. Je peux me permettre de reconstituer mon cheptel et, si cette pluie continue, l'herbe reviendra très vite. Mais que Dieu nous vienne en aide si un autre désastre s'abat sur nous au cours des dix prochaines années parce que je n'aurai plus rien pour y faire face.

Avec un plaisir évident, Gareth Davies découpa un morceau dans la pâte croustillante que Mme Smith avait préparée. Aucun désastre ne pouvait altérer longtemps le solide appétit des hommes des plaines noires; ils avaient besoin de se nourrir pour les affronter.

— Votre domaine est plus petit que le mien, Horry, intervint-il. J'estime que la moitié de ma terre a été ravagée et à peu près les deux tiers de mon cheptel. C'est pas de chance. Mon père, nous avons besoin de vos prières.

— Oui, renchérit le vieil Angus. Je n'ai pas été touché autant que Horry et Gareth, mon père, n'empêche que ça suffit comme ça. J'ai perdu vingt-quatre mille hectares de terre et la moitié de mes moutons. C'est dans des moments pareils, mon père, que je souhaiterais ne pas avoir quitté l'Ecosse quand j'étais jeune.

— C'est une idée qu'on se fait sur le moment, Angus, répondit le père Ralph avec un sourire. Vous le savez bien. Vous avez quitté l'Ecosse pour la même raison que j'ai quitté l'Irlande. Vous vous y sentiez trop à l'étroit.

— Oui, sans doute. La bruyère ne fait pas une aussi belle flambée que l'eucalyptus, hein, mon père?

Etranges obsèques, songea le père Ralph en regardant autour de lui; les seules femmes présentes seront celles de Drogheda, les autres ne pourront venir à cause de la boue. Il avait administré une forte dose de laudanum à Fee après que Mme Smith l'eut déshabillée, séchée et étendue dans le grand lit partagé depuis si longtemps avec Paddy, et quand elle avait refusé de l'absorber, secouée par des sanglots qui tenaient de la crise de nerfs, il lui avait pincé le nez entre deux doigts pour la faire avaler de force. Bizarre, il n'avait pas imaginé que Fee pût s'effondrer. Le sédatif agit rapidement, d'autant qu'elle n'avait rien mangé depuis vingt-quatre heures. En la voyant profondément endormie, il se rassura un peu. Il surveillait aussi Meggie; pour le moment, elle était dans les cuisines où elle aidait Mme Smith à préparer les repas. Les garçons étaient au lit, tellement épuisés qu'ils étaient tout juste parvenus à se dépouiller de leurs vêtements avant de s'écrouler. Quand Minnie et Cat eurent achevé la première des veilles exigées par la coutume parce que les corps reposaient dans un bâtiment désert et non béni, Gareth et son fils Enoch prirent la suite; les autres se partagèrent les heures restantes. Entre-temps, ils causaient et mangeaient.

Aucun des jeunes hommes ne s'était joint à leurs aînés dans la salle à manger. Tous se trouvaient dans les cuisines, ostensiblement pour aider Mme Smith, mais en réalité pour contempler Meggie. Lorsqu'il s'en avisa, le père Ralph en conçut à la fois de l'irritation et du soulagement. Eh bien, c'était dans leurs rangs qu'elle devrait choisir un mari, et elle le ferait inévitablement. Enoch Davies avait vingt-neuf ans, un « Gallois noir », autrement dit un beau garçon aux cheveux et yeux sombres; Liam O'Rourke était âgé de vingt-six ans, cheveux blonds et yeux bleus, comme son frère cadet, Rory, plus jeune d'un an; Connor Carmichael était le portrait craché de sa sœur, plus vieux puisqu'il comptait trente-deux ans, et très bel homme, bien qu'un peu arrogant; d'après le père Ralph, la palme revenait au petit-fils du vieil Angus, dont l'âge, vingt-quatre ans, s'accordait le mieux avec celui de Meggie, un garçon charmant, avec les splendides yeux bleus de son grand-père, aux cheveux déjà gris, caractéristique de la famille MacQueen. Qu'elle tombe amoureuse de l'un d'entre eux, qu'elle épouse, qu'elle ait les enfants qu'elle souhaite si fort! Oh Dieu, mon Dieu! si vous exaucez mon vœu, je supporterai allégrement la douleur de l'aimer, allégrement...

Aucune fleur ne recouvrait les cercueils et tous les vases de la chapelle restaient vides. Les floraisons qui avaient échappé à la terrible chaleur de l'incendie avaient succombé sous la pluie et leurs pétales s'enlisaient dans la boue comme des papillons englués. Pas même un rameau de buisson ardent ou une rose précoce. Et tous étaient fatigués, si fatigués. Ceux qui avaient effectué un long trajet à cheval dans la boue pour venir apporter un dernier hommage à Paddy étaient fatigués, ceux qui avaient ramené les corps étaient fatigués, ceux et celles qui s'étaient attelés au dur travail de cuisine et de nettoyage étaient fatigués, le père Ralph était si fatigué qu'il avait l'impression d'évoluer dans un rêve, ses yeux allant du visage pincé, désespéré de Fee, à celui de Meggie exprimant à la fois chagrin et colère, et à l'affliction collective du clan compact que formaient Bob, Jack et Hughie...

Pas d'oraison funèbre; Martin King prononça seulement quelques mots touchants au nom de l'assistance et le prêtre commença immédiatement à célébrer la messe de requiem. Comme à l'accoutumée, il avait apporté son calice, les sacrements et une étole, car aucun ecclésiastique ne se déplaçait sur de telles distances sans emporter les objets du culte quand il allait proposer assistance et réconfort, mais il n'avait aucun des vêtements sacerdotaux. Le vieil Angus était passé au presbytère à Gilly et s'était chargé de la chasuble de deuil qu'il avait enveloppée dans un ciré et placée en travers de sa selle. Le père Ralph était donc vêtu selon les règles pour célébrer l'office des morts tandis que la pluie frappait aux vitres, tambourinait sur le toit de tôle.

La messe terminée, il fallut sortir sous la pluie battante, traverser les pelouses roussies par la chaleur pour se rendre au petit cimetière entouré de sa clôture blanche. A cette occasion, il ne manqua pas de volontaires pour porter les boîtes rectangulaires, toutes simples, sur l'épaule; les hommes glissaient, pataugeaient dans la boue, s'efforçant de voir où ils posaient les pieds sous la pluie qui les aveuglait. Et les petites clochettes sur la tombe du cuisinier chinois tintèrent lugubrement : Hi Sing, Hi Sing, Hi Sing.

La cérémonie s'acheva. Les visiteurs repartirent à cheval, le dos courbé sous leur ciré, certains d'entre eux ressassant les perspectives de ruine, les autres remerciant Dieu d'avoir échappé à l'incendie et à la mort. Et le père Ralph rassembla ses affaires, sachant qu'il lui fallait partir avant d'en être incapable.

Il alla retrouver Fee, assise devant le secrétaire, silencieuse, les yeux fixés sur ses mains.

— Fee, ça va aller? s'enquit-il en se laissant tomber dans un fauteuil d'où il pouvait la voir.

Elle se tourna vers lui, si figée, si brisée dans son âme que le prêtre eut peur et ferma les yeux.

— Oui, mon père, ça ira. J'ai les livres à tenir, et cinq fils qui me restent... six en comptant Frank, mais je suppose que nous ne pouvons pas compter Frank, n'est-ce pas? Jamais je ne pourrai vous remercier assez à ce sujet. C'est un tel réconfort pour moi de savoir que vous et les vôtres veillez sur lui, que vous adoucissez quelque peu son sort. Oh, comme je souhaiterais le voir, ne serait-ce qu'une fois!

Un phare, songea-t-il. Elle est comme un phare qui émet des éclairs de chagrin chaque fois que son esprit atteint un paroxysme d'émotion trop violente pour être contenue. Un grand éclat, puis une longue période sans rien.

— Fee, il y a une chose à laquelle je voudrais que vous réfléchissiez.

— Oui, de quoi s'agit-il?

Elle était de nouveau retombée dans son néant.

— Est-ce que vous m'écoutez? demanda-t-il brutalement, inquiet et plus effrayé que jamais.

Un long instant, il crut qu'elle s'était tant repliée sur elle-même que la dureté de sa voix ne l'avait pas touchée, mais, de nouveau, le phare émit un éclat, puis ses lèvres s'écartèrent.

— Mon pauvre Paddy! Mon pauvre Stuart! Mon pauvre Frank! gémit-elle.

Puis elle se ressaisit, se retrancha une fois de plus derrière son inflexible maîtrise, comme si elle était résolue à étendre ses périodes d'ombre jusqu'à ce que la lumière n'éclatât plus tout au long de sa vie.

Ses yeux parcoururent la pièce sans paraître la reconnaître.

— Oui, mon père, je vous écoute, dit-elle.

— Fee, et votre fille? Vous rappelez-vous que vous avez une fille?

Les yeux gris se levèrent, s'appesantirent un instant sur lui, presque avec pitié.

— Une femme peut-elle l'oublier? Qu'est-ce qu'une fille? Seulement un rappel de la douleur endurée, une version plus jeune de soi qui répétera toutes les actions que l'on a accomplies, qui versera les mêmes pleurs. Non, mon père, je m'efforce d'oublier que j'ai une fille... si je pense à elle, c'est comme à l'un de mes fils. Ce sont ses fils qu'une mère se rappelle.

— Vous arrive-t-il de pleurer, Fee? Je ne vous ai vue en larmes qu'une fois.

— Vous ne me verrez jamais plus de la sorte, mon père; j'en ai fini avec les pleurs. (Tout son corps tressaillit.) Vous savez, mon père, il y a deux jours, j'ai compris à quel point j'aimais Paddy, mais comme tout ce qui m'est arrivé dans la vie, c'était trop tard. Trop tard pour lui, trop tard pour moi. Si vous saviez combien j'aurais voulu le prendre dans mes bras, lui dire que je l'aimais! Oh mon Dieu, je souhaite qu'aucun être humain ne connaisse jamais ma douleur!

Il se détourna de ce visage ravagé pour lui donner le temps de se ressaisir et à lui de fouiller plus avant l'énigme que représentait Fee.

— Non, dit-il, personne d'autre ne pourra jamais ressentir votre propre douleur.

Elle esquissa un pauvre sourire.

— Oui, c'est un réconfort, n'est-ce pas? elle n'est peut-être pas très enviable, mais ma peine est mienne.

— J'aimerais que vous me promettiez quelque chose, Fee.

— Si vous voulez.

— Occupez-vous de Meggie. Ne l'oubliez pas. Obligez-la à se rendre aux bals de la région, qu'elle rencontre quelques jeunes gens, poussez-la à penser au mariage, qu'elle ait un foyer bien à elle. J'ai remarqué que tous les fils de vos voisins ne la quittaient pas des yeux aujourd'hui. Donnez-lui la possibilité de les rencontrer de nouveau et dans des circonstances moins pénibles que celles-ci.

— Si vous voulez, mon père.

Avec un soupir, il l'abandonna à la contemplation de ses mains fines et blanches.

Meggie l'accompagna jusqu'à l'écurie où le hongre bai du propriétaire de l'hôtel *Impérial* s'était gavé de foin et d'avoine, se croyant sans doute au paradis des chevaux pendant deux jours. Il lui jeta sa vieille selle sur le dos et se pencha pour boucler la sangle pendant que Meggie l'observait, appuyée contre une botte de paille.

— Mon père, regardez ce que j'ai trouvé, lui dit-elle en lui tendant une rose gris pâle au moment où il se redressait. C'est la seule. Je l'ai découverte dans un buisson, sous les réservoirs, derrière la maison. Elle a échappé à la chaleur de l'incendie et elle était à l'abri de la pluie. Je l'ai cueillie pour vous. Gardez-la en souvenir de moi.

Il prit le bouton de rose à demi éclos d'une main pas très assurée et le regarda.

— Meggie, je n'ai pas besoin de souvenir de toi, ni maintenant, ni jamais. Je te porte en moi, tu le sais; je suis incapable de te le cacher.

— Mais il y a parfois une réalité qui s'attache à un souvenir, insista-t-elle. On peut le contempler et se rappeler tout ce que l'on risquerait d'oublier sans quelque chose de tangible. Je vous en prie, prenez-la, mon père.

— Appelle-moi Ralph, dit-il.

Il ouvrit sa petite valise contenant les objets du culte et en tira le grand missel revêtu de nacre coûteuse, un bien personnel. Son défunt père le lui avait donné le jour de son ordination, treize ans auparavant. Les pages s'ouvrirent sur un signet formé d'un large ruban blanc; il feuilleta le livre saint, y déposa la rose et le referma.

— Tu voudrais que je te laisse un souvenir, Meggie? C'est bien ça?

— Oui.

— Je ne t'en donnerai pas. Je veux que tu m'oublies, je veux que tu regardes autour de toi, que tu trouves un bon garçon, que tu l'épouses et que tu aies les enfants que tu désires si ardemment. Tu es née pour être mère; tu ne dois pas t'accrocher à moi, c'est mauvais pour toi. Je ne renoncerai jamais à l'Eglise, et je vais être tout à fait franc avec toi, pour ton bien. Je ne veux pas renoncer à l'Eglise parce que je ne t'aime pas à la façon d'un mari, me comprends-tu? Oublie-moi, Meggie!

— Vous ne m'embrassez pas pour me dire adieu?

Pour toute réponse, il se mit en selle et fit avancer la bête vers la porte avant de se coiffer du vieux feutre que lui avait prêté le propriétaire du cheval. Un instant, ses yeux bleus étincelèrent, puis sa monture sortit sous la pluie et glissa dans la boue du chemin menant à Gilly. Elle ne tenta pas de le suivre, mais demeura dans la pénombre de l'écurie humide, respirant les odeurs de fumier de cheval et de foin; elles lui rappelaient la grange de la Nouvelle-Zélande, et Frank.

Trente heures s'étaient écoulées depuis son départ de Drogheda quand le père Ralph entra dans les appartements de l'archevêque légat du pape; il traversa la pièce pour baiser l'anneau de son maître et, las, se laissa tomber dans un fauteuil. Ce ne fut qu'en sentant le regard appuyé des beaux yeux omniscients qu'il se rendit compte combien son allure devait être bizarre, pourquoi tant de gens l'avaient dévisagé depuis qu'il était descendu du train à la gare centrale. Oubliant la valise déposée au presbytère de Gilly, il avait attrapé l'express du soir deux minutes avant le départ et avait parcouru mille kilomètres dans un train glacial, vêtu d'une chemise, d'une culotte de cheval et de bottes, trempé, sans même s'en apercevoir. Il regarda sa tenue avec un sourire triste et leva les yeux vers l'archevêque.

— Je suis désolé, monseigneur. Il s'est déroulé tant d'événements que je n'ai pas songé à la bizarrerie de ma mise.

— Inutile de me présenter des excuses, Ralph. (Contrairement à son prédécesseur, il préférait appeler son secrétaire par son nom de baptême.) Vous avez l'air très romantique, très fringant même, malgré votre fatigue. Mais quelque peu séculier, non?

— En ce qui concerne l'aspect séculier, j'en conviens

volontiers. Mais pour ce qui est du côté romantique et fringant, monseigneur, vous me voyez ainsi parce que vous ignorez tout de la tenue habituelle de Gillanbone.

— Mon cher Ralph, s'il vous prenait l'envie d'aller vêtu d'un sac de cendres, vous n'en parviendriez pas moins à avoir l'air romantique et fringant! Le costume de cavalier vous sied, il vous sied vraiment. Presque autant que la soutane, et ne perdez pas votre salive à prétendre que vous n'avez pas conscience que la robe vous va mieux que le complet noir d'ecclésiastique. Vous avez une façon curieuse et particulièrement séduisante de vous déplacer. Et vous avez conservé votre sveltesse. Je crois que vous la conserverez toujours. Je crois aussi que, quand je serai appelé à Rome, je vous emmènerai. Je tirerai infiniment d'amusement de l'effet que vous produirez sur nos prélats italiens, pansus et courts de pattes. Le beau chat souple parmi les pigeons gras et médusés.

Rome! Le père Ralph se redressa dans son fauteuil.

— Est-ce que ça a été pénible, Ralph? demanda l'archevêque en caressant de sa main baguée le dos soyeux de son chat abyssin ronronnant sur ses genoux.

— Terrible, monseigneur.

— Vous éprouvez beaucoup d'affection à l'égard de cette famille?

— Oui.

— Et en aimez-vous tous les membres également ou certains plus que d'autres?

Mais le père Ralph était au moins aussi rusé que son maître, et il le servait depuis suffisamment longtemps pour avoir percé le mécanisme de sa pensée. Il déjoua le piège avec une franchise trompeuse, méthode qui, il l'avait découvert, endormait immédiatement les soupçons de monseigneur. Il ne venait pas à l'esprit de ce cerveau subtil et tortueux qu'un étalage de franchise pût être infiniment plus trompeur qu'une esquive.

— J'aime tous les membres de cette famille mais,

ainsi que vous le dites, certains plus que d'autres. C'est Meggie, la fille, que je préfère. J'ai toujours éprouvé pour elle un sentiment de responsabilité personnelle parce que la famille ne compte que des fils et oublie jusqu'à son existence.

— Quel âge a cette Meggie?

— Je ne sais pas exactement. Oh! environ une ving-taine d'années, je suppose. Mais j'ai fait promettre à sa mère d'abandonner un peu ses livres afin de s'assurer que sa fille se rendra à quelques bals de la région pour y rencontrer des jeunes gens de son âge. Elle risque de gâcher sa vie en restant cloîtrée à Drogheda, ce qui serait lamentable.

Il n'exprimait que la vérité; le remarquable flair de l'archevêque le perçut immédiatement. Bien qu'il ne comptât que trois années de plus que son secrétaire, sa carrière au sein de l'Eglise n'avait pas subi les à-coups de celle de Ralph et, sous bien des rapports, il se sentait infiniment plus vieux que son subordonné ne pourrait jamais l'être; le Vatican sapait la substance vitale de celui qui y était exposé trop tôt, et Ralph était abon-damment pourvu de cette substance vitale.

Relâchant quelque peu sa vigilance, il continua à observer son secrétaire et reprit le jeu passionnant consistant à chercher ce qui, exactement, motivait Ralph de Bricassart. Au début, il avait eu la certitude qu'il devait y avoir chez cet homme une faiblesse de la chair, d'une façon ou d'une autre. Son étonnante beauté de visage et de corps suscitait certainement bien des désirs, beaucoup trop pour qu'il n'en prît pas cons-cience. Et, au fil du temps, sa première impression s'était révélée à demi valable; la perception de sa séduc-tion ne lui échappait pas, mais celle-ci paraissait alliée à une indéniable innocence. Quel que fût le feu intérieur qui animait le père Ralph, ce n'était pas la chair. Il avait fait en sorte que le prêtre se trouvât en compagnie d'ho-mosexuels habiles, sachant se montrer absolument irrésistibles pour ceux qui éprouvaient la moindre tendance à cette perversion, mais sans résultat. Il l'avait observé en compagnie des plus belles femmes du pays, sans résultat. Pas la moindre lueur d'intérêt ou de désir dans ses yeux, même quand il ne se savait pas observé. Il arrivait en effet que l'archevêque eût recours à des subalternes pour exercer une surveillance qui lui était fidèlement rapportée.

Il commençait à croire que la faiblesse du père Ralph résidait dans sa fierté d'être prêtre et dans son ambition; deux facettes de sa personnalité qu'il comprenait d'autant mieux qu'elles étaient siennes. L'Eglise ne manquait pas de postes pour les ambitieux, comme toutes les grandes institutions qui puisent dans leurs rangs pour se perpétuer. La rumeur publique soutenait que le père Ralph avait dépouillé les Cleary, cette famille qu'il prétendait tant aimer, de l'héritage leur revenant de droit. En admettant que ce fût le cas, il convenait d'autant plus de se l'attacher. Et comme ces magnifiques yeux bleus avaient brillé en entendant prononcer le nom de Rome! Le moment était peut-être venu de tenter une nouvelle manœuvre. Il avança paresseusement un pion sur l'échiquier de la conversation mais, sous leurs paupières mi-closes, les yeux sombres demeuraient très vigilants.

— J'ai reçu des nouvelles du Vatican pendant votre absence, Ralph, dit-il en déplaçant légèrement le chat. Ma petite Sheba, comme tu es égoïste. Tu me donnes des fourmis dans les jambes.

— Ah? fit le père Ralph en se rejetant contre le dossier de son siège pour mieux voir son interlocuteur tant il devait lutter pour garder les yeux ouverts.

— Oui, vous pourrez aller vous coucher, mais pas avant d'avoir entendu les nouvelles dont je dois vous faire part. Il y a peu de temps, j'ai adressé une communication personnelle et privée au Saint-Père, et sa réponse est arrivée aujourd'hui par le truchement de mon ami, le cardinal Monteverdi... Je me demande s'il descend du musicien de la Renaissance. C'est curieux, mais j'oublie toujours de le lui demander quand je le rencontre. Oh! Sheba, pourquoi sors-tu tes griffes quand tu es heureuse?

— Je vous écoute, monseigneur. Je n'ai pas encore cédé au sommeil, dit le père Ralph en souriant. Pas étonnant que vous aimiez tant les chats, vous leur ressemblez, monseigneur, vous faites durer le plaisir en jouant avec votre proie. (Il claqua des doigts.) Viens, viens ma belle Sheba; laisse-le et viens sur moi. Il est cruel.

La chatte abandonna immédiatement la robe violette et sauta sur les genoux du prêtre; elle s'y coucha en remuant la queue tout en reniflant les curieuses odeurs de chevaux et de boue, ravie. Pétillants, les yeux bleus du père Ralph plongèrent dans ceux de l'archevêque; les paupières mi-closes, tous deux demeuraient vigilants à l'extrême.

— Comment réussissez-vous cet exploit? s'enquit le prélat. Le chat n'obéit jamais à personne, mais Sheba va vers vous comme si vous lui offriez caviar et valériane. Bête ingrate!

— J'attends, monseigneur.

— Et pour me punir, vous m'avez enlevé ma chatte. Bon, vous avez gagné, je m'incline. D'ailleurs vous arrive-t-il jamais de perdre? Question intéressante. Je dois vous féliciter, mon cher Ralph. Dorénavant, vous porterez la mitre et la chape, et on s'adressera à vous en disant monseigneur, évêque de Bricassart.

Voilà qui l'incite à ouvrir les yeux et en grand! jubila le prélat. Pour une fois, le père Ralph ne tentait pas de dissimuler, ou de cacher, ses véritables sentiments. Il rayonnait, tout simplement.

LIVRE IV

1933-1938

LUKE

10

La terre retrouva sa vigueur avec une rapidité stupéfiante; en une semaine, de petites pousses vertes percè-
rent le bourbier gluant et, en deux mois, de minuscules
feuilles apparurent sur les arbres grillés. Si les gens
faisaient preuve d'endurance et de ressort, c'est qu'ils
étaient à l'image de la terre; ceux qui n'avaient pas le
cœur bien accroché ne restaient pas longtemps dans le
grand Nord-Ouest. Mais il faudrait des années avant
que les cicatrices ne s'estompent. Bien des couches
d'écorce devraient se former et retomber en longues
bandes déchiquetées avant que les troncs ne redevien-
nent blancs, rouges ou gris, et un certain pourcentage
d'arbres ne retrouverait jamais la vie, ils resteraient là,
noirs, sombres. Pendant des années, les squelettes lentement désintégrés baliseraient la plaine, élimés par le
temps, peu à peu recouverts de la poussière soulevée
par les sabots des moutons. Et, courant à travers Drogheda en direction de l'ouest, les sillons nets et profonds

imprimés dans la boue par les ondulations de la tôle qui avait constitué l'étrange corbillard demeureraient visibles; longtemps, les chemineaux qui connaissaient l'histoire les désignèrent à leurs camarades d'infortune qui l'ignoraient et, finalement, le récit entra dans la légende des plaines de terre noire.

Drogheda perdit environ un cinquième de ses terres dans l'incendie, vingt-cinq mille moutons; bagatelle pour une exploitation qui, au cours des récentes années fastes, possédait un cheptel se montant à quelque cent vingt-cinq mille têtes. Il était absolument hors de propos de s'en prendre à la malignité du sort, ou à la colère de Dieu, selon l'angle sous lequel on considère un désastre naturel. La seule manière d'envisager les choses consistait à retrancher les pertes et à recommencer. Ce n'était pas la première catastrophe qui s'abattait sur la région et personne ne pensait que ce pût être la dernière.

Mais la vue des jardins de Drogheda dénudés et roussis au printemps serrait le cœur. Les habitants du domaine pouvaient survivre à la sécheresse grâce aux citernes de Michael Carson, mais rien ne résistait au feu. La glycine elle-même ne parvint pas à fleurir; lorsqu'elle avait été léchée par les flammes, ses tendres grappes commençaient tout juste à se former et elles pendaient, tristes, desséchées. Les rosiers rabougris ne se paraient que d'épines, les pensées n'avaient pas résisté, les arbustes ressemblaient à de la paille brunâtre, dans les coins ombragés les fuchsias se courbaient lamentablement sans espoir de retrouver jamais la vie, les pois de senteur grillés ne dégageraient plus leur doux parfum. L'eau puisée dans les citernes au cours de l'incendie avait été remplacée par la pluie abondante qui avait suivi le désastre, et chacun à Drogheda consacrait ses rares instants de loisir à aider le vieux Tom afin que le domaine retrouvât un jour ses jardins.

Bob décida de poursuivre la politique de Paddy

consistant à s'adjoindre plus de main-d'œuvre afin que le domaine rendît à plein et il embaucha trois ouvriers-éleveurs supplémentaires : Mary Carson préférait ne pas inscrire dans ses livres d'employés permanents, se contentant des Cleary, et avoir recours à une main-d'œuvre saisonnière au moment des grands rassemblements de l'agnelage et de la tonte, mais Paddy avait le sentiment que les hommes travaillaient mieux lorsqu'ils savaient pouvoir compter sur une place à demeure et, en fin de compte, la différence n'était guère sensible. La plupart des ouvriers-éleveurs souffraient d'une bougeotte chronique et ne restaient jamais très longtemps où que ce soit.

Les nouvelles maisons bâties un peu plus en retrait du ruisseau abritaient les hommes mariés; le vieux Tom disposait d'un joli cottage de trois pièces à l'ombre d'un poivrier, derrière le paddock, et il gloussait d'une joie de propriétaire chaque fois qu'il y entrait. Meggie continuait à s'occuper d'une partie des enclos intérieurs et sa mère de la tenue des livres.

Fee avait succédé à Paddy pour la correspondance entretenue avec Mgr Ralph et, fidèle à elle-même, elle s'abstenait de révéler aux autres le contenu des lettres, sauf en ce qui concernait strictement la gestion du domaine. Meggie grillait de s'emparer de ce courrier et de le lire avidement, mais Fee ne lui en laissait pas la possibilité; elle enfermait les missives dans un coffret métallique dès qu'elle en avait pris connaissance. Avec la disparition de Paddy et de Stu s'en était allée toute possibilité d'atteindre Fee. En ce qui concernait Meggie, dès le départ de Mgr Ralph, Fee avait tout oublié de sa promesse. Meggie refusa poliment quelques invitations à divers bals et réceptions; le sachant, Fee ne changea en rien son attitude et ne l'engagea pas à sortir de sa réserve. Liam O'Rourke profitait de la moindre occasion pour passer en voiture à Drogheda; Enoch Davies téléphonait fréquemment, tout comme Connor Carmichael et Alastair MacQueen. Mais, auprès de chacun d'eux, Meggie se montrait lointaine, sèche, au point qu'ils désespérèrent de jamais éveiller chez elle le moindre intérêt.

L'été fut très humide, mais sans qu'il y eût de crues assez prolongées pour causer de véritables inondations; le sol n'en était pas moins constamment boueux et, sur son cours de deux mille quatre cent cinquante kilomètres, le Barwon-Darling charriait un flot tumultueux qui rongeait les berges. Quand vint l'hiver, la pluie continua de tomber sporadiquement; l'habituel rideau brunâtre soulevé par le vent n'était plus poussière puisque devenu eau. Aussi la marche à laquelle la crise avait incité tant d'hommes se ralentit-elle; il devenait infernal d'avancer à travers les plaines détrempées, et le froid, ajouté à l'humidité, causait des ravages en déclenchant des pneumonies chez les errants qui ne bénéficiaient que d'un abri précaire.

Bob s'inquiétait; il redoutait le piétin si le temps persistait; les mérinos supportaient mal l'humidité du sol qui pouvait entraîner une infection du sabot. La tonte était devenue pratiquement impossible car les ouvriers se refusaient à opérer sur des toisons détrempées et, à moins que la boue ne séchât avant la période de l'agnelage, nombre d'agneaux mourraient sur la terre bourbeuse et froide.

La sonnerie du téléphone retentit, deux tintements longs, un court, signal affecté à Drogheda. Fee répondit et se retourna.

— C'est pour toi, Bob.

— Allô... Ah! c'est toi, Jimmy... Oui, c'est Bob... Ouais, d'accord. Oh, bien! Bons certificats? Envoie-le-moi... S'il est aussi bien que ça, tu peux lui annoncer qu'il aura la place, mais je veux quand même le voir... Je n'achète pas chat en poche et je ne fais guère confiance aux certificats... D'accord... Merci, salut.

Bob regagna son siège.

— Il s'agit d'un ouvrier-éleveur, un gars bien d'après Jimmy. Il a travaillé dans les plaines du Queensland occidental du côté de Longreach et Charleville. Il a été aussi toucheur de bœufs. Certificats de tout premier ordre. C'est un excellent cavalier, bon dresseur de chevaux. Avant, il était tondeur et, qui plus est, un as dans son boulot, s'il faut en croire Jimmy. Plus de deux cent cinquante bêtes par jour! C'est ce qui m'étonne un peu. Pourquoi un champion de la tonte se contenterait-il du salaire d'un berger? Il est rare qu'un tondeur de cette force abandonne la tondeuse pour la selle. En tout cas, c'est un gars qui pourra être utile dans les enclos, hein?

Au fil des ans, l'accent de Bob devenait de plus en plus traînant et typiquement australien mais, en compensation, ses phrases se raccourcissaient. Il allait sur ses trente ans et, à la grande déception de Meggie, ne semblait pas attiré par les jeunes filles qu'il rencontrait aux rares réceptions auxquelles les convenances l'obligeaient à assister. D'une part, il se montrait extrêmement timide et, d'autre part, il était si totalement absorbé par la terre que rien d'autre ne l'intéressait. Jack et Hughie lui ressemblaient de plus en plus; les trois frères auraient même pu passer pour des triplés lorsqu'ils étaient assis sur l'un des bancs de marbre, seule concession au confort de la maison à laquelle chacun d'eux se pliait. En vérité, ils préféraient camper dans les enclos et, lorsqu'ils dormaient sous un toit, ils s'étendaient à même le plancher de leurs chambres à coucher de crainte que le lit ne les amollît. Le soleil, le vent, la sécheresse avaient tanné leur peau claire piquetée de taches de rousseur, la transformant en une sorte d'acajou moucheté qu'éclairaient leurs yeux bleu pâle et tranquilles, cernés de rides profondes à force de cligner des paupières pour regarder l'herbe aux tons argentés dans le lointain. Il était presque impossible de leur donner un âge ou de déterminer lequel était le plus vieux ou le plus jeune des trois. Chacun d'eux avait hérité du nez romain et du visage avenant de Paddy, mais d'une stature mieux venue que celle de leur père au corps court et aux bras allongés par tant d'années de tonte. Au lieu de quoi, ils avaient acquis la beauté ascétique et l'aisance du cavalier. Pour le moment, les femmes, le confort et le plaisir ne les obsédaient pas.

— Ce nouvel ouvrier est-il marié? s'enquit Fee en traçant à l'encre rouge une ligne nette sur son livre.

— J'sais pas. J'ai pas demandé. On le saura demain à son arrivée.

— Comment doit-il venir jusqu'ici?

— Jimmy l'accompagnera en voiture. Il veut voir les vieux moutons de Tankstand.

— Eh bien, souhaitons qu'il reste un certain temps. S'il n'est pas marié, je suppose qu'il repartira au bout de quelques semaines, dit Fee. C'est à croire que les employés de cette sorte sont incapables de rester en place.

Jims et Patsy étaient pensionnaires à Riverview; ils se juraient bien de ne pas rester à l'école une minute de plus après avoir atteint les quatorze ans requis par la loi. Ils grillaient de voir venir le jour où ils rejoindraient Bob, Jack et Hughie dans les enclos; Drogheda serait à nouveau aux mains de la famille et les ouvriers temporaires pourraient aller et venir comme bon leur semblerait. Le goût de la lecture, qu'ils partageaient avec les autres Cleary, ne leur rendait pas Riverview plus cher; les livres pouvaient être transportés dans les fontes ou les poches de veste et lus avec infiniment plus de plaisir à l'ombre d'un wilga que dans une salle de classe sous la férule d'un jésuite. Le dépaysement leur avait été pénible. Ils n'appréciaient guère les salles de classe, aux grandes fenêtres, les spacieux terrains de jeu, les superbes jardins et les facilités de tous ordres, pas plus que Sydney, ses musées, salles de concert et galeries d'art. Ils fréquentaient les fils d'autres éleveurs et passaient leurs heures de loisir à évoquer avec nostalgie la maison ou à vanter l'importance et la splendeur de Drogheda à des camarades ébahis mais que n'effleurait pas le doute; quiconque habitait à l'ouest de Burren Junction avait entendu parler du grandiose domaine de Drogheda.

Plusieurs semaines s'écoulèrent avant que Meggie ne rencontrât le nouvel ouvrier-éleveur; son nom avait été dûment enregistré dans les livres, Luke O'Neill, et, dans la grande maison, il faisait davantage les frais de la conversation que tout autre employé de Drogheda. D'une part, il avait refusé de coucher dans le baraquement des célibataires et s'était installé dans la dernière maison libre le long du cours d'eau. D'autre part, après s'être présenté à Mme Smith, il s'était concilié les faveurs de la gouvernante qui, pourtant, ne se préoccupait guère des ouvriers. La curiosité de Meggie au sujet de cet homme avait été éveillée longtemps avant qu'elle ne le rencontrât.

Sa jument alezane et le hongre noir logeaient dans les écuries au lieu de se contenter du paddock; de ce fait, Meggie commençait sa journée plus tard que les hommes et il arrivait que, des semaines durant, elle ne rencontrât pas un seul des employés. Mais elle finit par tomber sur Luke O'Neill, tard un après-midi d'été, alors que le soleil bas à l'horizon empourprait les arbres et que les ombres s'allongeaient, glissant lentement vers l'oubli de la nuit. Elle revenait de la Tête du Forage et se dirigeait vers le passage à gué pour traverser le ruisseau tandis qu'il arrivait du sud-est pour emprunter la même voie. Il avait le soleil dans les yeux et elle le vit avant qu'il ne l'aperçût; il montait un grand cheval bai, ombrageux, à la crinière et à la queue noire. Elle connaissait bien la bête car c'était à elle qu'il appartenait d'effectuer la rotation des chevaux de travail et elle s'était demandé pourquoi elle voyait si rarement cet animal depuis quelque temps. Les hommes ne l'appréciaient guère et ne le montaient que contraints et forcés. Apparemment, il ne répugnait pas au nouvel ouvrier, ce qui prouvait sa compétence en tant que cavalier; le bai avait une solide réputation de carne qui se cabrait dès l'aurore et avait une fâcheuse propension à mordre celui qui le montait dès qu'il mettait pied à terre.

La taille d'un homme à cheval était difficile à déterminer car les meneurs de troupeaux australiens utilisaient de petites selles anglaises, sans troussequin ni pommeau, et ils montaient genoux ployés, torse très droit. Le nouvel employé paraissait grand mais, parfois, le tronc pouvait être démesuré et les jambes courtes, aussi Meggie réserva-t-elle son jugement. Cependant, contrairement à la plupart de ses collègues, l'homme préférait une chemise blanche et une culotte de velours clair à la flanelle grise et au drap sombre. Que d'élégance! songea Meggie, amusée. Grand bien lui fasse s'il ne renâcle pas devant tant de lessive et de repassage!

— Bonjour, patronne! lança-t-il lorsqu'il arriva à sa hauteur.

Il la salua en ôtant son chapeau et le remit, bas sur la nuque, en lui imprimant un angle crâne. Ses yeux bleus et rieurs considérèrent Meggie avec une admiration non dissimulée.

— Ma foi, vous n'êtes sûrement pas la patronne, alors, vous devez être sa fille, remarqua-t-il. Je m'appelle Luke O'Neill.

Meggie marmotta quelques mots indistincts, mais elle se refusa à reporter le regard sur lui, si troublée et irritée qu'elle ne trouvait pas les banalités appropriées à la situation. Oh, ce n'était pas juste! Comment quelqu'un d'autre osait-il avoir les yeux et les traits du père Ralph! Ce n'était pas la façon dont il la regardait; sa gaieté lui appartenait en propre et ne recelait aucun amour brûlant pour elle; dès le premier instant où elle avait vu le père Ralph s'agenouiller dans la poussière de la gare de Gilly, Meggie avait lu l'amour dans les yeux du prêtre. Regarder dans *ses* yeux et ne pas *le* voir! Plaisanterie cruelle, punition.

Inconscient des pensées qu'il suscitait, Luke O'Neill garda son bai vicieux à hauteur de la jument placide de Meggie tandis que les bêtes faisaient jaillir des gerbes d'eau en traversant le ruisseau au courant encore tumultueux après tant de pluie. Ça, pas de doute, c'est une beauté! Quels cheveux! Ce qui évoquait la carotte chez les mâles de la famille Cleary avait chez elle une tout autre allure. Si seulement elle voulait bien relever la tête pour lui donner la possibilité de voir la totalité de son visage! Elle s'y décida au même instant avec une expression telle qu'il sentit ses sourcils se froncer sous l'effet de la surprise; elle ne le regardait pas exactement comme si elle lui vouait de la haine, mais comme si elle tentait de voir en lui quelque chose qu'elle ne parvenait pas à découvrir, ou comme si elle avait distingué quelque chose qu'elle n'aurait pas souhaité trouver. Quoi qu'il en soit, elle semblait troublée. Luke n'avait pas l'habitude d'être jaugé à son désavantage par les femmes. Pris tout naturellement dans le délicieux piège des cheveux d'or embrasés par la lumière crépusculaire et des yeux gris, son intérêt se repaissait du mécontentement et de la déception qu'elle montrait. Il continuait à l'observer : bouche rose entrouverte, rosée de transpiration sur la lèvre supérieure et le front en raison de la chaleur, sourcils dorés, arqués par l'étonnement.

Son sourire révéla les fortes dents blanches du père Ralph; pourtant, ce n'était pas le sourire du père Ralph.

— Vous savez, vous avez tout de l'enfant émerveillé, bouche ouverte en oh! et en ah!

— Je suis désolée, dit-elle en détournant les yeux. Je n'avais pas l'intention de vous dévisager. Vous m'avez rappelé quelqu'un, c'est tout.

— Dévisagez-moi autant que vous le voudrez. Ça vaut

mieux que d'avoir à regarder le sommet de votre crâne, aussi joli soit-il. Qui est-ce que je vous rappelle?

— Personne d'important. Seulement, c'est bizarre de voir quelqu'un qui semble si familier... et pourtant terriblement différent.

— Comment vous appelez-vous, petite miss Cleary?

— Meggie.

— Meggie... C'est un nom qui ne vous va pas. Il n'est pas assez bien pour vous. J'aurais préféré que vous vous appeliez Belinda ou Madeline, mais si Meggie est le mieux que vous ayez à offrir, va pour Meggie. C'est le diminutif de quoi... Margaret?

— Non, de Meghann.

— Ah, voilà qui est mieux! Je vous appellerai Meghann.

— Non, il n'en est pas question! rétorqua-t-elle sèchement. Je déteste ce nom.

Il se contenta de rire.

— Vous avez été trop gâtée et habituée à ce qu'on vous passe tous vos caprices, petite miss Meghann. Si je veux vous appeler Euphrasie, Zéphirine ou Anastasie, rien ne m'en empêchera, vous savez.

Ils venaient d'atteindre le paddock; il se laissa glisser à bas de son bai, décocha un coup de poing sur la tête du cheval qui essayait de le mordre, et l'animal se détourna, soumis. Debout, il attendait manifestement pour tendre la main à Meggie afin de l'aider à mettre pied à terre. Mais elle éperonna sa jument et l'engagea sur le chemin de l'écurie.

— Cette délicate alezane ne fraie pas avec les chevaux du commun? cria-t-il derrière elle.

— Sûrement pas! répondit-elle sans se retourner.

Oh, ce n'était pas juste! Même debout sur ses deux pieds, il ressemblait au père Ralph; aussi grand, aussi large d'épaules et étroit de hanches, et avec un soupçon de cette même grâce bien que déployée différemment. Le père Ralph se déplaçait comme un danseur, Luke

338

O'Neill comme un athlète. Ses cheveux étaient aussi épais, noirs et bouclés, ses yeux aussi bleus, son nez aussi fin et droit, sa bouche aussi bien dessinée. Et pourtant, il ne ressemblait pas davantage au père Ralph que... que... qu'un eucalyptus gris, si haut et pâle et splendide, à un eucalyptus bleu, aussi haut et pâle et splendide.

Après cette rencontre due au hasard, Meggie prêta l'oreille aux opinions et aux bavardages concernant Luke O'Neill. Bob et ses frères se montraient enchantés de son travail et paraissaient bien s'entendre avec lui; apparemment, il n'avait pas en lui une once de paresse, si l'on en croyait Bob. Même Fee prononça son nom un soir dans la conversation en remarquant qu'il était particulièrement bel homme.

— Te rappelle-t-il quelqu'un? demanda Meggie d'un ton qui se voulait désinvolte.

Elle était étendue de tout son long sur le tapis en train de lire.

Fee réfléchit un instant.

— Ma foi, je suppose qu'il ressemble un peu au père de Bricassart. Même stature, même teint... mais rien de vraiment frappant. Ils sont trop différents en tant qu'hommes. Meggie, j'aimerais que tu t'assoies dans un fauteuil comme une dame pour lire! Ce n'est pas parce que tu es en culotte de cheval que tu dois te conduire en garçon manqué.

— Peuh! rétorqua Meggie. Comme si quelqu'un y prêtait attention!

Et il en alla ainsi. Il y avait ressemblance, mais les hommes derrière les visages étaient si dissemblables que seule Meggie en souffrait, car elle était amoureuse de l'un d'eux et s'en voulait de trouver l'autre attrayant. Dans les cuisines, elle constata la faveur dont bénéficiait le nouvel ouvrier et elle découvrit aussi comment il pouvait se permettre le luxe de porter chemise blanche et culotte claire dans les enclos; ayant succombé à son charme léger et enjôleur, Mme Smith les lui lavait et les lui repassait.

— Oh! C'est le type même du bel Irlandais! soupira Minnie, extatique.

— Il est australien, corrigea Meggie, un rien exaspérée.

— Il est p't-être né ici, chère petite miss Meggie, mais avec un nom comme O'Neill, il est aussi irlandais que les cochons de saint Paddy, sans vouloir manquer de respect à votre pauvre père, miss Meggie... qu'il repose en paix et chante avec les anges. M. Luke, pas irlandais...? Avec ces cheveux noirs et ces yeux bleus? Dans l'ancien temps, les O'Neill étaient les rois d'Irlande.

— Je croyais que c'étaient les O'Connor, la taquina Meggie.

Une lueur apparut dans les petits yeux ronds de Minnie.

— Oh! mais, miss Meggie, il y avait de la place pour tous, c'était un grand pays.

— Allons donc! Un pays qui a à peu près la même superficie que Drogheda! Et d'ailleurs, O'Neill est un nom d'orangiste; ne me raconte pas d'histoire.

— Oui, c'est vrai. Mais c'est un grand nom irlandais, et il existait avant même ces damnés orangistes. C'est un nom qui vient de l'Ulster; c'est bien normal qu'il y en ait quelques-uns qui soient devenus orangistes, non? Mais il y a eu le fameux O'Neill de Clandeboy et le O'Neill Mor dans le temps, ma chère petite miss Meggie.

Meggie déposa les armes; Minnie avait depuis longtemps perdu le fanatisme des militants du Sud qui l'animait auparavant et elle pouvait maintenant prononcer le mot « orangiste » sans voir rouge.

A une semaine de là, Meggie rencontra de nouveau Luke O'Neill près du ruisseau. Elle le soupçonna de l'avoir attendue, mais sans savoir quelle contenance prendre au cas où elle ne se tromperait pas.

— Bonsoir, Meghann.

— Bonsoir, répondit-elle en regardant droit entre les oreilles de son alezane.

— Il y a bal de la tondaison à Braich y Pwll samedi prochain. Voulez-vous que nous y allions ensemble?

— Merci de me l'avoir demandé, mais je ne sais pas danser. Donc, je ne vois pas pourquoi j'irais au bal.

— Je vous apprendrai à danser en deux temps trois mouvements alors ce n'est pas un obstacle. Puisque j'emmènerai la sœur du patron, croyez-vous que Bob me prêtera la vieille Rolls, ou peut-être même la neuve?

— Je vous ai dit que je n'irai pas! riposta-t-elle en serrant les dents.

— Vous m'avez dit que vous ne saviez pas danser, et je vous ai répondu que je vous apprendrai. Vous n'avez jamais prétendu que vous ne m'accompagneriez pas si vous saviez danser, ce qui m'a autorisé à penser que c'est la danse qui présentait une objection à vos yeux, pas moi... Allez-vous vous défiler?

Exaspérée, elle le toisa méchamment, mais il se contenta de rire.

— Vous êtes gâtée-pourrie, jeune Meghann. Il est grand temps qu'on ne vous passe plus tous vos caprices.

— Je ne suis pas gâtée!

— A d'autres! La seule fille au milieu de tous ces frères qui n'ont d'yeux que pour elle, toute cette terre, l'argent, une maison luxueuse, des domestiques...? Je sais que c'est l'Eglise qui est propriétaire, mais les Cleary ne sont pas sans le sou.

Voilà la grande différence entre eux, pensa-t-elle, triomphante; cette idée ne lui était pas venue à l'esprit depuis qu'elle l'avait rencontré. Le père Ralph ne se serait pas laissé prendre aux apparences, mais cet homme ne possédait pas sa sensibilité; il ne percevait pas ce qui se cachait sous la surface. Il chevauchait à travers la vie sans lui voir ni complexité ni peine.

Abasourdi, Bob tendit les clefs de la nouvelle Rolls

sans le moindre commentaire; il s'était contenté de dévisager Luke en silence, puis avait souri.

— Je n'imaginais pas Meggie allant au bal, mais emmenez-la, Luke, et amusez-vous bien! Ça lui plaira probablement, pauvre gosse. Elle n'a jamais l'occasion de sortir. Nous devrions penser à la distraire, mais il y a tant de choses à faire...

— Pourquoi ne viendriez-vous pas aussi avec Jack et Hughie? demanda Luke qui ne semblait pas redouter la compagnie.

Bob secoua la tête, horrifié.

— Non, merci. On n'est pas très portés sur la danse.

Meggie mit sa robe cendre de roses car elle n'en avait pas d'autre; il ne lui était pas venu à l'esprit d'utiliser une partie de l'argent que le père Ralph versait à son compte en banque pour se faire faire des toilettes. Jusque-là, elle avait réussi à refuser les invitations, d'autant que des hommes tels qu'Enoch Davies et Alastair MacQueen étaient aisément découragés par un non énergique. Ils n'avaient pas l'aplomb de Luke O'Neill.

Mais, en s'examinant dans la glace, elle pensa qu'elle accompagnerait peut-être sa mère à Gilly la semaine prochaine pour passer chez la vieille Gert afin de lui commander quelques robes.

Elle répugnait à porter cette toilette; si elle en avait eu une autre qui fût à peu près possible, elle l'aurait immédiatement ôtée. En un temps révolu, un autre homme, différent, aux cheveux noirs lui aussi... La robe s'incorporait si totalement à l'amour et aux rêves, aux larmes et à la solitude que la porter pour un individu tel que Luke O'Neill relevait du sacrilège. Elle s'était habituée à cacher ses sentiments, à paraître toujours calme et heureuse. La maîtrise de soi l'enrobait comme l'écorce revêt l'arbre et parfois, la nuit, elle pensait à sa mère et frissonnait.

Finirait-elle comme m'man, retranchée de tout sentiment? Est-ce ainsi que les choses avaient commencé pour m'man après qu'elle eut connu le père de Frank? Et quelle serait la réaction de m'man si elle apprenait que Meggie connaissait la vérité au sujet de Frank? Oh, cette scène au presbytère! Elle semblait s'être déroulée la veille, papa et Frank face à face, et Ralph qui la serrait si fort qu'elle en avait mal. Les choses atroces qu'ils avaient criées. Peu à peu, elles avaient toutes pris leur place. Elle avait suffisamment grandi pour comprendre que le fait d'avoir des enfants impliquait davantage que ce qu'elle croyait autrefois, un quelconque contact physique rigoureusement interdit en dehors du mariage. Quelle honte, quelle humiliation avait dû connaître m'man à cause de Frank! Pas étonnant qu'elle se fût murée en elle-même. Si cela m'arrivait, pensa Meggie, je préférerais mourir. Dans les livres, seules les filles les plus vulgaires, les plus viles avaient des enfants hors du mariage; pourtant, m'man n'était ni vile ni vulgaire, elle n'avait jamais pu l'être. De tout son cœur, Meggie souhaitait que m'man lui en parlât ou qu'elle-même eût le courage d'aborder la question. Peut-être qu'elle aurait pu l'aider, même un tout petit peu. Mais m'man n'était pas le genre de femme à se confier ou à susciter les confidences. Devant sa glace, Meggie soupira, souhaitant de tout son être que rien de tel ne lui arrivât.

Pourtant elle était jeune; en un tel moment, alors qu'elle se regardait dans sa robe cendre de roses, elle souhaitait connaître des sensations, sentir des émotions déferler sur elle comme un vent fort et chaud. Elle ne voulait pas se traîner en petite automate pour le restant de ses jours; elle voulait le changement, et la vitalité, et l'amour. L'amour, et un mari, et des enfants. A quoi bon languir pour un homme qui ne viendrait pas à elle? Il ne la voulait pas, il ne la voudrait jamais. Il disait l'aimer, mais pas comme un époux. Parce qu'il était marié à l'Eglise. Tous les hommes étaient-ils ainsi, aimaient-ils une notion intangible plus qu'ils ne pouvaient aimer une femme? Non, sûrement pas tous les hommes. Les êtres les plus difficiles, peut-être, les plus complexes, avec leur océan de doutes, d'objections, de rationalité. Mais il devait exister des hommes plus simples, des hommes capables d'aimer une femme au-dessus de tout. Des hommes comme Luke O'Neill, par exemple.

— Je crois que vous êtes la plus belle fille que j'aie jamais vue, déclara Luke en lançant le moteur de la Rolls.

Les compliments sortaient du domaine habituel de Meggie; du coin de l'œil, elle lui dédia un regard étonné, mais ne dit mot.

— C'est rudement agréable, hein? remarqua Luke, pas le moins du monde affecté par le manque d'enthousiasme de sa compagne. Il suffit de tourner une clef, d'appuyer sur un bouton du tableau de bord, et le moteur démarre. Pas de manivelle sur laquelle on s'éreinte en espérant que le malheureux moulin se mettra en marche avant qu'on soit complètement crevé. Ça c'est la vie, Meghann. Aucun doute sur la question.

— Vous ne me laisserez pas seule, n'est-ce pas? demanda-t-elle.

— Grand Dieu, non! Vous êtes ma cavalière, n'est-ce pas? Autrement dit, vous êtes à moi pour toute la soirée, et je n'ai pas l'intention de laisser sa chance à un autre.

— Quel âge avez-vous, Luke?

— Trente ans. Et vous?

— Presque vingt-trois.

— Tant que ça, hein? Vous avez l'air d'une gosse.

— Je ne suis pas une gosse.

— Oh! Alors, vous avez déjà dû être amoureuse.

— Une fois.

— C'est tout? A vingt-trois ans? Ah, Seigneur! A votre âge, j'avais déjà été amoureux une bonne douzaine de fois.

— J'aurais probablement pu l'être aussi, mais je rencontre bien peu d'hommes dont je puisse tomber amoureuse à Drogheda. Pour autant que je me souvienne, vous êtes le premier employé du domaine qui ait osé davantage qu'un timide bonjour.

— Si vous n'allez pas au bal parce que vous ne savez pas danser, vous restez en dehors du coup, sans aucune chance de vous mettre dans le bain. Mais n'ayez crainte, nous arrangerons ça en un rien de temps. Dès la fin de la soirée, vous saurez danser et, en quelques semaines, vous deviendrez une vraie championne. (Il lui coula un regard furtif.) Mais vous ne me ferez jamais croire que les fils des autres gros colons de la région ne vous ont pas invitée à un bal de temps à autre. Pour les employés, je comprends; vous êtes au-dessus de la condition d'un ouvrier ordinaire, mais certains des pontes du mouton ont bien dû vous guigner.

— Si je suis au-dessus de la condition d'un ouvrier ordinaire, pourquoi m'avez-vous demandé de vous accompagner? riposta-t-elle.

— Oh, j'ai un aplomb de tous les diables! dit-il en souriant. Allons, ne changez pas de sujet; il a bien dû y avoir quelques gars dans les environs de Gilly qui vous ont demandé d'aller danser avec eux.

— Quelques-uns, reconnut-elle. Mais je n'en ai jamais eu envie; vous m'avez forcé la main.

— Dans ce cas, ils sont tous bêtes à manger du foin, déclara-t-il, péremptoire. Je sais reconnaître une belle fille quand j'en vois une.

Elle n'était pas très sûre d'apprécier la façon dont il s'exprimait, mais il ne se laissait pas aisément remettre en place.

Tout le monde assistait au bal de la tondaison, depuis les fils et les filles de colons, jusqu'aux ouvriers agricoles et à leurs épouses lorsqu'ils étaient mariés, aux servantes, gouvernantes, citadins de tous âges et des deux sexes. Par exemple, c'était l'occasion pour les institutrices de rencontrer les stagiaires des différents domaines, les employés de banque et les broussards vivant dans les coins les plus reculés du pays.

L'étiquette, réservée aux réceptions plus cérémonieuses, n'était certes pas de mise. Le vieux Mickey O'Brien était venu de Gilly avec son violon et il y avait toujours des volontaires pour l'accompagner à l'accordéon; ceux-ci se remplaçaient à tour de rôle tandis que le vieux violoniste jouait sans relâche, assis sur un baril ou une balle de laine, sa lèvre pendante, laissant échapper de la salive parce qu'il n'avait pas la patience de la ravaler, ce qui eût compromis son rythme.

Ce n'était pas le genre de bal auquel Meggie avait assisté pour l'anniversaire de Mary Carson. Là se succédaient des danses vigoureuses, en groupe : gigue, polka, quadrille, mazurka, sans autre contact que l'effleurement passager des mains du cavalier ou un tourbillon effréné entre des bras rudes. Rien de propice à l'intimité, à la rêverie. Chacun semblait considérer la fête comme un exutoire; les intrigues sentimentales pouvaient être mieux conduites ailleurs, loin du tapage et des flonflons.

Meggie s'aperçut bientôt qu'on lui enviait son grand et beau cavalier. Il était l'objet de regards alanguis et séducteurs, presque à l'égal du père Ralph, mais plus ouvertement. Autant que le père Ralph en suscitait. En suscitait. Quelle chose affreuse que devoir penser à lui au passé.

Fidèle à sa promesse, Luke ne la laissa seule que le temps d'une brève visite aux toilettes; Enoch Davies et Liam O'Rourke assistaient à la fête et ils n'auraient pas demandé mieux que de le remplacer auprès d'elle. Mais il ne leur en laissa pas la moindre possibilité. Quant à Meggie, elle était trop étourdie par tout ce qui l'entourait pour comprendre qu'elle avait parfaitement le droit d'accepter les invitations à danser de la part d'autres hommes que son cavalier. Bien qu'elle n'entendît pas les commentaires, ceux-ci n'échappèrent pas à Luke qui s'en réjouissait dans son for intérieur. Quelle audace avait ce type, un moins que rien, qui venait de la leur souffler sous le nez! La réprobation n'avait aucun sens pour lui. Ils avaient eu leur chance; s'ils n'en avaient pas tiré le maximum, tant pis pour eux.

La dernière danse était une valse. Luke prit la main de Meggie, lui passa le bras autour de la taille, l'attira contre lui. C'était un excellent danseur. A sa grande surprise, Meggie s'aperçut qu'il lui suffisait de le suivre partout où il l'entraînait. Et quelle sensation extraordinaire que de se trouver ainsi contre un homme, de sentir les muscles de sa poitrine et de ses cuisses, de s'imprégner de la chaleur de son corps. Ses brefs contacts avec le père Ralph avaient été d'une telle intensité qu'elle n'avait pas eu le temps de percevoir ses réactions secrètes, et elle avait cru honnêtement qu'elle serait incapable de ressentir le même émoi dans d'autres bras. Pourtant, l'expérience présente était très différente, excitante; son pouls s'accélérait et elle comprit que Luke s'en était rendu compte à la façon dont il la fit subitement tournoyer, la serrant plus étroitement contre lui tandis qu'il pressait sa joue dans ses cheveux.

Alors que la Rolls les ramenait vers Drogheda dans un doux ronronnement de moteur, se riant de la piste cahotante qui, parfois, ne se distinguait plus de l'herbe, ils n'échangèrent que de rares paroles. Cent kilomètres séparaient Braich y Pwll de Drogheda. Tout au long du trajet, il fallait traverser des enclos sans jamais apercevoir un toit, sans la moindre lumière indiquant un foyer, sans intrusion humaine. La ligne de collines qui traversait Drogheda ne s'élevait guère à plus de trente mètres mais, sur les plaines de terre noire, franchir cette éminence équivalait à se trouver au sommet des Alphes. Luke arrêta la voiture, descendit et contourna la Rolls pour ouvrir la portière à Meggie. Elle posa pied à terre à côté de lui, tremblant un peu; allait-il tout gâcher en essayant de l'embrasser? Tout était tellement noyé de silence, si éloigné d'âme qui vive!

Non loin de la voiture, une vieille barrière tombait en ruine; maintenant légèrement Meggie par le coude pour s'assurer qu'elle ne trébucherait pas avec ses chaussures à hauts talons, Luke l'aida à traverser le sol accidenté, les trous de terriers de lapins. Agrippée avec force à la barrière, le regard perdu vers les plaines, elle demeurait sans voix; tout d'abord, en raison de sa terreur, puis, quand sa panique s'estompa en voyant qu'il n'esquissait pas le moindre mouvement vers elle, en raison de sa surprise.

Presque aussi nettement que les rayons du soleil, la pâle lueur de la lune soulignait les vastes étendues dans le lointain, l'herbe luisante et ondoyante dont la mouvance semblait engendrée par un soupir, tourbillon d'argent, de blanc et de gris. Les feuilles brillaient tout à coup comme des étincelles quand le vent les agitait, et de grands golfes d'ombre s'étalaient sous les bouquets d'arbres, recelant autant de mystère que les gouffres béants du monde souterrain. Elle leva la tête, essaya de compter les étoiles, et y renonça; aussi délicats que des gouttes de rosée sur une toile d'araignée, les points lumineux s'embrasaient, disparaissaient, s'embrasaient, disparaissaient, en une pulsation aussi éternelle que celle de Dieu. Ils semblaient suspendus au-dessus d'elle comme un filet, si beaux, silencieux, perçants, scrutant l'âme, gemmes des yeux d'insectes soudain brillants sous une lumière vive, aveugles quant à l'expression, infinis quant à la perception de la toute-puissance. Les seuls bruits provenaient du vent chaud, courant sur l'herbe, des sifflements dans les arbres, d'un claquement dû à la rétraction du métal émanant de la Rolls qui refroidissait, et d'un oiseau ensommeillé quelque part, tout proche, qui se plaignait qu'on eût troublé son repos; seule odeur, l'indéfinissable fragrance de la brousse.

Luke tourna le dos à la nuit, tira sa blague à tabac, son cahier de feuilles de papier et commença à rouler une cigarette.

— Etes-vous née ici, Meghann? s'enquit-il en frottant paresseusement les brins de tabac dans sa paume.

— Non. Je suis née en Nouvelle-Zélande. Nous sommes venus à Drogheda il y a treize ans.

Il glissa les brins de tabac dans leur fourreau qu'il roula de façon experte entre le pouce et l'index; il en mouilla le bord et enfonça quelques brindilles rétives à l'intérieur du tube à l'aide d'une allumette qu'il gratta pour allumer sa cigarette.

— Vous vous êtes amusée ce soir, n'est-ce pas?

— Oh, oui!

— J'aimerais vous emmener à d'autres bals.

— Merci.

Il retomba dans le silence; il fumait doucement en regardant au-dessus du toit de la Rolls en direction du bouquet d'arbres où l'oiseau continuait à exprimer son mécontentement par des cris d'indignation. Lorsqu'il ne resta plus qu'un mégot entre ses doigts tachés, il le jeta à terre et l'écrasa d'énergiques coups de talon jusqu'à ce qu'il eût la certitude de l'avoir bien éteint. Personne ne saurait mieux broyer un mégot qu'un homme hantant la brousse australienne.

Avec un soupir, Meggie abandonna sa contemplation de la lune, et il l'aida à remonter en voiture. Il était infiniment trop avisé pour l'embrasser à ce stade, d'autant qu'il avait l'intention de tout mettre en œuvre pour l'épouser; il fallait d'abord qu'elle eût envie d'être embrassée.

Mais il y eut d'autres bals tout au long de l'été qui s'éteignit dans une splendeur pourpre et poussiéreuse; peu à peu, on s'était habitué au domaine à ce que Meggie se fût trouvé un cavalier bien de sa personne. Ses frères évitèrent de la taquiner car ils l'aimaient et éprouvaient de la sympathie pour Luke O'Neill, le travailleur le plus infatigable qu'ils eussent jamais embauché; à leurs yeux, il n'existait pas de meilleure recommandation. Au fond du cœur, ils se savaient plus proches de la classe laborieuse que de celle des colons; il ne leur vint jamais à l'esprit de juger Luke O'Neill sur son impécuniosité. Quoi qu'il en soit, la tranquille présomption de Luke qui se voulait différent des ouvriers ordinaires porta ses fruits; cette disposition d'esprit lui valut d'être traité en égal.

Il eut bientôt l'habitude de prendre le chemin de la grande maison lorsqu'il ne passait pas la nuit dans les enclos; Bob ne tarda pas à déclarer qu'il était ridicule qu'il mangeât seul alors que la table des Cleary regorgeait de nourriture; après quoi, il sembla stupide de l'obliger à parcourir une distance d'un kilomètre et demi pour rentrer chez lui alors qu'il avait l'amabilité de tenir compagnie à Meggie et de lui parler jusqu'à une heure avancée de la nuit; on lui proposa donc d'emménager dans l'une des petites maisons d'invités derrière la grande bâtisse.

A ce stade, Meggie pensait beaucoup à lui, de façon moins désobligeante qu'auparavant quand elle le comparait au père Ralph. La vieille blessure se cicatrisait. Au bout d'un certain temps, elle oublia que le père Ralph avait souri autrement avec la même bouche, alors que Luke souriait de cette manière, que les yeux bleu vif du père Ralph recelaient une sérénité distante alors que ceux de Luke brillaient d'une passion tourmentée. Elle était jeune et n'avait pu savourer l'amour, même si elle l'avait goûté en de brefs instants. Elle souhaitait le rouler sur la langue, en humer le bouquet, s'en abreuver jusqu'à connaître l'ivresse. Le père Ralph était devenu Mgr Ralph; jamais, jamais il ne lui reviendrait. Il l'avait vendue pour treize millions de pièces d'argent, et il lui en restait une rancœur. S'il n'avait pas utilisé cette phrase la nuit près de la Tête de Forage, elle ne se serait pas posé de questions, mais il l'avait employée et, depuis, pendant d'innombrables nuits, elle s'était retournée dans son lit en se demandant le sens exact de ces mots.

Et les mains la démangeaient quand elle sentait le dos de Luke contre ses paumes et qu'il la serrait contre lui en dansant; elle était troublée par cet homme, par son contact, sa vitalité subjuguante. Oh! elle ne sentait jamais ce feu sombre envahir ses os à la pensée de Luke; jamais elle ne pensait que s'il lui arrivait de ne plus le voir, elle se flétrirait, se dessécherait. Elle n'était pas parcourue de frémissements lorsqu'il la regardait. Mais elle avait appris à connaître d'autres hommes, tels que Liam O'Rourke, Enoch Davies, Alastair MacQueen, quand Luke l'accompagnait dans les réceptions de plus en plus nombreuses de la région, et aucun d'eux ne suscitait en elle l'émoi que Luke O'Neill y faisait naître. S'ils étaient assez grands de taille pour l'obliger à lever la tête, elle s'apercevait que leurs yeux n'étaient pas comparables à ceux de Luke. Il leur manquait toujours quelque chose que Luke possédait, bien qu'elle fût incapable de déterminer exactement ce quelque chose. Elle se refusait à admettre que la séduction qu'il exerçait sur elle résidait dans sa seule ressemblance avec le père Ralph.

Ils parlaient beaucoup, mais toujours de généralités; la tonte, la terre, les moutons, ce qu'ils souhaitaient de la vie, ou parfois des lieux qu'ils avaient connus ou de quelque événement politique. Il lisait un livre de temps à autre, mais ce n'était pas un lecteur impénitent comme Meggie et, en dépit des efforts qu'elle déployait, elle ne parvenait pas à le convaincre de lire tel ou tel ouvrage du seul fait qu'elle l'eût trouvé intéressant. Il n'amenait jamais la conversation sur des sujets intellectuels et, plus irritant et symptomatique que tout, il ne manifestait jamais le moindre intérêt pour la vie de Meggie et ne lui demandait pas ce qu'elle en attendait. Parfois, elle grillait de lui parler de sujets infiniment plus proches de son cœur que les moutons ou la pluie, mais lorsqu'elle s'y essayait, il réussissait invariablement à détourner la conversation sur des voies plus impersonnelles.

Luke O'Neill était habile, vaniteux, extrêmement travailleur et avide de s'enrichir. Il était venu au monde dans une cahute de torchis, exactement à hauteur du tropique du Capricorne, dans les faubourgs de Longreach dans le Queensland occidental. Son père était la brebis galeuse d'une famille irlandaise prospère mais implacable, sa mère, la fille d'un boucher allemand de Winton; lorsqu'elle exigea d'épouser son suborneur, elle fut aussi désavouée. Ils eurent dix enfants dans ce taudis et pas un seul qui possédât une paire de chaussures — non que les souliers fussent très indispensables dans cette région torride. Luke père, qui gagnait sa vie en tant que tondeur quand l'envie lui en prenait (mais il se sentait surtout du goût pour le rhum frelaté) mourut dans un incendie ayant éclaté dans un boui-boui du coin alors que le jeune Luke avait dix ans. Dès qu'il le put, le gamin suivit la tournée de tonte en tant que panseur; son occupation consistait à badigeonner d'une sorte de goudron fondu les blessures occasionnées par les tondeurs lorsqu'ils entamaient la chair des moutons.

Luke ne renâclait certes pas au travail; il s'en repaissait comme d'autres peuvent se repaître de l'oisiveté, soit parce que son père avait été un pilier de cabaret et objet de quolibets, soit parce que sa mère allemande lui avait légué l'amour du travail.

En grandissant, il passa de panseur à manœuvre; il courait le long des boxes pour saisir les grandes toisons qui se détachaient en un seul morceau, les soulevant comme des cerfs-volants pour les porter jusqu'à la table d'effilage. Puis il apprit cet art qui consistait à couper les bords des toisons encroûtées de saletés avant de les transférer dans un réceptacle à l'intention du sélectionneur, lequel était l'aristocrate de la tonte; l'homme qui, tel un dégustateur de vins ou un « nez » dans l'industrie du parfum, ne peut être formé s'il n'est pas doté d'un profond instinct pour remplir son office. Et Luke ne possédait pas l'instinct du sélectionneur; il lui fallait se tourner soit vers le pressage des toisons, soit vers la tonte, s'il voulait gagner plus d'argent, ce qu'il désirait ardemment. Sa force physique lui permettait de manœuvrer la presse pour tasser les pelages selon leurs catégories afin d'en former des balles massives, mais un bon tondeur gagnait bien davantage.

Déjà, dans le Queensland occidental, il s'était taillé une réputation de travailleur infatigable, et il n'éprouva aucune difficulté à être embauché comme apprenti tondeur. Avec de l'aisance, une bonne coordination de mouvements, de la vigueur et de l'endurance, qualités toutes indispensables et que Luke avait le bonheur de posséder, un homme pouvait espérer devenir un tondeur de premier ordre. Bientôt, Luke réussit à tondre plus de deux cents moutons par jour, six jours par semaine : le travail était payé une livre pour cent tontes, toutes exécutées à l'aide de l'instrument à tête étroite en vigueur dans le pays. Les grosses tondeuses de Nouvelle-Zélande avec leur large peigne grossier étaient illégales en Australie bien qu'elles permettent un travail deux fois plus rapide.

C'était une besogne harassante : se pencher de toute sa hauteur en maintenant le mouton serré entre les genoux, passer régulièrement la tondeuse sur tout le corps de l'animal afin de dégager la toison en un seul morceau avec un minimum de coupures infligées à la bête, tout en rasant la peau de suffisamment près pour satisfaire le contremaître qui ne manquait pas de surgir si l'un des tondeurs ne se conformait pas à ses rigoureux critères. Luke ne craignait pas la chaleur et la transpiration ni la soif qui l'obligeait à boire jusqu'à douze litres d'eau par jour. Il ne craignait même pas les hordes de mouches qui l'assaillaient car il était né dans un pays de mouches. Et il ne s'inquiétait guère des moutons, souvent considérés comme un véritable cauchemar par les tondeurs; laine en paquets, humide, agglomérée, envahie de mouches mortes, les toisons variaient constamment mais il s'agissait toujours de mérinos, ce qui signifiait que la laine recouvrait la tête depuis les sabots jusqu'au nez sur une peau fragile et granuleuse qui se dérobait sous les doigts.

Non, ce n'était pas le travail en soi qui accablait Luke car plus il travaillait dur, plus il se sentait en forme; par contre, le bruit, le fait d'être enfermé et l'odeur lui répugnaient. Un bâtiment de tonte est un véritable enfer. Il décida donc de devenir patron, celui qui va et vient devant les lignes de tondeurs courbés et considère d'un œil de propriétaire les toisons dont les bêtes sont dépouillées en un mouvement souple, coulé.

Au bout du plancher, sur sa chaise cannée
Le patron est assis, l'œil partout, animé.

Telles étaient les paroles de la vieille complainte de tonte et Luke O'Neill décida d'incarner l'image qu'elles évoquaient. Le patron, le chef, le maître éleveur, le colon. Pas question pour lui de se complaire dans une vie de tondeur, perpétuellement courbé, bras allongés; il voulait jouir du plaisir de travailler au grand air, l'œil rivé sur l'argent qui rentrait à flot. Seule la perspective de devenir tondeur pilote aurait pu l'inciter à continuer dans le métier, faire partie de la poignée d'hommes qui réussissaient à tondre plus de trois cents mérinos par jour selon les critères les plus exigeants et en utilisant des instruments à tête étroite. Accessoirement, ils réalisaient de véritables fortunes en prenant des paris; malheureusement, Luke était un peu trop grand pour s'incorporer à cette élite; les quelques secondes supplémentaires qu'il lui fallait pour se pencher faisaient toute la différence entre un bon tondeur et un tondeur pilote.

Il prit conscience des limites qui lui étaient imposées

et se tourna vers un autre moyen pour sortir de sa condition. A ce moment de sa vie, il découvrit la séduction qu'il exerçait sur les femmes. Sa première tentative eut lieu en tant qu'ouvrier éleveur à Gnarlunga, domaine dont l'héritière était relativement jeune et jolie. Ce ne fut que par malchance qu'en fin de compte elle lui préféra le Pommy dont les curieux exploits commençaient à s'inscrire dans la légende de la brousse. De Gnarlunga, il partit pour Bingelly où il fut embauché pour le dressage des chevaux; là, il garda l'œil sur la maison où une vieille fille assez disgraciée, l'héritière, vivait avec son père devenu veuf. Pauvre Dot, il l'avait presque conquise mais, finalement, elle s'était rangée aux avis de son père et avait épousé le fringant sexagénaire, propriétaire du domaine voisin.

Ces deux tentatives lui avaient coûté trois ans de sa vie et il jugea que vingt mois par héritière se révélaient infiniment trop longs et fastidieux. Pendant un temps, il serait plus avisé de voyager, d'aller loin, de changer constamment de paysage jusqu'à ce que cet élargissement de son horizon lui fasse découvrir une autre proie en puissance. Tout en s'amusant énormément, il partit sur les routes à bétail du Queensland occidental, descendit le Cooper et la Diamantina, le Barcoo et le Bulloo Overflow, s'insinua en Nouvelle-Galles du Sud. Il avait trente ans et il était plus que temps de trouver la poule qui lui pondrait quelques œufs d'or.

Tout le monde avait entendu parler de Drogheda, mais Luke dressa l'oreille en apprenant que le domaine ne comptait qu'une seule fille. Aucun espoir de la voir hériter, mais peut-être sa famille la doterait-elle d'une modeste terre de quarante mille hectares du côté de Kynuna ou de Winton. Le pays était agréable pour la région de Gilly, mais trop peuplé et boisé à son goût. Luke rêvait de l'immensité du lointain Queensland occidental, où l'herbe s'étendait à l'infini et où les arbres ne représentaient guère qu'un souvenir se situant quelque part dans l'est. Simplement l'herbe, encore et encore, sans commencement et sans fin, où un propriétaire pouvait s'estimer heureux en nourrissant un mouton sur quatre hectares de terre. Car, parfois, il n'y avait pas d'herbe, seulement un désert plat et craquelé, un sol noir haletant. L'herbe, le soleil, la chaleur et les mouches; à chaque homme son paradis, et tel était celui de Luke O'Neill.

Il avait soutiré les autres renseignements sur Drogheda à Jimmy Strong, l'agent de la AML & F, qui l'avait amené jusqu'au domaine le premier jour, et il avait encaissé un rude coup en découvrant que l'Eglise en était propriétaire. Pourtant, il avait appris combien rares et disséminées se révélaient les héritières de propriétés; quand Jimmy Strong lui expliqua que la fille unique possédait un compte en banque bien alimenté, que ses frères étaient fous d'elle, il décida de mettre son projet à exécution.

Mais, bien que Luke eût depuis longtemps fixé l'objectif de sa vie à quarante mille hectares dans la région de Kynuna ou de Winton et qu'il s'efforçât d'atteindre son but avec un zèle tenant de l'idée fixe, il aimait l'argent infiniment plus que ce qu'il pourrait lui procurer; pas la propriété de la terre et la puissance qui en découlait, mais la perspective d'entasser des rangées de chiffres sur son carnet bancaire, à *son nom*. Ce n'était ni Gnarlunga ou Bingelly qu'il avait voulu avec tant d'acharnement, mais la valeur que représentaient les domaines en espèces sonnantes et trébuchantes. Un homme grillant vraiment de devenir patron ne se serait jamais orienté sur Meggie Cleary, démunie de terre. Pas plus qu'il n'aurait recherché la joie du travail physique comme Luke O'Neill.

Pour la treizième fois en treize semaines, Luke emmena Meggie au bal donné, cette fois, par l'institution de la Sainte-Croix à Gilly. Meggie était trop naïve pour se douter de la façon dont il découvrait les endroits où avaient lieu de telles manifestations et de la manière dont il obtenait les invitations mais, régulièrement, le samedi, il demandait à Bob les clefs de la Rolls, et il emmenait Meggie quelque part dans un rayon de deux cents kilomètres.

Ce soir-là, il faisait froid tandis qu'elle se tenait contre une barrière et contemplait le paysage sans lune. Sous ses pieds, elle sentait le crissement du gel. L'hiver arrivait. Le bras de Luke lui enserra la taille et il l'attira à lui.

— Vous avez froid, remarqua-t-il. Nous ferions mieux de rentrer.

— Non, ça va maintenant. Je me réchauffe, répondit-elle, un rien haletante.

Elle perçut un changement en lui, dans la pression du bras qui la tenait distraitement, de façon impersonnelle. Mais c'était agréable de se serrer contre lui, de sentir la chaleur qui irradiait de son corps, de cette musculature d'homme. En dépit du cardigan, elle prit conscience de la main de Luke qui se déplaçait maintenant en petits cercles caressants, tentant de susciter une réaction. À ce stade, si elle déclarait qu'elle avait froid, il s'arrêterait; si elle ne disait mot, il la jugerait consentante. Elle était jeune et souhaitait ardemment savourer l'amour. Luke était le premier homme en dehors de Ralph qui l'intéressât, alors pourquoi ne pas connaître le goût de ses baisers? Mais qu'ils soient différents! Qu'ils ne ressemblent pas aux baisers de Ralph!

Estimant que son silence équivalait à un consentement, Luke lui posa la main sur l'épaule, lui imprima un mouvement afin qu'elle lui fît face et pencha la tête. Etait-ce là la sensation engendrée par un baiser? Ce n'était jamais qu'une sorte de pression! Quelle réaction était-elle censée avoir pour indiquer que ce contact lui plaisait? Elle remua les lèvres sous les siennes et souhaita immédiatement s'en être abstenue. La pression s'accentua; il entrouvrit la bouche, força la sienne de ses dents et de sa langue qu'il insinua profondément, habilement. Odieux. Pourquoi l'impression avait-elle été si différente lorsque Ralph l'avait embrassée? Alors, elle n'avait pas ressenti de dégoût un peu nauséeux; le vide s'était fait dans son esprit; elle s'était seulement ouverte à lui comme un coffre lorsqu'on appuie sur un ressort secret. Que diable faisait-il? Pourquoi sentait-elle son corps tressaillir de la sorte, s'accrocher à lui, alors qu'elle souhaitait si ardemment s'arracher à son étreinte?

Luke avait découvert le point sensible qui rendait Meggie vulnérable et il accentua la pression de ses doigts sur le flanc ployé pour lui communiquer un frisson. Jusqu'ici, elle ne faisait guère preuve d'un enthousiasme délirant. Il arracha ses lèvres des siennes et les écrasa contre le cou flexible. Elle parut apprécier davantage ce contact; elle haleta et ses mains montèrent à la rencontre des épaules musclées, mais lorsqu'il laissa glisser sa bouche vers la gorge tout en cherchant à la dénuder plus avant, elle le repoussa brusquement et s'écarta.

— Ça suffit, Luke!

L'épisode l'avait déçue, un peu écœurée. Luke en eut parfaitement conscience tandis qu'il l'aidait à monter en voiture, puis il roula une cigarette dont il éprouvait le plus grand besoin. Il s'imaginait volontiers un amant consommé; jusque-là, aucune de ses conquêtes ne s'était jamais plainte mais il ne s'agissait pas de jeunes filles telles que Meggie. Même Dot MacPherson, l'héritière de Bingelly, infiniment plus riche que Meggie, était grossière au possible, ne se prévalait pas de chics pensionnats de Sydney ou autres chichis. En dépit de son allure, Luke ne pouvait se targuer d'une expérience sexuelle supérieure à celle de l'ouvrier agricole moyen; il ignorait à peu près tout du mécanisme secret de la femme en dehors de ce qui lui plaisait personnellement, et tout de la théorie. Ses nombreuses conquêtes n'hésitaient pas à lui crier leur satisfaction, ce qui sous-entendait simplement qu'elles s'en tenaient à leurs expériences limitées et que, par ailleurs, elles ne se montraient pas toujours d'une franchise totale. Une fille qui s'abandonnait visait le mariage quand le partenaire se révélait aussi séduisant et travailleur que Luke, aussi était-elle toujours prête à lui mentir pour lui être agréable. Et rien ne pouvait être plus satisfaisant que s'entendre traiter d'amant exceptionnel. Luke n'imaginait pas combien d'autres hommes avaient été floués de la sorte, et depuis toujours.

Il continuait à penser à Dot, qui avait cédé aux objurgations de son père après que celui-ci l'eut bouclée dans le baraquement des tondeurs pendant une semaine avec une carcasse grouillante de mouches pour tout potage; mentalement, Luke haussa les épaules. Il avait affaire à forte partie avec Meggie et il ne pouvait se permettre de l'effrayer ou de la dégoûter. Le plaisir devait attendre, c'est tout. Il la courtiserait à la façon qu'elle souhaitait manifestement, fleurs et prévenances, et pas trop de pelotage.

Pendant un moment régna un silence gênant, puis Meggie soupira et se laissa aller contre le dossier de son siège.

— Je suis désolée, Luke.

— Moi aussi, je suis désolé. Je n'avais pas l'intention de vous manquer de respect.

— Oh non! vous ne m'avez pas manqué de respect. Vraiment pas! Seulement, je ne suis pas très habituée à... à ça... Vous m'avez effrayée, pas manqué de respect.

— Oh, Meghann! s'exclama-t-il en lâchant le volant pour saisir ses mains qu'elle tenait sagement croisées sur ses genoux. Ecoutez, n'y pensez plus. Vous êtes encore une petite fille et je suis allé trop vite. N'y pensons plus.

— Oui, c'est ça, n'y pensons plus, acquiesça-t-elle.

— Il ne vous avait jamais embrassée, lui? demanda Luke, curieux.

— Qui?

Y avait-il de la crainte dans sa voix? Mais pourquoi aurait-elle ressenti de la crainte?

— Vous m'avez dit que vous aviez déjà été amoureuse, alors j'en ai déduit que vous étiez un peu plus avertie. Je suis désolé, Meghann. J'aurais dû comprendre que, bouclée comme vous l'êtes dans ce coin perdu avec une famille comme la vôtre, vous vouliez simplement dire que vous aviez eu une toquade d'écolière pour un type quelconque qui ne vous a même pas remarquée.

Oui, oui, oui. Qu'il voie les choses sous cet angle!

— Vous avez parfaitement raison, Luke. Ce n'était qu'une toquade d'écolière.

Devant la maison, il l'attira de nouveau à lui et lui déposa sur les lèvres un long baiser tendre, sans chercher à forcer sa bouche. Elle ne réagit pas vraiment mais s'abandonna davantage. Il regagna le cottage d'invité qui lui avait été dévolu avec la satisfaction de ne pas avoir compromis ses chances de succès.

Meggie se traîna jusqu'à son lit et demeura étendue, les yeux ouverts sur le halo que la lampe dessinait au plafond. En tout cas, elle avait acquis une certitude : rien dans les baisers de Luke ne lui rappelait ceux de Ralph. Et, à une ou deux reprises vers la fin de leur étreinte, elle avait ressenti un surprenant émoi lorsqu'il lui avait enfoncé les doigts dans le flanc et embrassé le cou. Inutile de comparer Luke à Ralph; d'ailleurs, elle n'était plus très sûre de le vouloir; mieux valait oublier Ralph; il ne pouvait être son mari. Luke, si.

La deuxième fois que Luke l'embrassa, Meggie se comporta très différemment. Ils s'étaient rendus à une magnifique réception donnée à Rudna Hunish, à la limite territoriale que Bob avait imposée à leurs escapades, et, d'emblée, la soirée s'était révélée prometteuse.

Luke était au meilleur de sa forme, plaisantant tellement à l'aller qu'elle n'avait cessé de rire, puis il s'était montré tendre et attentionné à son égard pendant tout le bal. Et miss Carmichael avait mis tout en œuvre pour le lui enlever! Elle s'était avancée sur le terrain où Alastair MacQueen et Enoch Davies n'osaient s'aventurer, s'attachant à eux, flirtant ostensiblement avec Luke qu'elle obligea, ne serait-ce que par politesse, à danser avec elle. Il s'agissait d'une réception assez cérémonieuse où les couples évoluaient avec un certain formalisme et Luke invita miss Carmichael pour une valse lente. Mais il était retourné vers Meggie dès la fin de la danse, sans mot dire, se contentant de regarder au plafond, laissant clairement entendre qu'il considérait miss Carmichael comme une pimbêche ennuyeuse. Et Meggie apprécia fort sa réaction; depuis le jour où miss Carmichael s'était immiscée dans sa joie lors de la fête de Gilly, elle lui vouait une vive antipathie. Elle n'avait jamais oublié la façon dont le père Ralph avait ignoré la belle amazone pour soulever une petite fille et l'aider à passer une flaque d'eau; ce soir Luke agissait de même. Oh, bravo! Luke, vous êtes merveilleux!

La route était longue pour regagner la maison et il faisait très froid. Luke avait réussi à soutirer quelques sandwiches et une bouteille de champagne au vieil Angus MacQueen, et lorsqu'ils eurent parcouru à peu près les deux tiers du chemin, il arrêta la voiture. A bord des véhicules, le chauffage était alors aussi rare en Australie qu'il l'est encore de nos jours, mais la Rolls en possédait un; cette nuit-là, il fut particulièrement apprécié car il s'était formé sur le sol une couche de glace de cinq centimètres.

— Oh, que c'est agréable d'être installé confortablement, sans manteau, par une nuit pareille! remarqua Meggie en souriant.

Elle prit le petit gobelet télescopique en argent que Luke lui tendait et mordit dans un sandwich au jambon.

— Oui, en effet, acquiesça-t-il. Vous êtes jolie comme un cœur ce soir, Meghann.

Etait-ce la couleur des yeux de la jeune fille?. A vrai dire, il n'appréciait pas spécialement le gris qu'il considérait comme un peu terne, mais en regardant les yeux de Meggie, il aurait pu jurer qu'ils recelaient toutes les teintes du spectre, tirant sur le bleu, le violet, l'indigo et le ciel par une belle journée d'été ensoleillée, un vert profond et mousseux, un soupçon de jaune-brun. Et ils brillaient doucement, telles des gemmes translucides, cernés de longs cils recourbés qui scintillaient comme s'ils avaient été plongés dans la poudre d'or. Il tendit la main et, délicatement, effleura du doigt une frange de cils, puis examina attentivement sa phalange.

— Luke! Qu'est-ce qu'il y a?

— Je n'ai pas pu résister à la tentation; je tenais à m'assurer que vous n'aviez pas un pot de poudre d'or sur votre coiffeuse. Vous savez, vous êtes la seule fille que j'aie jamais rencontrée dont les cils soient recouverts de vrai or.

— Oh! (Elle porta la main à ses yeux, regarda ses doigts et rit.) Mais c'est vrai! Et il tient!

Le champagne lui chatouillait les narines et pétillait doucement dans sa gorge; elle se sentait merveilleusement bien.

— Et des sourcils d'or véritable qui ont la même forme que les voûtes des églises, et les plus magnifiques cheveux d'or véritable... Je m'attends toujours à ce qu'ils soient durs comme du métal, et pourtant ils sont doux et fins comme ceux d'un enfant... Et votre peau, vous devez aussi la poudrer d'or, elle brille tant... Et la plus belle bouche qui soit, faite pour le baiser...

Elle le dévisageait, lèvres roses légèrement entrouvertes comme lors de leur première rencontre; il tendit la main pour la débarrasser du gobelet.

— Je crois qu'un peu plus de champagne vous ferait du bien, dit-il en saisissant la bouteille.

— Je reconnais volontiers qu'il est agréable de s'arrêter pour une petite pause avant de reprendre la route,
et je vous remercie d'avoir pensé à demander à M. Mac-
Queen des sandwiches et du champagne.

Le gros moteur de la Rolls ronronnait doucement
dans le silence, de l'air chaud se déversait à l'intérieur
avec une sorte de soupir; deux genres de bruits, dis-
tincts, lénifiants. Luke dénoua sa cravate et la retira,
ouvrit le col de sa chemise.

Leurs vestes reposaient sur le siège arrière, inutiles
étant donné la chaleur qui régnait dans la voiture.

— Oh, que c'est bon! Je ne sais pas qui a inventé la
cravate et déclaré qu'un homme n'était jamais convenablement habillé sans cet engin de torture, mais si
jamais je le rencontrais, je l'étranglerais volontiers
avec son invention.

Il se tourna brusquement, se pencha vers elle, et sa
bouche se calqua exactement au galbe de la sienne,
comme un morceau de puzzle trouvant son complé-
ment. Bien qu'il ne la maintînt pas et se tînt relativement écarté d'elle, elle eut l'impression d'être rivée à lui
et s'abandonna lorsqu'il l'attira contre sa poitrine. Il lui
enserra la tête de ses doigts pour mieux profiter de
cette bouche ensorcelante, étonnamment vivante, en
épuiser la sève. Avec un soupir, il se laissa aller à la
sensation qui l'envahissait, oublieux de tout ce qui
n'était pas ces lèvres soyeuses s'adaptant enfin aux siennes. Elle lui glissa les bras autour du cou, plongea ses
doigts tremblants dans les cheveux sombres tandis que
la paume de sa main libre venait se poser sur la peau
hâlée de la base du cou. Cette fois, il ne brûla pas les
étapes, bien qu'il eût perçu son érection avant même de
lui verser un deuxième gobelet de champagne, seulement en la contemplant. Sans qu'il la libère, ses lèvres
papillonnèrent sur les joues duveteuses, les yeux clos,
se posèrent longuement sur les paupières, revinrent
vers les pommettes satinées à l'extrême, vers la bouche

dont la forme enfantine le rendait fou, l'avait rendu fou depuis leur première rencontre.

Et son cou, ce petit creux à sa base, la peau de son épaule si délicate et fraîche, et sèche... Incapable de suspendre son élan, effrayé à l'idée qu'elle lui demandât d'arrêter, il retira la main qui retenait une boucle dorée et ses doigts s'acharnèrent sur la longue rangée de boutons qui fermaient la robe dans le dos, firent glisser hors de la soie les bras menus et consentants, puis abaissèrent les épaulettes de la combinaison de satin. Le visage enfoui entre le cou gracile et l'épaule, il laissa courir le bout de ses doigts le long du dos nu, percevant les frissons étonnés que sa caresse faisait naître, le durcissement subit des seins. Sa tête descendit en une recherche aveugle, irrépressible, d'une surface bombée, d'un doux coussin, ses lèvres écartées accentuèrent leur pression et se refermèrent bientôt sur le bout de sein ferme, tendu, au cœur d'un fouillis soyeux. Sa langue s'attarda pendant une minute éblouissante, puis ses doigts pressèrent le dos arqué avec un plaisir insoutenable, et il aspira, mordilla, embrassa, aspira encore... Vieille et éternelle impulsion, sa caresse préférée qui, jamais, ne le conduisait à l'échec. C'était si bon, bon, bon! Il ne laissa pas échapper un cri, frissonna seulement, s'abreuva avec volupté à cette chair douce.

Tel un nourrisson rassasié, il laissa le bouton dressé lui échapper des lèvres, déposa un baiser éperdu d'amour et de gratitude sur le sein et demeura d'une immobilité totale que troublait seulement son halètement. Il sentait qu'elle lui butinait les cheveux, laissait sa main glisser dans l'entrebâillement de sa chemise et, soudain, il parut se ressaisir, ouvrit les yeux. Prestement, il se redressa, ramena les bretelles de sa combinaison sur ses épaules, ajusta la robe qu'il reboutonna adroitement.

— Je crois que nous ferions bien de nous marier, Meghann, dit-il en l'enveloppant d'un regard doux et rieur. Je ne pense pas que tes frères approuveraient le moins du monde ce que nous venons de faire.

— Oui, je crois que ça vaudrait mieux, moi aussi, convint-elle, paupières baissées, joues délicatement empourprées.

— Annonçons-leur la nouvelle demain matin.

— Pourquoi pas? Le plus tôt sera le mieux.

— Samedi prochain, je te conduirai à Gilly. Nous irons trouver le père Thomas... Je suppose que tu préfères un mariage à l'église... Nous ferons publier les bans et tu choisiras une bague de fiançailles.

— Merci, Luke.

Et voilà. Elle s'était engagée; il n'y avait pas à revenir en arrière. Dans quelques semaines, après le délai légal pour la publication des bans, elle épouserait Luke O'Neill. Elle deviendrait... Mme Luke O'Neill! Comme c'était curieux! Pourquoi avait-elle dit oui? Parce qu'*il* m'a dit qu'il le fallait, *il* en a décidé ainsi. Mais pourquoi? Pour qu'*il* échappe au danger? Pour se protéger, ou pour me protéger, moi? Ralph de Bricassart, parfois, je crois que je vous hais...

L'incident de la voiture s'était révélé saisissant, déconcertant. Rien à voir avec la première fois. Tant de sensations merveilleuses, terrifiantes. Oh, le contact de ses mains! Ce délicieux tourment ressenti dans la poitrine qui irradiait en cercles, s'élargissant de plus en plus à travers tout son corps! Et il avait agi exactement au moment où elle cherchait à se ressaisir, à l'instant où sa conscience se manifestait dans l'hébétude, lui criant, alors qu'il lui ôtait ses vêtements, qu'il lui fallait hurler, le gifler, s'enfuir. L'apaisement, la griserie distillée par le champagne, la chaleur, la découverte qu'il était délicieux de ployer sous des baisers bien appliqués s'étaient dissipés mais, dès qu'il lui avait posé les lèvres sur la poitrine en un embrassement goulu, elle s'était sentie transfigurée, avait oublié jusqu'à la notion de bon sens, répudié sa conscience et toute idée de fuite.

Elle avait écarté ses épaules de la poitrine musculeuse; ses hanches semblaient s'affaisser contre lui, tout comme ses cuisses et cette région innomée qu'il pressait de ses mains vigoureuses contre une arête de son corps aussi dure que de la pierre; et elle avait simplement souhaité demeurer ainsi pour le restant de ses jours, secouée jusqu'à l'âme, vide, béante, quémandant... Quémandant quoi? Elle ne le savait pas. Lorsqu'il l'avait repoussée, elle s'était aperçue qu'elle ne souhaitait pas partir, elle aurait même été capable de se précipiter sauvagement sur lui. Et tout cela s'était ligué pour sceller sa résolution inébranlable d'épouser Luke O'Neill. Et puis elle était convaincue qu'il lui avait fait la chose par laquelle commencent les enfants.

Personne ne manifesta beaucoup de surprise en apprenant la nouvelle, et personne ne songea à s'opposer au mariage. Seule source d'étonnement pour la famille : le refus catégorique de Meggie d'écrire à Mgr Ralph pour lui faire part de ses fiançailles et son opposition presque hystérique à l'idée émise par Bob qui souhaitait inviter Mgr Ralph à la réception qui serait donnée à Drogheda pour cette grande occasion. Non, non, non! avait-elle hurlé. Meggie, qui n'élevait jamais la voix! Elle paraissait éprouver du ressentiment à l'idée que le prélat ne fût jamais venu les voir; son mariage ne regardait qu'elle, et s'il n'avait pas fait montre de la politesse la plus élémentaire en leur rendant visite à Drogheda, elle se refusait à lui imposer une obligation qu'il ne pourrait décliner.

Fee promit donc de ne pas souffler mot de la nouvelle dans ses lettres; il semblait d'ailleurs que cela lui était égal, tout comme le choix de Meggie quant à son époux. La tenue des livres d'un domaine aussi important que Drogheda exigeait tout son temps. Ce qu'elle y consignait aurait pu fournir à un historien une description exemplaire de la vie dans une exploitation spécialisée dans l'élevage du mouton, car elle ne se contentait pas seulement de chiffres et de comptes. Tous les déplacements des troupeaux étaient consignés, tout comme les changements de saison, les conditions météorologiques quotidiennes, et même ce que Mme Smith servait aux repas. Le dimanche 22 juillet 1934, entra dans ses livres la note suivante : *Ciel clair, dégagé, température à l'aube : 1 degré. Pas de messe aujourd'hui. Bob présent; Jack à Murrimbah avec deux ouvriers, Hughie à West Dam avec un ouvrier. Pete-la-Barrique conduit les moutons de trois ans de Budgin à Winnemurra. Température élevée à quinze heures, 29 degrés. Baromètre stable, 777 millimètres. Vent d'ouest. Menu du dîner : corned-beef, pommes de terre bouillies, carottes et chou, pudding au raisin. Meghann Cleary doit épouser Luke O'Neill, ouvrier-éleveur, le samedi 25 août en l'église de la Sainte-Croix à Gillanbone. Note consignée à 21 heures; température 7 degrés, lune à son dernier quartier.*

11

Luke offrit à Meggie une bague de fiançailles en diamant, modeste mais très jolie avec ses deux pierres d'un quart de carat serties dans des cœurs de platine. Les bans furent publiés afin que le mariage eût lieu le samedi 25 août, à midi, en l'église de la Sainte-Croix. La cérémonie serait suivie d'un déjeuner intime à l'hôtel *Impérial* auquel étaient conviées Mme Smith, Minnie et Cat. Jims et Patsy resteraient à Sydney car Meggie s'était énergiquement élevée contre le projet de les faire venir, déclarant qu'elle ne voyait pas l'intérêt de leur imposer un voyage de près de deux mille kilomètres aller et retour pour assister à une cérémonie dont ils ne pouvaient réellement comprendre la portée. Elle avait reçu leurs lettres de félicitations; la longue missive décousue et enfantine de Jims et celle de Patsy qui consistait en deux mots : « Bonne chance. » Les jumeaux connaissaient bien Luke car ils avaient chevauché avec lui dans les enclos de Drogheda lors des dernières vacances.

Mme Smith fut chagrinée par l'insistance de Meggie qui ne voulait entendre parler que d'une cérémonie aussi simple que possible; elle eût souhaité voir l'unique fille de Drogheda se marier avec accompagnement de cymbales, d'oriflammes flottant au vent et festivités s'étendant sur plusieurs jours. Mais Meggie s'insurgea à tel point devant toute perspective de tralala qu'elle refusa de porter l'habituelle toilette de mariée; elle irait à l'église dans une robe de tous les jours, avec un chapeau de tous les jours, ainsi elle serait prête pour partir en voyage après la cérémonie.

Le dimanche qui suivit où ils avaient pris leurs dispositions pour le mariage, Luke se laissa tomber dans un fauteuil en face de sa fiancée.

— Chérie, je sais où je t'emmènerai pour notre lune de miel, dit-il.

— Où?

— Dans le Queensland du Nord. Pendant que tu étais chez la couturière, j'ai causé avec quelques gars au bar de l'*Impérial;* ils m'ont expliqué qu'il y a de l'argent à gagner dans le pays de la canne à sucre pour un homme vigoureux auquel le travail ne fait pas peur.

— Mais, Luke, tu as déjà une bonne place ici!

— Un homme qui se respecte ne peut pas vivre aux crochets de sa belle-famille. Je veux que nous amassions de l'argent pour acheter une propriété dans le Queensland occidental et je tiens à y arriver avant d'être trop vieux pour la faire rapporter. Quand on n'a pas d'instruction, il est difficile de trouver une bonne situation, surtout avec cette crise, mais on manque d'hommes dans le Queensland du Nord, et je gagnerai dix fois plus d'argent qu'en restant à Drogheda.

— A quoi faire?

— A couper la canne à sucre.

— Couper la canne à sucre? Mais c'est un travail de coolie!

— Non, tu te trompes. Les coolies sont de trop petite taille pour avoir le même rendement que les Blancs, et puis tu sais aussi bien que moi que la loi australienne interdit l'immigration des Noirs et des Jaunes qui sont prêts à se livrer à un travail de manœuvre pour un salaire moindre que celui des Blancs, ce qui enlèverait le pain de la bouche des Australiens. On manque de coupeurs de canne et il y a beaucoup d'argent à gagner. Peu d'hommes sont assez grands et vigoureux pour couper de la canne; moi, je le suis.

— Est-ce que tu entends par là que tu envisages de nous faire vivre dans le Queensland du Nord, Luke?

— Oui.

Le regard de Meggie dépassa l'épaule de son fiancé et se posa au-delà de la vitre pour contempler Drogheda : les grands eucalyptus, l'enclos central, le bouquet d'arbres plus loin. Ne plus vivre à Drogheda! Etre quelque part où Mgr Ralph ne pourrait jamais la retrouver, vivre sans jamais le revoir, s'attacher à cet étranger assis en face d'elle si irrévocablement qu'aucun retour en arrière ne serait possible... Les yeux gris se fixèrent sur le visage impatient, vivant de Luke; ils reflétaient plus de beauté mais aussi une indéniable tristesse. Il ne fit que le percevoir; pas de larmes, les paupières ne s'abaissaient pas, pas plus que les commissures des lèvres. Mais il ne se préoccupait pas des chagrins qu'abritait Meggie car il n'avait aucune intention de lui laisser prendre suffisamment d'importance pour qu'il s'inquiétât à son sujet. Bien sûr, elle représentait une sorte de prime pour un homme qui avait tenté d'épouser Dot MacPherson de Bingelly, mais son attrait physique et sa nature docile ne faisaient que renforcer Luke dans sa détermination à maîtriser les élans de son cœur. Aucune femme, même aussi douce et belle que Meggie Cleary, n'exercerait jamais un ascendant suffisant sur lui pour lui dicter sa conduite.

Aussi, fidèle à lui-même, il alla droit au but. Par moments, la ruse était nécessaire mais, en l'occurrence, elle lui serait moins utile que la brusquerie.

— Meghann, je suis un peu vieux jeu, dit-il.

— Vraiment?

Elle le considéra, intriguée. Le ton de sa réplique laissait clairement entendre : quelle importance?

— Oui, reprit-il. Je crois que quand un homme et une femme se marient, tous les biens de la femme doivent devenir ceux de l'homme, comme la dot dans l'ancien temps. Je sais que tu as un peu d'argent et je tiens à te dire dès maintenant que quand nous serons mariés tu me signeras les papiers nécessaires pour qu'il me revienne. Je trouve plus correct de te faire part de mes intentions pendant que tu es encore libre et en mesure d'accepter ou de refuser.

Il n'était jamais venu à l'esprit de Meggie qu'elle conserverait son argent, imaginant simplement qu'une fois mariée, il deviendrait la propriété de Luke, pas la sienne. Toutes les Australiennes, à quelques rares exceptions près chez celles qui avaient reçu une éducation plus raffinée, avaient été habituées à se considérer plus ou moins comme l'esclave de leur seigneur et maître, et cette règle s'appliquait tout spécialement à Meggie. Fee et les enfants avaient toujours été sous la coupe de papa et, depuis sa mort, Fee avait transmis les pouvoirs de celui-ci à Bob, son successeur. L'homme possédait l'argent, la maison, la femme et les enfants. Meggie n'avait jamais mis en question qu'il en fût ainsi.

— Oh! s'exclama-t-elle. Je ne savais pas qu'il était nécessaire de signer des papiers, Luke. Je croyais que ce qui était à moi devenait automatiquement ta propriété après le mariage.

— C'était bien comme ça dans le temps, mais ces abrutis de politiciens de Canberra ont tout changé quand ils ont accordé le droit de vote aux femmes. Je veux que tout soit clair et net entre nous, Meghann; c'est pour ça que je tiens à ce que tu saches dès maintenant comment seront les choses.

— Mais je n'y vois aucun inconvénient, Luke, dit-elle en riant.

Elle se conformait aux règles du bon vieux temps. Dot n'aurait pas cédé aussi facilement.

— Combien as-tu? demanda-t-il.

— Actuellement, quatorze mille livres. J'en reçois deux mille chaque année.

Il émit un sifflement admiratif.

— Quatorze mille livres! Mais c'est beaucoup d'argent, Meghann. Il vaut mieux que je m'en occupe. Nous irons trouver le directeur de la banque la semaine prochaine et rappelle-moi de lui dire que tout ce qui te sera versé à l'avenir devra être mis à mon nom aussi. Je ne vais pas en toucher un centime, tu le sais. Ce capital servira à acheter notre domaine un peu plus tard. Pendant les quelques années qui viennent, nous allons travailler dur tous les deux et économiser chaque sou que nous gagnerons. C'est d'accord?

— Oui, Luke, acquiesça-t-elle.

Une simple négligence de la part de Luke faillit compromettre son mariage. Il n'était pas catholique. Lorsque le père Watty s'en aperçut, il leva les bras au ciel avec horreur.

— Doux Jésus! Luke, pourquoi ne l'avez-vous pas dit plus tôt? Seigneur, il faudra que vous me veniez en aide pour que Luke O'Neill soit converti et baptisé avant le mariage!

Luke dévisagea le père Watty avec étonnement.

— Qui a parlé de conversion, mon père? Je suis très heureux comme ça, n'appartenant à aucune religion;

mais si ça vous inquiète, considérez-moi comme mormon ou mahométan, ou tout ce qui vous passera par la tête. Mais pas question de m'inscrire comme catholique.

En vain le supplièrent-ils; Luke se refusait à envisager une conversion.

— Je n'ai rien contre le catholicisme ou l'Irlande du Sud, et je trouve qu'en Ulster les catholiques en voient de cruelles, mais je suis orangiste et je n'ai rien d'un homme qui retourne sa veste. Si j'étais catholique et que vous vouliez me convertir à la religion méthodiste, je réagirais de la même façon. Ce n'est pas tant le catholicisme que je refuse... je ne veux pas être un renégat, c'est tout. Il faudra que votre troupeau se passe de moi, mon père, et il n'y a pas à revenir là-dessus.

— Dans ce cas, vous ne pouvez pas vous marier!

— Et pourquoi pas? Si vous ne voulez pas nous marier, je peux aller trouver le révérend de l'Eglise d'Angleterre et je parie qu'il n'y verra pas d'objection, ou encore Harry Gough qui est juge de paix.

Fee esquissa un sourire amer, se rappelant ses démêlés avec Paddy et un prêtre; démêlés dont elle était sortie vainqueur.

— Mais, Luke, il faut que je me marie à l'église, protesta Meggie avec effroi. Sinon, je vivrai dans le péché!

— Eh bien, en ce qui me concerne, j'estime qu'il vaut infiniment mieux vivre dans le péché que retourner sa veste, déclara Luke qui, parfois, faisait preuve d'un curieux esprit de contradiction.

Certes, il voulait l'argent de Meggie, mais une farouche obstination lui interdisait de céder.

— Oh, cessez toutes ces bêtises! lança Fee à l'adresse du prêtre. Agissez comme Paddy et moi avons agi et finissons-en avec cette discussion! Le père Thomas peut vous marier au presbytère s'il ne veut pas souiller son église.

Et tous de la dévisager, stupéfaits, mais elle obtint

gain de cause; le père Watkin céda et accepta de les marier au presbytère tout en refusant de bénir les alliances.

Cette sanction partielle de l'Eglise laissa à Meggie le sentiment qu'elle commettait un péché, pourtant pas assez grave pour aller en enfer, et la vieille Annie, la gouvernante du presbytère, fit de son mieux pour conférer à la bibliothèque du père Watkin une ambiance d'église à grand renfort de vases de fleurs et de candélabres de cuivre. La cérémonie n'en fut pas moins gênante; très mécontent, le prêtre faisait sentir à chacun qu'il ne s'y pliait qu'à son corps défendant afin d'éviter la honte d'un mariage civil. Pas de messe nuptiale, pas de bénédiction.

Cependant, tout était consommé. Meggie était Mme Luke O'Neill, en route pour le Queensland du Nord et une lune de miel quelque peu retardée par le laps de temps exigé pour arriver à destination. Luke se refusa à passer la nuit du samedi au dimanche à l'hôtel *Impérial* parce que le train assurant la correspondance de Goondiwindi ne partait qu'une fois par semaine, le samedi soir, pour attraper le courrier Goondiwindi-Brisbane du dimanche, ce qui leur permettrait d'arriver à Brisbane le lundi, en temps voulu pour sauter dans l'express de Cairns.

Le train de Goondiwindi était bondé. Il ne comportait pas de couchettes et ils restèrent assis toute la nuit sans grande intimité. Heure après heure, le convoi roula, empruntant un itinéraire tortueux, renâclant parfois pour gagner le Nord-Est, s'arrêtant interminablement chaque fois que l'envie prenait au mécanicien de se préparer un peu de thé ou pour laisser passer un troupeau de moutons vagabondant le long des rails, à moins que ce ne fût pour échanger quelques mots avec un convoyeur de bétail.

— Quel nom bizarre que ce Goondiwindi, et si difficile à prononcer!

Ils étaient assis dans le seul endroit qui fût ouvert le dimanche à Goondiwindi, l'atroce salle d'attente aux murs peints de la couleur chère à l'administration, le vert, et offrant aux voyageurs quelques bancs noirs et inconfortables. Pauvre Meggie; elle était nerveuse, mal à l'aise.

— Oui, en effet, répondit Luke avec un soupir.

Il n'avait pas envie de parler et, qui plus est, il était affamé. Impossible d'obtenir quoi que ce soit un dimanche, pas même une tasse de thé; ils durent attendre d'être arrivés à Brisbane, le lundi matin, pour se restaurer et étancher leur soif. Après quoi, ils quittèrent le buffet de South Bris pour traverser la ville jusqu'à la gare de Roma Street d'où partait le train à destination de Cairns. Là, Meggie s'aperçut que Luke leur avait retenu deux places assises de deuxième classe.

— Luke, nous ne manquons pas d'argent! s'écria-t-elle, lasse et exaspérée. Si tu as oublié de passer à la banque, j'ai cent livres que Bob m'a données, là, dans mon sac. Pourquoi n'as-tu pas pris des wagons-lits de première classe?

Il la dévisagea, les traits tirés par la stupeur.

— Mais le voyage jusqu'à Dungloe ne dure que trois jours et trois nuits! Pourquoi dépenser de l'argent pour un wagon-lit alors que nous sommes tous deux jeunes, sains et vigoureux? Rester assise quelques heures dans un train ne va pas te tuer, Meghann! Il serait tout de même temps que tu comprennes que tu as épousé un simple ouvrier, pas un satané colon!

Meggie s'effondra à sa place, près de la fenêtre; elle logea son menton tremblant au creux d'une main et regarda à travers la glace afin que Luke ne remarquât pas les larmes qui lui montaient aux yeux. Il l'avait rembarrée de la façon dont on s'adresse à une enfant irresponsable, et elle commençait à se demander s'il ne la considérait pas sous ce jour. La révolte l'envahissait, à vrai dire à peine une esquisse de rébellion, pourtant son inflexible fierté lui interdisait l'indignité d'une querelle. Au lieu de quoi, elle se répéta qu'elle était l'épouse de cet homme et que la condition de mari était récente pour lui; il fallait lui laisser le temps de s'y habituer. Ils vivraient ensemble, elle lui préparerait ses repas, repriserait ses vêtements, s'occuperait de lui, mettrait ses enfants au monde, serait une bonne épouse. Elle se rappela combien papa estimait m'man, combien il l'avait adorée. Donner du temps à Luke.

Ils se rendaient dans une ville nommée Dungloe, soixante-dix kilomètres avant Cairns, le terminus nord de la ligne qui suivait toute la côte du Queensland. Plus de seize cents kilomètres à rouler sur une voie étroite, à tanguer continuellement dans un compartiment bourré sans avoir la possibilité de s'étendre ou de s'étirer. Bien que le paysage fût infiniment plus peuplé et coloré, Meggie ne parvenait pas à s'y intéresser.

Elle avait mal à la tête, ne parvenait pas à conserver le moindre aliment et il faisait une chaleur atroce, bien pire que tout ce qu'elle avait pu connaître à Gilly. La ravissante robe de mariée en soie rose était noire de la suie qui s'engouffrait par les fenêtres; sa peau restait poisseuse sous une transpiration qui ne s'évaporait pas et, plus humiliant encore que la gêne physique qu'elle endurait, elle sentait monter en elle de la haine à l'égard de Luke. Celui-ci ne semblait pas le moins du monde fatigué ou affecté par le voyage; très à l'aise, il bavardait avec deux voyageurs qui se rendaient à Cardwell. Les rares fois où il regarda dans sa direction, il se pencha vers elle avec tant d'indifférence qu'elle se contracta et trouva un dérivatif en jetant un journal roulé par la fenêtre à une équipe de cheminots en haillons, avides de nouvelles, qui travaillaient le long de la ligne, masse en main, et criaient :

— Journal! Journal!

— L'équipe d'entretien de la ligne, expliqua-t-il, la première fois que l'incident se produisit.

Il semblait prendre pour acquis qu'elle était heureuse et aussi à l'aise que lui, enchantée par la contemplation de la plaine côtière qui défilait. Alors qu'elle la regardait sans la voir, la détestant avant même de l'avoir foulée.

A Cardwell, les deux voyageurs descendirent, et Luke se rendit dans la boutique vendant du poisson et des pommes de terre frites juste en face de la gare; il en rapporta deux portions graisseuses dans du papier journal.

— Il paraît que tant qu'on n'a pas goûté le poisson de Cardwell, on ne peut pas y croire, Meghann chérie. C'est le meilleur poisson du monde! Tiens, régale-toi. Tu vas m'en dire des nouvelles! C'est la nourriture typique du pays des bananes. Crois-moi, le Queensland, c'est ce qu'il y a de mieux!

Meggie jeta un coup d'œil au morceau de poisson graisseux, porta un mouchoir à sa bouche et se précipita vers les toilettes. Il l'attendait dans le couloir lorsqu'elle en sortit un instant plus tard, blême, frissonnante.

— Qu'est-ce qu'il y a? Tu ne te sens pas bien?

— Je ne me suis pas sentie bien depuis que nous avons quitté Goondiwindi.

— Grand Dieu! Pourquoi est-ce que tu ne me l'as pas dit?

— Pourquoi ne l'as-tu pas remarqué?

— Tu me semblais très bien.

— C'est encore loin? demanda-t-elle, abandonnant la partie.

— Oh! Il faut compter entre trois et six heures. Tu sais, dans le coin, on ne se fait pas beaucoup de bile pour l'horaire. Maintenant que les gars sont descendus, c'est pas la place qui nous manque. Etends-toi et pose tes petits petons sur mes genoux.

— Oh, ne me parle pas comme à un bébé! lança-t-elle d'un ton sec. Je me sentirais infiniment mieux si nous

nous étions arrêtés pendant deux jours à Bundaberg!

— Allons, Meghann, sois une chic fille! On y est presque. Il ne reste que Tully et Innisfail, et après c'est Dungloe.

L'après-midi tirait à sa fin quand ils descendirent du train; Meggie s'accrochait désespérément au bras de Luke, trop fière pour avouer qu'elle était incapable de marcher normalement. Il demanda au chef de gare le nom d'un hôtel pour ouvriers, souleva leurs valises et sortit dans la rue, Meggie titubant derrière lui comme un ivrogne.

— C'est juste au bout du pâté de maisons, en face, expliqua-t-il pour la réconforter. Tu vois là-bas... cette bâtisse à un étage.

Bien que la chambre fût de dimensions réduites et surchargée de grands meubles victoriens, elle parut paradisiaque à Meggie qui se laissa tomber sur le bord du lit.

— Etends-toi un peu avant le dîner, mon amour, conseilla-t-il. Je vais sortir pour me repérer un peu.

Il quitta la chambre d'un pas alerte, l'air aussi frais et dispos que le matin de leur mariage. Celui-ci avait eu lieu le samedi et ils venaient de débarquer le jeudi en fin d'après-midi; cinq jours assis dans des compartiments bondés, à étouffer dans la chaleur, la fumée de cigarette et la suie.

Le lit se balançait en cadence, faisant entendre un cliquetis quand les roues d'acier mordaient sur une autre section de rail, mais Meggie enfouit la tête dans l'oreiller avec reconnaissance et s'abîma dans le sommeil.

Quelqu'un lui avait retiré ses chaussures et ses bas avant de la recouvrir d'un drap; Meggie se tortilla, ouvrit les yeux et regarda autour d'elle. Assis sur le rebord de la fenêtre, un genou remonté, Luke fumait. Il se retourna quand il l'entendit remuer et sourit.

— Eh bien, tu fais une charmante jeune mariée! Je

grille de commencer ma lune de miel et ma femme roupille pendant près de deux jours! J'étais un peu inquiet quand je n'ai pas pu te réveiller, mais le patron de l'hôtel m'a expliqué que ça arrive souvent aux femmes après le voyage en train et avec l'humidité du pays. Il m'a conseillé de te laisser dormir tout ton soûl. Comment tu te sens à présent?

Ankylosée, elle se redressa, s'étira et bâilla.

— Je me sens beaucoup mieux, merci. Oh, Luke! Je sais que je suis jeune et vigoureuse, mais je n'en suis pas moins une femme. Physiquement, je résiste moins bien que toi.

Il vint s'asseoir sur le bord du lit, lui caressa le bras en un geste charmant de repentir.

— Je suis désolé, Meghann. Vraiment navré. J'avais oublié que tu étais une femme. Tu vois, je ne suis pas encore habitué à être en puissance d'épouse. C'est tout. As-tu faim, chérie?

— Je meurs de faim. Tu te rends compte qu'il y a presque une semaine que je n'ai rien avalé?

— Alors, prends un bain, passe une robe propre et nous irons faire un tour dans Dungloe.

Un restaurant chinois jouxtait l'hôtel, Luke y entraîna Meggie qui découvrit ainsi la cuisine orientale. Elle était tellement affamée que n'importe quoi lui aurait paru bon, mais ce repas était succulent. Elle se moquait éperdument qu'il fût constitué de queues de rat, d'ailerons de requin, d'entrailles de gibier, ainsi que la rumeur le prétendait à Gillanbone qui ne s'enorgueillissait que d'un café tenu par des Grecs dont les spécialités se résumaient au steak-pommes frites. A l'hôtel, Luke s'était fait remettre deux bouteilles de bière dans un sac en papier et il insista pour qu'elle en bût un verre en dépit de l'aversion qu'elle vouait à ce breuvage.

— Ne bois pas trop d'eau au début, conseilla-t-il. La bière ne te donnera pas de coliques.

Puis il la prit par le bras et l'emmena fièrement à travers Dungloe, comme si la ville lui appartenait. Attitude logique en quelque sorte puisque Luke était originaire du Queensland. Quelle étonnante agglomération que Dungloe! Elle avait un caractère particulier et ne ressemblait en rien aux villes de l'Ouest. A peu près de la même importance que Gilly, ses maisons ne couraient pas interminablement le long d'une unique rue principale; Dungloe présentait des pâtés de maisons rectilignes et tous ses magasins et bâtisses étaient peints en blanc, pas en marron. Les fenêtres comportaient des impostes verticales, vraisemblablement pour capter le moindre souffle de brise et, chaque fois que c'était possible, on se passait de toit, comme dans le cas du cinéma, par exemple, qui ne montrait qu'un écran, des murs hourdis et des rangées de chaises pliantes en toile, mais pas l'ombre d'une toiture.

Une véritable jungle mordait sur les abords de la ville. Les plantes grimpantes envahissaient tout — poteaux, toits, murs. Des arbres poussaient tranquillement au milieu de la route, parfois entourés de maisons, à moins qu'ils n'aient prospéré au centre de constructions antérieures. Difficile de déterminer quels étaient les premiers arrivants, arbres ou habitations, car il émanait de l'ensemble une impression de végétation exubérante, échappant à tout contrôle. Des cocotiers plus hauts et plus droits que les eucalyptus de Drogheda agitaient leurs palmes sous un ciel d'un bleu profond, mouvant; partout où Meggie portait les yeux ce n'était qu'un embrasement de couleurs. Pas de terre brune ou grise ici. Toutes les espèces d'arbres semblaient en pleine floraison — pourpre, orange, écarlate, rose, bleu, blanc.

On croisait de nombreux Chinois en pantalon de soie noire, minuscules chaussures noir et blanc, chemise blanche à col de mandarin, natte dans le dos. Hommes et femmes se ressemblaient tant que Meggie éprouvait des difficultés à les distinguer les uns des autres. La presque totalité du commerce de la ville semblait être aux mains des Chinois; un grand magasin, infiniment mieux pourvu que tout ce que possédait Gilly, se nommait AH WONG'S et la plupart des autres établissements portaient des noms chinois.

Toutes les maisons reposaient sur des pilotis très hauts, comme l'ancien logement du régisseur à Drogheda. Ce mode de construction était destiné à permettre un maximum de circulation d'air, expliqua Luke, et à empêcher les termites de les faire écrouler un an après leur édification. En haut de chaque pilotis, on distinguait une sorte d'assiette de tôle au bord retourné vers le bas; incapables d'articuler leur corps par le milieu, les termites ne pouvaient franchir l'obstacle et pénétrer dans le bois de la maison. Evidemment, ils se rabattaient sur les pilotis, mais lorsque ceux-ci était pourris, le mode de construction permettait de les remplacer aisément par des neufs. Méthode infiniment plus pratique et moins coûteuse que de reconstruire l'ensemble. La majorité des jardins pouvaient s'assimiler à la jungle, enchevêtrement de bambous et de palmiers, à croire que les habitants avaient renoncé à toute tentative d'ordonnance florale.

L'allure des hommes et des femmes la choqua. Pour aller dîner et se promener au bras de Luke, elle s'était pliée aux convenances en vigueur à Gilly : chaussures à talons hauts, bas de soie, combinaison de satin, robe de soie évasée avec ceinture et manches s'arrêtant aux coudes. Elle portait des gants et un grand chapeau de paille. Et elle cédait à l'exaspération en surprenant la façon dont les gens la regardaient, à croire que c'était elle qui n'était pas convenablement habillée!

Les hommes se promenaient pieds nus, jambes nues et, généralement, torse nu, sans autres vêtements que de tristes shorts kaki; les rares individus qui se couvraient la poitrine avaient recours à des gilets de corps, pas à des chemises. Les femmes étaient encore pires. Quelques-unes portaient des robes étriquées en cotonnade, manifestement sans le moindre sous-vêtement, pas de bas, des sandales éculées. Mais la majorité exhibaient des shorts courts, allaient pieds nus et se couvraient les seins à l'aide d'un indécent petit boléro sans manches. Dungloe était une ville civilisée, pas une plage; pourtant, ses habitants blancs déambulaient dans un négligé épouvantable; les Chinois étaient mieux habillés.

Partout des bicyclettes, par centaines; quelques voitures, pas le moindre cheval. Oui, très différent de Gilly. Et il faisait chaud, chaud, chaud. Ils passèrent devant un thermomètre qui, assez inexplicablement, accusait seulement 32 degrés; à Gilly, lorsque le mercure montait à 46, l'atmosphère semblait plus fraîche qu'ici. Meggie avait l'impression de se déplacer à travers un mur d'air compact que son corps devait découper comme du beurre humide, gluant, à croire que ses poumons s'emplissaient d'eau chaque fois qu'elle respirait.

— Luke, je n'en peux plus! Je t'en prie, rentrons, dit-elle en haletant après n'avoir parcouru guère plus qu'un kilomètre.

— Si tu veux. C'est l'humidité qui te fait cet effet-là. Elle tombe rarement au-dessous de quatre-vingt-dix pour cent, hiver comme été, et la température reste presque toujours entre 29 et 35 degrés. On s'aperçoit à peine des variations de saisons mais, en été, la mousson fait monter l'humidité jusqu'à cent pour cent pendant toute la canicule.

— Il pleut en été, pas en hiver?

— Il pleut toute l'année. La mousson atteint toujours le pays et quand elle ne souffle pas, elle est remplacée par les alizés du sud-est. Ces vents charrient beaucoup de pluie. Dungloe enregistre une précipitation pluvieuse annuelle qui varie entre deux mètres cinquante et sept mètres cinquante.

Sept mètres cinquante de pluie par an! La pauvre région de Gilly cède à l'extase lorsque le ciel pousse la libéralité jusqu'à lui envoyer quarante centimètres, alors qu'ici, à seulement trois mille kilomètres de Gilly, il tombe jusqu'à sept mètres cinquante.

— Est-ce que ça se rafraîchit le soir? s'enquit Meggie en arrivant à l'hôtel.

Les nuits chaudes de Gilly étaient supportables en comparaison de ce bain de vapeur.

— Pas beaucoup. Tu t'y habitueras. (Il ouvrit la porte de leur chambre et s'effaça pour la laisser entrer.) Je vais descendre prendre une bière au bar, mais je serai de retour dans une demi-heure. Ça devrait te laisser assez de temps.

— Oui, Luke, dit-elle en le dévisageant après une seconde d'effarement.

Dungloe se situait à 17 degrés au sud de l'équateur, aussi la nuit tombait-elle comme un coup de tonnerre; un instant, il semblait à peine que le soleil baissait et, la minute suivante, des ténèbres d'un noir d'encre se répandaient, épaisses et tièdes comme de la mélasse. Lorsque Luke revient, Meggie avait éteint la lampe et ramené le drap jusque sous son menton. En riant, il l'arracha et le jeta à terre.

— Il fait suffisamment chaud comme ça, mon amour. Nous n'avons pas besoin de drap.

Elle l'entendait marcher dans la chambre, distinguait son ombre pendant qu'il se déshabillait.

— J'ai mis ton pyjama sur la coiffeuse, chuchotat-elle.

— Un pyjama? Par un temps pareil? Je sais qu'à Gilly on piquerait une crise à l'idée qu'un homme ne porte pas de pyjama, mais nous sommes à Dungloe! Tu as mis une chemise de nuit?

— Oui.

— Alors, enlève-la. Elle ne ferait que nous gêner.

A tâtons, Meggie parvint à se dépouiller de la chemise

de nuit en linon que Mme Smith avait brodée avec tant
d'amour pour sa nuit de noces; elle rendit grâces au
Ciel en pensant que l'obscurité empêchait Luke de la
voir. Il avait raison; elle se sentait plus à l'aise et au
frais étendue là, nue, laissant la brise qui pénétrait par
les impostes largement ouvertes courir sur sa peau.
Mais la pensée d'un autre corps chaud dans le lit à côté
d'elle n'en était pas moins déprimante.

Les ressorts gémirent; Meggie sentit une peau
humide lui effleurer le bras et elle ne put réprimer un
sursaut. Il se tourna sur le côté, la prit dans ses bras et
l'embrassa. Tout d'abord, elle demeura passive, s'efforçant de ne pas penser à cette bouche largement ouverte,
à la langue pénétrante, indécente, puis elle commença à
se débattre pour se libérer; elle ne voulait pas ce
contact par une telle chaleur, elle ne voulait pas être
embrassée, elle ne voulait pas Luke. La scène ne ressemblait en rien à cette nuit dans la Rolls en revenant
de Rudna Hunish. Elle ne percevait rien chez lui qui
ressemblât à de la tendresse; une partie du corps de cet
homme lui repoussait les cuisses avec insistance tandis
qu'une main aux ongles carrés, coupant, s'enfonçait
dans ses fesses. Sa crainte se mua en terreur, accablée
qu'elle était, non seulement par la force physique et la
détermination de Luke, mais aussi par la non-percep-
tion qu'il avait d'elle. Soudain, il la lâcha, se redressa,
tâtonna, et parut saisir quelque chose qu'il tira, étira,
avec un bruit étrange.

— Autant prendre des précautions, haleta-t-il. Cou-
che-toi sur le dos. Il est temps. Non, pas comme ça! Ouvre les jambes, bon Dieu! Tu es ignare à ce point-là?

Non, non, Luke, je ne veux pas! souhaitait-elle crier.
C'est horrible, obscène; quel que soit ce que tu me fais
subir, il est impossible que les lois de l'Eglise et des
hommes le permettent! Il s'était laissé tomber sur elle,
hanches soulevées, il la fouillait d'une main tandis que,
de l'autre, il la maintenait par les cheveux si énergique-

ment qu'elle n'osait bouger. Elle frémissait, sursautait sous la chose étrangère, qui lui labourait les cuisses; elle s'efforçait de se conformer à ce qu'il voulait, écartait davantage les jambes, mais il était beaucoup plus large qu'elle et elle sentit les muscles de son bas-ventre se crisper sous une crampe en raison du poids qui l'écrasait et de la posture inhabituelle. Malgré la brume trouble de la peur et de l'épuisement qui noyait son esprit, elle ne sentait pas moins le déploiement d'une force puissante; lorsqu'il la pénétra, elle laissa échapper un long cri perçant.

— La ferme! intima-t-il. (Il retira la main qui lui tenait les cheveux et la lui appliqua sur la bouche.) A quoi ça rime? Tu veux ameuter tout ce putain de bistrot en faisant croire que je t'assassine? Reste tranquille et ça te fera pas plus mal qu'aux autres! Reste tranquille, reste tranquille!

Elle se débattait comme une possédée pour se débarrasser de cette chose atroce, douloureuse, mais il la clouait de son poids, étouffait ses cris de la main, et le supplice continuait encore, encore et encore. Rigoureusement sèche puisque ses sens n'avaient pas été le moins du monde éveillés, elle sentait ses muqueuses douloureusement entamées et limées par le préservatif encore plus sec tandis qu'il entrait en elle, en ressortait, de plus en plus vite, le souffle court; puis, un changement quelconque intervint, la fit frissonner, avaler sa salive. La douleur s'estompa, ne laissant que la souffrance lancinante de la déchirure et il lui parut charitable lorsqu'il s'arracha d'elle, roula sur le côté, et demeura étendu sur le dos, haletant.

— Ça sera meilleur pour toi la prochaine fois, dit-il entre deux halètements. La première fois, c'est toujours douloureux pour la femme.

Alors, pourquoi n'as-tu pas eu la prévenance élémentaire de me le dire avant? eut-elle envie de s'écrier, mais elle ne trouva pas suffisamment d'énergie pour articuler les mots, trop absorbée par la pensée qui la hantait : le désir de mourir. Non seulement à cause de la douleur, mais aussi à la suite de la révélation qu'il lui avait infligée; elle n'avait pas d'identité propre pour lui; elle n'était qu'un instrument.

La deuxième fois se révéla tout aussi douloureuse, comme la troisième, d'ailleurs. Exaspéré, s'attendant à ce que la souffrance de sa femme s'évaporât comme par enchantement après le premier assaut, il ne comprenait pas pourquoi elle continuait à se débattre et à crier; finalement, il céda à la colère, lui tourna le dos et s'endormit. Meggie sentait les larmes ruisseler le long de ses joues, se perdre dans ses cheveux. Etendue sur le dos, elle souhaitait mourir ou, tout au moins, retrouver son ancienne vie à Drogheda.

Etait-ce là ce que le père Ralph avait voulu lui expliquer bien des années auparavant en faisant allusion à un passage secret par où venaient les enfants? Agréable façon de finir par comprendre. Rien d'étonnant à ce qu'il eût préféré ne pas aller plus loin dans ses explications. Pourtant, Luke avait suffisamment apprécié cet acte pour s'y livrer à trois reprises en rapide succession. Manifestement, ça ne lui causait aucune douleur. Et, pour cette raison, elle lui en voulut, détesta l'acte.

Epuisée, si endolorie que le moindre mouvement lui était insupportable, Meggie trouva lentement une position moins pénible en s'étendant sur le flanc et, dos tourné à Luke, elle pleura dans l'oreiller. Le sommeil la fuyait; son compagnon dormait si profondément que les timides mouvements qu'elle esquissait ne modifiaient en rien le rythme de sa respiration. Abîmé dans le sommeil, Luke semblait ménager ses forces; paisible, il ne ronflait pas, ne remuait pas; en attendant l'aube tardive, elle songea que s'il avait été simplement question d'être étendue à côté de lui, elle aurait peut-être apprécié sa compagnie. L'aurore survint, aussi rapidement, aussi dépourvue de joie que le crépuscule; il lui paraissait étrange de ne pas entendre le chant du coq et les autres bruits qui, à Drogheda, accompagnaient le réveil, émanant des moutons et des chevaux, des porcs et des chiens.

Luke s'éveilla et se retourna; elle sentit qu'il lui embrassait l'épaule, mais elle éprouvait une telle lassitude à laquelle venait s'ajouter la nostalgie de la grande maison qu'elle oublia toute pudeur et ne tenta même pas de se couvrir.

— Allons, Meghann, laisse-moi te regarder, ordonna-t-il en lui posant la main sur la hanche. Tourne-toi vers moi comme une bonne petite fille.

Rien n'avait d'importance ce matin-là; Meggie se retourna avec un tressaillement et le regarda d'un œil morne.

— Je n'aime pas Meghann, dit-elle, trouvant là la seule forme de protestation qu'elle pût émettre. Je voudrais que tu m'appelles Meggie.

— Je n'aime pas Meggie, rétorqua-t-il. Mais si Meghann te déplaît à ce point, je t'appellerai Meg. (Il laissa errer sur elle un regard rêveur.) Ce que tu es bien faite! (Il effleura un sein au bout rose, quasi indiscernable au centre de son aréole.) Surtout ça. (Il se cala confortablement contre les oreillers, s'étendit sur le dos.) Allons, viens, Meg, embrasse-moi. C'est ton tour de me faire l'amour, et ça te plaira peut-être mieux comme ça, hein?

Je ne t'embrasserai plus aussi longtemps que je vivrai, pensa-t-elle en regardant le long corps musclé, le coussin de poils noirs sur la poitrine qui s'arrêtait à la hauteur du ventre en une mince ligne et refleurissait en une touffe au centre de laquelle se nichait le bourgeon trompeusement petit et innocent, pourtant capable de causer tant de douleur. Comme ses jambes étaient velues! Meggie avait grandi parmi des hommes qui n'ôtaient jamais le moindre vêtement en présence des femmes mais dont les chemises à col ouvert dévoilaient les poils de la poitrine par temps chaud. Tous étaient blonds et ne la choquaient pas; cet homme brun était étranger, répugnant. Les cheveux de Ralph étaient tout aussi noirs, mais elle se rappelait bien son torse hâlé à la peau lisse, sans le moindre duvet.

— Obéis, Meg! Embrasse-moi.

Elle se pencha, l'embrassa; il lui prit les seins au creux de ses paumes, l'obligea à continuer ses baisers; il lui saisit la main et la plaqua sur son bas-ventre. Avec un sursaut, elle se redressa, regarda ce qui s'agitait sous ses doigts, changeait, grandissait.

— Oh, Luke, je t'en prie! Luke, ne recommence pas! Pas encore! Ne recommence pas! Je t'en supplie.

Les yeux bleus la scrutèrent, dubitatifs.

— Ça fait si mal que ça? Bon, d'accord. On va faire autre chose mais, pour l'amour de Dieu, tâche de faire preuve d'un peu plus d'enthousiasme.

Il l'attira sur lui, lui écarta les jambes, la souleva par les aisselles, plaqua les lèvres à son sein, comme il l'avait fait dans la voiture la nuit où elle s'était engagée à l'épouser. Présente seulement de corps, Meggie supporta la caresse; au moins, il ne la pénétrait pas, et ça n'était pas plus pénible qu'un simple mouvement. Quelles étranges créatures que les hommes! Ils s'adonnaient à cet acte comme s'ils y trouvaient le plus grand plaisir qui fût au monde. C'était dégoûtant, une parodie d'amour. Sans l'espoir de voir l'acte culminer en un enfant, Meggie eût catégoriquement refusé de se plier à une quelconque étreinte.

— Je t'ai trouvé du travail, annonça Luke au petit déjeuner dans la salle à manger de l'hôtel.

— Quoi? Avant même que j'aie la possibilité d'arranger notre maison, Luke? Avant même que nous en ayons une?

— Il est inutile de louer une maison, Meg. Je vais couper la canne; tout est arrangé. La meilleure équipe de coupeurs de Queensland compte des Suédois, des

Polonais, des Irlandais : c'est un type nommé Arne
Swenson qui la dirige. Je suis allé le trouver pendant
que tu dormais après le voyage. Il lui manque un
homme et il veut bien me prendre à l'essai. Je serai
donc obligé d'habiter le baraquement avec les autres.
Nous coupons du lever au coucher du soleil six jours
par semaine. Et d'ailleurs, nous nous déplaçons le long
de la côte, partout où le travail nous appelle. Ce que je
gagnerai dépendra de la quantité de cannes à sucre que
je couperai, et si je suis capable d'abattre autant de
besogne que les vingt autres gars de l'équipe d'Arne, je
me ferai vingt livres par semaine. Vingt livres par
semaine! Tu te rends compte?

— Es-tu en train de me dire que nous ne vivrons pas
ensemble, Luke?

— On ne peut pas, Meg! Les femmes ne sont pas
autorisées dans les baraquements. Et qu'est-ce que tu
ferais toute seule dans une maison? Il vaut mieux que
tu travailles aussi; tout l'argent que nous ferons rentrer
servira à acheter notre domaine.

— Mais où est-ce que j'habiterai? Quel genre de travail pourrais-je fournir? Il n'y a pas de bétail par ici.

— Non, et c'est dommage. C'est pour ça que je t'ai
trouvé une place où tu seras logée, Meg, et nourrie. Je
n'aurai pas à assurer ton entretien. Tu travailleras
comme servante à Himmelhoch, chez Ludwig Mueller.
C'est le plus gros planteur de cannes de la région et sa
femme est infirme; elle ne peut pas s'occuper de son
intérieur. Je t'y amènerai demain matin.

— Mais quand est-ce que je te verrai, Luke?

— Le dimanche. Luddie sait que tu es mariée, il te
laissera libre le dimanche.

— Eh bien! Tu as tout prévu pour ta satisfaction personnelle, hein?

— En effet. Oh, Meg, nous allons être riches! Nous
travaillerons dur et nous économiserons chaque centime et, avant longtemps, nous serons en mesure de

nous acheter le plus beau domaine du Queensland occidental. J'ai déjà les quatorze mille livres déposées à la banque de Gilly, les deux mille de revenu qui te sont versées tous les ans, et les treize cents et quelques livres que nous pourrons gagner par an à nous deux. Ce ne sera pas long, mon amour, je te le promets. Garde le sourire et prends ton mal en patience... fais-le pour moi. Pourquoi nous contenter d'une maison de location alors que, plus nous travaillerons dur à présent, plus vite nous aurons la nôtre?

— Si c'est ce que tu veux... (Elle baissa les yeux sur son sac.) Luke, est-ce que tu m'as pris mes cent livres?

— Je les ai déposées en banque. On ne peut pas se promener avec des sommes pareilles, Meg!

— Mais tu m'as tout pris, jusqu'au dernier sou! Je n'ai pas un centime. Il me faut tout de même de l'argent de poche.

— Pourquoi diable aurais-tu besoin d'argent de poche? Tu seras à Himmelhoch dès demain matin et tu ne pourras rien dépenser là-bas. Je m'occuperai de la note d'hôtel. Il est grand temps que tu comprennes que tu as épousé un ouvrier, Meg, que tu n'es pas la fille dorlotée d'un colon avec de l'argent à jeter par les fenêtres. Mueller versera tes gages directement à mon compte en banque où je déposerai aussi ce que je gagnerai. Je ne dépense rien pour moi, Meg, tu le sais. Nous n'y toucherons ni l'un ni l'autre parce que tout cet argent représente notre avenir, notre domaine.

— Oui, je comprends, acquiesça-t-elle. Tu fais preuve de beaucoup de bon sens, Luke. Mais qu'arrivera-t-il si j'ai un enfant?

Un instant, il fut tenté de lui dire la vérité, qu'il n'y aurait pas d'enfant avant que le domaine devînt réalité, mais l'expression du visage levé vers lui l'en dissuada.

— Eh bien, nous réglerons la question lorsqu'elle se présentera. Je préférerais que nous n'ayons pas d'enfants avant d'avoir acheté notre domaine : alors, contentons-nous d'espérer que ce sera le cas.

Pas de foyer, pas d'argent, pas d'enfant. Pas de mari, d'ailleurs. Meggie éclata de rire. Luke l'imita, souleva sa tasse pour porter un toast.

— Aux capotes anglaises, dit-il.

Le lendemain matin, ils se rendirent à Himmelhoch par l'autobus, une vieille Ford sans glaces pouvant contenir douze voyageurs. Meggie se sentait un peu mieux car Luke l'avait laissée tranquille après qu'elle l'eut détourné vers son sein, ce qu'il semblait apprécier tout autant que cette autre chose épouvantable. Malgré le désir de maternité qui la tenaillait, le courage lui avait manqué. Le premier dimanche où elle ne serait pas endolorie, elle se prêterait à un nouvel essai. Peut-être un enfant se formait-il déjà en elle? Alors, elle n'aurait plus jamais besoin de subir ce contact à moins qu'elle n'en veuille d'autres. L'œil plus clair, elle regarda autour d'elle avec intérêt pendant que l'autobus bringuebalait le long de la piste de terre rouge.

Un pays à vous couper le souffle, si différent de Gilly; elle dut admettre qu'il possédait une grandeur et une beauté dont la région de Gillanbone était totalement dépourvue. Dès le premier coup d'œil, on se rendait compte que cette contrée ne manquait jamais d'eau. La terre prenait des couleurs de sang fraîchement répandu, un écarlate soutenu, et les plantations de cannes à sucre à côté de champs en jachère tranchaient résolument sur le sol : longues feuilles vert clair se balançant à cinq ou six mètres de hauteur et coiffant des tiges lie-de-vin, aussi épaisses que les bras de Luke. Nulle part au monde, s'enthousiasmait Luke, la canne à sucre n'atteignait une telle hauteur, n'était aussi riche en sucre, le plus fort rendement connu. La terre d'un rouge éclatant formait une couche profonde de plus de trente mètres, gorgée de matières nutritives, convenant exactement à la canne qui donnait son maximum d'autant qu'elle bénéficiait de fortes précipitations pluvieuses. Et nulle part au monde, elle n'était coupée par des blancs, au rythme accéléré imposé par des blancs âpres au gain.

— Tu es parfait en conférencier, Luke, ironisa Meggie.

Il lui coula un regard en biais, soupçonneux, mais s'abstint de tout commentaire car l'autobus venait de s'arrêter pour les laisser descendre.

Himmelhoch, une grande maison blanche coiffant une colline, se nichait au milieu de cocotiers, de bananiers et de splendides palmiers plus petits dont les feuilles se déployaient vers l'extérieur en grands éventails comme des queues de paon. Une plantation de bambous de douze mètres de haut protégeait la demeure du plus fort des vents de mousson; bien qu'érigée sur une colline, elle n'en était pas moins construite sur pilotis.

Luke se chargea de la valise; Meggie peinait pour monter l'allée rouge à côté de lui, elle haletait, toujours correctement mise, portant encore bas et chaussures, son chapeau avachi lui retombant sur les yeux. Le magnat de la canne à sucre était absent, mais sa femme vint sur la véranda en se dandinant entre deux cannes au moment où ils commençaient à en gravir les marches. Elle souriait; à la vue de ce visage avenant, Meggie se sentit immédiatement ragaillardie.

— Entrez, entrez! lança-t-elle avec un accent australien prononcé.

S'attendant à des inflexions allemandes, Meggie céda à la joie. Luke posa la valise, serra la main que la maîtresse de maison lui tendit après s'être débarrassée de sa canne droite, puis il se précipita pour descendre les marches afin de ne pas manquer l'autobus qui le ramènerait en ville. Arne Swenson devait le prendre devant le café à 10 heures.

— Quel est votre prénom, madame O'Neill?

— Meggie.

— Oh, c'est charmant! Moi, c'est Anne, et je préférerais que vous m'appeliez par mon prénom. Je me sens très seule ici depuis que ma bonne m'a quittée, il y a un mois, mais il est difficile de trouver quelqu'un de bien et j'ai dû me débrouiller toute seule. Il n'y a que Luddie et moi à servir; nous n'avons pas d'enfants. J'espère que vous vous plairez chez nous, Meggie.

— J'en suis persuadée, madame Mueller... Anne.

— Laissez-moi vous montrer votre chambre. Pouvez-vous vous charger de la valise? Je ne peux pas porter grand-chose.

La pièce, meublée de façon austère comme le reste de la demeure, donnait sur le seul côté de la maison où la vue n'était pas gênée par un brise-vent quelconque, et bénéficiait de la même véranda que la salle de séjour; celle-ci sembla très nue à Meggie avec ses meubles de rotin et l'absence de tout tissu.

— Il fait trop chaud ici pour le velours ou le chintz, expliqua Anne. Nous vivons dans le rotin et avec aussi peu de vêtements que la décence l'autorise. Il faudra que je vous apprenne ou vous ne résisterez pas. Vous devez étouffer avec des bas et une robe pareille.

Elle-même portait un boléro très échancré et un short court d'où émergeaient ses pauvres jambes tordues, mal assurées. En fort peu de temps, Meggie se retrouva accoutrée de la même façon, grâce aux prêts d'Anne, en attendant que Luke consentît à lui acheter des vêtements. Elle fut humiliée d'avoir à expliquer que son mari ne lui laissait pas le moindre argent, mais le fait d'avoir à subir cet état de choses atténua la gêne qu'elle éprouvait à aller si peu vêtue.

— Eh bien, mes shorts ont bien meilleure allure sur vous que sur moi, remarqua Anne qui continuait à lui faire la leçon. Luddie vous apportera le bois pour le feu; vous ne devez pas le couper vous-même ni le monter. Je voudrais bien que nous ayons l'électricité comme les endroits plus proches de Dunny mais le gouvernement ne se presse pas. Peut-être que l'année prochaine la ligne viendra jusqu'à Himmelhoch, mais en attendant, nous devons nous contenter de la vieille cuisinière. Oh! vous verrez, Meggie, dès l'instant où nous aurons le courant, nous ferons installer une cuisinière électrique, la lumière et un réfrigérateur.

— Je suis habituée à m'en passer.

— Oui, mais vous venez d'une région où la chaleur est sèche. Ici, c'est pire, bien pire. Je crains que ce climat n'affecte votre santé. C'est souvent le cas pour les femmes qui ne sont pas originaires d'ici ou n'y ont pas été élevées. Ça a un rapport quelconque avec le sang. Nous sommes à la même latitude sud que Bombay et Rangoon au nord; un pays qui ne convient ni à l'homme ni à la bête s'ils n'y ont pas vu le jour. (Elle sourit.) Oh, que c'est agréable de vous avoir! Vous et moi allons couler des jours heureux. Aimez-vous la lecture? Luddie et moi en sommes littéralement fous.

— Oh, oui! s'écria Meggie dont le visage s'illumina.

— Magnifique! Vous serez trop heureuse pour que votre grand et beau mari vous manque beaucoup.

Meggie ne répondit pas. Luke lui manquer? Etait-il beau? Elle songea que, si elle ne le revoyait jamais, elle serait parfaitement heureuse. Mais il était son mari et la loi lui imposait de vivre avec lui. Elle s'était engagée dans le mariage sans bandeau sur les yeux; elle ne pouvait s'en prendre qu'à elle-même. Et peut-être qu'avec les rentrées d'argent et le domaine du Queensland occidental devenu réalité, le temps leur serait donné de vivre ensemble, de s'installer, de se connaître, de s'entendre.

Ce n'était pas un méchant homme, il ne suscitait pas l'aversion, mais il avait été seul si longtemps qu'il ne savait abriter en lui quelqu'un d'autre. C'était un homme simple, terriblement obstiné, tout d'une pièce. Ce qu'il désirait était concret, même s'il s'agissait d'un rêve; récompense positive qui viendrait sûrement couronner un travail sans relâche, un sacrifice de tous les instants. Ses qualités devaient lui attirer le respect. Pas une minute, elle n'imagina qu'il pût dilapider l'argent pour son plaisir personnel. Il avait exprimé sa vraie pensée en lui annonçant ses projets; chaque centime que tous deux gagneraient resterait à la banque.

L'ennui, c'est qu'il n'avait ni le temps ni le désir de comprendre une femme; il ne percevait pas la différence qui pouvait exister entre celle-ci et un homme, n'admettait pas les besoins qu'elle manifestait. Enfin, la situation aurait pu être pire si elle s'était retrouvée face à quelqu'un de beaucoup plus froid et de moins attentionné qu'Anne Mueller. Au sommet de cette colline, il ne lui arriverait rien de mauvais. Mais, Dieu, que c'était loin de Drogheda!

Cette pensée lui vint après qu'Anne lui eut fait visiter la maison; toutes deux se tenaient sur la véranda de la salle de séjour surplombant Himmelhoch. Dans les grandes plantations, les cannes agitaient leurs panaches sous le vent, un vert éclatant, verni par la pluie, qui descendait sur une longue pente jusqu'à la berge d'un cours d'eau, infiniment plus large que la Barwon, où poussait une folle végétation tropicale. Au delà, s'étageaient d'autres plantations, grands carrés de vert vénéneux découpés dans la terre rouge, se ruant à l'assaut d'une grande montagne où, tout à coup, les cultures s'arrêtaient pour laisser place à la jungle. Derrière le cône que formait l'éminence, très loin, d'autres pics se devinaient, se fondaient dans le rouge. Le ciel était d'un bleu plus profond, plus dense qu'à Gilly, parsemé de nuages mousseux, et la couleur de l'ensemble était vive, intense.

— Ça, c'est le mont Bartle Frere, dit Anne en désignant le pic isolé. Dix-huit cents mètres d'altitude. On prétend que ce n'est qu'une masse de minerai, mais qui ne peut être exploitée à cause de la jungle.

Le vent lourd, paresseux, apporta une bouffée de puanteur nauséeuse que Meggie cherchait vainement à chasser de ses narines depuis la descente du train. Une odeur de pourriture, mais insupportablement sirupeuse, insinuante; présence tangible qui ne semblait jamais décroître quelle que fût la force du vent.

— Cette odeur est celle de la mélasse, expliqua Anne en remarquant le reniflement écœuré de Meggie.

Elle alluma une cigarette à bout doré.

— C'est dégoûtant, commenta Meggie.

— Oui. C'est pour ça que je fume. Mais, dans une certaine mesure, vous vous y habituerez, bien que, contrairement à la plupart des odeurs, celle-ci ne disparaisse jamais totalement. Jour et nuit, la mélasse est là.

— Quels sont ces bâtiments le long de la rivière, ceux qui ont de grandes cheminées noires?

— L'usine de broyage. C'est là que la canne est transformée en sucre brut. Les déchets, le résidu sec de la canne dont on a extrait le sucre s'appelle la bagasse; les deux produits, sucre et bagasse, sont expédiés à Sydney pour y être raffinés. Du sucre brut, on extrait la mélasse, le vesou, le sirop en sucre, le sucre brun, le sucre blanc et le glucose liquide. La bagasse est utilisée pour fabriquer des plaques employées dans le bâtiment, assez semblables à celles de fibrociment. Rien n'est perdu, absolument rien. C'est pourquoi, malgré la crise, la culture de la canne à sucre demeure une entreprise très rentable.

Avec son mètre quatre-vingt-sept, Arne Swenson avait exactement la taille de Luke et il était tout aussi beau. Sa peau luisait sous le hâle doré, foncé, dû à sa perpétuelle exposition au soleil; ses cheveux blonds, bouclés, lui auréolaient la tête; ses traits fins de Suédois s'apparentaient tant à ceux de Luke qu'à les voir ensemble on ne manquait pas de se souvenir que le sang des

Vikings coulait dans les veines des Ecossais et des Irlandais.

Luke avait abandonné son pantalon et sa chemise blanche en faveur du short. Avec Arne, il grimpa dans une vieille camionnette asthmatique, une Ford T, qui partit rejoindre l'équipe procédant à des coupes près de Goondi. La bicyclette d'occasion qu'il avait achetée se trouvait sur la galerie à côté de sa valise, et il grillait de commencer à travailler.

Les autres membres de l'équipe coupaient depuis l'aube et ils ne levèrent même pas la tête quand Arne arriva du baraquement, suivi de Luke. L'uniforme des coupeurs consistait en un short, des brodequins, d'épaisses chaussettes de laine et un chapeau de toile. Yeux plissés, Luke considéra les hommes en plein travail; ceux-ci formaient un tableau étonnant. Recouverts de la tête aux pieds d'une poussière noire comme du charbon, ils allaient, formes courbées sur lesquelles la sueur traçait des sillons rosés le long des torses, des bras et des dos.

— Suie et saletés de la canne, expliqua Arne. Nous sommes obligés de la brûler avant de pouvoir la couper.

Il se pencha pour ramasser deux instruments; il en tendit un à Luke et s'arma de l'autre.

— C'est un coupe-coupe, dit-il en soulevant le sien. Le modèle qui rend le mieux pour venir à bout de la canne. C'est facile quand on a le coup.

Il sourit et se lança avec une aisance trompeuse dans la démonstration d'un tour de main, certainement plus difficile à acquérir qu'il n'y paraissait.

Luke examina l'instrument meurtrier qu'il tenait à la main et qui ne ressemblait pas du tout à la machette des Antilles. Il se terminait en un large triangle au lieu d'une pointe effilée et comportait un dangereux crochet, ressemblant à un ergot de coq, à l'une des extrémités de la lame.

— La machette est trop petite pour la canne du

Queensland du Nord, expliqua Arne en achevant sa démonstration. Ça, c'est le joujou qui convient. Tu t'en rendras compte. Tâche de le garder bien tranchant, et bonne chance.

Il s'éloigna vers son secteur, abandonnant Luke, un peu déconcerté. Puis, avec un haussement d'épaules, celui-ci se mit au travail. En quelques minutes, il comprit pourquoi on abandonnait cette besogne aux esclaves et aux races insuffisamment évoluées pour savoir qu'il existait des moyens plus faciles de gagner sa vie; comme la tonte, pensa-t-il avec un sourire crispé. Se pencher, tailler, se redresser, agripper la canne rebelle, très lourde dans le haut, la laisser glisser sur toute sa longueur dans la paume, en couper les feuilles à la volée, la laisser retomber sur un tas rectiligne, s'approcher des autres bouquets de tiges, se pencher, tailler, se redresser, couper à la volée, ajouter la nouvelle canne au tas...

La canne grouillait de vermine : rats, péramèles, cancrelats, crapauds, araignées, serpents, guêpes et mouches. Toutes les espèces qui mordaient et piquaient douloureusement étaient bien représentées. Pour cette raison, les coupeurs brûlaient la canne avant de procéder à la récolte, préférant la crasse des plantes calcinées aux risques infligés par la canne verte, grouillante. Cela n'empêchait pourtant par les hommes d'être piqués, mordus, entaillés. Sans la protection que lui offraient ses brodequins, Luke aurait eu les pieds en plus mauvais état encore que ses mains, mais aucun des coupeurs ne portaient des gants. Ceux-ci ralentissaient la cadence et le temps était de l'argent dans ce jeu. D'ailleurs, les gants donnaient un genre efféminé.

Au coucher du soleil, Arne mit fin au travail et vint se rendre compte de la façon dont Luke s'en était tiré.

— Eh bien, pas mal, mon pote! s'écria-t-il en assenant une bourrade dans le dos de Luke. Cinq tonnes... Pas mal pour un premier jour.

Un court trajet séparait la plantation du baraquement, mais la nuit tropicale tombait si brusquement que l'équipe n'y parvint qu'en pleine obscurité. Avant d'entrer, ils se rassemblèrent dans une douche commune, puis, serviettes autour des reins, s'engouffrèrent à l'intérieur où le coupeur faisant office de cuisinier cette semaine-là avait préparé des montagnes de ses spécialités qui tenaient toute la grande table. Le menu comportait steaks, pommes de terre, pain sous la cendre, et gâteau roulé à la confiture; affamés, les hommes se jetèrent sur la nourriture dont il ne resta bientôt plus une miette.

Deux rangées de bat-flanc se faisaient face à l'intérieur d'un baraquement étroit et long en tôle ondulée; avec force soupirs et jurons adressés à la canne, d'une originalité qui eût fait pâlir d'envie le plus mal embouché des toucheurs de bœufs, les hommes s'effondrèrent, moulus, sur les draps écrus, firent glisser les moustiquaires sur leurs anneaux et, en quelques instants, sombrèrent dans le sommeil, formes indistinctes sous leurs tentes de gaze.

Arne retint Luke.

— Fais voir tes mains. (Il examina les entailles saignantes, les ampoules, les piqûres.) Passe-les d'abord au bleu, ensuite sers-toi de cette pommade. Si tu veux m'en croire, tu les enduiras tous les soirs d'huile de coprah. Tu as de grandes pognes, alors, si ton dos résiste, tu peux devenir un bon coupeur. En une semaine, tu t'endurciras, tu n'auras plus aussi mal.

Chacun des muscles du splendide corps de Luke endurait une douleur distincte; il n'avait conscience de rien, sinon d'une intolérable souffrance. Mains enveloppées et ointes, il s'étendit sur la paillasse qui lui avait été désignée, tira sa moustiquaire et ferma les yeux sur un monde suffocant, piqueté de petits trous. S'il s'était douté de ce qui l'attendait, jamais il n'aurait gaspillé son énergie sur Meggie; elle était reléguée au tréfonds de son esprit, notion importune, superflue, flétrie. Il comprit qu'il la délaisserait aussi longtemps qu'il couperait la canne.

Il lui fallut la semaine prévue pour s'endurcir et parvenir au minimum de huit tonnes par jour qu'exigeait Arne des membres de son équipe. Puis, il s'employa à surpasser Arne. Il voulait plus d'argent, peut-être une association. Mais, par-dessus tout, il tenait à susciter les mêmes expressions admiratives que celles dont Arne était l'objet; celui-ci était considéré comme un dieu car il était le meilleur coupeur du Queensland et, en conséquence, vraisemblablement le meilleur coupeur du monde. Lorsqu'ils allaient en ville le samedi soir, les buveurs se précipitaient pour offrir d'innombrables tournées de rhum et de bière à Arne et les femmes tournaient autour de lui comme des mouches autour d'un pot de miel. Il existait bien des similitudes entre Arne et Luke. Tous deux étaient vaniteux et appréciaient fort la vive admiration dont les femmes les gratifiaient, mais les choses n'allaient jamais plus loin. Ils n'avaient rien à accorder aux femmes; ils réservaient tout à la canne.

Pour Luke, le travail se parait d'une beauté et d'une douleur qu'il semblait avoir attendues tout au long de sa vie. Se pencher, se redresser, et se repencher dans ce rythme rituel tenait de la participation à un mystère hors de portée du commun des mortels. Car, ainsi que le lui avait enseigné l'observation exercée sur Arne, le fait de réaliser cet ensemble de mouvements de façon harmonieuse et efficace faisait accéder un homme à l'élite des ouvriers du monde entier; il pouvait porter haut la tête où qu'il soit avec la certitude que la quasi-totalité des hommes qu'il rencontrait ne tiendrait pas une seule journée dans une plantation de cannes à sucre. Le roi d'Angleterre ne valait pas mieux que lui, et le roi d'Angleterre l'admirerait s'il le connaissait. Il pouvait considérer avec pitié et mépris médecins, avocats, bureaucrates, patrons de domaines. Couper la canne à sucre de la façon dont le faisait l'homme blanc, âpre au gain, atteignait à l'accomplissement le plus total.

Assis sur le bord de sa paillasse, il sentait les muscles noueux, cordés, de ses bras se gonfler; il regardait ses paumes calleuses marquées de cicatrices, ses longues et belles jambes tannées, et il souriait. L'homme capable d'effectuer un tel travail sans se contenter de survivre, mais en l'aimant, était réellement un homme. Il se demandait si le roi d'Angleterre pouvait en dire autant.

Quatre semaines s'écoulèrent avant que Meggie ne revît Luke. Chaque dimanche elle poudrait son nez poisseux, passait une jolie robe de soie — bien qu'elle eût abandonné le supplice de la combinaison et des bas — et attendait son mari qui ne venait jamais. Anne et Luddie Mueller s'abstenaient de tout commentaire, voyant simplement son animation s'estomper au fil des heures chaque dimanche, puis disparaître, quand la nuit arrivait, comme un rideau tombant sur une scène brillamment illuminée, désertée. Certes, ce n'est pas qu'elle souhaitait vraiment sa venue, mais il était sien, ou elle était sienne, selon l'angle sous lequel on se plaçait. Imaginer qu'il ne pensait pas à elle alors qu'elle passait jours et semaines à attendre l'emplissait de rage, de frustration, d'amertume, d'humiliation et de chagrin. Evidemment, elle avait abhorré ces deux nuits à l'hôtel de Dunny, mais au moins elle avait compté pour lui à ces moments-là; maintenant, elle en arrivait à regretter de ne pas s'être coupé la langue, plutôt que d'avoir crié sa douleur, mais elle ne pouvait revenir en arrière. Sa souffrance l'avait éloignée de Luke après lui avoir gâché son plaisir. La hargne qu'elle avait ressentie devant l'indifférence qu'il manifestait pour sa douleur se mua en remords et elle finit par se juger coupable.

Le quatrième dimanche, elle ne se mit pas en frais de toilette, se contentant d'arpenter la cuisine pieds nus, en short et boléro, tout en préparant un petit déjeuner chaud pour Luddie et Anne qui appréciaient cette incongruité une fois par semaine. En entendant un bruit de pas sur les marches de la véranda qui desservait la cuisine, elle abandonna ses œufs grésillant dans la poêle; un instant, elle considéra avec stupeur le grand type velu qui se tenait sur le seuil. Luke? Etait-ce Luke? Il semblait taillé dans le granit, inhumain. Mais l'effigie traversa la cuisine, lui posa un baiser retentissant sur la joue et s'assit devant la table. Meggie cassa d'autres œufs dans la poêle et ajouta quelques tranches de lard.

Anne Mueller entra, sourit aimablement, tout en fulminant intérieurement. Ce salaud, à quoi voulait-il en venir en négligeant si longtemps sa jeune épouse?

— Je suis heureuse de constater que vous vous êtes souvenu que vous aviez une femme, dit-elle. Venez sur la véranda partager notre petit déjeuner. Luke, aidez Meggie à porter le lard et les œufs, je prendrai le porte-toasts avec les dents, comme j'en ai l'habitude.

Ludwig Mueller était né en Australie, mais son ascendance allemande se devinait nettement : le teint rougeâtre, incapable de résister aux effets combinés de la bière et du soleil, la tête grise et carrée, les yeux bleu pâle, reflets de la Baltique. Sa femme et lui éprouvaient beaucoup de sympathie pour Meggie et ils s'estimaient heureux de s'être attaché ses services. Luddie lui en était tout spécialement reconnaissant car il n'avait pas manqué de constater qu'Anne était infiniment plus heureuse depuis que cette tête dorée scintillait à travers la maison.

— Comment marche la coupe, Luke? s'enquit-il en se servant d'œufs au lard.

— Si je vous disais que ça me plaît, est-ce que vous me croiriez? demanda Luke en se servant à son tour.

Le regard pénétrant de Luddie se fixa sur le beau visage et il opina.

— Oui. Vous avez exactement le genre de tempérament et de constitution qui convient, je crois. Ce travail vous donne le sentiment de valoir plus que les autres, de leur être supérieur.

Absorbé par les plantations de cannes à sucre dont il avait hérité, loin des milieux intellectuels et sans possibilité de changer de vie, Luddie se consacrait avec passion à l'étude de la nature humaine; il dévorait de gros ouvrages reliés en peau de chagrin portant des noms d'auteurs tels que Freud, Jung, Huxley et Russell.

— Je commençais à croire que vous ne viendriez jamais voir Meggie, remarqua Anne en étalant du beurre fondu sur ses toasts.

Le beurre ne leur parvenait que sous cette forme, mais cela valait mieux que de s'en passer.

— Eh bien, pour le moment, Arne et moi avons décidé de travailler le dimanche. Demain, nous partons pour Ingham.

— Autrement dit, la pauvre Meggie ne vous verra pas souvent.

— Meg comprend les choses. Ça ne durera que quelques années. Et puis, nous aurons la pause de l'été. Arne m'a dit qu'à ce moment-là il pourra me faire embaucher à la raffinerie de Sydney, et j'y emmènerai peut-être Meg.

— Qu'est-ce qui vous oblige à travailler si dur, Luke? s'enquit Anne.

— Il me faut réunir suffisamment d'argent pour le domaine que j'achèterai dans l'Ouest, dans la région de Kynuna. Meg ne vous en a pas parlé?

— Je crains que notre Meggie ne soit pas très portée sur les confidences. Mais dites-nous de quoi il s'agit, Luke.

Tous trois observèrent l'expression qui jouait sur le visage vigoureux et hâlé de Luke, la lueur pétillant dans ses yeux très bleus; depuis son arrivée, avant le petit déjeuner, Meggie n'avait pas ouvert la bouche. Il s'étendit longuement sur la merveilleuse région de Kynuna, l'herbe, les grands oiseaux gris qui se confondaient avec la poussière de l'unique route du pays, les milliers et les milliers de kangourous qui jaillissaient dans le soleil chaud et sec.

— Et un jour prochain, un grand morceau de cette région m'appartiendra. Meg a un peu d'argent de côté pour ça, et au rythme où nous travaillons, ça ne demandera pas plus de quatre ou cinq ans. On y arriverait plus tôt si je me contentais d'un petit domaine mais, en sachant ce que je peux gagner en coupant la canne, j'ai envie de continuer un peu plus longtemps et d'acheter une très belle propriété. (Il se pencha; ses grandes mains couvertes de cicatrices entourèrent la tasse.) Vous savez, j'ai presque dépassé le record d'Arne, l'autre jour. J'ai coupé onze tonnes dans la journée!

Le sifflement de Luddie reflétait une authentique admiration et tous deux se lancèrent dans une discussion concernant le rendement. Meggie buvait son thé fort et sans lait à petites gorgées. Oh, Luke! Tout d'abord, il avait été question de deux ans. A présent, il s'agissait de quatre ou cinq, et qui sait de combien il serait question la prochaine fois qu'il évoquerait le sujet? Luke adorait son travail, on ne pouvait en douter. Alors, l'abandonnerait-il quand le moment serait venu? L'abandonnerait-il? D'ailleurs, souhaitait-elle attendre jusque-là pour le savoir? Les Mueller se montraient très bons et elle n'était certes pas surchargée de travail, mais si elle devait vivre sans mari, mieux valait habiter Drogheda. Depuis un mois qu'elle vivait à Himmelhoch, elle ne s'était jamais réellement sentie bien un seul jour; elle n'avait pas d'appétit, souffrait sporadiquement de diarrhée; il lui semblait qu'elle était cernée par une léthargie dont elle ne pouvait s'évader. Habituée à toujours se sentir en grande forme, elle s'affolait devant les malaises qu'elle éprouvait.

Après le petit déjeuner, Luke l'aida à laver la vaisselle, puis il l'emmena pour une promenade jusqu'à la plantation de cannes à sucre la plus proche; il parla constamment du sucre, de la canne, de son merveilleux travail de coupeur, de la vie magnifique qu'il menait au grand air, des types formidables qui faisaient partie de l'équipe d'Arne. Combien cela le changeait de la tonte, et comme il préférait ça.

Ils firent demi-tour et remontèrent la colline; Luke l'entraîna dans la fraîcheur étonnante qui régnait dans le sous-sol de la maison, entre les pilotis. Anne avait transformé la pièce en une sorte de serre; des morceaux de tuyaux de terre cuite de différents diamètres et longueurs, emplis de terre, servaient de pots dans lesquels poussaient d'étranges fleurs : orchidées de toutes variétés, fougères, plantes rampantes et grimpantes, graminées exotiques. Le sol élastique exhalait une forte odeur de copeaux. De grands paniers de fil de fer pendaient aux poutres, débordant de fougères, d'orchidées et de tubéreuses; des cornes de cerf poussaient dans l'écorce des pilotis; de magnifiques bégonias de diverses teintes avaient été plantés à la base de tous les tuyaux-pots de fleurs. Telle était la retraite favorite de Meggie, l'unique endroit d'Himmelhoch qu'elle préférât à tout ce que Drogheda pouvait offrir. Car, là-bas, on ne pourrait jamais envisager de faire pousser tant de merveilles dans un espace aussi réduit; l'air ne renfermait pas suffisamment d'humidité.

— Tu ne trouves pas ça ravissant, Luke? Crois-tu qu'au bout de deux ans de vie ici, nous pourrons louer une maison où j'habiterai? Je voudrais tant arranger quelque chose comme ça.

— Pourquoi diable souhaites-tu vivre seule dans une maison? Nous ne sommes pas à Gilly, Meg. Ce n'est pas le genre d'endroit où une femme seule est en sûreté; tu es bien mieux ici, crois-moi. Tu n'es pas heureuse?

— Je suis aussi heureuse qu'on peut l'être chez les autres.

— Ecoute, Meg, il faudra que tu te contentes de ce que tu as jusqu'à ce que nous partions pour l'Ouest. Il n'est pas question de dépenser de l'argent en loyer et de te faire mener une vie oisive en continuant à économiser. Tu m'entends?

— Oui, Luke.

Il fut déconcerté au point d'oublier qu'il l'avait entraînée sous la maison pour l'embrasser. Au lieu de quoi, il lui assena sur les fesses une tape désinvolte qui n'en fut pas moins douloureuse, et descendit l'allée jusqu'à l'endroit où il avait laissé sa bicyclette, appuyée à un arbre. Il avait préféré pédaler sur trente kilomètres pour venir la voir plutôt que de dépenser le prix d'un billet d'autocar. Il lui fallait donc couvrir cette même distance au retour.

— La pauvre gosse! dit Anne à Luddie. Je le tuerais volontiers!

Janvier vint et s'en fut, le mois le plus creux de l'année pour les coupeurs de canne, mais Luke ne donnait toujours pas signe de vie. Il avait vaguement parlé d'emmener Meggie à Sydney, mais il y alla en compagnie d'Arne, et sans elle. Célibataire, Arne avait une tante qui possédait une maison à Rozelle, à quelques minutes de marche de la Raffinerie coloniale (pas de frais de transport, économies). A l'intérieur de ces immenses murs de béton, qui évoquaient une forteresse se dressant sur la colline, un coupeur ayant des relations pouvait trouver de l'embauche. Luke et Arne gardaient la forme en empilant des sacs de sucre et en occupant leurs heures de loisir à la natation et au surfing.

Abandonnée à Dungloe auprès des Mueller, Meggie transpira pendant la saison humide, ainsi qualifiait-on l'époque de la mousson. La saison sèche s'étendait de mars à novembre et, dans cette partie du continent, elle ne se révélait pas vraiment sèche mais, comparée à celle

qui la précédait, elle semblait paradisiaque. Pendant la
saison humide, le ciel s'ouvrait, laissant tomber des
cataractes d'eau, pas toute la journée mais sporadiquement; entre deux déluges, la terre fumait, de grands
nuages de vapeur blanche s'élevaient des plantations de
cannes, du sol, de la jungle, des montagnes.

Au fil du temps, Meggie ressentait le besoin de plus
en plus vif d'avoir un chez-elle et elle savait à présent
qu'elle ne le trouverait jamais dans le Queensland du
Nord. D'une part, le climat ne lui convenait pas, peut-
être parce qu'elle avait passé la majeure partie de sa vie
dans une région sèche. D'autre part, elle détestait la
solitude, l'absence de chaleur humaine, l'abandon à une
torpeur irrépressible. Elle détestait le grouillement d'insectes et de reptiles qui transformaient chaque nuit en
supplice pour lequel se liguaient crapauds géants, taren-
tules, cancrelats, rats; rien ne semblait pouvoir les tenir
à distance de la maison et elle en était terrifiée. Ils
étaient si gros, si agressifs, si affamés. Par-dessus tout,
elle détestait le « dunny », qui n'était pas seulement le
mot de patois local s'appliquant aux cabinets, mais le
diminutif de Dungloe, à la grande délectation de ses
habitants qui se livraient continuellement à des plaisan-
teries à son sujet. Mais un dunny de Dunny avait de
quoi révulser l'estomac car, sous ce climat bouillonnant, les trous dans le sol étaient hors de question à
cause de la typhoïde et autres fièvres intestinales. Au
lieu d'un trou dans la terre, les dunnys de Dunny
étaient constitués d'un bidon goudronné qui puait et,
au fur et à mesure qu'il se remplissait, grouillait de
bruyants asticots et vers de tous ordres. Une fois par
semaine, la tinette était remplacée par une vide, mais il
eût fallu les permuter infiniment plus souvent.

Meggie se révoltait contre l'acceptation tranquille de
la population qui considérait un tel état de choses
comme normal; une vie entière dans le Queensland du
Nord ne parviendrait pas à lui faire partager cette

conception. Pourtant, avec tristesse, elle songeait que toute sa vie risquait fort de se passer dans ce pays, tout au moins jusqu'à ce que Luke fût trop vieux pour couper de la canne. Bien qu'elle rêvât avec nostalgie à Drogheda, sa fierté lui interdisait d'avouer à sa famille que son mari la négligeait; plutôt que de le reconnaître, elle accepterait sa condamnation à perpétuité, c'est tout au moins ce qu'elle se répétait avec acharnement.

Les mois s'écoulèrent, puis une année, et le temps se traîna vers la fin d'une deuxième année. Seule la constante bonté des Mueller retint Meggie à Himmelhoch tandis qu'elle se débattait dans son dilemme. Si elle avait écrit à Bob pour lui demander l'argent du voyage de retour à la maison, il le lui aurait envoyé par mandat télégraphique, mais la pauvre Meggie ne pouvait se résoudre à avouer à sa famille que Luke la laissait sans un sou vaillant. Si elle s'y décidait un jour, ce serait au moment où elle quitterait définitivement Luke et elle n'était pas encore mûre pour envisager une telle mesure. Tout dans son éducation se liguait pour l'empêcher de quitter Luke; l'aspect sacré du mariage, l'espoir de satisfaire un jour son besoin de maternité, la position que Luke occupait en tant que mari et maître de sa destinée. Et puis, entraient en ligne de compte les éléments dus à sa propre nature : sa fierté obstinée, inflexible, la conviction obsédante qu'elle était tout aussi responsable que Luke de sa situation actuelle. Si quelque chose ne péchait pas chez elle, Luke se serait peut-être conduit très différemment.

Elle l'avait vu six fois au cours de ces dix-huit mois d'exil et elle songeait souvent, sans même soupçonner l'existence de l'homosexualité, que Luke aurait dû être marié à Arne puisque indéniablement il vivait avec lui et préférait de beaucoup sa compagnie à celle de sa femme. Les deux hommes s'étaient associés et erraient constamment le long des quinze cents kilomètres de côte, suivant les récoltes des diverses plantations, paraissant vivre uniquement pour le travail. Lorsque Luke lui rendait visite, il ne recherchait pas la moindre intimité avec elle, se contentant de rester assis une heure ou deux à causer avec Luddie et Anne, d'emmener sa femme pour une promenade, de lui donner un baiser amical et de repartir.

Les trois occupants de la maison, Luddie, Anne et Meggie, vouaient tout leur temps libre à la lecture. Himmelhoch possédait une bibliothèque infiniment mieux fournie que les quelques rayonnages de Drogheda, d'un niveau de culture plus évolué, et bien plus salace. Meggie apprit beaucoup par ses lectures.

Un dimanche de juin 1936, Luke et Arne se manifestèrent ensemble, visiblement très contents d'eux. Ils annoncèrent qu'ils étaient venus pour offrir une vraie fête à Meggie car ils l'emmenaient à un ceilidh.

Contrairement à la tendance générale poussant les groupes ethniques d'Australie à se disperser pour se fondre dans la population, les diverses nationalités de la péninsule du Queensland du Nord s'efforçaient de préserver farouchement leurs traditions. Chinois, Italiens, Allemands et Irlando-Ecossais constituaient les quatre groupes essentiels des habitants de la région et quand les Ecossais organisaient un ceilidh, tous leurs compatriotes à des kilomètres à la ronde y assistaient.

A la stupéfaction de Meggie, Luke et Arne portaient le kilt; lorsqu'elle retrouva son souffle, elle reconnut qu'ils étaient absolument magnifiques. Rien n'est plus masculin qu'un kilt pour un homme viril; à chaque pas énergique, les plis se déploient à l'arrière tandis que le devant reste rigoureusement immobile sous le poids de la bourse en cuir brut; sous l'ourlet, battant les genoux, les beaux et vigoureux mollets gainés de losanges bariolés ressortent encore davantage en raison des chaussures à boucles. La chaleur ne leur permettait pas de porter le plaid et la veste; ils s'étaient contentés de chemises blanches entrouvertes sur la poitrine, manches relevées au-dessus des coudes.

— Qu'est-ce que c'est un ceilidh? demanda-t-elle au moment où tous trois s'en allaient.

— C'est le nom gaélique pour une assemblée, une réunion.

— Pourquoi diable portez-vous des kilts?

— On ne nous laisserait pas entrer si nous n'en portions pas. Et nous ne manquons jamais d'assister à tous les ceilidhs entre Brisbane et Cairns.

— Vraiment? Je me doute que vous assistez à pas mal de réunions, sans ça, je ne vois pas très bien Luke dépenser de l'argent pour un kilt. N'est-ce pas, Arne?

— Un homme a bien le droit de se détendre un peu, rétorqua Luke, un rien sur la défensive.

La réunion se tenait dans une sorte de grange tombant en ruine au milieu des marais de palétuviers entourant l'embouchure du Dungloe. Oh, quel pays de puanteurs! songea désespérément Meggie dont les narines frémissantes s'efforçaient de se fermer aux indescriptibles et écœurants relents qui les assaillaient. Tous les effluves de pourriture de la grève concentrés en une unique puanteur.

Effectivement, tous les hommes qui se présentaient à l'entrée de la grange portaient un kilt; lorsqu'elle pénétra et jeta un regard autour d'elle, Meggie comprit à quel point la femelle du paon, si terne, devait se sentir éblouie par la splendeur déployée par son mâle. Eclipsées, les femmes paraissaient inexistantes, impression qui ne fit que s'accentuer au fil des heures.

Deux joueurs de cornemuse revêtus du tartan compliqué d'Anderson à fond bleu pâle, juchés sur une estrade branlante, distillaient un air joyeux dans une synchronisation parfaite, cheveux blonds, sueur dégoulinant sur les faces rudes.

Quelques couples dansaient, mais l'essentiel de l'activité bruyante émanait d'un groupe d'hommes qui se passaient des verres, vraisemblablement remplis de whisky écossais. Meggie se retrouva coincée dans un angle avec plusieurs femmes et elle se contenta d'observer la scène, fascinée. Aucune femme ne se parait du tartan d'un clan car les Ecossaises ne portent que le plaid, et il faisait infiniment trop chaud pour supporter un aussi lourd tissu autour des épaules. Aussi les invitées se contentaient-elles de leurs pauvres robes de cotonnade qui semblaient se renfrogner, s'affaisser plus qu'à l'accoutumée devant l'arrogance des kilts des mâles. Il y avait le rouge éclatant et le blanc du clan Menzies, le joyeux noir et jaune du clan MacLeod de Lewis; le bleu vitrail et les carreaux rouges du clan Skene, les dessins vifs et compliqués du clan Ogilvy, le ravissant rouge, gris et noir du clan MacPherson. Luke paré des couleurs du clan MacNeil, Arne en tartan des Basses-Terres. Magnifique!

Luke et Arne était manifestement très connus, très aimés; sans nul doute, ils sortaient souvent sans elle. Et qu'est-ce qui les avait poussés à l'amener ce soir-là? Elle soupira, s'appuya au mur; les autres femmes posaient sur elle des regards curieux, particulièrement en direction de son alliance et, sans nul doute, elles portaient une vive admiration à Luke et à Arne et vouaient bien de l'envie à Meggie. Je me demande ce qu'elles diraient si je leur expliquais que le grand brun, celui qui est mon mari, m'a vue deux fois en tout et pour tout au cours des deux derniers mois et qu'il ne vient jamais me trouver avec l'idée de partager ma couche? Regardez-les, ces deux-là, ces vaniteux, ces bellâtres écossais! Et aucun d'eux n'est vraiment écossais; ils se contentent de jouer ce rôle parce qu'ils savent que le kilt leur va bien et qu'ils aiment être un pôle d'attraction. Quelle belle paire d'imposteurs vous faites! Vous êtes trop amoureux de vous-même pour souhaiter l'amour d'un autre être ou en avoir besoin.

A minuit, les femmes furent reléguées contre les

murs; les joueurs de cornemuse attaquèrent *Caber Feidh* et la danse sérieuse commença. Pendant le restant de ses jours, chaque fois qu'elle entendrait un air de cornemuse, Meggie se retrouverait dans cette vieille grange; le simple tournoiement d'un kilt suffirait à la transporter au cœur du marais de palétuviers; un étrange mélange de rêve et de sons, de vie et d'éclatant dynamisme se fixait à jamais dans sa mémoire avec tant d'acuité, d'envoûtement, qu'il y demeurerait gravé à jamais.

Et tombèrent sur le sol les épées croisées; deux hommes du clan MacDonald levèrent les bras au-dessus de leur tête, mains flexibles harmonieusement agitées comme celles d'un danseur de ballet et, très gravement, à croire qu'à la fin les épées seraient plongées dans leur poitrine, commencèrent à se frayer délicatement un chemin entre les lames.

Un grand cri aigu surmonta le son des cornemuses qui attaquaient un nouvel air. Une fois les épées ramassées, chacun des assistants se lança dans la danse, bras entrelacés et dénoués, kilts tourbillonnants. Jeté, chassé-croisé, branle écossais, ils exécutèrent toutes les figures; les coups de pied assenés sur le plancher résonnaient, se répercutaient le long des poutres, les boucles des chaussures scintillaient et, chaque fois que la figure changeait, l'un des hommes rejetait la tête en arrière et émettait ce cri aigu, hululant, qui déclenchait un écho dans les autres gorges exaltées pendant que les femmes regardaient, oubliées.

Il n'était pas loin de 4 heures du matin quand la réunion s'acheva. A l'extérieur ne régnait pas la fraîcheur astringente de l'Ecosse; ils se retrouvèrent dans la nuit baignée de torpeur tropicale que crevait une lune lourde, pleine, se traînant sous les stries du ciel tandis que s'exhalaient les miasmes puants des palétuviers. Pourtant, quand Arne prit le volant de la vieille Ford asthmatique, Meggie entendit monter un triste et vieux chant écossais, *Fleurs de la Forêt,* pour accompagner le départ des joyeux drilles qui rentraient chez eux. Chez eux. Quel chez-eux?

— Alors, ça t'a plu? s'enquit Luke.

— Ça m'aurait plu davantage si j'avais pu danser, rétorqua-t-elle.

— Quoi, à un ceilidh? Pas question, Meg. D'après la coutume, seuls les hommes devraient danser, alors, on est plutôt chics avec les femmes puisqu'on les laisse faire quelques tours de piste.

— Il me semble que seuls les hommes font beaucoup de choses, surtout s'il s'agit de choses agréables, réjouissantes.

— Eh bien, excuse-moi, répondit Luke d'un ton sec. Et moi qui pensais que ça te changerait un peu, c'est pour ça que je t'ai emmenée. Rien ne m'y obligeait, tu sais. Et si tu ne m'en es même pas reconnaissante, du diable si je te sors encore!

— N'importe comment, tu n'en as probablement pas l'intention, riposta Meggie. Tu ne tiens pas à m'admettre dans ta vie. J'ai beaucoup appris au cours de ces quelques heures. Mais ce n'était sûrement pas ce que tu avais l'intention de m'apprendre. Il devient de plus en plus difficile de me faire prendre des vessies de cochon pour des lanternes, Luke. En fait, j'en ai par-dessus la tête de toi, de la vie que je mène, de tout!

— Chut! intima-t-il, scandalisé. Nous ne sommes pas seuls.

— Alors, tu n'as qu'à venir seul! s'écria-t-elle. Je n'ai jamais la possibilité de te voir seul pendant plus de quelques minutes.

Arne arrêta la voiture au pied de la colline de Himmelhoch. Il adressa un sourire compréhensif à Luke.

— Vas-y, mon vieux, dit-il. Accompagne-la. Ne te presse pas.

— Je ne plaisante pas, Luke, reprit Meggie dès qu'ils se furent éloignés. Je regimbe, tu comprends? Je sais parfaitement que je t'ai promis de t'obéir mais, de ton côté, tu as promis de m'aimer et de me protéger, alors nous sommes tous les deux des menteurs. Je veux rentrer chez moi, à Drogheda.

Il songea aux deux mille livres annuelles qui risquaient de ne plus alimenter son compte.

— Oh, Meg! se récria-t-il d'un ton lamentable. Ecoute, ma chérie, il n'y en a plus pour tellement longtemps, je t'assure. Et cet été, je t'emmènerai avec moi à Sydney, parole d'O'Neill! La tante d'Arne va avoir un appartement de libre dans sa maison et nous pourrons y vivre pendant trois mois et prendre du bon temps! Tiens le coup encore un an ou deux pendant que je couperai la canne et, ensuite, nous achèterons notre propriété et nous nous installerons. D'accord?

Le clair de lune baignait son visage; il paraissait sincère, bouleversé, contrit. Et il ressemblait terriblement à Ralph de Bricassart.

Meggie céda parce que le désir d'avoir des enfants la tenaillait toujours.

— D'accord, acquiesça-t-elle. Encore un an. Mais je compte t'accompagner à Sydney, Luke. Tâche de ne pas oublier ta promesse!

FIN DU PREMIER VOLUME

Cinéma et TV

De nombreux romans publiés par J'ai lu ont été portés à l'écran ou à la TV. Leurs auteurs ne sont pas toujours très connus voici donc, dans l'ordre alphabétique, les titres de ces ouvrages :

A bout de souffle/made in USA 1478★★	Leonore Fleischer
Angélique, marquise des Anges	voir page 18
L'année dernière à Marienbad 546★★	Alain Robbe-Grillet
Annie 1397★★★	Leonore Fleischer
Blade Runner 1768★★★	Philip K. Dick
Bleu comme l'enfer 1971★★★★	Philippe Djian
Les Bleus et les Gris 1742★★★	John Leekley
Cabaret (Adieu à Berlin) 1213★★★	Christopher Isherwood
Carrie 835★★★	Stephen King
Chaleur et poussière 1515★★★	Ruth Prawer Jhabvala
Chanel solitaire 1342★★★	Claude Delay
Châteauvallon 1856★★★★ & 1936★★★★	Eliane Roche
Christine 1866★★★★	Stephen King
Conan le barbare 1449★★★	Sprague de Camp et Carter
Cujo 1590★★★★	Stephen King
Dallas 1324★★★★	Lee Raintree
- Les maîtres de Dallas 1387★★★★	Burt Hirschfeld
- Les femmes de Dallas 1465★★★★	Burt Hirschfeld
- Les hommes de Dallas 1550★★★★	Burt Hirschfeld
Damien, la malédiction-2 992★★★	Joseph Howard
Des fleurs pour Algernon 427★★★	Daniel Keyes
2001 - l'odyssée de l'espace 349★★	Arthur C. Clarke
2010 - Odyssée deux 1721★★★	Arthur C. Clarke
Le diamant du Nil 1803★★★	Joan Wilder
Dynasty 1697★★	Eileen Lottman
Dynasty (Le retour d'Alexis) 1894★★★	Eileen Lottman
Ellis Island (Les portes de l'espoir) 1987★★★★	Fred M. Stewart
E.T. l'extra-terrestre 1378★★★	Spielberg/Kotzwinkle
E.T. La planète verte 1980★★★	Spielberg/Kotzwinkle
Enemy 1968★★★	B. Longyear et D. Gerrold
...Et la vie continue 1869★★★★	Dino Risi
L'exorciste 630★★★★	William Peter Blatty
Fanny Hill 711★★★	John Cleland
Les Goonies 1911★★★	Steven Spielberg
L'homme aux yeux d'argent 1944★★★	Robert Rossner

Il était une fois en Amérique 1698★★★	Lee Hays
Jonathan Livingston le goéland 1562★	Richard Bach
Joy 1467★★ & *Joy et Joan* 1703★★	Joy Laurey
Kramer contre Kramer 1044★★★	Avery Corman
Ladyhawke 1832★★	Joan D. Vinge
Love story 412★	Erich Segal
Mad Max 2 1533★★	Hayes, Miller et Hannant
Mad Max au-delà du dôme du tonnerre 1864★★★	Joan D. Vinge
Le magicien d'Oz 1652★★	Frank L. Baum
Marianne, une étoile pour Napoléon	
601★★★★ & 602★★★★	Juliette Benzoni
La mort aux enchères 1461★★	Robert Alley
Les oiseaux se cachent pour mourir	
1021★★★★ & 1022★★★★	Colleen McCullough
Officier et gentleman 1407★★	Steven Phillip Smith
Outland... loin de la Terre 1220★★	Alan Dean Foster
Pavillons lointains 1307★★★★ & 1308★★★★	M.M. Kaye
Peur bleue 1999★★★	Stephen King
Philadelphia Experiment 1756★★	Charles Berlitz
Les Plouffe 1740★★★★	Roger Lemelin
La quatrième dimension 1530★★	Robert Bloch
Racines 968★★★★ & 969★★★★	Alex Haley
Ragtime 825★★★	E.L. Doctorow
Rambo First blood 1924★★★	David Morrell
Razorback 1834★★★★	Peter Brennan
Rencontres du troisième type 947★★	Steven Spielberg
Révolution 1947★★★	Richard Francis
Rosemary's baby 342★★★	Ira Levin
Rouge Baiser 2014★★★	Véra Belmont
Scarface 1615★★★	Paul Monette
Le secret de la pyramide 1945★★★	Alan Arnold
Shining 1197★★★★	Stephen King
Staying Alive 1494★★★	Leonore Fleischer
Sudden Impact 1676★★★	Joseph C. Stinson
Thérèse Humbert 1838★★	Laurence Oriol
37,2° le matin 1951★★★★	Philippe Djian
Le trou noir 1129★★★	Alan Dean Foster
Verdict 1477★★★	Barry Reed
Véridiques mémoires 1547★★★	Marco Polo
Vidéodrome 1648★★★	Jack Martin
Witness 1855★★	Kelley & Wallace

1021
★ ★ ★ ★

Impression Brodard et Taupin à La Flèche (Sarthe)
le 20 juin 1986
6265-5 Dépôt légal juin 1986. ISBN 2 - 277 - 21021 - 8
1er dépôt légal dans la collection : janvier 1980
Imprimé en France

Editions J'ai lu
27, rue Cassette, 75006 Paris
diffusion France et étranger : Flammarion